本书由国家社科基金项目（批准号：10BZW092）和杭州师范大学人才引进专项基金资助出版。

中国新时期
作家代际差别研究

ZHONGGUO XINSHIQI ZUOJIA
DAIJI CHABIE YANJIU

洪治纲 著

人民出版社

目　录

引论　文化视野中的代际差别

"代"的存在,原本只是一个生物学的现象。凡是有生命的事物,都逃离不了死亡,所以它需要由新的生命来进行更替,以确保族群的延续和发展,由此形成了以"代"为标志的物种传递模式。人类也是一种生物,当然也离不开"代"的自然更替。但人类又是一种社会的存在,文化的存在。这也意味着,对于人类而言,"代"的存在,并不仅仅是一种生物学现象,同时还是一种社会文化现象。

以生物学的自然属性作为划分基础,然后立足于社会文化的视野,审视并探讨代与代之间的关系,这便是代际问题。如今,代际问题已成为社会学、青年学、文化人类学、人口学和经济学等诸多领域的研究重点。文学作为人类文化的重要产物,是人类精神活动的特殊结晶,与创作主体的价值观念、思维方式、情感体验和语言习惯等密切相关,因此,它不可避免地烙上代际群体的精神印痕。所谓"一代之言,皆一代之精神所出,其精神不专,则言不传"①,从某种程度上说,也表明了这一道理。

基于这一缘由,本书将以创作主体的精神建构与创作实践作为考察依据,从社会文化的角度,试图较为系统地梳理中国新时期以来作家阵营中的代际差异问题,并通过对这些代际差别的辩证分析,进一步探讨新时期文学之所以形成多元审美格局的某些内在机理,同时也对中国当代文学的发展提出一些前瞻性的思考。

---

① 王思任:《王季重十种》,任远点校,浙江古籍出版社 1987 年版,第 75 页。

一　何谓代际差别

　　所谓"代际差别",就是我们通常所说的"代沟",即代与代之间在生活方式、思维方式、价值观念、情感取向乃至语言习惯等方面所体现出来的差异。这种差异,从本质上说,是社会历史文化的变化作用于人的精神心理所形成的;它所折射出来的,是社会文化自身的内在嬗变和冲突。有学者就认为:"代沟是现代社会文化更迭与发展过程中的文化震荡现象,它反映了文化发展迅速及自身多元化的矛盾和冲突,但代沟将这种社会文化的分歧转换成代际间的一种心理分歧,有其特定的文化心理机制。"①因此,真正的代际差别,凸现的是不同代际因社会文化的发展变化所形成的各自特点。

　　代际差别的主要内涵,通常包含了两个方面。一方面,相同的代际群体,一般都成长于相似的社会文化环境之中,拥有共同的集体记忆和文化启蒙经历,从而自然地形成某些趋同性的价值观念、思维方式、生活方式,并在文化心理上呈现出较强的同质性。这种同质性的形成,即为同一代际的群体特征。它并不是人类有意而为之,而是社会文化对个体之人长期熏陶的结果。另一方面,同一代际的群体特征,总是与其他代际(上一代际或下一代际)的群体特征存在着这样或那样的不同,尽管这种不同通常潜藏在强大的道德伦理秩序之中,并不一定体现为社会性的直接对抗,但这并不表明对抗关系就不存在。事实上,因代沟而造成的不同程度上的代际对抗,几乎在每一个家庭中都会有所呈现。

　　由于代际差别背后隐含的是社会历史文化的变化,因此,讨论代际差别现象,必须关注社会历史文化自身的内在变迁。我们甚至可以说,讨论代际差别现象,其实就是辨析社会历史变化、文化伦理变迁与代际群体精神特征之间的关系。其中,最主要的探

---

① 薛晓阳:《代沟及其文化溯源》,《前进》1998年第2期。

讨目标是:社会发生变化之后,文化伦理产生了怎样的裂变? 而这种文化伦理的裂变,又是如何引发代际群体在生活观、价值观上的巨大变化? 这一系列复杂的、联动式的变化及其内在的文化机理,正是代际差别研究的核心因素。当社会变化并不明显时,代沟现象也同样存在,只不过,它主要表现在隔代人的心理方面,受制于现实伦理而没有体现为具体的、外在的冲突,因此很少受人关注。

既然代际更替是一切生物的内在属性,那么,在人类社会发展的历史长河中,代沟的存在几乎是不以人的意志为转移的,甚至是促动社会发展的内在动力之一。换言之,如果没有代沟,就意味着年轻一代将毫无保留地承继年老一代的各种生存方式、价值观念和思维方式,社会也就必然地进入某种原地循环的生存秩序之中,这也意味着人类历史的发展将处于相对停滞的状态。事实上,在人类社会的早期,代沟之所以不为人们所关注,主要就在于社会历史发展所形成的文化变更并不剧烈,由老一辈所掌控的伦理秩序、价值观念和生存方式,依然借助特殊的权力系统有效地制约了年轻一代,使年轻一代的不同观念只能维系在自身的心理层面,难以获得群体性的、外在的对抗机会。

代沟研究的著名学者玛格丽特·米德曾将这种情形定义为"前喻文化",并认为:"在前喻文化中,整个社会的变化十分迟缓微弱,以至于祖父母们决不会想到,尚在襁褓之中的新生的孙儿们的前途会和他们过去的生活有什么不同。长辈的过去就是每一新生世代的未来,他们已为新一代的生活奠定了根基。孩子们的前途已经纳入常规,他们的父辈在无拘的童年飘逝之后所经历的一切,也将是他们成人之后将要经历的一切。"①在这种历史文

---

① 〔美〕玛格丽特·米德:《文化与承诺——一项有关代沟问题的研究》,周晓虹、周怡译,河北人民出版社 1987 年版,第 27 页。米德此著,尚有经过作者修订之后的另一中文译本《代沟》(曾胡译,光明日报出版社 1988 年版),考虑到两个版本在译文上颇有差异,本人将以译文更为流畅的周晓虹和周怡译本为主,并根据需要,在有些地方兼用曾胡译本。

化情境中,逐渐成长起来的年轻一代,绝大部分的生活经验、价值观念和思维方式,都是从老一辈那里沿袭而来,对老一辈的各种规定很少会产生怀疑,由此呈现出代际认同的惯性特征;即使有些年轻人形成了与老一辈并不相同的价值观念、思维习惯和生存方式,也只能在权力化的社会秩序中保持沉默状态。因此,"前喻文化的基本特征体现在老一辈成员们的每一行动之中,这一特征就是,尽管有可能发生这样或那样的变化,但人们的生活道路是既定的,永远不可变更的。"①

　　面对由老一辈所掌控的社会秩序,新一代在成长过程中意识到自己的精神追求将有别于前辈们时,常常会自觉地规避这种内在的差异。有学者曾将之视为"具有隐蔽特征的躲避式心态",并认为,"躲避不仅指作为个体间的一种心理防御机制,同时也是指代际间文化或心理隔阂的一种整体互动方式,这在大众传播媒介、日常文化生活,以及科学艺术领域都可以得到明显的验证,如隔代人之间在生活方式或艺术形式等方面虽有显著的认同差异,但却保持外在的尊重和认同。躲避既是代沟所预期的一种文化心态,同时也是代沟的一种特殊外显形式,它所具有的社会文化心理意义是不可忽视的。"②尽管如此,若要进一步探究,造成这种"躲避式心态"的原因,可能还在于社会文化环境无法给年轻一代提供相对独立的伸展空间,使他们不得不小心翼翼地服膺于长辈的威权意志。

　　但是,一旦社会发生剧变,并使年轻一代在这种剧变中获得某种独立的机会,那么,代沟现象就会迅速浮出水面,成为一种显著的社会现象。玛格丽特·米德就强调,重大事件产生一代人,因为重大事件常常会直接导致社会体制的更替,甚至使历史文化出现不同程度的断裂;而社会变化越剧烈,价值观念差异也就越悬殊,代际差别就会更加明显。她曾以20世纪60年代的全球文

---

① 〔美〕玛格丽特·米德:《文化与承诺——一项有关代沟问题的研究》,周晓虹、周怡译,河北人民出版社1987年版,第28页。

② 薛晓阳:《代沟及其文化溯源》,《前进》1998年第2期。

化背景作为依据,认为美国的反战运动、西德青年的抗议和示威、法国的"五月风暴",都表明"整个世界处于一个前所未有的局面之中,年轻人和老年人——青少年和所有比他们年长的人——隔着一条深沟在互相望着"①,由此形成了不同代际之间的巨大差异,"与年轻一代的经历相对应,年长的一代将无法再度目睹年轻人的生活中出现的对一系列相继而来的变化的深刻体验,这种体验在老一辈的经历中是史无前例的"。② 在米德看来,正是由于社会历史的剧烈变动,才造成了人类在文化观念上的裂变,并促使新的一代人无法认同前辈们的各种思维方式和价值谱系,从而形成某种彼此隔膜的代际差别。这一判断,既指出了代际差别产生的文化根源,也表明了人类作为社会历史存在的内在属性。

玛格丽特·米德的这一论断,为人们研究代沟现象奠定了重要的理论基础。目前,绝大多数学者都遵循这一理论,强调代沟是人类历史文化变迁的重要产物,并与社会的急速变化密切相关。如我国代沟研究的代表性学者周怡就认为:"所谓代沟是指由于时代和环境条件的急剧变化,基本社会化的进程发生中断或模式发生转型,而导致不同代人之间在社会的拥有方面以及价值观念、行为取向的选择方面所出现的差异、隔阂以至冲突的社会现象。"③这一定义,在很大程度上突出了时代剧变作为代沟现象产生的前提和条件,同时也说明了时代剧变、文化伦理转型与代际观念之间的内在关系。

从潜在的、躲避式的心理对抗,到外在的、群体性的言行冲突,这是代沟现象在人类历史发展过程中所体现出来的基本趋向。毫无疑问,造成这种趋向的根本原因,就在于人类社会发展

---

① [美]玛格丽特·米德:《代沟》,曾胡译,光明日报出版社1988年版,第6页。

② [美]玛格丽特·米德:《文化与承诺———一项有关代沟问题的研究》,周晓虹、周怡译,河北人民出版社1987年版,第75页。

③ 周怡:《代沟与代差:形象比喻和性质界定》,《社会科学研究》1993年第6期。

的步伐越来越快,文化观念、思维方式和生存方式的更替也越来越频繁。有学者甚至认为,代沟在本质上就是一个现代性的问题,并给出了两个理由,"其一,代或代际关系所以会成为问题,是工业社会或现代性的结果。正是现代工业社会的出现,在相当程度上改变了原先田园诗般的那个变化缓慢的世界,使之在诸多方面与先前的世界发生了极大的变化,其中包括理性化之体现的工业化和城市化。"在此之前,社会发展极其缓慢,年轻一代总是视老一辈为人生楷模,代际差别并不突出。其二,"因为代问题和近代以来欧洲民族国家的建立有关,而民族国家的出现被吉登斯视为国家在现代性进程中的转型结果,或者说民族国家就是现代性的指标之一。"在民族国家形成的过程中,一代代欧洲青年开始走上了代际反抗的路途,由此使代际问题成为一个重要的社会问题。① 这一论断,无疑颇有道理。

在我国,由于儒教伦理的巨大影响,年轻一代很少有机会形成群体性的代际反抗,因此,代际差别现象并不突出。五四"新文化运动"之后,儒教伦理受到强烈的冲击,由忠孝观念所支撑起来的代际秩序被颠覆,年轻一代开始自觉地张扬自己的人生信念和价值追求,由此使代沟问题明确地浮出现实,只是当时的文化语境主要是启蒙主义,很少有人从代际差别上来研究这一问题。对此,费孝通先生曾论及:"社会变迁最紧张和最切骨的一幕,就这样开演在亲子之间。这时,狂风吹断了细线,成了父不父,子不子,不是冤家不碰头了。西洋的现代文明侵入我国,酝酿到五四,爆烈出来的火花,第一套里就有'非孝'。这岂是偶然的呢?文化的绵续靠了世代之间的传递,社会为此曾把亲子关系密密地加上种种牵连。但是文化不只是绵续,还需不断地变化,于是加上的牵连又得用血泪来丝丝切断。"②直到20世纪80年代中后期,因

---

① 参见周晓虹:《冲突与认同:全球化背景下的代际关系》,《社会》2008年第2期。

② 费孝通:《乡土中国　生育制度》,北京大学出版社1998年版,第210页。

为改革开放政策的实施,中国社会再次迎来了历史性的剧变,同时历史也赋予了年轻一代巨大的社会使命,从而使代沟问题再次成为社会的突出问题。代沟,或者说代际差别,逐渐成为很多人文学科中的一个重要研究目标。

尽管不同的学科会从不同的角度来关注代际差别问题,如伦理学探讨的是代际差别对人伦观念的巨大影响,经济学探究的是社会、自然资源在代际分配上的公正性问题,而社会学则立足于青年群体探讨代际隔阂和代际冲突所造成的社会危害问题……所有这些问题,最终都指向社会的变化和文化的变更,因为"代际更替与代沟现象是社会与文化变迁的产物,而变迁越迅速越彻底,这种更替就越明显,冲突越激烈。当代社会文化正处于传承与断裂的过程中,尤其是网络对传统社会的冲击,更是形成了两种迥然不同的代际文化。代与代之间隔阂加深,冲突加剧,而新的一代的内部,代际差异亦越发明显,代际更替明显加快"①。返观中国近三十年的社会变化,20 世纪 80 年代的改革开放,90 年代的市场经济及社会体制的转型,世纪之交的信息化浪潮及消费主义的盛行,几乎每一次社会变革,都导致人们生存方式、价值观念乃至思维方式的变更,也促使代沟现象愈演愈烈。这也正是我们必须认真研究代际差别的客观现实。

二　代际隔阂、代际冲突与代际交流

在讨论代际差别之前,我们有必要厘清几个相对重要的概念:代际隔阂、代际冲突、代际交流,以及它们之间的内在关系。因为它们都是分析代际差别时经常涉及的基本概念,而且在很多场合,人们常常将代际差别与代际隔阂、代际冲突混为一谈。

代际隔阂是指不同代际之间在心理上所形成的隔膜与对峙。它是代际差别的延伸和加剧,体现了代际群体高度明晰的自觉意

---

① 沈汝发:《我国"代际关系"研究述评》,《青年研究》2002 年第 2 期。

识。不同的代际群体为了坚持自己的人生信念,捍卫自身的价值观念,确立自己的思维方式或生存方式,常常在心理上拒绝与其他代际的人进行积极而有效的交流,主动隔断代际之间的精神互动,使不同代际之间在心灵上形成某种隐秘的文化鸿沟。这种情形在年轻一代身上表现得尤为明显。他们常常沉迷于自己的兴趣爱好、生活习惯和文化符号,只在同代之间进行主动交流,对其他代际的不同观念和生活想法缺乏了解的兴趣,更缺乏对之进行思考和辨析的热情,用他们的口头禅来说:"懒得理你。"

"懒得理你"其实是代际隔阂的主要表现形态。它所折射出来的情感心理特征,就是冷漠与疏离。当青年一代无法认同老一辈人的价值观念和生存方式时,由于受到某些传统伦理的制约,他们通常会选择回避的方式,拒绝通过积极交流的方式进行沟通,当然也不会采取直接冲突的方式进行对抗,而是以沉默的手段来寻求疏远。这并非表明他们没有生活热情,相反,在同一代际之中,他们常常会相互倾诉、争论、激辩,充满激情,活力四射。从心理层面来说,这种代际隔阂现象的存在,主要是因为代际之间的情感交流出现障碍,彼此的信任关系没有有效地建立起来。

如果代际隔阂长期存在于一个相对封闭或稳固的社会空间结构中(如家庭内部、单位内部),那么,这种隔阂就会在特定条件下演变成冲突。此所谓"不在沉默中爆发,就在沉默中灭亡"。"懒得理你"固然是某一代际自觉采用的一种具有自我防御意识的手段,但这种手段并不能永远解决人与社会之间的生存关系。人是一种社会的存在,每一个代际群体在融入社会过程中,都要不可避免地与其他代际发生这样或那样的联系,因此,冷漠和疏离不可能成为生存的长久之计。面对不同代际之间的观念差异,对于坚持自我认同、拒绝相互妥协的代际群体来说,代际冲突就会随时出现。

因此,代际冲突是代际差别的极端化体现。它彻底消解了不同代际之间的情感沟通基础,颠覆了彼此信任的人际伦理,呈现出一种彼此否定、相互攻击的极端方式。有必要指出的是,代际群体的主体意识越强,自我认同的程度越高,代际冲突的发生频率就会越大,对社会秩序的破坏性也越强。因此,从社会发展的文明趋向来看,有效防止代际冲突是一个共识性的社会目标。但是,我们也必须明白,现代社会的一个重要信念就是培养人的主体意识,确保每一个个体的人具有自我管理的意识和能力,这是启蒙运动以来人类孜孜以求的目标。尽管这种主体意识中包含了明确的理性精神,也体现了责任、使命与个人自由之间的诸种关联,但在具体的社会境域中,主体意识的过度彰显,常常会演变成"唯我独尊"的个人主义。中国的"小皇帝"现象就是一个非常明显的例证。

由主体意识的张扬而催生的个人主义的膨胀,很容易引发代际冲突,形成代际之间的相互否定和攻击。这种否定和攻击,主要"表现为代际间的相互批评或指责,并通过这种批评或指责来展示自己的价值。在生活中许多老年人常常力图用否定年轻人的方式来巩固自己尊崇的价值观或生活方式,从而用以补偿丧失社会权威和价值标准的失落感;同样,年轻人也常常以一种不成熟的简单否定的方式加以对抗,借以寻求社会的支持和认同,从而补偿被社会主流文化或权力社会排斥的压抑感。如,在西方社会中,曾出现令长辈们,甚至年轻人也无法接受的所谓'新人类',他们没有稳固的价值观,趋向于逸乐主义和面具主义,他们以这种特殊的方式与权威社会相对抗。攻击具有一定的对抗性质,在特定的条件下,它也会使隔代人之间在重大社会问题上发生明显的分歧和对立,因此,从一定意义上说,代沟所引起的文化对抗和心理攻击具有较大的破坏性和危险性,缓解或避免这种消极文化特性是研究代沟的重要内容。"①无论是何种代际的群体,一旦形成以自我为中心的个人意识,就会在社会交往领域产生各种代际冲突,并对社会发展造成一定的危害。

从代际差别到代际隔阂,再到代际冲突,是一个代沟不断加深的过程。或者说,代际隔阂和代际冲突,正是代际差别被不断激化后的表现形态。它们折射了人类文化在代际传递过程中的

---

① 薛晓阳:《代沟及其文化溯源》,《前进》1998 年第 2 期。

艰难与吊诡,也昭示了人类社会在自我更新与发展过程中的潜在纠葛。周怡曾明确地指出:"代差主要强调不同代间的异质性,指一代人区别另一代人的不同点。此时,各代间在表现出差异的同时,并没有在感情上有多少矛盾和对立,相反却会表现出'相互理解,相互帮助'的依存性。代隔阂,除了示意代与代之间的差异或不同之外,还反映了彼此情意不通的抵触状态,感情上、心理上的疏远和对立已经萌芽。代冲突是极端化的代差,亦即'代沟'发展的最高阶段,代际间相互否定、情感破裂并伴有根本对立的破坏行为。显然,从代差到代隔阂再到代冲突,其间代际关系的亲疏程度由亲至疏是依次递增的。"①从这一分析中,我们可以看到,研究代际差别的重要目标,就是如何有效地克服代际隔阂的加深,缓解或阻止代际冲突的发生,使不同的代际群体在彼此尊重的基础上,能够积极地进入代际交流的良性互动之中。

代际交流是控制代际差别不断加剧的重要途径。人类作为一个群体性的社会存在,只有通过积极的互动,才能维系整个社会的健康发展。这种积极的互动,既包括不同阶层、不同职业的人群之间的广泛沟通,也包括不同代际、不同族群之间的广泛交流。它以平等对话作为前提,面对现实中的诸多分歧或矛盾,以积极的姿态和创造性的努力,在理性的层面上获得最大的共识。因此,真正意义上的代际交流,就是不同代际的群体,在承认代际差别的前提下,在理解和信任的基础上,通过积极的对话或争鸣,有效地克服彼此自身的内在不足或诸多缺陷,实现人类优秀文化的承传与发展。

当然,要实现不同代际之间广泛而积极的交流,确非易事。它需要不同代际群体的共同努力,因为交流是双向乃至多向的,任何一个代际的缺席都无法实现。廖小平曾从道德价值观的角度,阐述了代际沟通必须具备两个前提条件,即"对道德价值观代

---

① 周怡:《代沟与代差:形象比喻和性质界定》,《社会科学研究》1993年第6期。

沟的自觉意识和对代际道德价值观的普遍性和共识性的寻求。"①
其实,广义上的代际交流也是如此。无论哪一个代际,如果没有
自觉的交流意识,没有主动寻求各种共识性观念的强烈意愿,都
不可能实现真正意义上的代际交流。

代际交流的实现,离不开两个基本前提。首先,人们必须具
备代际差别上的自觉意识,即自觉地认识到代际差别是一种客观
存在的社会现象,蕴含着社会文化变迁的复杂过程,且会导致代
际隔阂和冲突的出现。只有拥有了这种自觉意识,人们才能在社
会群体中充分意识到自己承担的社会角色和伦理使命,既不过分
地依仗自己的权力系统压制其他代际的精神追求,也不会主动逃
避自身作为社会一代所应承担的责任和奋斗目标。也只有拥有
了这种自觉意识,人们才能不断地检视自身在代际差别中的所作
所为,反省自己的不足,并在理性的层面上服膺于社会文明发展
的基本趋向。玛格丽特·米德就强调:"一旦年轻人和老年人真
正认识到有一条深深的、新的、史无前例的、世界性的代沟存在的
事实,交流才能够重新建立。只有成年人像父母和老师那样认为
自己需要内省,需要用自己青年时代的所作所为来理解眼前的年
轻人,交流才是可能的。"②承认代际差别的存在,意识到代际差别
可能产生的危害,并通过内省的方式理解其他代际的价值观念与
文化诉求,是代际交流实现的基本条件。

其次,人们必须具备寻求共识性价值谱系的内心意愿。交流
的目的不仅仅是为了以宽容的姿态放任差异性的存在,信奉所谓
的"和而不同"的价值理念。面对多元共生的文化秩序,我们固然
可以从人本主义的角度,倡导"和而不同"的伦理观念,但也不能
处处默认"存在即合理"的现实秩序,从而放弃对整个社会文化发
展方向的自觉思考。人类的代际更替,意味着新一代人在超越前
一代人时,能够确保人类自身的健康发展,使一些优秀的文化传

① 廖小平:《伦理的代际之维》,人民出版社 2004 年版,第 112 页。
② [美]玛格丽特·米德:《代沟》,曾胡译,光明日报出版社 1988 年版,
第 78—79 页。

统得以发扬光大。因此,不同代际必须拥有这种趋同性的价值理念,在更大层面上主动寻求各种观念的共识,才能使不同代际从心理上产生相互交流的冲动,并进而在重要的价值观念上达成共识。而且,从客观上说,这种共识有其内在的基础,"由于在场的各代毕竟共存于同一个现实世界,他们同样面临着各种生存和发展的问题,如环境问题、人口问题、资源问题、贫富差距问题等等。因此,他们之间必然存在着最起码的共同的道德需要和要求,共同的价值观念和价值取向。"①

代际交流是代际差别逆向纠偏的重要途径,有利于化解代际差别中隐含的诸多冲突,有利于建构代际公平的社会秩序,也有利于人类文化的健康发展;而代际隔阂和代际冲突则是代际差别正向发展的结果,不利于现代社会公正秩序与和谐伦理的建构,有时甚至会对人类传统文化的承传产生较大的负面影响。很多学者在反思"五四"新文化运动时,就常常论及当时年轻一代因反对儒家思想所造成的中国传统文化的断裂。

三 新时期作家的代际划分及依据

毫无疑问,代际划分的主要依据是其生物学的自然属性,即年龄结构。但人类社会由于其自身文化和种族的复杂性,单纯地从某个固定的年龄段来进行代际划分,常常会显得不尽合理。因此,社会学和人类学家们在研究代际问题时,通常使用比较粗略的划分方法,将社会在场的各代人群分为四个代际:老年、中年、青年、幼年;其中老、中、青三代则是主要研究目标。玛格丽特·米德在其著名的《代沟》一书中,也是沿用较为笼统的老、中、青三个代际之概念。至于哪个年龄段属于老年、中年或青年,则各寻依据,众说纷纭。

在此,我们不妨以"青年"为例,看看国际和国内在代际界定

---

① 廖小平:《伦理的代际之维》,人民出版社2004年版,第115页。

上的差别。在国际上,1982 年联合国教科文组织对青年年龄的界定是 14—34 岁;1985 年联合国对青年的界定是 15—24 岁;1992 年世界卫生组织的界定是 14—44 岁;1998 年联合国人口基金对青年的界定是 14—24 岁。在国内,国家统计局的界定是 15—34 岁(人口普查);共青团的界定是 14—28 岁(《团章》);中国青联的界定是 18—40 岁(《青联章程》);港、澳、台的界定是 10—24 岁(香港青年事务委员会、澳门人暨普查司、台湾青年辅导委员会)。① 尽管每种界定都有自身的一套依据,也有其内在的合理性,但从上述的界定结果来看,仅就"青年"这一代际的划分,差别就很大。至于中年、老年的划分,也同样如此。

这也意味着,对人类进行精确的代际划分是非常困难的。而且,一旦形成过度精确的代际界定,就会使我们在讨论代际问题时陷入各种僵局——因为代际研究所关注的,并非只是其生物学的属性,而是其精神心理及其文化行为、价值观念等,所以沿用一种相对笼统的代际划分方法,并无不妥。当然,在具体的研究领域中,面对各自不同的研究任务,很多学者对代际的划分也会采用一些相对灵活的划分手段。譬如张永杰和程远忠合著的《第四代人》就是一个典型的例证。该书立足于社会人类学领域,主要采用了玛格丽特·米德关于"重大事件产生一代人"的理论依据,将新中国成立之后的人群划分为四个代际:从革命战争年代经历过来的第一代人,其中不乏英雄和伟人;新中国成立后 17 年中成长起来的第二代人,与第一代人相比,他们是灰色的一代;"文化大革命"中的红卫兵,他们既经历了 1976 年前的革命造反岁月,又经历了其后的改革开放时代,因此,他们是标准的边际人;最后,由 1978 后直接从中学考进大学的莘莘学子构成了第四代人。这四个代际的划分依据是三大历史事件:新中国成立——"文化大革命"爆发——改革开放。作者认为,中国社会在从政治革命时代向经济时代转型过程中所面临的"代沟"问题已经日益明显、普遍,代沟已经从家庭领域"渗透到社会生活的各个方面、各个层

---

① 参见廖小平:《伦理的代际之维》,人民出版社 2004 年版,第 53 页。

次”，以至可以说“几乎任何大的社会冲突都在一定程度上表现为代际冲突，或至少带有代际冲突的色彩”；这种几代人共处的局面“以及由此而来的几代人之间的冲突在今天乃至今后一个相当长的历史时期内仍然是不可避免的”。①

笔者无意在此辨析这种代际划分的合理性和科学性，而只想借此说明，代际划分的核心依据虽然是人的生物属性，但在具体的实践中，其划分标准仍然因文化的变迁而存在着较大的弹性。不能因为代际划分缺乏严密的精确性，我们就断然否定代际研究的科学意义。正是基于这一事实，当我们对中国新时期以来的作家阵营进行代际层面的系统研究时，其代际划分也只能采用相对性的原则，即，以 10 年左右的历史时段，将新时期以来的作家队伍主要划分为四个代际：“50 后”、“60 后”、“70 后”、“80 后”。至于 20 世纪 50 年代之前出生的作家们，虽然在新时期初期有着独特的艺术贡献，并以“重放的鲜花”照亮了当代文坛，但绝大多数人的创作都迅速走向衰退，只有少数人还在坚持创作，如宗璞、王蒙、陈忠实、蒋子龙等，已经不具备代际层面上的整体特征，故暂且不论。而“90 后”作家们尚处于蓄势待发阶段，无论是创作水平还是作品的影响力，亦未呈现出代际化的共性倾向，论而析之尚显勉强。因此，纵观新时期以来最为活跃的写作群体，主要还是体现在这四个代际之中。

所谓“50 后”作家群，主要是指 20 世纪 50 年代出生的作家群，也包括少数 40 年代末出生的作家，如陈建功、北岛、江河、阿城、路遥、梁晓声、陈世旭等。作为共和国诞生之后的第一代人，他们自幼便受到革命理想主义的启蒙，具有强烈的社会责任感和历史使命感。这一代际的作家不仅阵容庞大、实力均衡，而且创作勤奋、成绩斐然。经历了数十年的创作磨炼，他们积极参与了中国新时期文学的全程发展，也有力推动了一系列重要文学思潮的形成，是新时期文学发展的核心力量。无论是在小说、散文，还是诗歌、戏剧领域，这一代际的作家们都创作了一系列具有标志

---

① 张永杰、程远忠：《第四代人》，东方出版社 1988 年版，第 5—6 页。

性的作品,取得了令人瞩目的成绩,也赢得了各自的文学史地位。与此同时,他们还自觉强化创作主体的现代意识,积极借鉴并吸收各种域外的现代艺术手法,有效推动了中国当代文学的形式革命,成功地改变了中国当代文学一元化的审美思维。

"60 后"作家群,则主要是指 20 世纪 60 年代出生的作家群。他们之所以与"50 后"作家们形成了某些代际上的审美差异,主要在于他们的成长环境有别于前一代。譬如,他们的童年时期基本上是在"文化大革命"中度过的,但所幸的是,当他们进入青年之后便迎来了"文化大革命"的结束,尤其是高考制度的恢复,使他们中的绝大多数得以顺利考入高校,完成了相对正规的专业化学习。因此,这一代际的作家,从 20 世纪 80 年代中后期陆续走上文坛之后,便开始自觉地扛起反叛和先锋的文学大旗,一方面主动回避对宏大历史或现实场景的正面书写,清算并反思集体主义所带来的诸多问题,自觉地卸下某些重大的社会历史使命感,如第三代诗歌、余华、格非、苏童等人的先锋小说等;另一方面,他们又以明确的个人化视角,着力表现社会历史内部的人性景观,以及个体生命的存在际遇及人生体验,合理汲取西方现代主义的表现手法,使之融入作家个人的审美创造之中。

"70 后"作家群,主要是指 20 世纪 70 年代出生的作家群,也包括少数 60 年代末出生的人,如须一瓜等。这一代人以自己特有的青春和成长,见证了中国社会自 80 年代以来的历史巨变,也深刻地体会了生活本身的急速变化对人的生存观念的强力规约。尽管他们中也曾出现了类似于卫慧、棉棉、木子美等极端性的"身体写作"者,甚至涌现了以伊沙、沈浩波、尹丽川等为代表的"下半身诗歌"写作者,但从整体上看,这一代作家中的绝大多数人,都在努力寻找自身的写作与现实生活之间的秘密通道,立足于鲜活而又平凡的"小我",展示庸常的个体面对纷繁的现实秩序所感受到的种种人生况味。他们的创作更多地服膺于创作主体的自我感受与艺术知觉,不刻意追求作品内部的意义建构,也不崇尚纵横捭阖式的宏大叙事,只是对各种边缘性的平凡生活保持着异常敏捷的艺术感知力。日常生活的诗性建构,几乎是这一代际的创作所体现出来的主要美学特征。

"80后"作家群,主要是指20世纪80年代出生的作家群。这一代人大多是计划生育政策实施之后的家庭独生子女,同时受惠于改革开放和市场经济的发展,自幼便浸润在消费文化和信息文化之中,有着极为特殊的成长背景。因此,从一开始写作,这一代作家便以大众化的审美面貌出现在人们的视野之中,并在市场化的运作过程中,深刻地影响了中国当代文学的发展格局。从代际层面上看,"80后"作家群主要存在着三个阵营,且各有特点:一是青春写作阵营(如郭敬明、韩寒、春树等);二是成人化写作阵营(如笛安、甫跃辉、马小淘、张悦然等),这类作家的创作与传统写作没有太大的区别;三是类型化的网络写作阵营(如蔡骏、南派三叔、流潋紫、安意如等),他们的小说在玄幻、悬疑、穿越、架空、耽美等方面,形成了特殊的类型化美学倾向。有人就认为,"80后"的写作"是非历史化的,是现在时的,是此时此刻的青少年所体验和向往的生活。这个由网络、情爱、校园、酒吧、明星、摇滚、游戏、影像等组成的世界,承载了改革开放以后出生的新一代人的梦想,他们成长的环境没有历史的阴影,没有'反右'、'文化大革命'这些史无前例的政治运动的冲击。他们进行写作的时候,迎头赶上的是消费主义、娱乐文化盛行的时代,有人称为全媒体时代。他们的写作是一种类型化写作,少有个性化写作。类型化写作,是一种迎合写作,迎合这个市场化的时代需求。他们所津津乐道的校园激情、青春玄幻、情爱感伤、虚拟游戏,带有鲜明的时代特征,难怪他们的作品,在少男少女中风靡一时,这是毫不足怪的,没有比他们更有资格对当下发言的了"①。

需要强调的是,笔者所采取的这种划分方式,并不是将1950年、1960年、1970年、1980年作为一个精确的代际划分界限,而只是将这几个年度作为一个具有弹性的时间过渡区间,来甄别不同代际之间的区别。如果要进一步说明,这个过渡性的区间段,应

---

① 王德领:《繁华过后是清寂——对"八〇后"写作群体的思考》,《文艺报》2011年10月21日。

该包括前后2—3年,至于在这一区间内出生的作家究竟属于哪
个代际,则要根据其创作的主要特征与哪个代际的共性倾向更接
近。其理由是,人类社会的代际承传是绵延的,而不是跳跃的。
这如同文学史的划分一样。虽然我们通常都会采用一种社会政
治变革史(如"五四"新文化运动、新中国成立、"文化大革命"结
束)作为文学史划分的重要界限,但并不是说文学发展在这些年
度里就一定出现了断裂性的变化,只不过是一些新的文学现象开
始大量涌现。

　　之所以对新时期以来的作家群进行这样的代际划分,一方面
当然是因为它们已成为中国当代文坛通用的代际标识,并被学界
广泛地认同;另一方面也是由于这种划分确实有其内在的文化逻
辑依据。这种逻辑依据主要体现在两个方面:首先是不同的代际
群体在创作实践上有着各不相同的审美理想。这一点,我们已在
上述文字里进行了简单的归纳,同时也将在后面相关章节里进行
详尽的论述。一代人有一代人的文化观念和审美趣味,也有一代
人的精神理想,它是确立代际差别的核心依据。玛格丽特·米德曾
以第二次世界大战前出生的一代人为例,认为他们在经历了二战
之后,已成为新世界的"时间移民","代表着今日世界的各种不同
的文化",但是,她同时指出:"所有这些人,不论他是练达的法国
学者,还是新几内亚偏僻部落的生民,不论他是海地世守故土的
农民,还是原子物理学家,他们都具有某种共同的特征。"①这种代
际意义上的共性特征,并不会因为个体身份的不同就可以忽略。
其次是不同的代际群体有着极为不同的成长背景,深受不同的历
史文化的制约。"代沟问题本质上是一个文化上的问题。代际差
异正是代与代之间在文化上的差异,代际冲突也主要是代与代之
间在文化上的冲突。两代人之所以被称作两代人而不是一代人,
本质上是由于他们在文化上的差异。"②如果从心理学的角度来考

----

　　① [美]玛格丽特·米德:《文化与承诺》,周晓虹、周怡译,河北人民出
版社1987年版,第81页。
　　② 廖小平:《伦理的代际之维》,人民出版社2004年版,第93页。

察,对一个人的一生产生重大影响的,往往是他的童年时期。也就是说,童年时期的文化启蒙和环境熏染,会在很大程度上决定一个人的精神气质。这一点,在作家和艺术家的精神建构中,体现得尤为突出。弗洛伊德在对达·芬奇的精神心理进行分析时,就非常明确地指出了童年记忆(尤其是童年阴影或创伤性记忆)对其创作的巨大影响。

既然如此,在讨论一代人的精神特征时,我们也必须重点关注这个代际在童年时期所经历的社会文化面貌以及变革情形。譬如,对于20世纪50年代出生的人来说,新中国成立之后的社会主义建设,尤其是"大跃进"等狂热的革命理想主义、集体英雄主义等,是他们童年记忆中最核心的部分。而在60年代出生的人群中,喧嚣的"文化大革命",包括游行、大字报、各种规模不同的批斗会,构成了他们童年生活里最鲜明、最浓烈的文化底色。对于70年代出生的人来说,粉碎"四人帮"、反思"文化大革命"与改革开放是他们童年成长的文化记忆。80年代出生的人,面对的则是改革开放的深入和市场经济的转型,包括消费主义和信息文化的盛行。

针对上述这种代际划分方式,学界也偶有质疑之声。这些质疑,主要集中在如何维护作家个体差异性的问题上。有些学者(也包括一些作家)常常以个体的差异为理由,试图否定代际群体应有的共性特征,并进而否定代际差别研究的意义。如吴义勤先生就认为,对新时期作家的代际划分"其实也是批评界的一种'偷懒'行为,以年代划分作家是批评家主体性萎缩的标志,因为某种概括性的话语的使用总是比对个体的深刻解剖来得容易。写作是一种高度个人化的精神行为,不要说一代人,就是一个家庭中的两个兄弟当他们成为作家后都会是完全不同的景象,鲁迅和周作人就是两个典型的例子。有时候,我们更多的是谈论一代作家面临的相同的生存境遇与精神境遇,而忽视了对于同样的境遇,不同个体的感受方式、反应方式和表达方式可能是完全不一样的。'代际'的归纳有时可能恰恰会构成对一个时代文学的丰富性与复杂性的遮蔽。对此,我以为,这是两个完全不同层面的问题,并不能彼此取代"①。黄发有先生则干脆认为,对作家群体进行代际意义的归纳,完全是一种"标签化"的表述策略,是一种"人造的代沟",而且是由媒体策划的结果,"媒体和一些圈内人士把作家按照出生年龄进行分类,恰恰是通过整合个体差异的方式发挥集团作战的优势,试图改变作家个体农耕式的创作方式,通过工业化分工和协作实现扩大再生产。"②这种标签化的归纳,遵循的是一种"混搭美学",忽略了文学创作的丰富性和复杂性,追求某种同质性的写作倾向。"长此以往,文学史将被塑造成一种整齐划一、周期循环的年龄魔方,这种简便易行的操作方式免除了治学者皓首穷经的劳役,但是,文学创作和文学研究真有那么简单吗?"③

这些质疑无疑很有意义。如果我们的文学研究始终立足于代际群体这一层面,确实会产生很多问题,甚至会忽略作家个体的差异性,影响文学史的理性梳理和科学建构。但是,如果将代际研究仅仅作为文学研究的一种方式,是文学研究多元化的一种体现,问题就未必有那么严重了。事实也是如此。在当代文学研究领域,从来就不缺乏对作家个体的差异性研究,更不缺乏对文学丰富性和复杂性的研究,代际层面的整合性研究只是其中一个角度或一种方式罢了。所以,吴义勤先生也同样注意到,同一代际的作家创作确实存在着某些共性倾向,这种倾向"在每一代人身上都存在,也是一个需要认真研究的复杂问题,它与时代氛围、政治语境和审美风尚等等都密切相关。"④既然在当代文学的发展

---

① 吴义勤、施战军、黄发有:《代际想像的误区——也谈 60 年代出生作家及其长篇小说创作》,《上海文学》2006 年第 6 期。

② 黄发有:《文学与年龄:从"60 后"到"90 后"》,《文艺研究》2012 年第 6 期。

③ 黄发有:《文学与年龄:从"60 后"到"90 后"》,《文艺研究》2012 年第 6 期。

④ 吴义勤、施战军、黄发有:《代际想像的误区——也谈 60 年代出生作家及其长篇小说创作》,《上海文学》2006 年第 6 期。

中,代际差别确实是一个客观的存在,我们就有必要对之进行梳理和探讨。而且,如果我们仅仅将代际差别作为当代文学研究的一种特定方式,而不是将它进行无边的合法化,那么,它就没有什么不妥。

另一个需要特别强调的问题是,这些质疑在本质上也混淆了个体的差异性和代际群体的差异性是两个完全不同的研究目标。它们不是非此即彼、二元对立的概念范畴。研究代际群体并不是为了消弭或否认个体的差异性;同样,关注个体的差异也不能忽视群体的共性特征。这是我们在文学研究中通常面对的一个基本问题。对此,文化人类学的学者们早已进行了明确的辨析。譬如,周怡就曾进行了翔实的论述:

> 我们并不否定同代人之间存在某些差异,而你们又有什么理由一定要否认那种由时代变迁造成的发生在不同代人之间的整体性差异呢?应该承认,代际差异即"代沟"与同代人之间的差异有着本质的区别。首先,代际差异是根本性的差异,是"新人"与"旧人"之间在价值观方面的根本不同,也是"新"与"旧"的行为取向上的根本性差异。比如,同处于摇滚演唱会上的不同代人所呈现的状态截然不同,一代人可能随之手舞足蹈、癫狂吼叫;一代人可能袖手旁观、无动于衷;另一代人则可能拂袖而去甚或捶胸顿足。而同代人之间的差异大多是性格、气质和能力方面的差异,即使有价值观、行为取向方面的差异也多半是不明显的,无所谓新旧之分。其次,代际差异是整个一代人不同于另一代人的群体性差异,研究它需要更多地借助宏观研究的方法,而同代人之间的差异是表征一个人不同于另一个人的个体性差异的,它的研究属于微观研究。最后,代际差异并不与人类结伴而生,传统的农耕社会不存在这种差异,它是工业文明的产物,并与社会转型、社会变迁等多种因素紧密相连,同时它也是社会进步的标志。可是,同代人

之间的差异因为完全由个人的背景、经历、学知、气质等个人因素决定，所以，他几乎与人类的诞生形影相随。从这个意义上来说，研究"代沟"现象较之研究同代人之间的差异更具有现实的社会意义。①

笔者之所以摘录上述这段长文，就是为了说明，代际差别作为人类社会发展的一种必然现象，是人类文化在现代性进程中的一种必然结果，它也会自然地体现在文学创作之中。我们固然要警惕对作家创作进行标签化的草率处理，甚至将它运用到文学史的建构之中，但是，我们也要再三寻思，当某些概念逐渐成为人们通用的概念之后，其中是否也隐含了某种合理性或者其他值得深究的意义？

四　群体的差异性与个体的独特性

在讨论了新时期作家的代际划分及其理由之后，有一个问题开始浮现出来，那就是：如何科学地理解代际群体之间的差异性和个体之间的差异性？或者说，不同代际之间的差异与不同个体之间的差异有何不同？事实上，一些学者之所以对新时期作家的代际差别持以怀疑的态度，关键就在于他们混淆了这两种差异之间的本质区别，认为文学创作源于作家的个体劳作，是作家审美个性的一种体现；文学研究应该关注作家个体的差异，关注作家个体的成长经历、文化积淀和精神气质。譬如，有学者就认为，"实际上，以年代划分作家是上世纪 90 年代以来中国评论界的一种习惯做法，它的好处是便于在第一时间对一代作家做出整体性的概括与评判，大概属于评论界的'宏大叙事'之一种。为了满足这种宏大叙事的冲动，批评家们不惜以对个体的牺牲来成全一个

① 周怡：《代沟理论：跨越代际对立的尝试》，《南京大学学报》（哲学·人文·社会科学版）1995 年第 2 期。

假设的、理念性的'集体'形象,许多东西被无限夸大,而许多东西又被无情地遮蔽了。"①应该说,持类似看法的人并不少见。但是,真正意义上的代际差别研究,并不是为了遮蔽或取消作家个体的差异性,更不是为了利用整合性的概念来抹平作家个体的独特性。为此,我们有必要再费些笔墨,进一步阐释作家群体的差异性与个体的独特性之间的本质区别。

从代际层面上对作家群体的差异性进行探讨,其核心依据当然是人类文化学中的"代沟"理论。目前,有关"代沟"问题(或曰"代际差别")早已不再局限于人类学领域了,像社会学中有关亚文化问题和资源再分配问题、经济学的财产转移和利益分配问题、伦理学中的有关家庭伦理秩序的建构问题,都已涉及"代沟"的核心。可以说,"代沟"问题已成为一个广泛而又复杂的社会问题,并渗透到诸多的人文社科领域。文学领域当然也不可避免,因为作家也是一种社会的存在和文化的存在,不同时代的作家总是会有着自身特有的历史烙印。不同作家群体之间的代际差别,从本质上说,正是"代沟"在文学创作中的一种正常反映,因此,这种代际上的差异性完全不同于作家个体的差异性。

首先,作家之间的代际差别是一种价值观念和文化取向上的差别,体现的是一种根本性的时代差异,而作家个体之间的差别通常体现在性格、气质和文化积淀上,主要呈现为审美风格的不同。

不同代际的作家群所体现出来的代际差别,是一种刻印了人类文化发展轨迹的根本性的差别,它突出地表现在价值观念和文化取向上的不同,折射了"旧人"和"新人"之间的差别。而不同个体之间的差别主要体现在性格、气质和能力等方面,在价值观和文化取向上虽然也会有些反映,但不会出现本质性的断裂,更无"新旧"之分。在此,我们不妨以短篇小说创作为例,分析一下这种差别的不同。从整体上看,新世纪以来的中国短篇小说创

---

① 吴义勤、施战军、黄发有:《代际想像的误区——也谈60年代出生作家及其长篇小说创作》,《上海文学》2006年第6期。

作,都是立足于城乡日常生活的"小叙事",无论是书写历史记忆还是反映当下的现实生存,作家们普遍关注的,都是一些承载着特定审美信息的生活事件或片段。但是,从代际群体的审美心理上看,却呈现出较为明显的文化差异。

"50后"及以前出生的作家,更加关心社会的热点问题和矛盾聚焦,注重对当下现实矛盾和生存困境的尖锐思考,特别是对城市底层人群(包括农民工)生存状态、人性面貌及其伦理观念的追问。其中,较有代表性的作家,包括刘庆邦、王祥夫、阎连科、范小青、裘山山、赵本夫、谢友鄞等人。他们的大量短篇不仅突出故事本身的起承转合,推崇欧·亨利式的叙事结构,而且强调其中所蕴含的社会现实意义以及情感立场,试图通过以小见大、见微知著的艺术思维,传达创作主体明确的现实批判姿态和伦理反省意识。只有王安忆、铁凝、韩少功、王手等人的短篇稍显不同——他们更侧重于生存状态或人性状态的演绎,而将作品的"现实意义"置于次要地位。

"60后"出生的作家们尽管也立足于日常生活的表达,但他们自觉地倾心于各种人生状态的书写,凸现各种隐秘与幽暗的人性冲突,捕捉日常伦理内部的精神机理,袒露生活特有的生命情趣,并且各有风姿,甚至特立独行。像苏童和迟子建的短篇,就常常着眼于日常生活中的人情伦理,于温情之中凸现锐利,简约之中承载沧桑。毕飞宇的短篇饱含智性,常常声东击西,传达特定人群中隐秘而又意味无穷的生命景象。艾伟喜欢寻找各种幽暗的生存通道,从中打开尖锐的人性冲突。红柯的短篇则饱含了生命的激情和血性,又不乏人性的坚硬而吊诡。叶弥常常将现代人置于相对宁静的小镇,于空山鸟语之中,彰显禅意对心灵的作用。潘向黎面向都市男女,着力呈现理想、爱情和婚姻之间的磕磕碰碰。郭文斌、石舒清和张学东都是倾心于西北乡村的文化风俗和人情世故的书写,基调虽不相同,但均渗透了某种浓厚的故园情怀。邱华栋更多地关注现代都市中人的异化问题,因此其短篇带有明确的现代寓言色彩。温亚军的短篇主要以西北军旅或婚姻生活为表达对象,以艰难或无奈来考验生命的韧性。冉正万、高君、陈启文、钟求是、晓苏等人的短篇,也都善于捕捉日常现实中的异质性生存场景,并以此来撕开被日常伦理封裹甚严的人性面貌。

因此,读"60后"作家在新世纪以来的短篇,我们会发现,他们的笔下少了社会喧闹的气息,也没有"50后"作家焦灼或愤懑的情绪。他们同样也在建构作品的"意义",但那些"意义"不是附着在社会外在的层面上,而是隐藏在人性或生命的自然机理中,甚至是在某种寓言化的隐喻之中。他们似乎不喜欢直接"表达"创作主体对现实生活的价值判断,而是更乐于"呈现"生存的特殊情境和生活的自然质色,使创作主体的理性思考和"意义"夹藏在人物或事件的内部。

"70后"出生的作家们是新世纪以来短篇创作的主力军。他们在短篇创作上尤为注重感性化的日常生活书写。除了徐则臣、李浩、鲁敏、朱山坡等,他们中的大多数人并不喜欢各种理性的意义建构,更不喜欢对喧嚣的现实矛盾进行直接的艺术呈现,而是津津乐道于将人物安置在各种相对狭小甚至封闭的生存空间里,让他们面对各种尴尬或伤痛的生存境域,细细咀嚼自己的生存感受,反复品味生活的滋味,然后寻找自我消解的方式。像戴来的短篇,就常常立足于那些微不足道的生活琐事,包括床单上的一缕青丝,一次无意的白眼,一双凌乱置放的拖鞋,然后从中慢慢渗透,一步步打开人物无奈而又无助的生命镜像。魏微的短篇也是喜欢选择一些细微的人事纠葛,从日常伦理出发,演绎一种宽容、亲切而又布满暖意的生活色调。朱文颖的短篇执着于叙述某种阴郁、潮湿而又孤独的氛围,并通过这种氛围烘托人物略带压抑的生存感受。金仁顺的短篇迷恋于男女情感和欲望的推衍,其中的主人公总是自觉地远离公众视野,抛弃了道德伦理的压力,叙述所极力呈现的,就是爱与欲的微妙撕扯。盛可以擅长表达底层青年女性的欲望膨胀和生存之痛,在伤害与被伤害的不断循环中,呈现生命对尊严的吁求。徐则臣、乔叶、鲁敏、付秀莹、朱山坡等人的短篇,虽然会自觉地突出文本内在的意义,但是,他们在叙事上并不突出事件的外在冲突,而是致力人物内心意绪的临摹,通过人物的生存感受和个性意愿,传达某种理性化的意图。张楚、于晓威、田耳、李浩和陈家桥的短篇,则更多地借助于各种错位或略显荒诞的处境,在反复奔波和抗争之中,再现人物的心路历程和生命感受。路内、李红旗、李师江等人的短篇,则常常以欲望化的叙事,迎合现实生存的纷乱图景,并以人物自身的感官化生存,反讽或嘲解各种传统伦理的脆弱。

当然,在这一代际中,也有一些充满现代主义气息或实验意味的短篇,如东君、哲贵、孔亚雷、权聆等人的小说,但从代际共性上看,他们的短篇普遍追求生存的感性状态,突显沉寂于日常生活中的各种特殊感受,尤其是人们对物质、性、身体的精细体验,包括"走路时掉过头去,偷偷吐一下舌头;趁人不注意的时候,偷偷摸一下自己的身体,自得其乐……完全是下意识的小动作,仓促,烦恼,无聊,可这是二十世纪的骨骼,它潜藏在我们每个人的血肉里,一不小心就会露出来"。① 这种感性化的书写,虽然不像前辈作家那样,拥有现实批判或形而上的理性意义,但是它们呈现了生命自身的丰盈和美妙。

有趣的是,"80后"作家似乎较少从事短篇的写作。作为文化消费市场中的风云人物,他们更多地热衷于长篇创作,只有苏瓷瓷、笛安、张悦然、马小淘、南飞雁、周嘉宁、小饭等人,发表过数量不多的短篇。如果从代际层面上看,他们的短篇更多地立足于个人独特的生存体验,展示各种奇幻性、特殊性的生命状态,追求一种冷酷、尖锐的极致性叙事。像苏瓷瓷的很多短篇,都是以精神病或准精神病人作为表达对象,凸现他们的心理在正常与非正常之间游离的奇特状态。笛安和张悦然也时常从独特的个人体验出发,细致地书写人物内在的一些超验性意识。如果将他们的短篇与"70后"作家的短篇进行比较,可以清晰地看到他们更加迷恋个体的无意识状态,对日常生活的经验和感受则表现出一定程度上的游离。

从上述分析中,我们可以看出,尽管每个作家都有自己独特

① 魏微:《写作十年》,《当代作家评论》2003年第5期。

的叙事个性,也呈现出各自的审美风格,但是,他们并没有完全挣脱代际意义上的一些共性特点。也就是说,在同一个代际群体的作家中,无论哪位作家具有怎样的独特性,他都难以跨越代际上的限制,完全成功地融入其他代际群体之中。譬如,铁凝和王安忆近年来的很多短篇都在着力表现日常生活中各种微妙的生命感受,但它们在内蕴中始终贯穿了创作主体对爱、传统伦理和社会责任的承担;而"70 后"作家虽然也执迷于日常生活的直觉性表达,但主旨中并没有类似突出的思考。这正是因为不同的历史文化给两代人造成不同影响的结果。

其次,作家之间的代际差别是在特定的历史变化中形成的,是人类社会发展的特定产物,而作家个体之间的差别是与人类的发展始终相随的。

文化人类学的理论早已阐明,所谓"代沟"是人类社会发展到一定阶段的特殊现象,是工业文明的历史产物。在农耕社会及其以前,社会结构变化不大,人们的生存方式、生活观念和行为取向都相对稳定,新的一代人在成长过程中,主要是通过向长辈学习获得一系列生存技能与观念,并由此代代相传。因此,代与代之间的关系,是相对的承继关系,虽然其中也包含了某些创新和变革,但整体上不会出现代与代之间的鸿沟和冲突。自从人类进入工业文明之后,随着人类科学技术的飞速发展,社会发展的步伐明显加快,因技术而带来的生存方式和价值观念的变化也日益加快,这就不可避免地导致了老一辈人很难跟上时代的变化,由他们提供给新一代人的生存经验和文化观念,也满足不了新一代人对形势发展的需要,新一代人需要创建自身独特的经验体系和思想观念,以适应自我发展的需求。这就使得新一代与长辈们之间出现了各种经验的断裂和文化的错位,并导致"代沟"现象的出现。尤其是到了信息时代的今天,技术发展日新月异,社会变化更为频繁,"代沟"现象也就更加突出。

事实上,在 20 世纪 80 年代以前,中国当代作家的代际差别并不明显。这一方面固然受制于一元化思维的制约,强调文学对现实的干预性;另一方面也是由于当代作家的审美观念变化并不大,主要是强调文学的"载道"功能和"教化"功能。一代代作家的成长和写作,都是依靠体制化的制度保障而进行,无论是文学观念、艺术思维还是话语策略,乃至思想主题,都存在着明确的延续性特征。但是,随着80年代改革开放政策的实施,中国社会的发展进入了快车道,科学技术和社会观念都呈现出急速变化的特征;尤其是到了90年代,在中国社会的市场化转型过程中,中国人的生活方式、思维方式和生存观念都陆续出现了巨大的变化,作家的艺术观念和审美理想也随之发生迁徙,作家的代际差别也就凸显出来。所以,从90年代开始,有关代际性的概括与命名,一直是当代文学研究中的一个热点问题,包括"晚生代"、"新生代"、"中间代"等,其实都蕴含了代际差别问题。可以说,有关新时期作家的代际差别问题,既是中国社会发展到特定阶段的历史产物,也是中国当代文学发展的自然现象,是"代沟"的文化现象在文学创作中的一种必然显现。

　　但作家个体之间的差异是伴随人类发展始终的。世界上没有两片完全相同的叶子,也没有完全相同的两个人。人类从诞生之时起,就存在着个体之间的差异。这种个体的差异性不仅存在于不同代际的人群之中,而且存在于同一代际的人群之中。它一方面受制于不同个体的生理和性别等客观因素;另一方面也受制于家庭出身、文化修养、性格心理、精神气质等主观因素。个体的差异性在文学创作中同样体现得非常明显,即使是在同一代际之中,也会呈现出各不相同的审美风格。譬如鲁迅和周作人,虽然是出生于同一家庭的兄弟,由于性格心理和精神气质不同,他们的创作风格就颇不相同,甚至是截然相反。又如迟子建与陈染,虽然都出生于20世纪60年代初期,但由于家庭背景、成长环境和个人心性的不同,她们的创作风格也完全不同。迟子建执着于东北黑土地的地域风情书写,致力于彰显人性美与人情美;而陈染则迷恋于现代知识女性生命的内在体验,强调个体生存的独特感受,人性表达偏向非理性的诡秘。同样,如果我们将张炜与莫言相比较,也会看到他们在审美风格上的个体差异,尽管他们都出生并成长于齐鲁大地,且是同一代际的作家。张炜的小说充满了道德理想主义的激情,贯穿了现代知识分子的精神气质和启蒙意识,也渗透了农耕文明背后的自由伦理;而莫言的小说则饱含了狂放的历史想象,集纳了各种矛盾性的审美元素,泥沙俱下,一泻千里,呈现出非理性的、怪诞而放达的叙事特征。

再次,作家之间的代际差异是一代人不同于另一代人的群体性差异,具有宏观性、普遍性和动态性,而作家个体之间的差异是一个人不同于另一个人的个体性差异,具有微观性、特殊性和稳定性。

代际差别作为一种群体性的文化现象,在中国当代文学的创作实践中,常常体现为某种普遍性和宏观性,即同一代际的作家创作在审美追求上具有相同或相似的特征,甚至是某些文学思潮的共同推动者。这种代际共性,折射了特定时代的文化风貌和价值观念对一代人的心灵熏陶,体现了社会、历史与文化对人类的潜在规训,隐含了集体记忆对作家群体的巨大影响。随着社会的不断发展,同一代际的作家们在创作共性上也会出现某些动态性的变化,如"50后"作家们从最初的"知青文学"到"寻根文学"再到"新历史主义",总是会随着这一代人精神阅历的不断丰富、文化积淀的不断充实以及思想境界的不断提高,出现不同程度、不同方式的变化。尤其是随着个体意识的不断觉醒,在捍卫个人风格方面,同一代际的作家们常常会表现出惊人的姿态,并进而自觉地回避某些共性特征。即便如此,一个作家要使自己的创作完全脱离代际意义的某些共性,也是不可能的。

而作家之间的个体差异,是一种与生俱在的差异,表面上常常体现为审美趣味和艺术风格的不同,实质上,这些不同之处,隐含了创作主体的个性气质、精神秉赋和文化修养等微观因素,体现了作家个体的独特性。而且,这种个体差异最终转化为艺术风格时,又具有某些稳定性的特征。事实上,当我们在关注具体作家的创作时,往往会自觉不自觉地立足于这种个体的差异性,并着眼于微观性的层面,寻找其形成个人风格的潜在因素。譬如,魏微和戴来均为出生于苏州一带的"70后"女作家,她们的创作存在诸多的文化共性,包括迷恋于日常化的琐碎生活,注重个体内心的主观感受,对浮华的物质生活并不敏感等。但从审美风格上看,她们的小说又颇不相同。魏微倾心于发掘边缘人群的内心温暖,展示个体生存在世俗伦理中的艰难和执着,而戴来更喜欢凸现当代人的孤独、幽闭,以及与社会交往的困难,透露出生存的荒诞感。

陈思和先生在探讨当代作家的代际差别时,也曾在一篇文章中饶有意味地谈到了这个问题。在他看来,代际差别的群体性和个体差别的特殊性,都是文学研究中必须关注的重要因素。在分析"50后"作家的创作时,他就认为:"他们无论是从七十年代还是在八十年代开始写作,时代都给了他们一种正面的鼓励,后天也是顺达的。这一代人的创作生涯几乎没有受到任何压抑,如果说,'伤痕文学'阶段让他们进入体制;'寻根文学'开始,他们在民间寻找到了立足点;进入九十年代以后,他们顺利转向民间立场,重新调整了创作的美学理想的追求。他们几乎都在体制内生存,但立足于民间的创作空间,各自探索如何表达时代批判精神的表达与途径,这种有利的外部环境使他们的创作日臻精湛完美,在新世纪十年中形成了自己独特的艺术风格。"[1]然而,面对"70后"作家的创作,他则指出:"作家的眼睛基本上是紧紧盯着现实生活的细节,描述的是消磨意志的日常琐事和无所作为的人物命运。"[2]应该说,陈思和先生对这种代际共性的归纳,是颇有道理的。至少,他明确地意识到,代际差别的考察是立足于宏观性、普遍性和历史的动态性,而这种考察不是可以用"每个作家都是一个不同的存在"来遮蔽的。

无论是代际差异还是个体差异,都是有关作家主体的差异性研究,也是文学研究的一个核心目标。没有差异性就没有丰富性,也就没有文学的变化和发展,因此强调对文学创作中差异性

---

[1] 陈思和:《低谷的一代——关于"七○后"作家的断想》,《当代作家评论》2011年第6期。

[2] 陈思和:《低谷的一代——关于"七○后"作家的断想》,《当代作家评论》2011年第6期。

的多方位研究,对揭示文学内在的诸多本质具有重要的意义。但是,代际差别研究,是中国当代文学发展到特定时期的现象研究,它更多地侧重于文化人类学层面,侧重于社会的快速变革对文学发展所形成的直接影响,侧重于作家群体无法摆脱的某些集体记忆和文化制约。个体差异研究,则是有关作家审美风格的深入探究,它更多地侧重于创作主体内在的个性气质、文化心理,侧重于作家个体的成长经历、个人心性和思想能力。应该说,这两种差异性研究,无论是理论背景还是研究目标均不相同。

当然,我们也必须看到,尽管这两种差异性并不相同,但它们都是植根于创作主体的精神内部,并最终在创作实践中显现为审美表达的不同。它们对作家创作的影响,无论是直接的还是间接的,都混杂在一起,隐含了作为社会和文化存在的人所具有的复杂性。可以说,任何一个作家的创作,都折射了群体性的代际文化因素,也包含了个体特殊的生命气质。这也意味着,我们的文学研究,同样也不能拘泥于一方面而忽略另一方面。

第一章　新时期作家代际差别的文化成因

一代人有一代人的审美观念,一代人有一代人的艺术思维,因为一代人有一代人的成长履历,一代人有一代人的青春记忆、情感归属乃至内心守望。在同一代际之中,或许会呈现出无限丰富的个体差异,但从精神深处来看,总会存在着群体意义上的某些文化共性。因为人是一种历史的存在,也是一种文化的存在。他无法剥离特定的历史和文化对其精神的深层规约。"不管某一代人具有多么复杂和丰富的社会文化特性,这一代人作为'自然的'一代人是无法改变的。我们只有在这一代人中才能理解他们独特的社会文化特征,也就是说,我们必须在构成一代人的年龄层中,来理解他们所面临的特定的社会文化条件和环境及他们所具有的不同于其他各代的价值观念、生活(存)处境、思维方式、情感体验乃至语言习惯。"①这是人类在代际上无法回避的历史规定性。

面对这一人类学意义上的客观事实,我们有必要从代际群体的成长过程及其文化履历入手,借助相关的文艺心理学理论,并结合具体的创作实践,探讨中国新时期作家代际差别形成的主要历史原因。

一　童年记忆与群体成长的心理规约

文学艺术的微妙之处,在于它与创作主体的童年记忆有着密不可分的关系。童年的成长环境、风土人情或文化伦理,总是会

---

① 廖小平:《伦理的代际之维》,人民出版社 2004 年版,第 25 页。

以这样或那样的方式,渗透在作家艺术家后来的创作之中,甚至贯穿在他们一系列代表性的作品里。譬如,马尔克斯对马孔多小镇的倾心书写,福克纳对约克纳帕塔法的执着表达,库切对南非风土人情的不断展示,奈保尔对加勒比的反复演绎,余华对江南小镇的情有独钟,苏童对香椿树街的长期回望,莫言对高密东北乡的深度迷恋,阎连科对豫西耙耧山区的不断重构,刘震云对河南延津地区的极力呈现……尽管这些作家在成年之后,都已远离了其笔下的故土,甚至长期生活在环境完全不同的现代都市之中,但是,当他们提起笔来建构自己的艺术世界时,仍然会不自觉地将这个世界安置在他们童年生活的版图之中。

面对这种现象,我们不能简单地认定,它们只是作家为了构筑一个相对稳定的艺术世界而袭用的一个地域性文化符号。因为在这些地域符号中所呈现的生活场景,都明确地烙下了作家们的童年记忆,是作家们在成长过程中所形成的有关世界的原始"图谱"。正是这一具有原始意味的"图谱",为作家们提供了一个既熟悉又自由、既亲切又遥远的审美舞台。心理学就认为:"童年是人一生中重要的发展阶段,这不仅仅是因为人的知识积累中有很大一部分来自童年,更因为童年经验是一个人心理发展中不可逾越的开端,对一个人的个性、气质、思维方式等的形成和发展起着决定性作用。大量事实表明,一个人的童年经验常常为他的整个人生定下基调,规定着他以后的发展方向和程度,是人类个体发展的宿因,在个体的心路历程中打下不可磨灭的烙印。"①童年记忆之所以构成人生永远也无法摆脱的"宿因",关键在于,它是每个个体的人与世界建立联系的第一步,是个人认识世界的初始印象,也是个人通过世界确立自我存在意识的基础。个体后来的漫长成长,从某种意义上说,就是通过自己不断地学习和认识,在巩固和加深自己记忆的同时,丰富和完善它们。

所以很多作家都曾情不自禁地强调,童年生活对自己的创作

---

① 童庆炳、程正民:《文艺心理学教程》,高等教育出版社 2001 年版,第 92 页。

有着不可或缺的内在影响。如冰心曾说:"提到童年,总使人有些向往,不论童年的生活是快乐、是悲哀,人们总觉得都是生命中最深刻的一段;有许多印象,许多习惯,深固地刻画在他的人格及气质上,而影响他的一生。"①孙犁在分析鲁迅的小说时,曾突出地强调:"幼年的感受,故乡的印象,对于一个作家是非常重要的东西,正像母亲的语言对于婴儿的影响。这种影响和作家一同成熟着,可以影响他毕生的作品。它的营养,像母亲的乳汁一样,要长久地在作家的血液里周流,抹也抹不掉。这种影响是生活内容的,也是艺术形式的,我们都不自觉地有个地方的色彩。"②张炜也说:"童年对人的一生影响很大,那时候世界对他的刺激常在心灵里留下永不磨灭的痕迹……童年真正塑造了一个人的灵魂,染上了永不褪色的颜色。"③而余华更是明确地说道:"我只要写作,就是回家。"④这些作家的自我言说,并非只是表明了他们对自身童年的深深眷恋,更重要的是,它折射了一个作家在面对人生和写作时,已明确地意识到了他的人生与童年记忆之间所形成的无法割裂的文化牵连。这是一种割不断的精神纽带。它注定了一个作家终身归依的精神资源将无法剥离他最初的人生经验。

童年记忆对作家创作的潜在影响,当然不仅仅是以经验的方式直接呈现出来,同时它还从个性心理到艺术思维、从文化观念到审美情趣,深深地左右着作家自身的艺术创造。它的复杂程度,完全超出了一般人的想象。这是因为:"一方面是童年时的某种经验被纳入整个人生体验的整体长河中,其自身的意义和价值被不断变换、生成;另一方面是这种体验融入个体生命活动和心理结构的整体后,参与了心理结构对于新的人生体验和行为方式的规范和建构,因而作家的体验生成总是与他的童年体验有着千

---

① 冰心:《中国现代作家选集·冰心卷》,人民文学出版社 1985 年版,第 223 页。

② 孙犁:《孙犁全集》第 3 卷,人民文学出版社 2004 年版,第 440 页。

③ 张炜:《羞涩的温柔》,《作家》1992 年第 1 期。

④ 余华:《我能否相信自己》,人民日报出版社 1998 年版,第 251 页。

丝万缕的联系。"①童庆炳先生曾从艺术心理学的层面,较为翔实地分析了童年记忆与人的心理结构的内在关联,他认为:"一般地说,作家面对生活时的感知方式、情感态度、想象能力、审美倾向和艺术追求等,在很大程度上都受制于他的先在意向结构。对作家而言,所谓先在意向结构,就是他创作前的意向性准备,也可理解为他写作的心理定势。根据心理学的研究,人的先在意向结构从儿童时期就开始建立。整个童年的经验是其先在意向结构的奠基物。就作家而言,他的童年的种种遭遇,他自己无法选择的出生环境,包括他的家庭,他的父母,以及其后他的必然和偶然的不幸、痛苦、幸福、欢乐,他的缺失,他的丰溢,他的创伤,他的幸运,社会的、时代的、民族的、地域的、自然的条件对他的幼小生命的折射,这一切以整合的方式,在作家的心灵里,形成了最初的却又是最深刻的先在意向结构的核心。这个先在结构核心是如此顽强,可能对他的一生都起着这样和那样的引导、制约作用。我们甚至可以这样说,作家后来创作的成败,作品的基调、情趣、风格等,起源于他的先在结构的最初的因子。由童年经验所建筑的最初的先在意向结构具有最强的生命力。"②滕守尧先生则这样描述童年记忆对作家艺术家的影响:"表现艺术造成的深刻体验,主要来自它对遥远的、记不清的童年时代的某些经验的触动。我嗅到一朵玫瑰花的香味,这种香味会突然给我造成一种异样的亲切感受,引起一种似曾相识的情绪体验。这种莫名其妙的深切体验,乃是儿童时期经历过的一连串情感体验的再次萌发。"③对此,无论是弗洛伊德还是荣格,都曾从精神心理层面上进行了别有意味的揭示,甚至认为它带有某种潜意识的成分,很难从理性的角

---

① 金元浦、满兴远:《文艺心理学》,中国人民大学出版社 2003 年版,第127 页。

② 童庆炳:《作家的童年经验及其对创作的影响》,《文学评论》1993 年第 4 期。

③ 滕守尧:《审美心理描述》,中国社会科学出版社 1985 年版,第 193 页。

度进行清晰的阐释。

我们无意于深入探讨这个复杂而微妙的问题,只想借此说明,关注创作主体的童年记忆,尤其是那些集体性的文化记忆,其实是我们考察新时期作家代际差别文化成因的一个关键性目标。童年记忆可以分为个体记忆和集体记忆。个体记忆因为身体、性别、家庭、地域等特殊因素的制约,自然会显得千差万别。而集体记忆作为一代人共同拥有的文化履历,包括教育启蒙、社会伦理以及价值理想,是一代人共有的人生经验。我们并不否定不同作家的个人童年记忆对他们的创作所形成的潜在影响,但童年的集体记忆也同样对他们产生了极为重要的影响,并使他们在后来的创作实践中,形成了各自不同的代际特征。这一点,我们可以从新时期以来的作家群中找到较为明确的答案。

譬如,"50后"作家,是新中国诞生后的第一代人。生在新中国,长在红旗下,是这一代人的文化标签。作为新中国最早诞生的"小主人",他们从出生开始,便被新中国赋予了革命事业接班人的全部希望。因此,从集体记忆的角度来看,这一代人的童年生活里,总是洋溢着革命主义、英雄主义和家国使命的文化伦理。他们是"中国共产党夺取政权后,以全新的思想意识刻意培养的共产主义接班人,从幼年即被灌输了满脑子与其年龄不相称的阶级斗争理论,几乎还没有枪高就叫喊着要打倒'帝修反'、去解放世界上三分之二还处于水深火热之中的阶级兄弟。"[①]也就是说,国家意志给他们这一代人所提供的集体记忆,不仅希望这一代人守护革命成果,坚定革命信念,还希望他们发扬革命精神,并继续以革命的方式,为全人类无产阶级的解放事业而努力。在《五十年代出生人成长史》中,黄新原就回忆到,他们从开蒙的第一天起,最频繁接触的四个关键词就是:共产党、毛主席、祖国、社会主义。"他们几乎从一会唱歌就唱'没有共产党就没有新中国'。所以也就自然而然相信:'有了毛主席才有新中国',才有幸福生活。

---

① 张琦主编:《抹不去的记忆——老三届,新三级》,中共党史出版社2009年版,第508页。

他们有一个坚定的信念：'从小要听毛主席的话，从小热爱毛主席'。从那时起，直到今天，这一偶像在这一代很多人心中一直矗立着。也许他们经过了几十年风雨艰辛的磨砺和在曲折生活中的不断反思，理智上对'老人家'的功过早就有了自己的认识，但儿时就已注入心灵的那个闪光的'神位'，却很难被损毁和玷污，那'神位'被今天已经五六十岁的'孩子'们在心里坚定守护着，时常祭拜着，不断'擦拭'着，这恐怕会一直持续到他们生命的终结。因为这是一代人的生命情结。"①这也从一个侧面，反映了英雄伟人的偶像化教育，成为这一代人童年记忆中永难更替的生命情结。

事实上，在这一代人的童年记忆中，新中国共同体不仅是无数革命英豪以生命和鲜血为代价，通过艰苦的革命斗争换来的，而且自己作为革命的接班人，必须自觉地捍卫和发展这一光荣成果。这不仅促使他们在内心深处自觉形成了一种家国天下的宏大意识，也使他们逐渐回避对个体自然欲求的正常维护。更重要的是，在高度一元化的集体主义体制之下，个体的丰富需求常常被视为一种资产阶级的、非正确的生存欲念。这也使这一代人几乎无法逃离集体主义的规训，从而形成了根深蒂固的宏大意愿，在无意识的层面上影响着作家后来的文化选择和审美趣味。所以，在这一代人的创作中，尽管也存在着很多个体的差异性，但是，宏大的使命意识，幽远的历史情怀，一直贯穿在他们的作品之中。从知青文学的理想主义建构、朦胧诗潮的英雄主义启蒙，到寻根派的传统文化反思、现代主义的形式变革，包括后来的新现实主义冲击波、反腐写作、底层写作等，在这些带有明确的宏大命题和使命意识的文学思潮中，其代表性的作家都是这一代人。这也从一个侧面凸现了童年的集体记忆对这一代作家的精神规约。

"60 后"作家在童年时期的集体记忆中，也或多或少地承继了"50 后"作家的文化伦理。所不同的是，"50 后"多少还经历了

---

① 黄新原：《五十年代生人成长史》，中国青年出版社 2009 年版，第 22 页。

一段相对安宁的幸福生活,并深受建设社会主义新中国的理想主义熏陶;而"60 后"在童年时期就直接面对一个暴力化的世界——在如火如荼的"文化大革命"中,在文攻武卫的暴力化现实中,尽管他们还只是一群年幼的旁观者,但他们已感受到了社会的残酷、疯癫与荒诞。不错,革命英雄主义和集体主义仍是这一代人童年的主要价值观念,但是,那种暴力化的历史狂欢场景在一定程度上又进一步掏空了他们的理性精神。对此,笔者曾在《中国六十年代出生作家群研究》一书中进行过详细分析,并认为,这是近乎迷狂的乌托邦理想提供给他们的最初的人生体验,也是盲从的历史为他们无意中准备的第一场精神"盛宴"。笔者之所以说它是一场"盛宴",是因为它具有某种非理性主义的狂欢性质,是神权意志与平民心灵产生紧密的共振之后所形成的一种大规模的精神喧嚣。它给这一代人带来的,不是灵魂的安宁,而是精神的躁动;不是理性价值的选择和建构,而是盲目的捍卫和服从;不是健康的人道主义伦理,而是高亢的英雄主义情怀。①

在这种集体记忆的影响下,很多"60 后"作家总是会不自觉地将笔触伸向这一童年时期。像他们的一些代表性作品,都是有关童年记忆的叙事,而且都展示了他们在特殊历史语境中的个体精神成长史。譬如,余华的《在细雨中呼喊》、《兄弟》(上),毕飞宇的《玉米》、《平原》、《地球上的王家庄》,苏童的《桑园留念》、《城北地带》等"香椿树街系列",艾伟的《回故乡之路》、《田园童话》、《乡村电影》,东西的《耳光响亮》、《后悔录》,以及刘庆的《长势喜人》,陈昌平的《国家机密》等,都是以作家的童年记忆作为叙事依托,向"文化大革命"历史发出了深度的追问,既展示了个人的身心成长与历史意志之间的复杂冲突,也传达了强大的社会政治伦理对个体生命发展的制约或规训。虽然这些小说都是在反思历史,审视个人的成长史,但它们折射出来的叙事经验,都与作家的童年有着密不可分的关系。

---

① 参见洪治纲:《中国六十年代出生作家群研究》,江苏文艺出版社 2009 年版,第 25—39 页。

这种情形，一直延续到这一代作家的当下创作中。如苏童的长篇《河岸》和艾伟的长篇《风和日丽》，都是着眼于"寻根"和"审根"，强调个体出生在血缘意义上的政治身份，展示个人成长在政治伦理中的失控状态，传达创作主体对于阶级化、革命化历史的尖锐质疑与反思。无论是《河岸》里的库东亮，还是《风和日丽》中的杨小翼，他们在漫长的成长过程中所体现出来的许多感受、印象、记忆、知识、意志等，尤其是他们面对种种无法理解的现实而产生的种种隐恐的心理，都非常明确地打上了创作主体的童年印痕——尤其是他们在"文化大革命"时期的个人记忆。只不过，这种记忆并不完全是作家个人的初始经验，而是作家润饰过的记忆，当然，这种润饰也承载了作家后来的多种认识和思考。

随着暴力化革命形式的逐渐淡出和"文化大革命"的结束，"70后"作家的童年记忆开始了全新的变化。这种变化的最大特征，是整个社会逐渐由一元化的集体主义时代向多元化的个人时代转向。无论农村还是工厂，都进入以私有制为目标的改革进程之中；闭锁的中国大门迅速打开，各种现代观念、域外生活方式乃至文化形态陆续登陆中国大陆，尤其是极具个人化的港台流行文化风靡一时；以家庭、个人为中心的社会结构模式，逐渐取代了以往革命化的大集体模式，日常生活的重要性开始回到人的内心之中。因此，从童年的集体记忆上看，这一代中绝大多数的文化启蒙，都已经远离了政治批判运动和革命理想主义，代之而起的不仅是日趋规范化和科层化的文化知识，而且是日益个人化和生活化的伦理谱系。尽管此一时期，中国的物质和精神生活都不是很丰厚，还无法给这一代人提供丰富多彩的生活选择，但是，那些以家庭为中心的、具有亲和力的日常生活伦理，已成为他们童年记忆中最为主要的文化观念。

这种童年记忆，在很大程度上驱散了暴力化的历史阴影，也脱去了革命英雄主义的人生信条，使"70后"作家自觉地形成了以个人日常生活为主要审美目标的艺术观念，并与变革化的社会现实保持着特殊的亲密关系。魏微就曾由衷地说道："我喜欢'时代'这个词，也喜欢自己身处其中，就像一个观众，或是一个跑龙套的演员,单是一旁看着,也自惊心动魄。某种程度上,我正在经历的生活——看到或听到的——确实像一部小说,它里头的悲欢,那一波三折,那出人意料的一转弯,简直超出凡人想象。而我们的小说则更像'生活',乏味、寡淡,有如日常。"①魏微的这一看法,其实代表了这一代作家的基本生活理念和审美情趣,因为在他们的童年心理结构中,原本就没有多少历史的重负,也没有多少宏大的使命意识。所以,与前两代作家们不断叩问沉重而深邃的历史、追踪宏大而繁复的现实有所不同,他们从一开始写作就没有太多的宏大意识,也没有沉重的历史记忆,而是直面个体的日常生活,试图从边缘化、个人化的"小生活"起步,重构日常生活的诗学价值。

由于自幼便生活在改革开放之后的社会里,又适逢计划生育国策的强力推行,"80后"作家与前几代人相比,则拥有一个完全不同的成长环境:"因为经济的发展,他们告别了'短缺'的时代,在'富裕'的家境下成长,没有了'匮乏'的恐惧却增添了'富足'的烦恼;由于'独生子女'政策,他们大多数没有兄弟姐妹,集万千宠爱于一身却也有时不得不面对一个人的孤独;因为教育大众化时代的来临,他们从学校到学校,一帆风顺地升学和就业却没有更多的机会了解真实的社会;由于大众传媒的发达,他们见多识广,视野开阔却总难免纸上得来终觉浅。"②与此同时,卡通文化、个性化教育、不断加快的城市化进程、日趋时尚的商品经济,也构成了他们童年生活中最为普遍的集体记忆。因此,就童年记忆而言,这一代人是在"中国小皇帝"的历史环境下成长起来的,较为充裕的物质、众多长辈的宠爱、丰富多元的文化,一直伴随着他们的身心。这种独特的社会环境,使这一代人逐渐形成了一种个性化的自由意识,并与消费主义保持着密切的共振关系。

所以很多人认为,"80后"一代具有非常强烈的个体意识,自

---

① 魏微:《我们的生活是一场骇人的现实》,《小说评论》2007年第6期。

② 何言宏、罗岗、贾梦玮:《复杂的代际张力——"新世纪文学反思录"之十》,《上海文学》2011年第12期。

由,任性,不认同体制化的生活逻辑,不接受规范化的价值观念。在"小皇帝"的角色意识中,他们自幼便讨厌循规蹈矩,渴望出手不凡,具有特殊的精神"野性"。当《萌芽》以"新概念作文大赛"的形式为他们提供一个平台之后,他们便迅速抓住这一机遇,以"少年作家"的角色闯入文坛,形成了新世纪以来一种极为特殊的文化现象。也正是"小皇帝"情结的潜在制约,他们的写作在很长一段时间内都离不开"我",脱不去创作主体的自我身份和主观情感,被人们称为"青春写手"。这一代作家自己也认为,"生活仿佛和我们'80后'没有关系","我们是害怕对当下发言的,因为我们这代人缺乏一个明晰的价值观,或者说我们的价值判断是很摇摆的。我们缺乏对于生活的梳理。我觉得自始至终'80后'作家里还没有一个人肯放低姿态,去老老实实和普通大众在一起,去描写他们的生活。我们还是一个高姿态,我们是知识分子,我们是独生子女,是被家里捧着的太阳。"①

这种极其强悍的个体意识,使"80后"一代作家的创作从一开始就迥异于前辈们。他们不认同文坛既有的秩序,也不追求所谓的体制身份,只服膺于创作主体自身的生存感受,很少直面当下的公共生活。张柠就认为:"他们最大的问题就是在像玩宠物一样玩文学,像给芭比娃娃换上各种服装一样玩词语。他们拒绝介入真正的公共生活。他们当然有他们对'公共生活'的理解,那就是数字化建构起来的市场。可是,市场不是'公共生活'的全部,而是很小的一部分。他们的创作世界与他们的现实处境分裂得厉害。他们的词语的产生,不是现实主义的,而是'浪漫主义'的,甚至连浪漫主义也不是,直接就是一个'童话',一个每天睡觉之前都要听一遍的'儿歌'。"②尽管这种判断有些偏颇,但也道出了这一代人自我迷恋式的写作特质。

① 尹平平:《文学到了代际更迭的时候?》,《新华每日电讯》2012年8月10日。
② 张柠:《"80后"的生存状况、价值取向和想象方式》,《中国图书评论》2008年第11期。

由于童年记忆对作家创作的影响十分复杂,且充满了诸多潜意识或非理性的成分,很难通过清晰的理性归纳进行逐一的论证,因此,我们只能从集体记忆的角度,对不同代际的作家进行简要的分析。从中我们可以看到,童年时代的集体记忆,凭借其特定的历史文化环境和价值观念,常常以这样或那样的方式,渗透在作家们后来的创作中,并构成他们在不同代际上的某些重要特征。

二 集体记忆与作家主体的精神建构

除了童年记忆之外,贯穿于作家整个成长过程的其他各种记忆,对创作主体的精神建构也同样产生了某些深刻的影响。只不过,这些记忆可能没有童年记忆那样具有决定性的作用,但对于不同的代际群体来说,仍然有着不可忽略的意义。因为从一定角度看,文学艺术既是人类记忆的产物,也是人类记忆的组成部分。一个作家,无论是在搜集材料、进行构思的前期准备阶段,还是在展示想象、虚构和抒情的创作过程中,总会以这样或那样的方式走进记忆,揭开尘封的往事,接受记忆的邀约。即使是那些面对当下的创作,或者向未来发出各种幻想和预言,都不例外。这是由于记忆本身就是一种经验的存在,也是一种主体的精神存在,它常常以各种或隐或显的方式左右着人们的生活,而写作作为人类精神活动的一种特殊形式,永远也无法剥离记忆的潜在规约。

在通常情况下,记忆包含了个人记忆和集体记忆。其中,个人记忆似乎更具有私密性,对创作主体的精神会产生更为深远的影响。每一个置身于社会现实中的人,当他与这个世界建立联系时,他的所有感受、体验和经验,便以记忆的方式储存在自己的生命中,形成自身独特的个体记忆。因此,个人记忆既是个体生命史的组成部分,又是个体经验得以形成的基础。如果说文学创作就是对人的存在境域及其可能性的勘探,就是通过各种丰富而独特的人物形象来展示创作主体的审美理想,就是通过微妙而复杂的生命体验来表达创作主体的审美感受,那么,对个体记忆的尊重则是一个必需的前提。因为个体记忆中隐含了历史,也隐含了人物性格形成的基本轨迹,它印证了个人在其特定时代的精神履历。

但是,个人记忆并不是一个完全独立的存在,它既是集体记忆的组成部分,也必须通过集体记忆才能进入人类共同的历史和经验之中。按照哈布瓦赫的解释,"人们通常正是在社会之中才获得了他们的记忆的。也正是在社会中,他们才能进行回忆、识别和对记忆加以定位。……正是在这个意义上,存在着一个所谓的集体记忆和记忆的社会框架;从而,我们的个体思想将自身置于这些框架内,并汇入到能够进行回忆的记忆中去。"[①]在哈布瓦赫看来,真正意义上的个体记忆只有依靠集体记忆才能确认其存在,它必须在集体语境或框架之中才能被唤醒、激活并重组,"人们可以说,个体通过把自己置于群体的位置来进行回忆,但也可以确信,群体的记忆是通过个体记忆来实现的,并且在个体记忆之中体现自身"[②]。这也意味着,个体记忆只是集体记忆的表达途径,它在本质上仍然属于集体记忆的组成部分,其独特性只是相对的,二者之间并不存在截然的鸿沟。如果个体记忆仅仅属于个体独有,缺乏群体的通约性,那么,这种个体记忆就很难获得群体的认同。

这一点,在文学创作中表现得尤为明显。像很多优秀作家所关注的,从来都不仅仅是个体记忆的独特性,而是通过这些独特性,寻找与历史进行有效对话、与集体记忆进行深度重构的审美通道。人们常说,文学是对人类存在的可能性的一种探求和展示,但这种可能性是建立在一定的集体经验之上的想象,而不是胡思乱想,否则,那只是作家缺乏审美交流价值的个人呓语。这

---

① [法]莫里斯·哈布瓦赫:《论集体记忆》,毕然、郭金华译,上海人民出版社 2002 年版,第 68—69 页。

② [法]莫里斯·哈布瓦赫:《论集体记忆》,毕然、郭金华译,上海人民出版社 2002 年版,第 71 页。

也就是说,文学创作不可避免地要遵循人类固有的经验和逻辑,从个体出发,向集体记忆的深层挺进,寻找并反思人类的历史存在。所以,巴尔扎克称自己为"历史抄写员",亨利·詹姆斯也认为,"正如图画之为现实,小说就是历史。这就是我们可以为小说所作的唯一的(对它公道的)概括性的描述"。① 这都表明,一个作家的创作,总是与各种集体记忆存在着密不可分的关系。

笔者之所以反复讨论个体记忆与集体记忆的关系,只是想说明,个体记忆无论怎样私密和独特,都蕴含在集体记忆之中,并通过集体记忆的框架获得重新认知。刘易斯·科瑟曾以自身的经历说明了这一现象。当他从巴黎迁移到美国时,每次在大学里与美国同学交流,都发现一个令人尴尬的问题:美国同学们讨论得异常热烈的话题,从体育运动到文化娱乐事件,对自己来说总是显得格格不入;而自己所说的那些巴黎生活经历,让美国同学也同样没法积极参与。这是因为他们的交流缺乏一个共同的集体记忆之框架。② 这种社会心理学意义上的事实,其实也表明了个体记忆必须隐含着某种集体属性。

正因如此,当"50后"作家在作品中念念不忘知青时代的革命理想主义激情时,在同代人中往往能引起巨大的共鸣,甚至产生激烈的争议(如梁晓声的《知青》),但"60后"作家却未必能够理解这种乌托邦式的理想情怀对于人生的意义;他们感受到的,可能只是荒诞和错位,虚无或滑稽。同样,当"70后"作家倾心书写日常生活中极为隐秘而琐碎的生存感受时,当"80后"作家执迷于穿越和玄幻的艺术世界时,前代作家们也很难认同其中究竟有何深刻的审美意义。这是不同代际的人群因为各自不同的集体记忆而产生的认知隔膜。这种认知隔膜的产生,在很大程度上就是源于他们各自不同的成长环境(尤其是集体性的文化环境)

① [美]亨利·詹姆斯:《小说的艺术》,朱雯等译,上海译文出版社2001年版,第6页。

② [法]莫里斯·哈布瓦赫:《论集体记忆》,毕然、郭金华译,上海人民出版社2002年版,第38页。

对他们的精神主体所形成的内在规约。

从创作主体的精神建构来看,集体记忆在同一代际文化共性的形成过程中具有特殊的作用。这种作用,主要体现在创作主体的文化心理积淀,以及由此形成的价值观念之中,并最终影响到他们的审美理想和艺术实践。所谓文化心理积淀,主要是指一代人在成长过程中共同接受的文化知识谱系对其产生的心理影响,包括思维方式的影响、价值倾向的认同和言语行为的支配。李泽厚先生曾对"积淀"进行过这样的阐释:"所谓积淀,本有广狭两义。广义的积淀指所有由理性化为感性、由社会化为个体,由历史化为心理的建构行程。它可以包括理性的内化(智力结构)、凝聚(意志结构)等等,狭义的积淀则是指审美的心理情感的构造。"①如果我们取其广义的定认,可以发现,由学校提供的知识教育和社会提供的文化选择,常常会在历时性的精神转化过程中,对每个个体的心理产生各种潜在的规约,并进而影响他的行为准则与精神气质。尽管很多人在成年之后会通过继续学习,使自己的文化储备不断扩容、丰富甚至改变,但是,他们在成长过程中通过知识本身所承载的精神信念和价值观念,对一代人的文化心理仍会产生深刻的影响。我们常说,一代人有一代人的理想追求,一代人有一代人的精神气质,在很多时候就是指这种集体记忆对一代人精神人格的内在塑造。而且,这种塑造通常在成人之前便已完成。为此,我们有必要从人生经验、文化心理积淀等方面,对之进行简要的探讨,进一步剖析新时期以来的作家们在代际差别上的文化成因。

不同时代的集体记忆通过不同代际的人生体验和阅历,特别是其接受的特定的文化知识谱系,逐渐形成群体意义上各自特定的文化心理积淀,使他们在主体精神的建构中,不自觉地产生某些特殊的价值观和审美观,从而导致代际差别的形成。这是社会和历史对人的内在规约的具体体现,也是人类作为一种文化存在

---

① 李泽厚:《美学三书·美学四讲·艺术》,安徽文艺出版社1999年版,第595页。

的具体表征。事实上，我们只要简单地考察一下新时期以来的几个主要代际作家群，便可以发现不同时代的集体记忆对创作主体精神建构的内在影响。

譬如，"50后"的人群，除了童年时代的接班人教育之外，在漫长的成长过程中所接受的文化知识，主要是革命英雄主义、阶级斗争、无产者光荣等意识形态化的内容，无论是学校教育还是社会提供的各种书籍、歌曲、电影等，都是如此。这些文化知识所传递的，通常是革命牺牲精神、对国家的忠诚信念和解放全人类的使命意识。它们强有力地消弭了这一代人独立自主的个体意识，屏蔽了他们在理性化层面上的自我发展空间，也摒弃了他们独立自治的精神理念。当这些观念渗透到他们的心理之中，构成一种文化心理积淀之后，就会直接影响他们的精神气质和行为方式。无论是狂热的红卫兵造反行为，还是轰轰烈烈的知青运动，其实都是这种文化积淀的惯性延续。而且，这种延续又反过来进一步强化了这种文化心理积淀。所以，在这一代作家的创作中，"启蒙"、"拯救"、"献身"、"史诗"一直是他们挥之不去的艺术情结；强烈的现实干预性、鲜明的载道意愿、激越的理想主义、自觉的变革意识，始终是他们在创作实践中体现出来的主要审美特质。

"60后"作家们则有所不同。伴随着他们青少年成长过程的，不仅是"'文化大革命'式"的暴力和疯癫，还离不开一场又一场的政治批判运动，包括"批林批孔"、"反击右倾翻案风"、批判"四人帮"、"清除精神污染"等。这种剧烈而频繁的批判运动所形成的集体记忆，贯穿了这一代人的青春期，使他们无法获得相对稳定的文化心理结构，也使他们的精神建构里充满了错位式的荒诞感和极具颠覆性的动荡感，缺乏相对稳定的价值谱系。毕飞宇就曾意味深长地说道："我们这一代人很有意思，我们在嗷嗷待哺的时候，迎来了'文化大革命'；我们接受'知识'的时候，迎来了'科学的春天'；我们逐步建立世界观的时候，迎来了'思想解放'；我们走向'社会'的时候，却又要面对世界观的破碎和重建……我们这一代人有点累，世界变得太快，最大的累是不停地调整我们的世界观。"①这种频繁的变动,正是这一代人所经受的真实的文化履历,也是属于他们自身的集体记忆——喧嚣,破碎,矛盾,变幻不定,难以适从。在这种集体记忆的规约下,这一代人的精神建构里充满了强烈的质疑性和非稳定性,无论是对中国传统的历史还是对日益变化的现实,他们都体现出明确的质疑精神和解构意愿。像第三代诗人,一出场就高喊"PASS 北岛";余华、格非、苏童等,从一开始进入文坛时,就充满了强烈的先锋反叛精神;后来出现的"新生代作家",无论是重审"文化大革命"还是戏拟历史(如李冯),都充满了荒诞感。

"70 后"作家进入青春期之后,适逢中国改革开放的深入,科层化的教育体制已逐渐形成,以日常生活为中心的人本主义开始成为社会的主要生存观念。同时,以个体户、私有制为基础的社会形态日渐形成,物质生活在人们心中恢复了其应有的地位。这种日常化的文化环境,构成了这一代人成长过程中十分突出的集体记忆,促使他们不自觉地关注个人的日常生活,尤其是物质性的生活,从而与宏大的历史意志产生脱节。也就是说,对于这一代人而言,伴随其青春期的集体记忆,已不再是政治威权和历史意志的强大灌输,而是民间物质化感性生活的潜移默化,是个体寻找自我成功的自由理想。尽管知识阶层的身份意识和精英伦理,仍然影响着他们的人生信念,但从本质上说,这种影响与物质化的生活几乎有着同等重要的地位。有关这一点,我们可以从这一代作家的成长书写中得到印证。与前两代作家非常不同,"70后"作家在书写自我的成长记忆时,很少涉及历史、政治对人的规约,只强调个体的情绪性体验。如丁天的《饲养我们的城市》、《玩偶青春》,魏微的《拐弯的夏天》,戴来的《练习生活练习爱》,张学东的《西北往事》,冯唐的《万物生长》,路内的《少年巴比伦》、《云中人》,徐则臣的《水边书》等,虽然不乏青春的激情和叛逆的冲动,但这种激情和叛逆主要指向欲望化的生存环境,指向代际观念分裂之后的无序冲突,其背后并没有宏大的历史指向。所以,

---

① 毕飞宇:《沿途的秘密》,昆仑出版社 2002 年版,第 50 页。

有人认为,这一代作家笔下的成长小说,其"主人公或者是缺乏对抗阻碍纯洁爱情实现的外在社会力量,或者是在感性生存的盲目性中迷失爱情,或者是本能冲动毁灭爱情导致所谓的'残酷青春',所有的爱情都变成丧失了浪漫气质的感伤故事。种种表象都在昭示这样一个事实:成长中的主人公,对外缺乏自主的行动决策能力,对内缺乏足够的理性控制欲望的冲动,表现出主体性孱弱的特征。"①形成这种审美倾向的关键原因,并不在于这一代人对自我缺乏认识,而是那种充满物质化、感性化的集体记忆产生了潜在的规约。

"80后"作家无疑走得更远。他们的青春成长,适逢中国社会转型之后的多元化与市场化,缭乱的价值观念、消费主义的急速膨胀、欲望化的生存伦理、信息化的现实秩序,通过各种方式纠结在一起,形成了一种极为复杂的文化环境。在这种环境中,社会的理性空间被进一步挤压,知识化的精英阶层逐渐萎缩,道德理想主义日渐衰微,物质化的成功被赋予了极为重要的人生价值。特别是媒介信息的疯狂发展,在催生文化快餐化的同时,也使一切相对恒定的价值观念受到挑战。传统的伦理信条无法赢得青年人的尊崇。因此,构成这一代人集体记忆的,是物质上的成功与同辈的偶像化,是信息时代的泛自由主义。它远离了社会的使命意识和个体的道德理想。在这种集体记忆的制约之下,他们直接以青春期的生存意绪作为表达对象,明确地彰显自我的独异性与排他性。他们书写孤独、反叛、暧昧、时尚、情爱,但从来都是以主人公自我设定的价值标准作为准则,很少将人物置身相对宽阔的社会历史语境之中。即使是像韩寒的《他的国》、《1988:我想和这个世界谈谈》,开始试图与整个社会建立起某种深度的关联,但是在具体的叙事之中,作者所体现出来的主体意识仍然非常明确,那就是对这个世界秩序的不信任,包括对他人的不可信任。当然,这一代作家的内部也正在出现分裂,已逐渐形成了青春式写作、网络类型化写作与传统写作的不同格局,但从总体上

① 翟文铖:《"70后"作家的成长叙事》,《文艺报》2012年9月14日。

看,无序的、个人化的泛自由主义,凭借集体记忆的强大影响,仍在深刻地影响着他们的创作。

当然,集体记忆是一个非常宽泛的概念。大到人类的集体记忆(如两次世界大战)、国族的集体记忆(如中国历史),小到代际群体共同经历的某些记忆,都是集体记忆的有效组成部分。而且,整个人类的集体记忆,也是建立在不同民族和不同代际的集体记忆之上,甚至包括对个人记忆的有机整合。文学之所以无法挣脱一些重要的集体记忆,并不仅仅是因为任何个体的人都是一种历史的存在和文化的存在,还因为文学本身作为人类重要的精神产物,同样承担了人类文化的建构功能,承担了对人类精神史和心灵史的重铸功能。从个人记忆到集体记忆,文学在不断接受记忆邀约的同时,实际上也是在参与人类记忆的重构。或者说,文学创作本身就是在通过一种特定的审美方式,为人类修补和保存自己的记忆,从而反抗遗忘的压迫,尤其是反抗主流历史、权力意志的遮蔽。捷克作家克里玛就曾明确地说道:"我写作是为了保留对于一种现实的记忆,它似乎无可挽回地跌入一种欺骗性和强迫的遗忘当中。"①克里玛甚至还引用昆德拉《笑忘录》里的话,表明"遗忘"所带来的不幸和危害:"一个民族毁灭于当他们的记忆丧失时,他们的书籍、学问和历史被毁掉,接着有人另外写出不同的书,给出不同样式的学问和杜撰一种不同的历史。"显然,克里玛在这里所反抗的遗忘,并不是个体的人对自我经历的忘却,而是针对社会权力意志遮蔽历史真相的反抗,是从集体记忆的缝隙中寻找并重构另一种民间记忆,以试图修正主流历史的片面性。2009年的诺贝尔文学奖获得者赫塔·米勒也一直强调,她的创作不是记录,而是小说,但里面有一代人的记忆。"柏林文学之家"奠基人艾格特在评论米勒的创作时,也说道:"文学的一个功能是承载文化记忆。她书写了他们那一代人的文化记忆。如果

---

① [捷克]克里玛:《布拉格精神》,崔卫平译,作家出版社1998年版,第40页。

不被写进小说里,可能就会被修正过的历史书忘记了。"①

　　笔者之所以强调集体记忆与文学创作之间极为密切的互补关系,一方面是为了阐释特定历史时期所形成的集体记忆对于一代人精神建构的内在影响,说明不同代际的创作主体无法挣脱代际意义上的成长语境;另一方面也试图强调这样一种看法——正是不同代际的作家在创作实践中所显示出来的不同记忆,共同组成了一种特有的民间化的集体记忆。它是一种特殊的历史,更加鲜活地记录了不同代际群体的成长史和精神史。要知道,由于权力意志的作用,任何一个时代、任何一个民族的集体记忆,当它成为一种共识性的历史记录时,往往都会被特定的价值系统所处理,某些东西可能被夸大了,而有些东西则被削弱了,甚至屏蔽了。它导致的结果是,后来者通过这些历史记录来重新寻找记忆现场时,总是变得迷离不清,矛盾重重。而文学,恰恰可以凭借其对现实秩序以及人的存在状态的叙述,既打上现实生存的烙印,又承载了作家个体的真实体验与思考。或许,一部作品只是一部独特的个体经验史,但众多作品所构成的丰富信息,就有可能在历史学家的视野之外,还原出人们曾经有过的生活史和命运史。

　　毋庸置疑,作家的精神建构是十分复杂的。它既包含了各种集体性的历史记忆,也隐含了大量独特的个体生存体验,很难进行精确透彻的解析。在此,笔者也无意于深究这种创作主体精神内部的繁杂因素,只是想借助一些创作上的共性特征,说明一代人总是有一代人特有的集体记忆,这些集体记忆既承载了他们的生存经历和生命体验,也成为他们的创作资源和审美经验,并最终构成代际差别形成的一个重要因素。

---

　　① 苌苌:《文学奖:她为全人类书写记忆》,《三联生活周刊》2009 年 10 月 19 日。

三　社会变迁与代际观念的更替

除了记忆的重要影响之外,从文化人类学的角度来说,代际差别的形成,还与社会本身的变迁有着极为密切的关系。社会发展越快,代际差别就会越突出;如果社会结构形态处于相对稳定的状态,代际差别就会不太明显。这也就是说,代际差别的大小,在一定程度上取决于社会变迁速度的快慢。而社会的变迁,则主要取决于生产力的进步。玛格丽特·米德就曾毫不含糊地指出,代沟其实是一种人类高度技术化的社会产物。当整个社会处于前工业时代,社会结构相对稳定、变化十分迟缓时,"长辈的过去就是每一新生世代的未来,他们已为新一代的生活奠定了根基。孩子们的前途已经纳入常规,他们的父辈在无拘的童年飘逝之后所经历的一切,也将是成人之后将要经历的一切。"①这个时候,一代代人都在承继着前辈的生活模式和思想观念,按部就班地演绎着自己的生活,代际差别并不明显。但是,当工业文明出现之后,技术进步给人们提供了极为丰富的生活方式,这些生活方式导致了传统生活范式、价值观念甚至思维方式频频出现断裂。于是家庭意识淡化,社会流动增加,青年一代经过一段时间的独来独往之后,主体意识被逐步激活,使他们意识到自己的生活将无法延续前辈们的模式。"即使在不久以前,老一代仍然可以毫无愧色地训斥年轻一代:'你应该明白,在这个世界上我曾年轻过,而你却未老过。'但是,现在的年轻一代却能够理直气壮地回答:'在今天这个世界里,我是年轻的,而你却从未年轻过,并且永远不可能再年轻。'"②正是这种社会变迁所导致的自我意识的觉醒,促成

---

① [美]玛格丽特·米德:《文化与承诺———一项有关代沟问题的研究》,周晓虹、周怡译,河北人民出版社1987年版,第27页。

② [美]玛格丽特·米德:《文化与承诺———一项有关代沟问题的研究》,周晓虹、周怡译,河北人民出版社1987年版,第74页。

了年轻一代自觉追求并适应新的社会变化,由此出现了不可逾越的社会代沟。

玛格丽特·米德的这一见解,很好地指出了代际差别在客观上的文化成因。尽管在文化人类学中,也还存在着其他一些代沟成因的理论,如汤因比与池田大作的"社会体制说",卡斯乔的青年"心理未成熟理论",埃里克森的青年"社会心理延期补偿理论",罗森马耶尔的青年"边缘化"理论以及塔尔科特·帕森斯的社会地位说等等,但这些理论都只是从一个侧面分析了代沟产生的缘由,很难具备较为强劲的说服力。所以,玛格丽特·米德的"技术进步说"由于更能揭示代沟产生的关键因素而备受关注。

社会的技术进步之所以成为代沟产生的主要原因,关键并不在于技术本身的变化,而在于由技术带来的生产方式和生活方式的变化。这种变化,从物质到精神,直接影响了人们的社会关系和价值观念,并进而影响人们的思维方式。它既是潜在的,又是强劲的;既是无法回避的,又是不可阻挡的。譬如,当一种新的生产技术出现时,通常都是由青年一代迅速掌握——他们没有陈旧经验的束缚,思想灵活,接受能力强,对新事物本身又充满了好奇心,这些生理特点决定了他们常常成为新技术的追随者甚至是创造者。而当他们领悟了新技术所带来的一切优势之后,便不再相信老一代人的经验,拒绝老一代人的忠告。老一代人因为担心失去已经拥有的经验优势,常常会对新技术保持怀疑,即使在掌握新技术时也会受到既定思维的束缚。这样,两代人之间的差异便会凸显出来。同时,新技术带来的生产方式的变化,又会促动生活方式和价值观念的变化,这种变化的结果,总是年轻一代走在时代的前沿,并且与长辈的生活方式和观念渐行渐远,代际差别也便成为一种无法回避的现实。

对于这种现象,周怡也曾指出:"代沟的形成和发展是受制于时代和环境条件的。急剧变化的时代和环境条件,造就出一代又一代具有不同社会特质而又处在相同的成长阶段的人群。社会特质的共有性是一代人的本质标志,而社会特质的不同则使得一代人与另一代人相区别,这种区别的产生就自然地形成所谓'代沟'。因此，严格来说，代沟是随着社会学意义上的'代'的诞生才相继问世的。代沟出现的时间，在西方，大多数学者认为以'工业文明'开始为标志（也有人认为以本世纪六十年代的'法国五月风暴'为标记）；在中国，至少也是'文化大革命'以后甚或到1978年'改革开放'之时才明朗化的。"①无论是西方还是中国，代际差别成为一种越来越突出的社会现象，都与社会的快速变化密切相关，或者说它本身就是社会急速发展的产物。

这一点，已为人类学家所公认。一方面，人类的技术发展越快，社会变化就会越大，因为技术最终是为人类服务的，它在改变人类生产方式的同时，也必然会改变人类的生活方式和价值观念；另一方面，社会变化越大，人类的观念更替就会越快，生活方式的变化也会越频繁，愈是年长的一代，愈难适应新的形势，而愈是年轻的一代，则愈是显得游刃有余。这种变化的结果，也就导致了代际差别越来越突出。玛格丽特·米德就认为："电子计算机的出现，原子分裂的成功，原子弹、氢弹的发明，活细胞生化机理的发现，月球表面的探险，人口的急剧膨胀（人们开始意识到如不加以控制将会造成巨大的灾难），城市组织的解体，自然环境的破坏，凭借着喷气式飞机和电视建立起的畅通无阻的世界性联系，人类已开始步入太空。为空间站的建立进行着准备，人们已开始意识到能量和合成原料的应用具有无限的可能性，此外，在那些相对发达的国家中，人类由来已久的生产问题已为分配和消费问题所取代——所有这一切纷繁复杂、不胜枚举的变化，都造成了代际之间彻底的无法挽救的决裂。"②同时，她还进一步指出："今天，无论年轻人生活于其中的社会是多么的遥远和简单，整个世界却没有哪一处的长辈知道晚辈所知道的一切。过去存在若干长者，凭借着在特定的文化系统中日渐积累的经验而比青年们

---

① 周怡：《代沟与代差：形象比喻和性质界定》，《社会科学研究》1993年第6期。

② ［美］玛格丽特·米德：《文化与承诺——一项有关代沟问题的研究》，周晓虹、周怡译，河北人民出版社1987年版，第74页。

知道得多。但今天却不再如此。不仅父辈已不再是人生的向导，而且根本不再存在向导，无论是在自己的祖国还是在整个世界，人们都无法找到指引人生的导师。没有任何一位长者能够知晓这20年里成长起来的年轻一代对他们生活于其中的世界有何了解。"①社会的高速发展所形成的代际认知上的差异，使年长的一代逐渐失去了自身特有的经验，也失去了迅速把握世界的能力，最终也就必然失去了他们在代际承传上的伦理优势；而没有"人生导师"的年轻一代，则可以凭借自己的学习，迅速积累经验，适应时代的变化。由是，他们由经验的断裂开始，继而引发观念的断裂，生活方式的断裂，最终形成一道道无法逾越的代际鸿沟。

　　这种代际鸿沟从20世纪90年代开始，便迅速蔓延到中国当代作家的创作之中，且代际间的年龄差距逐渐缩短，主要原因就是90年代的市场经济转型所造成的整个社会体制的急速变化。不错，新时期伊始和80年代中期，中国社会也曾经历了重大的历史变化，诸如清算"文化大革命"极左思潮、改革开放政策的实施等，但社会体制结构并没有发生根本性的改变，绝大多数人群仍然隶属于集体，即属于"体制中的人"，生活方式和观念并没有出现本质性的改观，因此，在文学创作中，作家的代际差别虽然已有所呈现，但并没有引起人们的高度关注，更没有学者从代际问题上进行研究。如寻根文学大潮的崛起，马原、残雪、洪峰等人的现代主义实验，莫言、乔良、周梅森等人的新历史主义书写，以及随后的余华、格非等人的先锋写作，其实都明确地体现了新一代作家完全不同的审美观念。这些审美观念的涌现，与传统作家的艺术观念产生了明显的分歧，甚至还引发了诸多的论争（如有关"文学主体性"的论争），从本质上说，已经凸现了代际意义上的审美差别。

　　20世纪90年代初期，围绕着"人文精神大讨论"，文学界乃至整个文化界又一次出现激烈的大讨论。这次大讨论其实折射了

---

　　①　[美]玛格丽特·米德：《文化与承诺——一项有关代沟问题的研究》，周晓虹、周怡译，河北人民出版社1987年版，第85页。

中国社会转型所引发的文化断裂,即由传统的、精英文化构成的社会伦理更替为由市场的、大众文化主导的消费伦理。它注定了这场讨论必将无果而终。因为市场化的消费主义仿佛潘多拉魔盒,一旦打开便无法收拢。所以,当"50 后"的精英学者和作家们不断高唱理想主义、重归道统秩序、捍卫理性尊严之时,更为年轻的作家们几乎很少参与讨论。他们要么疏于理解人文精神的命题,要么对这场讨论没有兴趣。

随后的事实便证明了这一点。当"50 后"作家依然在高举道德理想主义大旗、倡导宏大叙事时,"60 后"作家则倾力书写个人化的生存感受,将"个人化写作"视为一种新的审美目标。尽管在这一代际的创作中,也不乏一些对历史或现实的反思性表达,但从总体上看,个性化的、平民化的书写仍是主流,消解宏大使命和主流意识观念的审美目标非常明确。到了 90 年代后期,"70 后"作家开始陆续进入文坛,他们的写作既无宏大意识,又无消解冲动。相反,对于这一代际来说,如何建构现实生活中的"自我"、拓展自身的精神意志和自由空间,才是他们的审美关切。所以,从卫慧、棉棉到木子美、沈浩波、尹丽川,再到冯唐、路内,个体欲望及自由反叛总是如影随形,贯穿了这一代人的创作轨迹。

有所不同的,还有"80 后"的作家们。作为"揠苗助长"的一代,他们被文化消费在无意中哄抬出来,旋即成为一道奇特的文化风景。颇有意味的是,他们又以灵活的思维和对时代特有的适应性,迅速抓住了消费文化的基本特征,从而轻松地制造出诸多令老一辈作家望尘莫及的消费神话。当然,随着这一代际的逐渐成熟,近些年来,他们的写作也开始出现了不同程度的变化。

纵观 20 世纪 90 年代以来的当代文学发展,我们可以明确地看到,从"50 后"到"80 后",每一代作家的创作都呈现出自身独异的审美特质,其中虽也有着某些内在的关联性,但从代际角度来看,差别非常明显。而且,随着这些差别的加剧,当代文坛还出现了一些代际冲突事件,如 1999 年由韩东、朱文等人发起的"断裂问卷"事件,2006 年发生的韩寒与白烨的交锋,其实都非常突出地显示了不同代际之间在价值理想与审美观念上的冲突,只不过,很多人只是将它们视为一种特殊的文化事件而已。

如果我们再将视野稍稍放宽一些，立足于整个新时期的中国文学发展，或许会发现这样一种事实：在 20 世纪 80 年代，代际差别主要体现在"50 后"作家群的现代意识与老一辈作家的传统现实主义方面。尽管其中也有些混杂情况，如老一辈作家里也有少数人在尝试现代主义表现手法，而"50 后"作家中也有人仍在沿袭现实主义手法，但从代际整体上看，差别依然比较明显。这一点，在诗歌创作更为突出。随着以"60 后"为主体的第三代诗人的涌现，当时的诗坛其实出现了老一辈诗人、"50 后"为代表的朦胧派诗人和第三代诗人这三个代际的诗人群体，且三代诗人之间的差异亦非常明显。老一辈诗人多半延续革命化的语境，追求意境明朗的诗风；朦胧诗派则着力表现启蒙主义和英雄主义的精神追求，注重意象的隐喻和象征功能，呈现明确的现代主义倾向；第三代诗人则高举个人主义旗帜，充满对现实秩序及传统伦理的反讽与解构，亦注重对生命本质属性的深层追问，如海子、骆一禾等。

即便如此，在充满躁动、自由和开放的 20 世纪 80 年代，当代作家的代际差别虽然有所呈现，但还没有成为一个重要的文学问题。这也是学界一直没有从代际角度来审度这一时期文学变化的原因。事实上，在这一时期，当代作家的代际差别问题，主要是围绕着传统的现实主义与现代主义的审美理念、集体主义与个人主义的生存观念而展开。而到了 90 年代，随着市场消费主义的到来，文化的多元观念深入人心，每一个新的代际群体进入文坛之后，都会带来新的观念、新的思维乃至新的表现形式，从而导致了代际差别不断加大、代际冲突时而出现的格局。这也使学界几乎不约而同地开始动用代际思维，来认真观察和分析其中所隐含的创作现象与问题。尤其是到了新世纪之后，在信息技术的支撑下，中国社会的发展变化进入更快的轨道之上，新的生活方式、时尚观念、生存趣味更是层出不穷。它再一次激化了当代作家的代际差异。尤其是"80 后"一代的创作，几乎从一开始就不同于前几代作家的实践。这种情形很像玛格丽特·米德所描述的那样：

"今天,却几乎在顷刻间发生了骤然的变化,因为世界上所有的人都置身于电子化的互相沟通的网络之中,任何一个地方的年轻人都能够共同分享长辈以往所没有的、今后也不会有的经验。与年轻人的经历相对应,年长的一代将无法再度目睹年轻人的生活中出现的对一系列相继而来的变化的深刻体验,这种体验在老一辈的经历中是史无前例的。因此,代际之间的这次决裂是全新的、跨时代的:它是全球性的、普遍性的。"①

有学者曾指出:"代际更替与代沟现象是社会与文化变迁的产物,而变迁越迅速越彻底,这种更替就越明显,冲突越激烈。当代社会文化正处于传承与断裂的过程中,尤其是网络对传统社会的冲击,更是形成了两种迥然不同的代际文化。代与代之间隔阂加深,冲突加剧,而新的一代的内部,代际差异亦越发明显,代际更替明显加快。"②从 20 世纪 80 年代到今天,就中国当代作家的创作来说,代际差别不是在缩小,而是在不断加大;代际群体的生物年龄不是在拉长,而是在缩短。这已成为大多数人公认的事实。它与中国社会发展变化的速度几成正比。这种对应关系,其实也印证了社会的变化对于代际差别所产生的重要作用。

四　代际群体的文化焦虑

集体性的童年记忆和青春记忆是构成一个代际群体精神共性的核心元素,而社会的快速变化,则是催生代际差别日趋凸显的关键因素。拥有共同的人生记忆,意味着同一代际的不同个体之间存在着类似的文化经历,在精神上存在着默契性,在观念上亦会获得更多的认同感;而社会的快速变化,则以生存方式和价值观念的频繁变更,加剧了不同代际对各自群体的心理认同。它

---

① [美]玛格丽特·米德:《文化与承诺——一项有关代沟问题的研究》,周晓虹、周怡译,河北人民出版社 1987 年版,第 75 页。

② 沈汝发:《我国"代际关系"研究述评》,《青年研究》2002 年第 2 期。

们由内而外,共同促成了代际差别在现代社会中不断涌现或加剧。

代际之间的差别,说到底就是不同代际群体在文化心理上的相异性,甚至排斥性。"代沟是现代社会文化更迭与发展过程中的文化震荡现象,它反映了文化发展迅速及自身多元化的矛盾和冲突,但代沟将这种社会文化的分歧转换成代际间的一种心理分歧,有其特定的文化心理机制。"①如果反过来思考这一问题,那么,我们也可以得出这样一种认识:代际差别(或叫代沟)并非仅仅是代际群体精神内在的差异性,它还反映了社会文化发展的多元性和矛盾性。它是现代社会的急速变迁投射到代际群体上的精神烙印。

这种精神烙印无疑越来越明显,也越来越重要,因为人类社会的发展总是越来越快且越来越复杂,各种文化的纠缠、冲突、整合与更迭也越来越频繁。特别是到了如今的信息时代,在全球化的资讯冲击下,各种新技术层出不穷,由此带来的时空差距、族群差距、社群结构形态,都在不断发生改变。也就是说,如今我们所强调的多元文化,已不再局限于传统与现代,还扩张到不同的地域与族群、不同的国别与语言。它们以无限丰富的资讯手段与全球即时共享的技术方式,对人们生存方式、价值观念乃至思维方式造成了全方位的冲击。一切坚固的东西都已烟消云散,一切稳定的秩序都已摇摇欲坠。而消费主义的盛行,又进一步加剧了这种变化的节奏。没有变革就无法生存,不适应创新就会被社会所淘汰,这已成为一种现代性的核心法则。

在不断加速的全球性变革中,我们还应该注意到,随着信息技术与消费主义的疯狂扩张,现代社会本身也陷入了一种新的巨大矛盾:"以最高的知识与理性为生产要素所生产出来的东西,其无心之果竟是最极端的(也是信息性的)非理性的充斥与超

---

① 薛晓阳:《代沟及其文化溯源》,《前进》1998 年第 2 期。

载。"①所谓"非理性的充斥与超载",其实表明了信息时代本身依靠强大的技术支撑,在现代媒介的扩张中,不断吞噬着人的理性精神和价值规范,使个体的人在泛自由主义的冲动下,催生了非理性的感性欲望,失去了必要的精神深度和对生存本体的形而上的思索。而且,这种感性化的生活又与现代媒介所拥有的"仿像"世界形成紧密的精神互动,在一种不断循环的状态中,导致欲望化、平面化的生存景象愈演愈烈。

　　所有这些变动不居的、充满矛盾的现实景象,最终都会转化为人的精神镜像,使年轻一代对长辈经验的依赖大为削弱,进而加剧不同代际之间的文化分歧。所以,我们看到,"长辈是不可思议的孤立的一代,这一事实造成了老一代和新一辈的隔阂。古往今来,没有任何一代曾经目睹能源形式的变化、通讯手段的更替、人性定义的反复,能够敏悟宇宙开发的限制,有限世界的确定性,以及生与死的不可背逆;没有任何一代能够了解、经历和吸收在他们眼前发生的如此迅猛的变革。今天的长辈比以往任何一代经历的变化都多得多,并因此而竭力地限制、反对年轻的一代,和年轻一代格格不入;而年轻人则凭着自己天生的禀赋和青春的优势,激烈地反对长辈的过去。"②应该说,这种遭遇不仅仅降临在老一辈们的身上,几乎所有成熟的代际群体,都会感到某种"孤立"和手足无措。

　　不是我们不努力,而是这个世界变化快。在充满变化的现实面前,既有的经验已渐渐地失去了耀眼的光环,就像本雅明所说的那样:"随着技术的巨大进步,一种全新的贫乏降临到了人类头上。在这种贫乏的另外一面,则是令人窒息的思想财富。这些思想业已深入人心,或者说已经将人们吞噬。与这些思想相伴而来的,是星相学和瑜伽智慧、基督教科学派和手相术、素食主义和灵

---

　　① [英]斯各特·拉什:《信息批判》,杨德睿译,北京大学出版社2009年版,第124页。

　　② [美]玛格丽特·米德:《文化与承诺——一项有关代沟问题的研究》,周晓虹、周怡译,河北人民出版社1987年版,第85—86页。

知主义、经院哲学和招魂术的再生。但并非真正的再生,而是电流刺激下的短暂清醒。"①依靠短暂的"清醒"将无法适应新的生存,无论哪一个代际的人群,都会感受到经验的一贫如洗,"我们现在已经变得赤贫。我们已经将人类遗产一件接一件地丢掉了,我们以只有其真正价值的百分之一的价格将它典押给了当铺,只是为了得到'当代'这枚小铜板。"②无论"当代"这枚小铜板是何等的廉价,它都是证明我们此刻存在并赖以生活的历史;即使我们茫然无措,也必须全身心地去应对和适应。

在这种历史语境中,尽管每一个代际之间存在着这样或那样的差异,但他们都必然地面临着共同的文化焦虑:如何适应这个快速变化的社会? 这种潜在的文化焦虑,在新时期以来的中国作家中,都会有或多或少的体现。譬如,对于"50 后"作家来说,他们越来越感到观念更新的艰难,也越来越意识到自我发展空间的萎缩。作为体制内的一代,他们曾被奉为社会核心价值的代言人,发起了很多具有文学里程碑意义的思潮或现象,走过了风风光光的 80 年代,也使自己赢得了在文学史上的地位。然而,今天,面对市场化的文化消费现实,面对体制逐渐失去光环的客观处境,尽管他们依然保持着种种抵抗的姿态,但内心的焦虑已日趋明显。这种焦虑不仅体现在这一代作家对宏大理想渐行渐远的失望,对自身影响力日趋减弱的不满,还体现在他们对市场化写作的不断试探之中。

在"60 后"作家中,只有少数人赶上了 20 世纪 80 年代后期的先锋实验,大多数作家都是崛起于 90 年代前期,以至于被学界称为"晚生代"。他们坚守个人化的审美追求,以顽强的探索精神赢得了当代文坛的广泛认同。但是,他们同样也面临着历史的挤压和现实的变化。1999 年底的"断裂事件",从某种意义上说,就是

---

① ［德］瓦尔特·本雅明:《写作与救赎——本雅明文选》,李茂增、苏仲乐译,东方出版中心 2009 年版,第 33 页。

② ［德］瓦尔特·本雅明:《写作与救赎——本雅明文选》,李茂增、苏仲乐译,东方出版中心 2009 年版,第 37 页。

他们内心焦虑的一次大爆发。他们以一些极端性的言辞否定传统,否定体制,否定具有代表性的文学杂志,其目的在于宣泄内心的压抑和焦灼,渴望重建属于自己的天空。事实上,这种焦虑一直让他们徘徊于经典与市场之间,以至于这一群体中很多优秀的作家后来逐渐放弃文学写作,如朱文、李冯、海力洪等。

最为焦虑的,或许是"70后"作家群。历史给了这一代作家一个非常尴尬的位置——当他们在世纪之交按部就班地踏入文坛时,却意外地遭遇了早熟的"80后"作家群。这导致了他们的面容尚未被清晰界定,就已经被风起云涌的"80后"所取代。所以,他们的代表性人物徐则臣就曾不无感慨地说,他们这一代际有两个尴尬:其一是被忽视的群体。"当批评界和媒体的注意力还在'60后'作家那里时,'80后'作家成为耀眼的文化和出版现象吸引了批评和媒体的目光,'70后'被一略而过。若干时候以后,当大家回过神来才发现,中国文坛的代际传承是从'60后'直接到了'80后','70后'在哪儿呢?"其二是晚生的尴尬。"'60后'还有废墟,还有阴影,还有一个可以策动精神反叛的八十年代,所以他们与生俱来就有颠覆和反叛的目标和冲动,'70后'只能远远地看,感不能同于身受,他们血液中缺少这样的基因。"这两种特殊的尴尬,直接催生了他们这一代作家的焦虑:"既不能像'80后'那样无所焦虑,又不能像'60后'那样深度焦虑,'70后'的焦虑在于他们的焦虑太过肤浅。"[①]尽管这一说法有些片面,但也不无道理——与前两代作家相比,他们缺少历史记忆,难以进行有效的历史追问;与后一代作家相比,他们又缺少商业指数,难以成为大众媒介关注的热点。所以,他们的焦虑就是无论怎样努力,都有可能被历史所轻松地遮蔽或省略。

"80后"作家无疑是市场消费的宠儿。他们中的一些代表性人物,都已成为某种文化消费的符号,拥有自身庞大的消费群体。但他们并非没有焦虑,因为他们的写作从一开始就被定位成青春读物或时尚读物,远离了成为经典的可能性。同时,人生的阅历

---

① 徐则臣:《"70后"作家的尴尬与优势》,《文学报》2009年7月2日。

和历史意识的匮乏,也造成他们艺术资源的相对贫弱,使他们在很多时候不得不反复书写叛逆的青春,以及各种玄幻、架空等类型化作品。

没有焦虑的群体是不存在的。对于新时期以来的中国作家来说,几乎每一个代际群体都隐含了自身的焦虑。这是时代快速变迁的结果,也是多元文化相互激荡后的产物。这种代际群体的焦虑并非坏事,它会促动不同代际的作家们取长补短,在一定程度上有益于代际之间的交流与互动。

第二章　新时期作家代际差别的审美呈现之一
——"50 后"作家群的审美追求

中国新时期文学已经走过了 30 多年,并已取得丰硕的成果。其标志之一,就是莫言获得了 2012 年度的诺贝尔文学奖。作为新时期成长起来的作家,莫言是"50 后"作家群的代表人物之一;他的获奖,不仅体现了其个人的艺术成就,同时也反映了中国当代文学的整体发展水平,以及世界文坛对于中国当代文学发展的认同。

当然,若从新时期文学发展的内部情形来看,莫言的获奖还只是体现了中国当代文学在某个方面的成就,尚难以全面概括这一历史阶段的整体实绩。事实上,迄今为止,"50 后"无疑是中国新时期文学创作中最为成熟的一代作家。在上一章里,我们曾从代际差别的文化成因方面,简要阐述了他们所拥有的独特的童年记忆及其成长经历,以及这些经历对他们后来创作的显著影响。事实上,就这一代作家的整体创作而言,宏大的精神视野,强烈的"载道"意愿,自觉的现代意识,一直是他们最为突出的创作特点。无论是书写历史还是聚焦现实,无论是审视生存还是追问理想,无论是精研现代主义手法还是恪守传统的现实主义表达策略,他们都不愿沉湎于孤独个体的日常生活,也不太关注与社会历史没有关联的生活。即使是书写单纯的个体,他们也会想方设法让个体生命走进复杂的历史或现实深处,与许多重大的社会问题形成某些纠缠,从而突出创作主体对于宏大主题的积极介入和思考。

具体而言,"50 后"作家群的这种审美追求,主要体现在六个方面:对启蒙主义的维护与彰显;对历史意志的解构与重构;对现实矛盾的聚焦与批判;对传统文化的现代反思与探讨;对人性理想的捍卫与张扬;对现代主义的积极引鉴与运用。这些审美追求,凸现了这一代作家特殊的精神履历,也折射他们宏阔的创作理想和崇高的审美意愿。

一　启蒙主义的觉醒与变奏

1979 年,《诗刊》第 3 期发表了北岛的代表性诗作《回答》。随后,《诗刊》在第 5 期和第 9 期又分别发表了舒婷的《致橡树》和《祖国啊,我亲爱的祖国》。1980 年,《诗刊》组织了第一届全国性的"青年诗会",并在当年第 10 期上集中发表了舒婷、江河、顾城、梁小斌、徐敬亚等青年诗人的作品,以及他们对诗歌的见解。这是"50 后"诗人们第一次以群体的面孔在中国文坛上的公开亮相。尽管在此之前,他们已经借助民间刊物《今天》,在同时代出生的人群里引起了巨大的反响,但是,这一次,他们是在全国读者面前展示了一代人的心灵诉求和审美理想。有意思的是,面对这一代人特有的诗歌形式和艺术精神,不少文学前辈们却因为"读不懂"而备感郁闷,并送给他们一个多少有些揶揄意味的称号——"朦胧诗人"。而历史,却又在阴错阳差之中,将这个称号捧为颂词,并借此揭开了新时期文学的新篇章。

笔者无意在此复述这段戏剧性的历史纠葛,因为太多的文学史已经对它进行了详细的记录。事实上,朦胧诗的崛起,无疑是"50 后"诗人一次真诚的呐喊,它以审美思维的"断裂"方式,展示了一代人鲜明的代际文化特征。从表面上看,朦胧诗体现了这一代人对极左思潮的强烈质疑和否定,展示了个体意识的觉醒和自由意志的冲动,也体现了诗人对现代诗歌艺术的自觉,但在精神深处,它又折射了这一代人内心深处挥之不去的历史规训,尤其是革命英雄主义理想的深刻影响。

朦胧诗之所以被认为是一场具有"启蒙意味"的艺术实践,甚至是启蒙主义思潮在当代文学中的复苏,就在于诗人们首先以异常决绝的姿态和能力,明确地传达了自己对以往的集权制度和极左思想的反抗与否定,对自我成长记忆的文化反思,尤其是对神权意志的批判。的确，"十年浩劫，使一代青年人的心灵经历了一次特殊的洗礼，于狂热之后的冷静中萌生了强烈的悲愤和浓重的哀怨。理想被撕碎之后的失落和不堪回首的生活使他们情感低沉、痛苦、迷惘，但是，年轻的心里却仍然有执著的追求和不可泯灭的希望。……他们执著地追求，艰难地探索，前途却并不清晰，目标遥远而渺茫，理想的草图朦胧而纷乱。他们的思索、苦闷、不满、哀怨和愤怒无法宣泄，而又强烈地渴望宣泄。于是他们纷纷拿起诗笔，以诗的形式抒发内心的感受。"①在这种历史背景下，人们开始读到这样一些诗句："以太阳的名义/黑暗在公开地掠夺/沉默依然是东方的故事/人民在古老的壁画上/默默地永生/默默地死去"（北岛《开始或结局》）；"一切都是命运/一切都是烟云/一切都是没有结局的开始/一切都是稍纵即逝的追寻/一切欢乐都没有微笑/一切苦难都没有泪痕"（北岛《一切》）；"夜，迎风而立/为浩劫/为潜伏的凶手/铺下柔软的地毯"（北岛《岛》）；"黑夜给了我黑色的眼睛，/我却用它来寻找光明"（顾城《一代人》）；"夜晚，墙活动起来/伸出柔软的伪足/挤压我，勒索我/要我适应各种各样的形状"（舒婷《墙》）……在这些布满了"黑夜"、"夜晚"等意象的诗句背后，我们可以明确地看到这一代人对荒诞历史的不满和怨愤，也可以读出这一代人满怀伤痛的内心，感受到那种孤绝而又执着的灵魂，以及他们从迷狂到觉醒、追索的理性精神。这种理性精神的复归非常重要，它直接帮助诗人们走出了迷信、愚昧和屈从的心灵误区，使他们意识到极左历史的集权本质，以及它对个体生命所造成的巨大伤害，也体现了他们在个体意识上的全面觉醒。

正因如此，朦胧诗在质疑和反抗特定历史意志的同时，也一直洋溢着某种人道主义和个性主义的伦理情怀。个体生命的尊严，人性自由的意志，自然情感的吁求，理想意愿的舒展，已经成为他们重新确认个体存在价值的一种普遍方式。张清华甚至认

---

① 李新宇：《中国当代诗歌艺术演变史》，浙江大学出版社 2000 年版，第 224 页。

为,"社会正义、价值理性、人性自由、精神启蒙构成了他们构建自己作品的精神支点和情感依托,从这点上说,他们不仅在审美与艺术上'修复'了'五四'新诗的传统,而且在思想和精神上也恢复了这一传统。"①譬如,在《致橡树》里,舒婷就以强烈的个体意识向世人展示了她那质朴的爱情观:"我如果爱你,/绝不像攀缘的凌霄花,/借你的高枝炫耀自己,/我如果爱你,/绝不学痴情的鸟儿,/为绿荫重复单调的歌曲……我必须是你近旁的一株木棉,/作为树的形象和你站在一起。"在这种充满了女性独立意愿的诗句中,我们不仅看到了诗人对男权社会的幽怨,也读到了两性之间的平等、独立,以及人与人之间在心灵深处的默契。而在《神女峰》中,舒婷面对扭曲人性的传统道德伦理,面对所谓的贞洁牌坊式的价值标杆,直接喊出了"与其在悬崖上展览千年/不如在爱人肩头痛哭一晚"的心声,强烈地传达了作为个体的、活生生的人对生命的尊重,对自由人性的渴望,对理想之爱的呼唤。

这种人道主义和个性主义的情怀,同样也表现在梁小斌的《雪白的墙》和《中国,我的钥匙丢了》等诗作中。在《洁白的墙》中,诗人以一个孩子的视角,抒写了一代人心灵所受到的伤害。面对一堵涂满了肮脏、粗暴字迹的墙,被无情的历史夺走父亲的孩子,看到工人们正在将它重新刷白,"比我喝的牛奶还要洁白、还要洁白的墙,一直闪现在我的梦中,它还站在地平线上,在白天里闪烁着迷人的光芒"。这堵洁白的墙,无疑是这一代人渴望心灵重返纯真、人性重返自然的理想写照。在《中国,我的钥匙丢了》中,诗人用一把虚拟的钥匙,隐喻了一代人理想的失落和失落后寻找的惘然,折射了人们对于美好人性复归、纯洁爱情重现的内心意愿。此外,像顾城的《生命幻想曲》、《游戏》、《弧线》等,也都凸现了童话般纯真的世界,闪耀着恬静舒朗的人性之光。

与此同时,朦胧诗还从形式上彻底抛弃了政治抒情诗式的口号化模式,全面展示了这一代诗人对诗歌艺术的自觉。他们不屑

---

① 张清华:《中国当代先锋思潮论》,江苏文艺出版社1997年版,第68页。

于做时代精神的传声筒,不屑于书写廉价的颂歌和战歌,拒绝以诗的形式来图解政治概念和粉饰现实生活,也拒绝对历史的伤痛进行直露的表达,而是"以意象化方式追求主观真实而摒弃客观再现,通过大量意象的瞬间撞击和组合、语言的变形与隐喻构成整体象征,使诗的内涵具有多义性;捕捉直觉和印象,打破传统诗歌线性因素或单向直抒的表现方式,用情感逻辑取代物理逻辑,以自由随意的时空转换或蒙太奇剪接造成诗歌情绪结构的跳跃性和立体感,使诗歌情绪内涵的表达获得更广大的弹性张力空间。"①这种整体性的象征手法和自由时空的拼接,是他们之所以被称为"朦胧诗派"的重要表征——它使诗的意象、意境和审美趣味变得含蓄、迷蒙、暧昧而多义,呈现出强烈的现代主义倾向。事实上,这也表明,"50后"诗人们从一开始就对诗的艺术本体有了高度的自觉和变革的冲动。北岛就曾说:"诗歌面临着形式的危机,许多陈旧的表现手段已经远远不够用了,隐喻、象征、通感,改变视角和透视关系、打破时空秩序等手法为我们提供了新的前景。我试图把电影蒙太奇的手法引入自己的诗中,造成意象撞击和迅速转换,激发人们的想象力来填补大幅度跳跃留下的空白。另外,我还十分注重诗歌的容纳量、潜意识和瞬间感受的捕捉。"②杨炼更加明确地坦言:"诗首先是诗,如果没有艺术,没有形式,只有赤条条一个思想,诗人还不如去写标语!……让诗回到创造中来吧,让诗回到美来吧,让诗回到真正配载'语言的王冠'的地位来吧——让那些总想以销售计算诗的价值的人去开杂货铺!"③"让诗回到创造中来","让诗成为语言的王冠",从这些话语里,我们可以看出这一代诗人对诗歌本体的理性自觉已非常清晰。

作为"50后"诗人的一次集体呐喊,朦胧诗的种种艺术实践,在当时的历史语境中,仿佛是一把把思想的利斧,顽强地砸破了

① 吴秀明主编:《当代中国文学五十年》,浙江文艺出版社2004年版,第213页。
② 老木编:《青年诗人谈诗》,北京大学五四文学社1985年版,第2页。
③ 杨炼:《我的宣言》,《福建文学》1981年第1期。

陈旧而僵化的文化坚冰。"它是浩劫后的世界在废墟上重新整理秩序、在混乱中探寻出路时或发自肺腑的直接呼声或曲折披露的形象潜台词,它打着强烈的时代印戳,标志着民族意识觉醒的升华,所以无须站在传统意境立场上,指责它思辨太多、理性太多,甚至概念形象太多。……它对传统单一纯然的牧歌、田园格调是一种叛逆;是诗歌从致力于外部世界的逼肖描摹转入内心世界寻觅的标记。"[①]对此,陈仲义曾分别从意境、形象、手法、结构、语言等五种审美因素出发,全面而系统地探讨并肯定了朦胧诗派对传统审美因素的扬弃与突破。这种实证性的评析,也使当时那些观念变更不及的人们看到,朦胧诗派无论是精神上还是文本上,都已经成功地突破了以往的审美规范,将中国当代诗歌直接推向现代主义领地,并为其他艺术形式的探索和突破,提供了一个可资借鉴的风向标。这也表明,当代诗歌已初步实现了诗人主体与艺术本体的双重觉醒。

当然,我们也必须注意到,尽管朦胧诗体现了"一代年轻诗人努力凸现自我,张扬个性,强调诗的抒情主体的独立性和独特性",[②]但作为青春的"颂辞",它们同样也展现了这一代人的成长记忆和精神履历。这一点,最突出地表现在他们那种不自觉的英雄主义理想上,也体现在他们那种大无畏的革命豪情中。他们渴望以一种殉道者的身姿,扛起所有历史的苦难;他们满怀革命英雄般的激情,为理想的不朽而勇于献身。"我选择天空/决不跪在地上/以显示刽子手们的高大/好阻挡自由的风/从星星般的弹孔中/将流出血红的黎明"(北岛《宣告》);"我,站在这里/代替另一个被杀害的人/为了每当太阳升起/让沉重的影子像道路/穿过整个国土"(北岛《结局或开始》);"在英雄倒下的地方/我起来歌唱祖国"(江河《祖国啊,祖国》);"我被固定在这里/山峰似的一动

---

① 陈仲义:《新诗潮变革了哪些传统审美因素?》,《花城》1982 年第 5 期增刊。

② 李新宇:《中国当代诗歌艺术演变史》,浙江大学出版社 2000 年版,第 228 页。

不动/墓碑似的一动不动/但录下民族的痛苦和生命"(杨炼《大雁塔》);即使是温婉的女诗人,也同样喊道:"那就从我的血肉之躯上/去取得/你的富饶、你的荣光、你的自由/祖国啊,/我亲爱的祖国!"(舒婷《祖国啊,我亲爱的祖国》)……这些刚劲、豪迈、充满悲壮色彩和献身意味的诗句,虽然生动地展现了他们非凡的人格魅力,但也折射了他们在新中国革命语境中成长的革命英雄主义的历史记忆。

在这方面,最具有代表性的,也许是江河的《纪念碑》。在这首诗里,诗人完全取消了独立的自我,将"我"彻底融入"人民"和"祖国"之中,共同铸成一座伟岸而不朽的"纪念碑",显示出革命理想的终极价值。"整个民族的骨骼是他的结构/人民巨大的牺牲给了他生命/他从东方古老的黑暗中醒来/把不能忘记的一切都刻在身上/从此/他的眼睛关注着世界和革命/他的名字叫人民//我想/我就是纪念碑/我的身体里垒满了石头/中华民族的历史有多沉重/我就有多少重量/中华民族有多少伤口/我就流出过多少血液"。这种与民族苦难融于一体的精神追求,使诗歌的抒情主体成为鲜明的民族斗争史的承担者形象,并以真理捍卫者的英雄主义姿态,向公众昭示了某种牺牲精神和献身意愿。"罪恶终究会被清算/罪行终将会被公开/当死亡不可避免的时候/流出的血液也不会凝固/当祖国的土地上只有呻吟/真理的声音才更响亮/既然希望不会灭绝/既然太阳每天从东方升起/真理就会把诅咒没有完成的/留给了枪/革命把用血浸透的旗帜/留给风,留给自由的空气/那么/斗争就是我的主题/我把我的诗和我的生命/献给了/纪念碑"。毫无疑问,这一具有悲壮意味和崇高理想的抒情主体,展示了人类渴慕已久的英雄主义理想人格,也体现了人类共同的生命追求和道德光辉。但是,如果从这一代人的成长记忆来看,尤其是他们自幼便接受的革命化、集体化的理想主义和大无畏的英雄主义来看,这个抒情主体的精神内部,同样也隐含了某种历史记忆的因子。也就是说,在这种具有不朽意味的"纪念碑"的背后,其实也折射了这一代人曾经受过的某些革命英雄主义的文化启蒙。

一方面,朦胧诗人们强烈地呼唤人性的自由和人道的复归,对那种集权主义和神本主义的历史进行了尖锐的反抗和批判,展示了这一代人渴望"告别记忆"的精神冲动,扮演了叛逆者和拓荒者的角色;另一方面,他们又带着某种集体无意识,满怀英雄主义的理想,饱含革命理想主义的激情,自觉地承担了某种历史拯救者的形象,暗合了新中国成立以来主流意识反复倡导的革命理想主义信念。这种潜在的、具有自我分裂式的审美表达,使朦胧诗承载了十分复杂的精神内涵,也给不同的受众带来了不同的解读感受。譬如,作为朦胧诗的代表人物,徐敬亚就说道:"动乱、灾难、野兽般的践踏,揉乱了平静的日子,我们憨直的眼睛里流出了沉重的液体——血和泪的上面跳跃着五颜六色的魔鬼,我们民族的历程坎坷起来。她用敏感的知觉眼睁睁地饱尝了一次苦难。我们领略了痛苦,我们对假丑恶有了充分的体验,苦辣酸甜的生活感受积累着……人们的社会心理复杂起来,整个民族的文学素养和艺术审美的标尺升高着。"①但是,在老一辈诗人的眼里,这又有另一番感受,如艾青就认为:"他们没有受到革命的传统教育,甚至没有受到正常的教育。有些是在饥饿中长大的。他们亲眼看见了父兄一代人所遭受的打击。有些人受到了株连。这是被抛弃的一代受伤的一代。他们在无人指引下,无选择地读了一些书,他们爱思考,他们探索人生……他们对四周持敌对态度,他们否定一切、目空一切,只有肯定自己。他们为抗议而选择语言;他们因破除迷信而反对传统;他们因蒙受苦难而蔑视权威。这是惹不起的一代。他们寻找发泄仇恨的对象。"②

也许我们可以找到很多理由来解释这种认识上的分歧,但历史的发展已经证明,这种分歧很快被"第三代诗人"以更加激越的口号所取代,朦胧诗也因此而迅速走向终结。但无论如何,从代际意义上看,朦胧诗既是"50后"诗人的集体呐喊,也是这一代人的生命宣言,它标志着这一代人灵魂深处的自我觉醒。

---

① 徐敬亚:《生活·诗·政治抒情诗》,《福建文学》1981年第1期。
② 艾青:《从"朦胧诗"谈起》,《文汇报》1981年5月12日。

　　与朦胧诗同时出现于文坛的,还有"知青文学"。有关"知青文学",不同的学者有不同的理解,并在学界形成了广义和狭义的两种概念。广义上的知青文学,是指 1957 年"上山下乡"开始之后,陆续出现的一些有关知青生活书写的文学作品。像知青文学研究专家、知青作家郭小东教授就秉持这一概念,他将 30 多年的中国知青文学发展,划分为"前知青文学"、"知青时期文学"、"知青追忆文学"、"知青后文学"、"后知青文学"等几个不同的阶段。杨健的《中国知青文学史》基本上也是秉持这一概念。狭义的知青文学,主要是指"文化大革命"结束到 20 世纪 80 年代初期所涌现出来的一股知青文学热潮,即一些拥有知青经历的作者所创作的有关知青生活的文学作品。这也是一般的当代文学史通常采用的概念。

　　从狭义的"知青文学"概念出发,我们可以发现,尽管与朦胧诗人们相比,它的作者队伍要相对复杂一些,其中有不少是 40 年代出生的人(如叶辛等),但最主要的创作力量仍然是"50 后"人,如张抗抗、卢新华、孔捷生、张承志、梁晓声、郑义、史铁生、阿城、王安忆、韩少功、柯云路、李锐、张炜、王小波、陈村、老鬼、铁凝、晓剑、郭小东,等等。他们是知青一代中涌现出来的重要作家,也是"50 后"的作家代表,并成为新时期文学创作的重要力量。因此,从某种意义上说,狭义的"知青文学",就是"50 后"作家群的一次有关自我青春记忆的集体书写,是这一代人对刚刚经历的知青生活的纪念性表达。它们既揭露了非常历史的真实面目,祭奠了青春的苦难磨砺,也抒写了"青春无悔"的理想情怀,展示了不乏浪漫的少华时光,且以小说为主要表达形式。

　　在"文化大革命"期间,为响应党和国家的号召,"50 后"的城市青年们,在高中毕业或初中毕业之后,纷纷带着火热的革命理想,带着建设新中国的满腔激情,自觉奔赴到全国各地的边远乡村,经历了各种匪夷所思的艰苦生活,同时也积累了丰富的生存感受和情感体验。当他们后来重返城市或进入大学,不少人便开始拿起笔来,书写各自的知青记忆,由此形成了新时期初期"知青文学"特有的审美风范。纵观"知青文学",主要有三种突出的表现形态:一是以倾诉苦难生活、展示悲剧命运为主,着力表现这一代人在"文化大革命"中的人生不幸,以及这种不幸在他们心灵深处留下的种种无法抹去的"伤痕",否定和批判强权历史给他们带来的人生灾难,并由此成为"伤痕文学"的一个重要部分。二是以传达青春激情、抒发内心理想为主,倾力表达这一代人对乡村生活记忆和乡村风俗伦理的眷恋,洋溢着某种诗性的浪漫主义情怀,呈现出一种乌托邦式的精神质色。三是以反省历史意志、追问人性面貌为主,全面展示这一代人对个人命运与历史意志之间关系的思考,传达他们对强权意志、人性本质与文化伦理的深度质询,具有某种理性的历史反思意味。可以说,知青文学所表现出来的这三种形态,其实也体现了这一代人对青春记忆的复杂认识。

先看以倾诉苦难生活、展示知青坎坷经历为主的"伤痕"式叙事。

这类作品是"知青文学"出现初期最典型的表现形态,也是这一代作家普遍选择的一种表达方式。他们以血与泪的事实,道出了知青生活的种种悲惨境域,传达了创作主体极为忧愤的情感。其代表性的作品有卢新华的《伤痕》、郑义的《枫》、孔捷生的《在小河那边》和《普通女工》,陈建功的《萱草的泪》、竹林的《生活的路》等。譬如,卢新华的《伤痕》就是以主人公王晓华的曲折经历,讲述了"文化大革命"中一个普通少女人性忏悔与觉醒的故事。因为母亲被划为"叛徒",天真无知的王晓华便毅然断绝母女关系,到农村插队,去"炼一颗红心",做一个"可以教育好的子女"。然而无论她怎样努力,也无法摆脱家庭的政治阴影,无法拥有爱情的权利,甚至连入团都非常困难。一切苦难结束之后,当王晓华回到城市,母亲却已告别人世,留给她的只有无边的悔恨和伤痛。小说通过人物的心灵扭曲与压抑、亲情的失落与回归,控诉了极左思潮对人性与人伦的戕害。

郑义的《枫》也是如此。它通过"文化大革命"时期血腥的武斗事件,将一对原本彼此爱慕的青年男女卢丹枫和李红钢,置于一种势不两立的敌对境域之中,展示了所谓的革命信仰、思想觉悟与人性情感之间的巨大冲突,并以最终的悲剧控诉了那些盲从的信念对自然人性的伤害。《在小河那边》以一种传奇性的故事和反人伦式的命运错位,在叙述姐弟俩之间情感悲剧和命运悲剧的同时,揭示了极左思潮在破坏和颠覆家庭伦理之后,对一些知青的人生所造成的巨大灾难。《普通女工》叙述了主人公何婵经过知青生活之后,在返城过程中所遭受的种种屈辱,反映了"上山下乡"运动中所出现的种种劫难。何婵只是一个普通人,她渴望过上正常的普通生活,养好孩子,做好工作,然而,"私生子"的巨大压力,不仅使她失去了家庭的温暖,也使她失去了生命应有的尊重。

竹林的长篇小说《生活的路》以更为宽阔的视野,集中叙述了插队知青在乡村生活中所经历的种种困厄、矛盾和磨难,展示了身份、理想、现实与人性的尖锐冲突。主人公娟娟作为黑五类子女,深知自己身份的局限,于是她勤奋工作,渴望能有朝一日返城,与自己心爱的人相聚。然而,在异常吊诡的现实里,她不仅被自己心爱的人所抛弃,继而又被大队党支部书记奸淫。在获得上大学的申请表之后,她又因大学体检遭拒,最后不得不投河自尽。"作品不但写出了娟娟从单纯到复杂以致最后陷入难以解脱不能自拔的境地的整个过程,同时也写出了一代青年为追求理想、幸福所付出的代价。作品在探讨造成悲剧命运的原因时,既注意到时代的社会的因素,也注意到个人的因素,而不像其他有些知青'伤痕小说'那样把一切个人悲剧统统归诸社会。"①

的确,这类作品与同时代的其他"伤痕文学"相似,主要是通过对各种知青苦难生活、人性扭曲、命运错位的倾力叙述,揭露、否定和批判"上山下乡"运动给这一代人所造成的巨大的身心伤害。它们大多将知青生活视为一场不堪回首的噩梦,一场充满了欺骗、丑陋、灾难和绝望的现实,叙事中遍布苦难和愤懑、悔恨和迷惘,以各种"伤痕"展览的方式,传达自己对历史意志的愤懑。

---

① 金汉:《中国当代小说艺术演变史》,浙江大学出版社 2000 年版,第160 页。

其次是一批满怀革命激情、饱含青春理想的叙事。

这些作品既带有某些乌托邦的色彩,又有一定的历史反思意味,表明了"50后"一代人对知青生活的复杂情感和特殊思考。其代表性的作品有史铁生的《我的遥远的清平湾》,梁晓声的《这是一片神奇的土地》和《今夜有暴风雪》,张承志的《绿夜》,王安忆《本次列车终点》,孔捷生的《南方的岸》,晓剑的《世界》和《青春梦幻曲》,陈村的《我曾经在这里生活》,等等。像《我的遥远的清平湾》,作者以一种饱含深情的笔触,从容舒缓的语调,着力书写了西北乡村质朴而温馨的风俗民情,以及美好单纯的人伦关系。那里虽然贫穷落后,虽然偏僻愚昧,但农民们都淳朴、善良、正直、勤劳,他们爱憎分明,嫉恶如仇,宽厚忍让,对待知青友善和蔼,处处关心。知青与农民之间,呈现出自然、坦诚和相互体恤的美好关系,小说也因此洋溢着某种诗性的乡村伦理,并使主人公的内心饱含无限的眷恋之情。

王安忆《本次列车终点》也体现了类似的情感倾向。当下乡十年之久的上海知青陈信,终于弄得一个返城名额而踏上回上海的列车之后,呈现在他面前的,并非是他曾经朝思暮想的上海,而是嘈杂的市井生活,稠密的城市人群,拥挤的住房条件,烦琐枯燥的工作环境,难遂人意的恋爱婚姻,微妙而势利的家庭关系。这一切让他备感迷惘和困惑,也使他不自觉地想起曾经的知青生活,那里有单纯的人际关系,清静的小镇生活,公园似的校园,以及天真烂漫的学生……它们以一种诗意而温暖的存在,不断撞击陈信的心扉,使他陷入一种人生的深度质疑之中:究竟哪里才是人生列车的终点?

张承志的《绿夜》以同样的笔触,叙述了知青对以往插队生活的无限思念。这种思念,不是一种生活上的惯性回忆,而是寄寓了理想和激情的诗性的向往。已经返城八年的"他",一直深深地眷念着曾经插队生活六年的内蒙古大草原,甚至觉得只有在那片草原上,自己的生命才更为充实,灵魂才更为安妥。于是,他再度重返大草原,尽管他所见到的生活多少有些物是人非,甚至让他有些失望,但在一个雨夜醉归之后,终于深深地理解了草原生活的宽厚与质朴,也理解了奥云娜的生命中所蕴含的人生真谛。

《这是一片神奇的土地》和《今夜有暴风雪》以北大荒的知青生活作为背景,在一种慷慨悲歌式的激情叙事中,既展示了北大荒坚硬、恶劣和残酷的生存环境,揭示了知青生活中的种种内在纠葛,又抒写了知青们充满理想和雄心的精神斗志,展现了他们火热的革命激情和顽强的生命意志。前者描绘了北大荒里的"大烟炮",绿莹莹的"鬼火",酷烈的严寒,凶残的野狼,以及严重缺粮的现实。而在这种极为严峻的生存环境,一群年轻的生命却从未放弃自己的理想和使命,义无反顾地投入农垦生活中,在那片荒凉的大地上留下了耐人寻味的足迹。后者围绕知青大返城的事件,在展示种种命运的困顿、前途的绝望和人性的扭曲的同时,又以一种复杂的情感书写了这一代人青春无悔的悲壮。尤其是刘迈克和裴晓芸这两个人物,既有普通人所无法排遣的人性缺点,又有常人难及的可贵品质和毅力,既有壮怀激烈的雄心和热血,又有一定的自我反省和思考。

这类作品摆脱了知青文学的"伤痕"展览,融入了创作主体更多的生命情怀,也渗透了作家们对生活本质的不断追问和思考。虽然它们不乏浪漫和激情,甚至充满了某种理想主义的生命冲动,像《南方的岸》里的易杰和暮珍,在返城之后又毅然奔赴当年插队的橡胶林,但从总体上说,在这些乌托邦式的审美意图里,其实折射了"50后"一代人在启蒙理想失落之后的顽强寻找,也反映了这一代人对生活的重新理解和认识,其中的虔诚和执着,不容人们轻易去否定。

再次是一批对历史意志进行反思、对人性进行自觉拷问的叙事。

这些作品陆续体现了知青作家在主体意识上的觉醒过程,也体现了"50后"一代对社会、历史与人生的理性思考,显示出某些形而上的意味。从创作主体来看,无论是精神视野还是艺术手法,都显得更为开阔和灵活,且有不少作品已是相对成熟的长篇小说。其代表性作品有朱晓平的《桑树坪纪事》,张抗抗的《隐形伴侣》,孔捷生的《大林莽》,王安忆的《69届初中生》,郭小东的

《中国知青部落》,梁晓声的《雪城》,李锐的《合坟》,晓剑的《泥石流》等。

在这些作品中,最具有典型意义的,当首推朱晓平的《桑树坪纪事》。这部小说不再将知青作为叙事主体,而只是作为一种叙事视角,通过"我"的特殊视角,全力展示了中国乡村社会的文化伦理和农民生存的精神形态,折射了作家对贫穷乡村的尖锐思考和民族历史的深刻反思。作品围绕中国西部黄土高原的一个封闭、苍凉的小村桑树坪,通过 12 个纪事文本,多方位地呈现了生活在这片土地上的人们严峻、困苦、愚昧的生存状态,塑造了一批极具精神质感的农民形象,像苦中作乐、无牵无挂的麦客榆娃,泼辣大胆、敢爱敢恨的彩芳,善良憨厚、吃苦耐劳的窑客老吕,倔强刚毅、执着隐忍的王志科等。其中,塑造最成功的是桑树坪的灵魂人物李金斗这一形象。作为生产队队长,李金斗的身上负载了中国乡村干部和普通个体的多重性格特征,集合了中国农民极为吊诡的生存智慧。当知青"我"来到桑树坪后,他直言不讳地说道:"你们(知青)胡折腾够了,脑系(官)们惹不起又养不下你们,把你们又弄到这搭,来夺我们庄稼人的衣食来咧。唉,说来说去,还是我们庄稼人最可怜啊……"这句大实话,既道出了农民对知青的态度,也表明了桑树坪生活的困苦。在随后的生活中,他巧妙地利用"我"与公社估产干部明争暗斗,与麦客讨价还价,尽自己的最大能力维护生产队百姓们的生活条件。为了巩固自己的威权地位,他又通过一些狡黠甚至残忍的手段,不断排挤打压王志科父子和李言老叔,彰显自己的封建家长意志。尤其是对待彩芳的婚事上,更加突出地表现了他作为封建家长的独断与冷酷,自私与蛮横。可以说,李金斗是桑树坪的一个代表,也是中国农民的一个缩影,他的内心聚集了因贫穷而引发的种种人性之恶,因封建伦理而滋生的种种自私观念,因公序良俗而产生的种种人道举动。这些精神品质,很难用简单的善与恶、正义与贪婪来评判。

除李金斗外,彩芳也是一个异常鲜活且耐人寻味的形象。她美丽善良,泼辣率真,敢爱敢恨。虽然她只不过是李金斗用几十

斤苞谷和几十元钱换来的童养媳,在积习深重的乡村社会里根本
无法掌握自身的命运,但她依然不屈不挠地追求自己的幸福。她
与麦客榆娃的爱恋,对李金斗的安排宁死不从,直到最后投井自
杀(包括后来的玉兰也是如此),都展现了乡村伦理中女性命运的
不幸。这也意味着,《桑树坪纪事》在叙述乡村生活的悲剧场景
时,已触及中国农村社会结构形态中物质与精神的双重匮乏问
题,体现了作家明确而强烈的现代启蒙意愿。

　　值得注意的是,《桑树坪纪事》在叙事上也别具特色。尽管它
以知青作为叙事视角,但在具体的叙述中,作家成功避开了过于
知识分子化的书面语言,而是通过人物自身的言语,还原了乡村
社会生活的现实场景,使整个叙事洋溢着西北乡村的地域风情,
凸现了西部黄土高原深远广袤的质地,充满了某种情感上的亲和
力。而这,也在一定程度上隐含了创作主体对桑树坪生存法则的
认同倾向。贺绍俊和潘凯雄就曾指出,朱晓平代表了知青文学的
新流向,知识青年的主角位置在逐渐让位给只充当背景的农民,
用一种人道主义的精神来描写农民;用个人眼光去发现农民、理
解农民、描写农民。这种情感立场和叙述目标的变化,意义是重
大的,因为它完成了对城市与乡村、知青与农民之间隔绝与冲突
的跨越。①

　　张抗抗的长篇《隐形伴侣》也是知青文学的一个重要收获。
这部小说以陈旭和肖潇的情感纠葛为主线,以北大荒的知青生活
为载体,通过潜意识、幻觉、梦境等类似于意识流的叙述手法,在
展现火热知青生活的同时,全面拷问了理想、现实与人性之间的
复杂纠缠,揭示了畸形社会伦理制约下个体人格的分裂情形。作
为作家全力塑造的人物,陈旭无疑是一位非常独特的知青形象。
他胸怀壮志且才华横溢,善于思考且颇具口才,野心勃勃却又不
择手段。他曾经有过率真坦诚的历史时光,作为造反派的头头,
他在"文化大革命"初期辉煌一时,以至于在那个江南小镇上无人
不知无人不晓。但在一次武斗中,他因为替老师说话而被定性为

----

① 杨健:《中国知青文学史》,中国工人出版社 2002 年版,第 377 页。

"反动学生",后来又卷入红卫兵两派之间的冲突,从此被革命队伍所排斥。于是他背井离乡,带着肖潇来到了北大荒。可是,充满吊诡的北大荒知青生活,再一次让他饱受各种歧视和伤害,也导致了他的人性迅速发生畸变,权力欲望急速膨胀,人格逐渐出现分裂。他不仅利用"外调"的名义搞假证明,以期谋权寻官而被隔离审查,而且谎话连篇,在欺骗中蒙蔽别人也麻醉自己。在家庭中,他嗜酒、嗜赌,更是劣迹斑斑。陈旭的人格分裂,固然有其自身性格的原因,诸如好高骛远,恃才自傲,不切实际,但更多地隐含了时代启蒙的悲剧,隐含了革命理想教育与现实秩序之间的严重错位,就像邹思竹所说的那样:"陈旭那种堂堂皇皇的撒谎,比起一些人的虚伪还是好得多。"对于陈旭来说,谎言既是他寻找理想的一种手段,也是他面对现实的一种反抗方式。

与陈旭相比,肖潇则是一个单纯善良且有进取心的女孩。面对父母的隔离审查,她便认定父母确实存在严重的问题而与他们断绝关系,跟随陈旭来到了北大荒,热情地投身到"劳动锻炼"的洪流之中。自幼所拥有的良好家教,使她在一群知青中显得与众不同,柔弱但有主见,热情但不轻浮,温婉但不孤傲,忠于自己的感情,坚定自己的信念。无论是在建设大坝时,还是在放弃回城时,她都体现出对革命理想的义无反顾的执着。只不过,这种执着,恰恰从另一方面凸现了她的盲从和无知。她与陈旭失败的婚姻,表面上看是因为她无法忍受陈旭的欺骗等恶习,实质上体现了她与现实伦理之间的巨大错位。她没有面具,可是她生活在一个处处都是面具的环境里,命运等待她的,除了无望还是无望。郭春莓看似带着一颗红心扎根农村,拼命搞农场建设,有着一种坚定不移的革命理想,以及近乎狂热的革命激情,而实质上,她却处处精于计算,时刻为了获取政治资本,其人格之中同样也存在着双重分裂的情形。邹思竹本分老实,一直"藏在自己的蜗牛壳里窥探别人",小心翼翼地保护自己,但最终却因此致疯。

从陈旭、肖潇到郭春莓、邹思竹,可以说,在《隐形伴侣》里,每个人的灵魂中都隐藏了难以捕捉的"另一面",每一个人都不自觉地戴着某种面具,每一个人都无法剔除生命中的另一个自我。它们与影随形,附着在每一个人的身心之中,构成了永远也无法摆脱的、令人震颤的"隐形伴侣"。这个"伴侣",有时是人性之恶,有时是欲望或恐惧,有时又是无法排遣的理想,它们就像一枚硬币的两面,构成了复杂的人生。

孔捷生的《大林莽》和晓剑的《泥石流》则以严峻的自然形态,巧妙地隐喻了某种野蛮、狂热而又不可抗拒的历史境域。无论是神秘莫测、险境丛生的大林莽,还是铺天盖地、瞬间颠覆一切的泥石流,在作家的笔下,既是客观的自然形态,又是无法掌控的历史意志。当知青们带着坚定的理想和火热的激情踏入其中,当他们以悲壮的自信和无畏的青春与之抗争,等待他们的,除了悲剧还是悲剧。这种悲剧,与其说是来自命运,还不如说是来自虚蹈的革命理想,来自人类远离实际的狂妄,来自青春与战斗交融后的无知与无畏。梁晓声的《雪城》和王安忆的《69届初中生》则叙述了后知青时代的艰难生活。前者叙述了20万返城知青为了谋求工作和生活的权利,与城市各级官员之间的反复较量,与整个社会制度的历史清算。他们赔尽了自己的青春,于蓦然回首之际,他们又发现自己将要赔尽所有的生活,于是,他们渴望把握自己的命运,渴望获取作为一个正常人的生存权利。这是一种悲壮的抗争,也是一种无奈的抗争,小说正是,在宏阔的视野和激越的叙事语调中,展示了这一代知青的悲剧人生。后者则以一个叫雯雯的69届初中生的平淡生活,试图为知青的历史记忆画出一幅素描。雯雯从红卫兵到知青,又由知青返城当工人,然后结婚生子,所有的历史洪流之中,都有她的身影,但她又都处在边缘地带,虽然没有轰轰烈烈,却也记录了一个时代的轨迹。王安忆试图以一种反理想主义、反悲壮、反激情的叙事思维,为更多的知青们留下一段人生的风景。

无论如何,这些作品已明显不同于前两种形态。它们不仅在社会层面上进入了更深的反思阶段,而且在人性层面上也有了尖锐的质询。更为可喜的是,它们在叙事手法上,也不断融入一些具有现代意味的技巧,体现了"50后"作家群在艺术实践中的自觉意识,以及自我超越的顽强姿态。

从文学史的角度来看,知青文学通过作家的自我叙事,向中国新时期的文坛发出了一声有力的呐喊。它们不仅展示了"50后"一代人的坎坷青春,而且体现了这一代人对沧桑记忆进行自我抚慰的精神姿态,甚至也不乏某种历史的反思意味。当然,客观地说,由于时间沉淀的不足,叙事艺术的训练也不足,知青文学在总体上艺术成就并不是很高,具有经典意味的作品极少,大多数作品都会自觉或不自觉地将某些人生的苦难、人性的卑劣、命运的错位等,简单地归结于社会意识形态、革命理想的启蒙或道德化的善恶对立,甚至将一代人的人生视为某些权力意志的替罪羊,悲壮有余但理性思考不足。无论是自我的反思、人性的忏悔还是历史的反思,在艺术的深度与力度上,都还不够。

如果说"知青文学"作为"50后"一代人的"觉醒宣言",还存在着宣泄有余而反思不足的局限,那么,在后来的创作中,随着专业知识的不断增强,叙事技能的不断提高,当"50后"作家们再度向记忆发出邀请时,他们便自觉地避开了往日的某些弱点,并日渐露出率真的反思姿态,执着的反思意愿,强劲的反思能力。这种反思,既超越了朦胧诗中的某种英雄主义情结,也超越了知青文学的伤痕式展览,具有一种难能可贵的历史忏悔意识和人性诘问倾向,是中国当代文学发展中的一个重要收获。

在"50后"作家们笔下,这种主体性的反思,主要沿着两个方向同时进行:一是对"红卫兵"生活的自省和反思,二是对知青生活的追问和反思。无论是"红卫兵"(包括"红小兵")还是"知青",都是这一代人挥之不去的人生记忆,也是他们青春岁月的重要标签,印证了他们的伤痛,也彰显了他们的屈辱。因此,这种反思带有自我灵魂的解剖意味,体现了这一代人对自我、社会与历史的重新认识和思考。

在反思"红卫兵"记忆方面,这一代作家主要立足于青春期的叛逆冲动、革命理想的狂热、革命斗争的暴力推崇等生存形态,着力展示自然生命与历史意志结盟之后的非理性状态,剖析自我成长过程中的种种畸形心理。其代表性的作品有王朔的《动物凶猛》、梁晓声的《一个红卫兵的自白》、王安忆的《启蒙时代》、陈河的《夜巡》等。在反思知青生活方式上,这一代作家主要借助人性与现实、自由与禁锢之间的尖锐对抗,展示自由理想、生命本能在身心禁锢时代的扭曲过程,演绎革命理想在残酷现实中逐渐破灭的情形,传达各种极端环境中的人性面貌。其代表性的作品有老鬼的《血色黄昏》、王小波的《革命时期的爱情》、王安忆的《岗上的世纪》、郭小东的《中国知青部落》、严歌苓的《天浴》和《雌性的草地》、苏炜的《迷谷》、王松的《双驴记》和《秋鸣山》、铁凝的《风度》等。

为了更好地梳理"50 后"作家们对自我成长与历史记忆的反思特点,笔者想选取几个具有代表性的文本进行较为深入的分析,以便更好地阐述其中的反思力度和深度。这几部作品分别为:老鬼的《血色黄昏》,王朔的《动物凶猛》,王小波的《革命时期的爱情》,王安忆的《启蒙时代》,它们先后发表于 20 世纪 80 年代、90 年代和新世纪之后,既有对红卫兵记忆的反思,又有对知青生活的反思。

《动物凶猛》和《启蒙时代》都是以"文化大革命"时期留在城市的青少年成长生活为叙述对象,全面展示了这一代作家对红卫兵记忆的文化反思。只不过,他们并没有选择以正面书写的方式,直接呈现红卫兵文攻武斗的生存场景,而是有意脱离了"红卫兵"的政治符码,从青春本能或心灵启蒙的层面来追述人物的精神成长过程,反思革命伦理对这一代人文化心理的规训手段。王朔的《动物凶猛》似乎不是一部严格意义上反映红卫兵生活的小说,但在我看来,它在完全回避外在的红卫兵身份的同时,仍然以人物自身的言行传达了骨子里的红卫兵气质,并进而思考了这一代人的成长迷途。作者以北京军队干部大院的生活为背景,立足于一批缺少父母管束、也缺乏学校教育监管的一群青少年,通过他们逃课、泡妞、打群架、建帮派等无序生活的叙述,展示了那个失去秩序和束缚的年代里,潜藏在青少年们身上的青春冲动,以及粗野而暴烈的生命本能。从高晋、高洋、汪若海、"我"到于北蓓、米兰,他们都处在一种近乎虚空的自由状态。在他们看来,"不必学习那些后来注定要忘掉的无用的知识",且他们也深知自

己的未来已被框定于固定的范畴之内,所以他们从不担心自己的
未来,"一切都无须争取,我只要等待,十八岁时自然会轮到我。"
于是,在这种特定的社会背景下,他们便将过剩的精力投入各种
刺激性的欲望满足之中,或拉帮结派,以武力征服对手;或追逐异
性,在肉体的放纵中寻求所谓的爱情;或对抗父母,逃避家庭权力
的控制。他们满怀武力斗争的热情,拥有旺盛的勇气和豪情,渴
望英雄式的勇武人格,崇拜暴力征服他人的意志,"我们搂抱着坐
在黑暗中说话、抽烟。大家聊起近日在全城各处发生的斗殴,谁
被叉了,谁被剁了,谁不仗义,而谁又在斗殴中威风八面,奋勇无
敌。这些话题是我们永远感兴趣的,那些称霸一方的豪强好汉则
是我们私下敬慕畏服的……我们全体最大的梦想就是有朝一日
剁了声名最显赫的强人取而代之。"由是,那些好勇斗狠、威震京
城的"老泡"级"顽主",一直是他们最尊敬的"楷模"。但他们又
深知自己力量的局限性,一直畏惧于单枪匹马,只好推崇"群威群
胆",成群结队地招摇过市。如果深而究之,这种非理性的、缭乱
的、颠覆性的生存方式,在很大程度上与红卫兵的精神气质不谋
而合,不同之处只是在于,红卫兵更懂得获取社会政治方面的合
法性,使自己暴力化的放纵行为顺利上升为一个时代的理想。

　　王安忆对于自己的青春记忆一直有着强烈的反思欲望。从
《本次列车终点》、《69 届毕业生》、《流水三十章》到《纪实与虚
构》、《岗上的世纪》、《花园的小红》等,都在不同程度上涉及了
"文化大革命"时期的成长记忆和知青生活,并对那些特殊的历史
生活进行了颇有意味的反思。有趣的是,她并没有因此而满足,
而是满怀热情地继续追问这一历史记忆。《启蒙时代》可以看作
是作家在这方面的标志性作品。它一改有关"文化大革命"青春
叙事的暴力、喧闹、放纵等共识性的特点,以反暴力的宁静或略带
诗性的方式,深入人物的内心之中,化动为静,转外为内,剔除人
物外在行动的无序性,而以理性化的内在生存,展示这一代人的
灵魂被扭曲的过程。

　　这种叙事策略别有意味。它至少折射了王安忆对这一代人
内心成长的特殊理解,即他们所有的非理性的外在言行,都源于

他们内心深处坚定不移的信仰。这种信仰,是历史和现实以绝对真理的方式赋予他们的,无法怀疑,也没有必要怀疑。从小兔子、南昌、陈卓然、小老大到阿明、嘉宝、丁宜男、舒拉,这些生长在新中国的一代人,借助自身特殊的家庭背景,无时无刻不在思索着革命、理想、人生等重大问题,自觉地承担了中国社会的革命家和思想家的历史角色。他们虔诚地学习马列主义著作和各式各样的革命理论,大段地背诵那些欧式的华丽词句,自觉地将全部的激情和理想、青春和热血,融入已日渐纷乱的现实之中,试图在真实的世界里发现理想与空想的区别,将生硬的理论教条实践到具体的生活之中。在小说中,南昌就说道:"有时候,我真觉着这时代很荒芜,四顾茫然;又有时候,这时代则以特别丰饶的面目出现,枝蔓横生,盘结纠缠,依然四顾茫然。不能埋怨时代,该给的其实都给了,就看我们有没有力量。"为了获取这种力量,他们便向深邃的革命理论求助,以至于他们常常将自己打扮成"无产阶级的思想家"。

这是一种历史的"附魅",用潘凯雄的话说,是一种"诛心",①即通过特定的、没有怀疑空间的价值形态,直接规训了一代人的精神成长过程,并使之成为他们坚信不移的信仰。王安忆的意图,或许正是想通过根源性的探讨,打开这一代人被"附魅"的历史过程。在小说中,以南昌为首的这一代人,具有那个时代的年轻人难能可贵的理性气质,也具有极其罕见的远大志向,甚至不乏某些独立的、不随波逐流的精神秉赋,唯独缺少了一个最为重要的品质:怀疑的精神。没有了怀疑,使他们被既定的信仰"诛心"而不悟,也使他们对革命理想愈虔诚、愈热望,便愈显荒诞和悲凉。所以,潘凯雄认为:"有人说《启蒙时代》是一代人的精神成长史,此言不谬。在红卫兵运动和上山下乡运动之间的那个短暂的宁静时刻,南昌们、陈卓然们置身于'小老大的客厅',或懵懂、或'清醒',看上去他们并没有随波逐流,而是冷静地进行着自己的观察与思考。只是他们在当时条件下的那种思考,甚至也包括

---

① 潘凯雄:《王安忆的〈启蒙时代〉》,《文汇报》2007 年 5 月 8 日。

他们父辈,比如南昌之父的沉默,其实也真是天晓得,与其说是'睿智',不如说是'教条'更为准确。如此孱弱的心智,如此孱弱的精神,面对精神的强力,又如何抵挡得了?"①的确,就《启蒙时代》来说,作家所要反思的,已不再是非理性的青春与革命暴力的聚合过程,而是这一代人在精神深处对信仰的无质询式的接受与推崇。就这一点来说,王安忆的反思无疑走得更为深远。

在知青生活的深度反思方面,"50后"作家无疑投入了更多的热情,其创作成果也更为丰富,而且这一反思态势至今没有停止。像王松的中篇《双驴记》和铁凝的短篇《风度》,都是近年来非常不错的新收获。当然,我觉得,最具有代表意义的,还是老鬼的《血色黄昏》和王小波的《革命时期的爱情》。前者通过正面强攻的方式,在暴烈精砺的语境中,直接呈现出知青生活中所出现的种种反人性的惨烈情形,传达了理想被颠覆、人格被践踏、命运被改写的血泪经历。后者则以反讽式的语境,游离于知青社会结构的权力缝隙之中,以自由、任性和自我嘲谑的方式,在黑色幽默的艺术思维中,颠覆了那个时代的革命伦理。

老鬼虽然出生于20世纪40年代末期,但他的成长过程和精神履历,与"50后"并无明显的区别。因此,他的代表作《血色黄昏》同样可视为"50后"作家们的一种精神表达。在这部小说中,老鬼直言不讳地说道:"我的经历,是一代中国人的经历。那种社会氛围,那种生存环境,那种人与人的关系,还有我的内疚,我的忏悔,我都必须原原本本告诉世人,否则,我就没良心。"基于这种朴素的审美意愿,老鬼动用了一种纪实性的叙事手法,以一种泣血般的真诚,追述了一位名叫林鹄的北京知青在内蒙古当知青的生活经历。林鹄出生于北京知识分子家庭,为响应党的号召,毅然断绝家庭关系,和同伴一起步行到内蒙古建设兵团插队落户,立志扎根边疆,建设新中国。在连队里,单纯蛮干的林鹄处处奉行拳头主义,一心要除暴安良,建构所谓的理想秩序,结果随着连队政治运动和思想改造的不断加强,尤其是牛连长和沈大肚子指

---

① 潘凯雄:《王安忆的〈启蒙时代〉》,《文汇报》2007年5月8日。

导员所倡导的"开门整党",他在一次精心设陷之中,终于莫名其妙地被打成"现行反革命分子",并在荒无人烟的大草原上度过了八年的劳教生活。林彪事件之后,经过母亲的多方奔走,林鹄终于得以平反,建设兵团也随后宣告解散,没有人为他的命运负责,也没有人对他的苦难表达歉意。

作为一个热血青年,主人公林鹄无疑是一位充满了血性和勇武气质的理想主义者。他的悲剧,并不是因为思想的落后或人性的卑琐,而是恰恰相反,他太正直了,太倔强了,也太执着了,缺乏变通的能力,也缺乏妥协的勇气。宁为玉碎,不为瓦全,他试图以这种个性与那些谋权谋利的连队领导斗智斗勇,甚至与专制化的体制进行顽强抗争,其结果可想而知。在变成"现行反革命分子"之后,他不仅遭受了战友的遗弃,朋友的背叛,还经历了青春身体在本能和孤独上的巨大煎熬,承受了身与心的极度摧残,深刻地体验了乖谬的历史对个体生命的盘压,更看清楚了无数人性卑微者以革命的名义对真诚和善良的欺骗与出卖。就像杨健先生所评述的那样:"小说展示了知青群体和个人作为'社会人'、'生物人'的真实性,知青在社会组织中的不自由与性的苦闷。在具体细节的捕捉上,在对生命形态的体认上,作者表现出现代性的敏感和锐利。这部自传体小说毫不掩饰地记述了主人公畸形人格和兵团上下丑陋的生活,显示出一种现代审美品位。……《血色黄昏》是知青运动几十年以来,最具有价值的一部知青长篇小说。它描述了知青真的人生,真的历史。在'悲壮的青春'叙事之后,知青的历史通过《血色黄昏》,终于得到了还原。它是知青文学的一块里程碑,至今还没有一部知青长篇小说达到和超越这部小说的思想、艺术成就。"①就自我的解剖与历史的真实呈现而言,《血色黄昏》的确具有不可忽略的价值,甚至可以视为一代人的历史证词,但也像很多学者所论述的那样,这部小说在艺术上仍然显得有些粗糙,个人化的主观情感在叙事上投射过多,影响了整个小说的审美效果。

---

① 杨健:《中国知青文学史》,中国工人出版社2002年版,第379页。

与《血色黄昏》颇不相同,王小波的《革命时期的爱情》则以一种黑色幽默式的叙述语调,通过知青王二与陈清扬之间的情感经历和曲折遭遇,揭露了专制化的社会集权对知青们的规训过程。它既展现了王二自由与反叛的精神秉赋,又塑造了陈清扬这个"被侮辱与被损害的"、有着荒诞遭遇并勇敢追求爱情自由的女性。王二是一个具有自由主义冲动的知识青年,既充满了反抗精神,又饱受历史权力的折磨。在小说中,他以玩世不恭的方式,拒绝与现实达成任何和解,专注于自我内心的意愿,以一种朴素的人本主义理想,直接撕开了历史帷幕深处的荒诞本质。王二的反抗是全方位的,他仿佛一个自由主义的斗士,对权力、道德和世俗价值观,进行了不留余地的消解。当反抗无法实现自由的冲动时,他便逃往深山老林,守护自己的自由理想。陈清扬也同样是一个非常丰富的人物形象。她的性格经历了道德认同、欲望追寻与权力颠覆的三个过程,但最后却将爱悬置起来。一方面,她极度不满自己的"破鞋"称呼,另一方面,她又饱含着某种本能性的冲动。于是,她和王二在原始山林里活得狂放恣肆、自由自在、随心所欲,他们的精神自由和生命激情得到了最大限度的释放和敞开,从而演奏出一首生命狂欢曲。从这层意义上讲,这是他们的黄金时代,也是一种人本主义理想在禁忌森严的境域中发出独特亮光的时代。

从某种意义上说,《革命时期的爱情》既是一部充满了人本主义色调的情爱小说,也是一部关于"50 后"的成长苦难史。小说中的王二曾说道:"我像一切生在革命时期的人一样,有一半是虐待狂,还有一半是受虐狂,全看碰见的是谁。"这句话既可看作是小说的主题,又可看作是叙事的基本策略。在理想主义高扬的革命时期,一切都必须无条件地顺从集体主义价值观,所有个人的本能欲望都被强行地扼制。但是,生命毕竟是一个鲜活的实体,激情、冲动以及性本能,都会不可避免地与革命产生巨大的伦理冲突。所以,陈清扬与王二"伦敦"伟大的友谊,并不仅仅是为了追寻感性的自我存在,更重要的是,他们在实现这一追寻的过程中,还体验到极度快适,甚至遗忘了存在。这意味着,"伦敦"友谊同样是他们反抗禁锢时代的一种手段,是他们消解反人性现实的主动出击。也正因如此,王二的存在对于陈清扬来说,具有双重的启蒙作用:一方面,王二通过欲望主体体现了一种真实的存在,并以这一存在对抗周围的一切权力;另一方面,他们之间也存在一种施虐者与受虐者的关系。所以在陈清扬的心目中,王二那东西奇丑无比,傻头傻脑,恬不知耻,见了它就不禁怒从心起,但是她还是下定决心走向前来接受摧残,把那丑恶的刑具深深埋葬,心里快乐无比。这种人性本能的觉醒和舒展,彻底颠覆了那个时代革命化的禁欲伦理。王小波也正是以此作为立足点,使强大的革命时期的集体意志与个人生命的意志形成巨大的冲突,由此揭示了时代与人性之间的错位。

王二从来都不忌讳自己是个流氓。他说:"我这个人,一向不大知道要脸。不管怎么说,那是我的黄金时代。虽然我被人当成流氓。"在一个人人都被规训为奴性人物的时代,王二却能勇敢地选择永远站在社会的对立面,并以自虐的方式,从反抗滑向肉体的放纵,这既是对集体意志的消解,也是人本主义的高扬。这个人物的背后,无疑渗透了王小波对极端历史的理性思考,也饱含了深邃而丰沛的思想内蕴,贯穿了人文主义的自由立场。

反思并没有止境。当"50后"作家们勇敢地面对曾经的过去,在不断地自我盘查和自我追问的过程中,能够不停地调整思维方式,转换思考视角,既解剖自己,又解析社会,既撕开历史,又敲打人性,体现了积极的历史承担姿态。这种记忆的反思,无论是从文化角度,还是从文学角度,无疑都具有极为重要的历史意义。

二　宏大历史的深层反思与重构

"50后"作家非常关注历史,尤其是具有复杂人事纠葛的宏大历史。在直面各种宏大的历史事件时,他们努力摆脱历史常识的规约,更多地选择以底层平凡人物的生活作为表现对象,在虚拟化的历史情境中,传达创作主体对于历史的重新理解。即使像方方的《武昌城》,作者虽然掌握了大量有关北伐时期武汉围城的史实,但她同样不按史学观念正面突出北伐军的英雄气概,而是把笔力放在几个很难有史料证明的学生身上,让这些满怀革命理想和革命豪情的青年学生置身于血腥的历史现场,展示出"革命的被杀于反革命的,反革命的被杀于革命的。不革命的或当做革命的被杀于反革命的,或当做反革命的被杀于革命的"(鲁迅语)这一历史本身的悲剧性和复杂性。同样,像严歌苓的《小姨多鹤》面对的是重大而隐秘的日本战争移民史,但作者并没有全面叙述日本侵略者如何侵占我东北三省,又是如何隐秘地实施大规模的移民计划,以便永久地占领东北领土,而是将笔触落在一位无法回国的日本少女"多鹤"身上,通过她和中国普通百姓之间的情感交流,以及与中国平民的婚姻家庭生活,在展示一位孤独女性坚韧、善良的品质和沧桑命运的同时,控诉了日本军国主义对中日两国普通百姓的巨大伤害。张翎的《金山》和《睡吧,芙洛,睡吧》也是如此。它们以清末民初的加拿大华人移民潮为背景,追述了华人移民在加拿大土地上拓荒的艰难过程,但是,无论是尖锐的族群冲突,还是各种针对华裔层出不穷的歧视手段,作者都很少动用众所周知的历史名人来直接传达历史,而是立足于一个个普通人的艰难挣扎,凸现移民历史的悲壮与苍凉。如《金山》就是通过一家三代人在加拿大数十年的艰辛闯荡,在波澜壮阔的历史画卷中,凸现了华人极为顽强的开拓精神与生命中特有的韧性,也揭开了北美现代文明发展的另一种轨迹。从方得法到方锦山、方锦河,当他们带着朴素的淘金之梦,从岭南故土辗转到陌生的土地,他们面对的,不仅有白人的淫威,土著人的隐恐,还有文化的断裂,种族的欺压。他们徘徊于现实的底层,在求存中寻找尊严,在抗争中直面命运,在怀乡中抚摸伤痕,在失败中追寻出路,以自身的血和泪参与并见证了北美社会的现代化进程,也以自身的屈辱与坎坷,揭开了西方文化中族群观念的沉疴与痼疾。《睡吧,芙洛,睡吧》则以一位中国女性颠荡沉浮的命运和敢爱敢恨的刚烈个性,既传达了中华民族勤劳质朴、百折不挠的精神,又颂扬了跨越族群的纯真之爱。这些小说虽然都深入了强大历史的内部,但从叙述策略上看,作家们都是立足于世俗化的表现对象,通过以小搏大、以轻击重的手段,展示创作主体对一些宏大历史的特殊认识。它们所表现出来的价值生活,在撇开主流历史先在观念的同时,极力凸现了创作主体的个体思考。从"50后"作家对宏大历史的书写策略来看,这种主体意识的强劲思考,主要体现在两个方面。

一是对历史战争中个体生存的立体化演绎。

"50后"作家们在表现历史战争时,往往不像前辈作家,总是通过激烈的战争场面来渲染众所周知的历史人物性格,突出历史名流的善恶秉性,揭示战争的正义伦理,而是努力展示战争胁迫下一些普通将士的生存困境,凸现生与死、爱与恨的复杂纠缠。在"红高粱"系列里,莫言就写了几支抗日游击队的阻击战,而真正的战争场面描写并不多,叙事的主体主要是表现战争笼罩下的那片高粱地里旺盛而又原始的生命力,是"奶奶"那颗野生野长的、融合了正义、仇恨、野气和血性的放浪形骸的灵魂,是余占鳌的本能式抗争欲和征服欲,以及草莽英雄式的生命气质。他的《丰乳肥臀》则以更为明确的姿态,展示了莫言的创作野心——将一切重大的历史彻底地还原成平民生活史,将一切传统的伦理化解为生命生长的自然需求,将一切历史的沉重与惨烈负载在一个个柔韧的女性命运之中。上官鲁氏,这位活了近一个世纪的女性,这位受尽了人间屈辱与伤痛的女性,这位任何时候都不愿对世俗伦理低头的女性,这位像肥沃土地一样滋润的女性,这位在正史中注定会被羞辱或被遗忘的女性,却成为莫言心中的一个图腾,也成为小说中一个巨大的隐喻。她是承受着一切历史风雨的大地,也是永不枯竭的民族生命之源,就像莫言自己所说的那样:"书中的母亲,因为封建道德的压迫做了很多违背封建道德的事,政治上也不正确,但她的爱犹如澎湃的大海与广阔的大地。尽管这样一个母亲与以往小说中的母亲形象差别甚大,但我认为,这样的母亲依然是伟大的,甚至,是更具代表性的、超越了某些领域的伟大母亲。"①上官鲁氏的丈夫没有生育能力,但她一生却生了八个女儿和一个儿子。她挣脱了所有的封建伦理,彰显出生命的勃勃生机。她生下的九个孩子,就像九条藤蔓,在吊诡的历史深处伸向不同的方向,承受并见证了中国二十世纪的巨大磨难。兵匪勾结、战乱频仍、流离颠簸、饥饿难耐、亲人死亡……一只又一只看不见的手,总是以这样或那样的方式搓揉着这个家族,使他们一次次沦入绝望的深渊,或置之死地而后生,或化作政治符码的祭品。她的八个女儿,像八朵荒原上的野菊,被母亲的乳汁喂养得风姿招展,但最终却被历史的无情之脚一次次践踏而逝,使母亲在爱与痛的一次次分裂中,对抗着命运的苍凉。

或许,在这个世界上,女性注定是一种屈辱的存在;或许,在诡异的历史中,女性注定是一个忽略的存在。然而,莫言却让一个母亲带着她的一群女儿走进历史,奔波在各种风云变幻的前沿地带。在面对苍茫的历史时,莫言再一次伸出了他的解构之手——他压根就没有将历史当作无比端庄的记忆,也从来没打算沿着所谓的史实或史料小心翼翼地前行。他依然坚信历史在民间,任何一个民间的生命都印刻着历史的年轮,任何一个卑微的个体都折射出历史的面孔。小说中的上官鲁氏,"作为人民,她是这个世纪苦难中国的真正的见证人和收藏者,她不但自身经历了多灾多难的童年和少女时代,经历了被欺压和凌辱的青春岁月,还以她生养的众多的儿女构成的庞大家族,与20纪中国的各种政治势力发生了众多的联系,因而也就无法抗拒地被裹卷进了20世纪中国的政治舞台。所有政治势力的争夺和搏杀,最终的结果只有一个——那就是由她来承受和容纳一切的苦难:饥饿、病痛、颠沛流离、痛失自己的儿女,或是自己身遭侮辱和摧残。在她的九个儿女中,除了三女儿'鸟仙'是死于幻想症,是因为看了美国飞行员巴比特的跳伞飞行表演(这好像和'现代文明'有关)而试图效仿坠崖而死之外,其余七个女儿都死于政治的外力,死于各种政治势力的杀伐争斗,最后只剩下了一个'残废'的儿子上官金

---

① 莫言:《丰乳肥臀·新版自序》,上海文艺出版社2012年版。

童。显然,'母亲'在这里是一个关于'历史主体'的集合性的符号,她所承受的深渊般的苦难处境,寓言了作家对这个世纪里人民命运的概括和深深的悲悯。"①也就是说,在小说的核心主旨上,"它在把历史的主体交还人民、把历史的价值还原于民间、在书写人民对苦难的承受与消化的历史悲剧方面,体现出了最大的智慧。"②上官鲁氏和她的女儿们,终于以她们柔韧的生命,对中国近一个世纪的历史进行了生动的注释。

铁凝的《笨花》同样也深入宏阔历史的广袤地带。从袁世凯组建新军、曹锟贿选,到抗日战争爆发,近半个世纪的中国近现代史上所有重大历史事件,在小说中均有不同程度的体现。用铁凝自己的话说,这部长篇"关涉自清末民初到上世纪40年代中期近50年的那个历史断面,那里有中国社会最跌宕的变革,有中华民族最深重的灾难。"③如此宏大的历史命题,却由一个充满灵性的、曾写过《对面》、《玫瑰门》等小说的作家来承担,无疑是异常的艰巨和神圣。然而,铁凝并没有被这种宏大的历史所追压,她自觉地选择了一种小切口,通过冀中平原一个叫"笨花"的小村庄,以向氏家族三代人的命运起伏为主线,多方位地展示了横跨半个世纪的中国农村社会,乃至整个时代的风云变幻。向文成的智谋,小袄子的妖冶,还有一些冀中的方言,都让"笨花"于"笨"中升起了某些"花"的轻逸和灵性。尤其是主人公向喜,作为一名初通文墨的农民军人,精思善行,坚毅执着,军人的机敏、谋略、胆识与农民的淳朴、忠厚、善良,水乳交融,构成了他那集民族大义与人格骨气于一体的精神内核。向喜既是整个笨花村的骄傲,也是中国大地上无数抗争者的缩影。处在时代的风口浪尖上,他坚守道德秩序,没有成为乱世枭雄或豪杰,最终回归本真告老还乡,显示出

---

① 张清华:《存在之镜与智慧之灯》,福建教育出版社2010年版,第190—191页。

② 张清华:《存在之镜与智慧之灯》,福建教育出版社2010年版,第189页。

③ 铁凝:《〈笨花〉与我》,《人民日报》2006年2月16日。

一种淡定从容的生活选择。贺绍俊先生曾精辟地论道,这部小说表明铁凝开始动用父系家族的叙事资源,以此来追问有关历史的精神和英雄的精神,并进而评述道:"《笨花》关涉到 20 世纪中国社会最深刻的变革和中华民族最深重的灾难,但如此宏大的主题却是通过华北平原的一个乡村里日常生活的肌理展示出来。铁凝所写的向喜不再是一个传奇式的人物,我们看到的是他总体性的日常生活。铁凝的叙事带有革命性的意义,她通过宏大叙事与日常生活叙事的融合,为我们提供了观照历史的另一种方式,在这种叙事中,历史向我们展现另一番景象。"①

周梅森的"战争与人"系列,倾心书写了一批国民党将士在枪林弹雨中如何求存的心态。《军歌》展示了 60 军炮营沦为战俘的470 余名国民党官兵,被日军驱入死亡笼罩的地带充当劳工苦役,最后他们成功地策划了一次集体大逃亡;《冷血》叙述了赴缅远征的铁五军 17000 名将士,遭到日军铁壁合围后,在绝境中拆散溃逃的悲惨经历;《孤旅》书写了一批罪犯在日军轰炸南京城时的趁乱潜逃;《国荡》讲述了日军重兵围城,国民党新 22 军困守失援后的一次突围逃遁;《日祭》叙述了日军攻占上海后,国民党第九军团撤入租界中,由于不堪忍受他国的控制而谋划潜逃……这一次次的逃亡,既是个体生命的本能选择,也是残酷历史对个体生存的无情剥夺。它意在表明,在宏大历史面前,作家更愿意关注的,是各种普通生命顽强求存的丰富景观。它剔除了历史内部的政治意味,却还原了生命应有的激越与困顿。

尤凤伟的很多抗战小说,也都是通过宏大的战争背景,着力表达各种普通民众的苦难与不幸。在他的笔下,人物的不幸通常超出了纯粹的个体生命自身的局限,他们的劫难、无助乃至死亡,都穿越了自身精神和肉体上的缺陷,呈现出许多惊人的韧性品质与深厚的历史文化指向。譬如《远去的二姑》中的二姑,面对的就是一种民族道义与女性尊严的两难选择,她以个人的贞操换取了

① 贺绍俊:《〈笨花〉叙述的革命性意义》,《解放军艺术学院学报》2008年第 1 期。

道义上的荣耀,却又因此而毁灭了自我生存的尊严和勇气,所以她只好以自杀完成自己一生的救赎。《姥爷是个好鞋匠》中的姥爷,虽然因身体的残疾而一直生活在悲苦与屈辱之中,但他内心的是非道义并没有泯灭。当日寇试图蹂躏全村百姓之时,他以自己特有的方式给了日寇一次惨痛的打击,并以生命作为赌注,将自己还原成一个精神上高大无比的完美英雄。《诺言》中的李朵以亲情乃至自身的生命作为赌注,实践着自己对易远见的承诺。虽然历史冲出了易远见的预设轨道而最终背叛了他的诺言,但李朵的死在易远见的内心依然竖起了一道人格的丰碑。《生存》里的村长赵武和《生命通道》中的苏原虽然没有死得那么辉煌,甚至还有些不明不白,但是他们同样以种种绝望式的挣扎,表达了一个个普通百姓异乎寻常的信念之力,在不动声色中显示出神圣的精神人格。《五月乡战》不仅在故事表层上成功地讲述了一个颇为精彩的历史事件——高家父子始终处在不可调和的尖锐冲突之中,但在民族存亡的大是大非面前,他们却以自身的生命共同完成了另一种民间生命的辉煌史,而且在故事内层对人的个体生命与历史际遇之间的关系也进行了生动而又颇具深度的拷问。作为一个贪恋于个人欲望、终日纠缠于个人私情恩怨的卑琐男人,高金豹无论于家仇于国恨中都是一个地地道道的倒行逆施者,但他终究无法逃离历史语境的制约,无法摆脱作为一个家族的人、民族的人、历史的人在生命中所必然拥有的责任意识和价值标尺,所以最后在血与火的洗礼中终于将自己的生命画上了一个辉煌的句号。这种既具有形而下的生活质感,又具有形而上生命思考的叙事过程,无疑极大地充实了小说内在的审美空间。在尤凤伟笔下的这些人物中,我们看到,作家总是牢牢扣住民间社会中那种特殊的、近乎偏执的坚韧与执着,将他们的性格不断推向某种极致化的境界,从中演绎他们承受苦难的内在力量,以及卓尔不凡的灵魂品质。

此外,像海外新移民作家陈河的《沙捞越战事》,也是以一种游侠式的轻逸之笔,演绎了一位华裔青年在二战中的悲剧人生。周天化虽然没有加拿大国籍,但他还是执着地走进了盟军队伍,并远征马来丛林沙捞越,开始了自己反法西斯的生涯。他拥有忠诚的信念,亦不乏机敏和智慧,然而在危机四伏的原始丛林中,在双面间谍到处潜藏的盟军队伍里,在特种兵、游击队、土著人彼此混杂的战乱环境里,周天化还是不可避免地陷入了巨大的迷津之中。因为没有族群身份的优势,他总是被当作一颗棋子,派往最危险的地带;尽管他对扭转盟军的丛林战事发挥了巨大作用,但战争结束之后,他却被历史迅速地遗忘;只有那颗淳朴的头颅和镶金的牙齿,永远伴随在爱人猜兰的身边。这部小说,与其说是在反思战争,还不如说是在反思现代的族群文化,尤其是西方文明掩饰下的族群观念。

总之,在表现历史战争的剧烈冲突时,"50 后"作家们并不太在意那些史料中记载的各种战事,也不愿再现既定的战争英雄,他们自觉地将尖锐复杂的历史战争转向平民,通过各种普通的将士、无法勘证的战事,来叩问特殊历史境遇中的道义与人性、民族精神与生命伦理。

二是对民族文化史的深度反思。

除了战争历史的书写之外,"50 后"作家们还体现出更为宏大的艺术雄心——对民族文化史的深度梳理与反思。他们通常以家族模式作为叙事载体,通过几代人的命运变迁,回巡云谲波诡的历史对个体命运的制约,展示中国传统文化在现代性进程中的种种困境,并借此传达作家主体的多元思考。像周大新的《第二十幕》、王旭烽的《茶人三部曲》、阿来的《尘埃落定》和《格萨尔王》、刘醒龙的《圣天门口》等,都是如此。此外,李锐的《银城故事》和《张马丁的第八天》、冉平的《蒙古往事》、张承志的《心灵史》、王安忆的《长恨歌》、《天香》等,也以各自特殊的视角,深入民族文化内部,对特定的民族史或地域文化史进行了独特的反思。

在这类创作中,刘醒龙的《圣天门口》是一部具有标志性意义的小说。它以绵密而又均衡的叙事,在复杂尖锐的历史冲突中举重若轻,纵横自如,既展示了现代中国崛起的坎坷与曲折、悲壮与凝重,又再现了中国底层生命的坦荡与淳朴、粗犷与狡黠。与此同时,作者还精心设置了一系列复杂的叙事枝蔓,将小说的审美意蕴不断推向异常广袤的精神空间,从而使这部长篇呈现出某种"百科全书"式的系统结构和文化意旨。这种多向度的、盘根错节的叙事结构,充分体现了审美文化上的"繁复"性,也使文本拥有了极为广阔的阐释空间:就叙事的时间维度而言,作者通过双重叙事的彼此交织和相互隐喻,一方面将汉民族的文化史诗《黑暗传》通过说书人的言说融入叙事之中,另一方面又让主体故事开始于文化史诗终结之处,使整个小说的时间结构从开天辟地一直延续到 20 世纪中期,呈现出蔓延数千年的波澜壮阔的"史诗"特征;就小说的主体故事而言,它从 20 世纪初期的民主革命开始,一直讲述到"文化大革命"为止,极力演绎了在中国上演半个多世纪的种种"革命"生活,其中既有军阀混战、国共战争、中日战争,又有解放战争、土地改革乃至文攻武斗,基本上可视为一部充分民间化了的"战争小说";从空间结构上看,作者尽管也写到了武汉等大城市的社会背景,但其主要舞台基本限定在大别山区一个叫"天门口"的小镇,因此,它又可称为中国乡村社会结构的变迁史;从人物的结构谱系来看,它主要围绕着雪、杭两个家族的恩怨情仇以及彼此的兴衰起落来展开故事,所以,从某种意义上说,它也是一部较为典型的家族式小说;从人物生存的文化指向来说,以梅外婆、雪柠、雪蓝、雪菇等雪家女人为代表所尊崇的基督教义,通过无数次身体力行地布施与救赎,将生命中的"福音"理念非常自然地熔铸于乐善好施的传统伦理之中,而天门口的那座小教堂更是一个罪恶与惩罚、沉沦与救赎的人性符号,这些无疑又使整部小说呈现出对人性原罪的追问与精神启蒙的特征……无论从何种角度来解读,它都具有一个看似相对完整且贯穿始终的意义系统,但是,如果你严格地遵循单一化的系统结构来阐释,又会发现它的审美内涵不停地溢出本系统之外,向其他意义系统渗透。

阿来的《尘埃落定》、《格萨尔王》等作品,则充分利用作家所熟悉的叙事资源,重构了一个个有关藏民族生活的历史寓言,并对藏族传统文化进行了别有意味的反思,同时又具有强烈的诗性气质。特别是《格萨尔王》，它以神话重述的方式，生动地诠释了藏族史诗和藏族文化的历史沿革。在小说中，阿来还以家马和野马的分离为喻，将藏族史前文化划分为"前蒙昧时代"与"后蒙昧时代"。"家马"的出现，既是"后蒙昧时代"到来的标志，也是恶魔横行的开始。因为"家马"告别了自然事物的公有属性，成为私有制的产物，而私有制的出现不可避免地导致了贫富差异，使财富成为人们共同追逐的目标。它激活了人性中的贪欲，也让人性之魔的成长获得了肥沃的土壤。于是，为了维护自我生存的权利，群居的部落开始以血缘为纽带，相互结成联盟，形成族群社会。

作为传说中的人物，格萨尔原本是位无忧无虑的天神之子。为了让他投入凡尘，阿来的《格萨尔王》一开始动用了很多篇幅来叙述"魔"的出现，为他降到人世提供了一个强大的背景和缘由。小说中所说的"魔"，即指人的内心欲望，所有的"魔都是从人内心里跑出来的"。因为"魔"的存在，人们有了权欲、财欲、情欲；因为"魔"的存在，人们相互猜忌、欺诈、攻讦；因为"魔"的存在，人类开始掠夺、屠杀和战争。一方面，人们不断地铲妖除魔，甚至建立了一个个所谓的"国"；另一方面，"国"中之魔与他"国"之魔又相互侵袭，四处蔓延。一部人类的劫难史，就这样，以自我导演的方式揭开了它的新篇章。也正是在这样的背景下，天神之子格萨尔肩负"清除恶魔"的使命，投胎人间，开始了神与魔之间长达81年的漫长对话。

这场对话，充满了艰辛与坎坷，因为每一个人的存在，都潜藏了某种魔性的冲动；这场对话，也充满了吊诡与复杂，因为很多时候，神也会被魔所迷惑，所引诱；这场对话，还充满了戏剧化的魅力，因为魔的出现、转化和消失，都展示了人类理性和良知的苏醒。因此，阿来在这部小说中，与其说是重新激活了一个英雄格萨尔王，还不如说是通过格萨尔王在人间的所作所为，打开了一个个丰富的人性世界，并从形而上的角度揭示了"魔"的根源。

在《格萨尔王》中，格萨尔作为神人一体的特殊角色，作者在强调其神性魅力的同时，亦不忘突出他作为人的种种欲望。一方面,格萨尔是天神的儿子下降人间,他变幻无穷,甚至可以上天入地,役使鬼神。初生时期,他就凭借神力挫败晁通投毒、放咒等阴谋;八岁时,他基本上铲除了附近所有的妖魔;在被放逐的岁月里,他与母亲将一片荒漠化为绿洲;面对叔叔晁通的夺权计谋,他又以勇敢和智慧顺利获得岭噶的王位……这一切,都显示了格萨尔所向无敌的神性。但是,另一方面,他又无处不洋溢着人性的魅力。当他还是小小的觉如时,他也像人间的孩童一样顽皮,率性,天真,以至于遭到流放;当珠牡前来寻找他们母子时,他对心仪的美女施以种种的引诱;他有时甚至不顾民怨,不体民情,使自己在成长过程中屡受曲解和歧视,而这一切,恰恰体现了他所拥有的正常人性。

因此,从某种意义上说,《格萨尔王》是以神话重述的方式,诠释了人类自身的困境。其中的神与魔,很多时候都是实实在在的人,都是一个个拥有欲望而又不简单服膺于欲望的人。一个众所周知的事实是,人类生命的一切本源之力都是来自自身的欲望潜能。但是,欲望又常常是一种非理性的存在,它在策动人类为满足自身而不断进步的同时,又会引发人类走向破坏、反抗与毁灭的道路——无论是财欲、权欲、情欲,如果没有理性的必要控制,最终都会成为一种自毁性的力量。人的奇妙与复杂,人性的丰富与缭乱,均在于此。所以,阿来曾借一位高僧的话在小说中写道:"那些妖魔都是从人内心释放出来,所以,人只要清净了自己的内心,那么,这些妖魔也就消遁无踪了。"

《格萨尔王》既承载了藏族文化的丰富内涵,集纳了藏民特殊的精神秉赋,又在一定程度上浓缩了藏民的集体智慧。作为一个后来的重述者,如何从现代角度赋予这部史诗以新的艺术魅力,使它有效地传达这一庞杂的地域历史信息,展示藏民特有的精神气质,也是阿来必须面对的一个问题。为此,《格萨尔王》设置了一条故事的辅线,塑造了一个民间传唱者晋美的形象。这是一个功能复杂的人物。表面上,他是一个轻盈、执着却又常常充满困惑的艺人,一个略带感伤意味又满怀慈悲之心的"仲肯"。他仿佛一个孤独的旅人,奔走在高山雪域之中,只是为了传唱英雄。而实质上,他又是一个现代藏民的缩影,代表着千百年之后的子民们,寻求与那位遥远的英雄进行对话的机缘。同时,他还在某种程度上,与创作主体保持着密切的心理同构,甚至是作家自我的一种投影。

2013年,阿来又动用了非虚构式的写作,发表了长篇纪实作品《瞻对:两百年康巴传奇》。这部作品以一个名叫"瞻对"的土司部落为载体,追述了该土司自清朝至新中国成立两百余年的命运变迁,重构了汉藏交汇之地的藏民艰难而又独特的生存境域,并从历史的缝隙深处,凸现了有关川属藏民的生活记忆,也借此传达了阿来对于川属藏族文化的现代反思。

康巴藏民自古而来就居住在茶马古道之上,扼守着川藏交通的要塞。由于受到特殊的地理环境和社会体制的影响,他们既不同于西藏地区的藏民,又迥异于川西的汉民。不错,他们同样信奉藏传佛教,但他们又常常游离于西藏宗教团体的统辖之外。这多少有些尴尬。阿来就是从这种尴尬入手,精心选择了最具代表性的"瞻对"土司作为考察对象,从微观史着眼,以一个小小土司的兴衰,不动声色地踅入历史深处,复活了康巴藏民复杂而又坎坷的记忆。用阿来自己的话说:"我所以对有清一代瞻对的地方史产生兴趣,是因为察觉到这部地方史正是整个川属藏族地区,几百上千年历史的一个缩影,一个典型样本。"①

历史从来都是以具象的方式,存留于人们的记忆之中。阿来选择具有"缩影"意味的"瞻对"土司作为考察目标,就是为了立足于具象化的历史现场,见微知著,由点及面,在一个个鲜活生动的历史场景中,再现川属藏民的精神传奇和坎坷命运。所以,在阿来的笔下,我们看到,"瞻对"是一个并不安于现状、雄心勃勃、桀骜不驯的土司。他们居住于深山巨壑之中,却从未享受过世外桃源般的宁静与安详,而是被各种权力秩序不断地夹击,以至于不得不卷入云谲波诡的历史之中,以自己特有的方式,向各种坚硬的现实发出艰难的挑战。

---

① 阿来:《瞻对:两百年康巴传奇》,《人民文学》2013年第8期。

　　这种挑战，以最为常见的方式体现出来，便是"夹坝"行为。从雍正六年开始，瞻对土司便被清廷屡屡冠以"纵容夹坝"、"纠党抢劫"等罪名，一次次遭到清军的围剿。所谓"夹坝"，按通常的说法，就是拦路打劫，属盗匪行为，为官民所不容。但是，"劫盗，是世界对他们行为的看法。游侠，是他们对于自己生存方式的定义。"这无疑是一种颇有戏剧意味的定义。"劫盗"与"游侠"，像一枚硬币的正反两面，通过"夹坝"这个特定的语汇进入繁复的历史。阿来以一个文人特有的敏感和睿智，牢牢抓住了这个充满吊诡色彩的词汇，一方面借助浩繁帙卷的历史文献，在细密的史料爬梳中，逐一呈现了上至中央、下至地方等权力部门对瞻对"劫盗"行为的讨伐；另一方面，又通过民间化的田野走访，神秘化的宗教思维，重构了瞻对土司一代代首领尤其是班滚、贡布郎加的传奇人生，再现了他们的"游侠"气质与秉赋。它是矛盾性的，但这种矛盾不是源于瞻对部落的自我分裂，而是不同的历史视角所形成的对立性评价。

　　有趣的是，在长达 200 多年的对抗中，从清廷官兵、西部军阀、国民党军队，到西藏宗教军队乃至英国军队等，都以不同的方式介入这个弹丸之地，将这块边远贫穷之地搅得风生水起，几无安宁之日。仅以清朝为例，所有的官方文献都表明，他们对"夹坝"的围剿不仅充满了现实的必要性和紧迫性，而且顺应了历史的合理性和正义性。为此，他们一次次兴师动众，一会儿调动八旗精兵远赴川西，一会儿派遣钦差大臣，可谓绞尽脑汁且又劳民伤财，但结果是，面对仅万余人的瞻对部落，"每一次都代价巨大，虎头蛇尾，不得善果"，从未取得过彻底的胜利。更具讽刺意味的是，在第五次围剿瞻对的过程中，清兵不仅没有抓住真正的对手，反而对支持朝廷的瞻对百姓痛下杀手，使不少善良的平民身陷绝境。这对于一直声称要"用德以服远人"的清廷来说，无疑是一个莫大的嘲弄。

　　在 200 多年的沧桑记忆中，瞻对其实只是一颗小小的棋子，虽然他们偏居一隅，看似远离了时代中心，却又每每被历史中的各种力量吸入巨大的旋涡之中，承受了无数的大灾大难。清廷势力,西藏势力,英军势力,军阀势力,土司势力……各种政治图谋,不断地利用瞻对之地较智较力,从而使瞻对浓缩成一个特殊的历史范本。当然,对于阿来而言,解读这个范本,固然是想破除简单的历史进步论思想,同时还是为了消除人们对藏区平民的浪漫化想象。人类的历史总是在各种冲突中反复盘旋,所谓"文明一来,野蛮社会立时如被扬汤化雪一般,土崩瓦解",只是人们的一种迷思。更重要的是,阿来还要告诫人们,"在近年来把藏区边地浪漫化为香格里拉的潮流中,认为藏区是人人淡泊物欲、虔心向佛、而民风纯善的天堂。持这种迷思者,一种善良天真的,是见今日社会物欲横流,生活在别处,而对一个不存在的纯良世界心生向往;一种则是明知历史真实,而故意捏造虚伪幻象,是否别有用心,就要靠大家深思警醒了。"①人是一种社会和文化的存在,他永远无法脱离自身的环境而活在纯粹的理想之中。

在"50后"的作家中,这类反思历史文化的作品其实非常多。像周大新的《第二十幕》,以一个家庭的几代人命运,在复杂而诡异的历史风云中,演绎了中国丝绸文化与民族命运的变迁。王旭烽的《茶人三部曲》也是通过一个家庭的风云变幻,展示了中国茶文化与国人精神之间的隐秘关系。冉平的《蒙古往事》则以古传的《蒙古秘史》作为依托,别有意味地书写了成吉思汗的成长以及蒙古帝王的内在精神。王安忆的《长恨歌》借助王琦瑶跌宕沉浮的命运,既凸现了大上海浮华背后的地域性文化趣味,也传达了世俗伦理和革命伦理制约下的女性生存悲剧。张承志的《心灵史》在一次次巨大的劫难中,展示了伊斯兰哲合忍耶的命运轨迹,以及这一教派的教民们令人惊悸的生命韧性。李锐的《张马丁的第八天》通过一个意大利天主教教徒乔万尼(即张马丁)在中国的遭遇,重新审视了义和团运动中的教案冲突以及近代中国复杂的东西文化冲突。

读这些小说,我们会发现,它们的叙事背景,无一例外地指向了中华民族不同时期的重要历史记忆,也触及各种重大的历史事

---

① 阿来:《瞻对:两百年康巴传奇》,《人民文学》2013年第8期。

件,但是,作家都没有轻易地认同既定的历史观念,也没有对历史记忆进行惯性化的复制,而是立足于文化史的角度,通过特定的人物和特定的情境,向历史发出追问,乃至反思。

三　现实矛盾的紧密聚焦与质询

"50后"作家对现实生活中的各种重要矛盾,也常常保持着高度关注的姿态,并创作了一大批颇具影响力的重要作品,曾先后掀起了"新写实"、"新现实主义冲击波"、"反腐小说"等诸多文学热潮,对中国当代文坛产生了极为深远的影响。

在"新写实"文学思潮中,"50后"作家不仅充当了生力军,而且创作了一批广为人知的作品。如池莉的《烦恼人生》、《不谈爱情》、《太阳出世》,刘震云的《一地鸡毛》、《单位》、《官人》、《塔铺》,方方的《风景》、《桃花灿烂》,刘恒的《伏羲伏羲》、《白涡》、《狗日的粮食》、《贫嘴张大民的幸福生活》等。这些作品,完全打破了传统现实主义小说中的典型化、理想化的审美追求,将普通百姓的日常生活和情感状态视为书写对象,以"零度情感"的客观叙事手段,让人物从伪饰的社会历史环境中分离出来,形象、生动地呈现了人们在物质生活上的困苦和精神上的无奈、苦闷,呈现了人类在文化学意义上的生存境遇。

如今重新审视"新写实"文学思潮,我们会发现,这一思潮从本质上体现了"50后"作家在经历20世纪80年代的启蒙主义思潮之后,对现实生活的全新认识。1989年,《钟山》第3期以显著的篇幅推出"新写实小说大联展"专号,并在卷首语中说道:"所谓新写实小说,简单地说,就是不同于历史上已有的现实主义,也不同于现代主义'先锋派'文学,而是近几年小说创作低谷中出现的一种新的文学倾向。这些新写实小说的创作方法仍是以写实为主要特征,但特别注重现实生活原生形态的还原,真诚直面现实,直面人生。虽然从总体的文学精神来看新写实小说仍划归为现实主义的大范畴,但无疑具有了一种新的开放性和包容性,善于吸收、借鉴现代主义各种流派在艺术上的长处。"它"不仅具有鲜明的当代意识,还分明渗透着强烈的历史意识和哲学意识,但它减退了过去伪现实主义那种直露、急功近利的政治性色彩,而追求一种更为丰富更为博大的文学境界"。应该说,《钟山》虽然道出了"新写实"的某些特点,但尚未真正地揭示出其本质属性。事实上,从随后发表的大量作品来看,以"50后"作家为主力而掀起的这股"新写实"文学思潮,在很大程度上改变了中国当代文学的发展走向。

首先,在审美观念上,以"50后"为代表的作家,有效挣脱了启蒙主义的理性价值观,也游离了主流意识形态化的写作规范,明确地强调了日常生活对于个体存在的重要性。无论是方方的《风景》、池莉的《烦恼人生》,还是刘震云的《一地鸡毛》、刘恒的《伏羲伏羲》,都将叙事指向庸常的琐碎生活,极力呈现那些无序而纷乱的生活欲念。如《烦恼人生》,就以近乎"流水账"式的笔触,记述了普通工人印家厚的一天生活,包括半夜孩子从床上掉下来,早上排队洗漱,排队上厕所,带孩子"跑月票",挤公共汽车,挤轮渡,奔车间,听"训导"……如此东奔西突,印家厚所碰到的,常常是一些烦心事,奖金无故被扣,吃菜吃出大青虫,儿子被幼儿园阿姨关了"禁闭",被厂长训斥,好不容易接上孩子,回家吃罢晚饭,又听说老婆的表弟要从河北来武汉玩。忙碌到深夜,"他往床架上一靠,深深吸了一口香烟,全身的筋骨都咯吧咯吧松开了。一股说不出的滋味从骨头缝里弥漫出来,他坠入了昏昏沉沉的空冥之中","而他的躯体又这么沉,他拖不动它,翻不动它,它累散骨架。"这就是一个普通中国人一天的生活,无奈,无趣,无望,挥不去的尴尬,抹不掉的烦恼。这种生活,日复一日,年复一年,构成了中国普通人的一生。或许,它并没有什么深刻的意义,只是呈现了底层平民物质与精神上的某些困扰,然而它又是绝大多数中国人生活的缩影。

刘震云的《一地鸡毛》也是如此。大学毕业的小林跟妻子小李曾拥有无数的理想和激情,也不缺挑战生活的勇气和智慧,但是随着工作日复一日的磨砺,以及日常生活的淘洗,渐渐地,他们开始显示出庸常而无奈的疲态。虽然他们的家庭并不复杂,但每天也同样面临一些像鸡毛一样琐碎的事情,诸如豆腐变馊了,老婆调动工作要托人情,孩子上幼儿园入托问题,老家来人食宿问题,辞退保姆,买大白菜等。每件事都让人心烦,但每件事都是实实在在的生活,都是每个普通家庭每天要面对的事情。它谈不上是什么不幸,但它却是杂乱无序、烦人心绪、令人无所适从的。

这种直面日常琐碎生活的叙事,虽然也体现了某种现实主义的基调,但在本质上已颠覆了现实主义的典型化原则。无论是故事情节还是人物性格,都未经创作主体的典型化艺术处理,也看不出典型化背后的表征意味。也就是说,作家们并不想赋予故事一定的理性意义,只是为了呈现生活的日常机理,突出吃喝拉撒等生活常态对于每个个体存在的必要性。这种必要性的突显,从某种意义上说,是对以往文学过于强调意识形态化表达的一种纠偏,也是对启蒙主义过于捍卫生命理性价值的一种解构,折射了这一代作家对人类生活全面性的尊重,尤其是对那些看似无意义的日常生活的重视。

其次,在叙述方式上,以"50后"为代表的作家,已有效挣脱了作家、叙述者、小说人物之间的情感纠葛,使叙述者的叙述行为完全不受创作主体的控制,也不再被人物的命运发展所统摄,呈现出一种客观化的姿态,不动声色地描绘人生,以"零度情感"的语调,实现对"现实生活原生形态的还原"。如方方的《风景》,就是以一个生下来才半个月便夭折的婴儿作为叙述视角,讲述了一个棚户区的家庭生活:"父亲带着他的妻子和七男二女住在汉口河南棚子一个十三平方米的板壁屋子里。……他和母亲在这里用十七年时间生下了他们的九个儿女。第八个儿子生下来半个月就死掉了。……父亲悲哀的神情几乎把母亲吓晕过去。父亲买了木料做了一口小小的棺材把小婴儿埋在了窗下。那就是我。……我宁静地看着我的哥哥姐姐们生活和成长。在困厄中挣扎和在彼此间殴斗。……我常常是怀着内疚之情凝视我的父母和兄长。……我对他们那个世界由衷感到不寒而栗。……原谅我以十分冷静的目光一滴不漏地看着他们劳碌奔波,看着他们的艰辛和凄惶。"这个无法身临其境的叙述者,因为出生短暂,并未融入这个家庭之中,所以他与家庭成员之间不存在特别深厚的情感;同时,作为一个亡灵视角,他又拥有无时不在、无处不在的全知能力。正是他的存在,才使整个叙述保持着"十分冷静的目光"。

刘恒的《伏羲伏羲》也是如此。地主杨金山近50岁了还没有孩子,为了传宗接代,他用20亩地换来年轻的王菊豆做妻子。然而,"阳气颇衰微"的杨金山不但不能生育,还在妻子面前丧失了男人的自尊,于是常常对妻子施以性虐。这种人性的扭曲,加剧了菊豆的反抗,使她与侄儿杨天青之间产生了畸恋。整部小说由此进入一场因乱伦而引发的一系列尖锐的人性冲突之中,包括复仇、杀子、自虐、自杀等。在叙述过程中,刘恒虽然动用了不少精神分析法,但作家的主体情感始终没有介入具体人物的命运之中,而且冲突愈是尖锐,人物命运愈是惨烈,小说的叙述语调则愈显冷静、客观、细腻,有力地呈现了人物在生命本能与传统伦理的纠葛中所形成的生命状态。

记得列斐伏尔曾说过,所谓日常生活,"是一切活动的汇聚处,是它们的纽带,它们的共同的根基。也只有在日常生活中,造成人类的和每一个人的存在的社会关系总和,才能以完整的形态与方式体现出来。"而日常生活之所以被贬抑,主要是启蒙思潮过度强调理性价值的结果,"在启蒙运动以来的西方思想史上,日常生活通常被视为一种烦琐无奇的、微不足道的、无关紧要的东西。特别是哲学,它经常从一种纯粹的思想的高度,而同日常生活中的混乱一团的、异想天开的现象一刀两断。""这种纯粹思想与日常生活感性世界的截然分割,其实就是一种日常生活的异化现象。"①如果从这一角度来理解,"新写实"文学思潮尽管在挖掘社会生活中的丑陋与阴暗面,使文学变成了环绕在社会生活之上的一团混乱、阴暗、挥之不去的烟云,导致人的崇高使命和理想精神

---

① 刘怀玉:《列斐伏尔日常生活批判概念的前后转变》,《现代哲学》2003年第1期。

的失落,但它明确地折射了这一代作家对日常生活重要价值的重构意愿。我们甚至可以说,"新写实"的出现,其实就是"50后"作家们试图通过对日常生活的诗学重建,有效弥补了20世纪80年代强大的启蒙思潮所导致的生存"异化"问题,并试图恢复人类普遍尊重的整体生活。

继"新写实"之后,中国社会迎来了市场经济的重大转型,各种新旧体制的更替和思想观念的交锋,使转型期的社会矛盾呈现出日趋激烈的状态。此时,以何申、谈歌、刘醒龙、李贯通、李佩甫、李肇正等为代表的"50后"作家,又一次以集体化的方式,对现实社会的重大问题进行聚焦式书写。这便是90年代中期出现的"新现实主义冲击波"。它反映了这一代作家中,仍有不少人时刻关注着社会的重大问题,也体现了这一代作家勇于充当社会代言人的使命意识。

众所周知,随着90年代中国社会向市场经济的全面转型,一些重大而复杂的现实问题不断奔涌出来,包括国营企业的破产与重组,大量工人下岗失业,农民和土地的矛盾日益激化,金钱滋生的黑恶势力逐渐形成,道德沦丧现象日趋普遍,权力寻租的腐败行为愈演愈烈等等。这些繁芜驳杂的现实矛盾,几乎引发了全社会的高度关注,人们却又难以在短时间内找到解决的办法。针对这一现实,很多"50后"作家便迅速跟进,发表了一大批相关的作品,如何申的《信访办主任》、《乡镇干部》、《年前年后》,谈歌的《大厂》、《城市热风》、《城市迁徙》,刘醒龙的《分享艰难》、《挑担茶叶上北京》、《村支书》、《威风凛凛》,李贯通的《天缺一角》,李佩甫的《学习微笑》,李肇正的《女工》等。这些作品主要关注的是"新的现实",即社会转型期涌现出来的各种社会矛盾,而不是对"现实主义"审美原则进行突破。它强调的是对新的社会现实矛盾的聚焦与跟踪,突出的是"写什么",力图以社会代言人的角色,及时揭示社会发展的阵痛与沉疴。犹如雷达先生所言,它们"对正在运行的现实生活,毫不掩饰地、尖锐而真实地揭示以改革中的经济问题为核心的社会矛盾,并力图写出艰难竭蹶中的突围。它们或写国营大中型企业,或写家庭化的私营企业,或写一角乡镇,全都注重当下的生存境况和摆脱困境的奋斗,贯注着浓重的忧患意识,其时代感之强烈、题材之重要、问题之复杂以及给人的冲击力之大和触发的联想之广,都为近年来所少见。"更耐人寻味的是,"它们出现的时间都很相近,揭示的矛盾和思索的问题竟也像事先约好了一样的相似,把它们放在一起,就形成了一种阵势,一种共同把握生活的方式和创作的新取向。称它们为一股现实主义冲击波,也许是恰当的。"①

　　无论这股"冲击波"的命名是否恰当,作为一种群体性的自觉行动,它无疑体现了"50后"作家们对中国社会现实的高度关注和积极思考,也折射了这一代作家内心深处的社会责任感和使命意识。事实上,在这些作品中,我们不仅看到了社会转型时期的中国所经历的各种阵痛以及所面临的重大社会问题,尤其是基层广大群众的生活境遇和心灵创痛,也发现了经济发展所引发的物欲膨胀、精神萎缩、道德退化等潜在的社会危机。如谈歌的《大厂》,就是以国营大厂的改革,展示了国企在市场化进行中的突围与困顿;何申的《年前年后》,围绕着乡村社会的变革,呈现了乡镇干部意欲作为的艰难处境;李佩甫的《学习微笑》,叙述了破产企业职工的生存艰辛,以及面对未来的焦虑和无奈。在这些作品中,刘醒龙的《分享艰难》最具典型意义。小说围绕着河西镇经济发展所面临的艰难境遇,全面揭示了道德伦理与经济发展、人性欲望与内心良知、体制变化与生活信念之间的尖锐冲突。作为镇党委书记的孔太平,为了保住全镇的支柱产业,不得不饶过强奸了自己表妹的民营企业家洪塔山;而陈凤珍为了发展镇里的经济,也不得不依靠民营企业家潘老五。这里,作家巧妙地塑造了一个鲜活的市场暴发户洪塔山的艺术形象。洪塔山的养殖场是全镇主要的财政收入,也是镇里的支柱产业,因此,面对这位充满流氓气息的暴发户,孔太平不但要小心翼翼地奉迎,还得时不时地替他"擦屁股"。当洪塔山的客户因嫖娼而被抓时,孔太平只好亲自出面,求派出所所长放了这位客户;当洪塔山强奸了孔太平

　　① 雷达:《现实主义冲击波及其局限》,《文学报》1996 年 6 月 27 日。

心爱的表妹田毛毛,孔太平虽然"气疯了",但想着全镇的经济发展,也只能揍他一顿了事。一方面,孔太平渴望改变全镇人民的困顿生活,让老百姓迅速过上小康的日子;另一方面,混乱的现实和沦丧的人性,又使他茫然无措甚至举步维艰。无论是个人情感还是价值取向上,他对洪塔山都不屑一顾,极力排斥。但是,作为全镇的一把手,肩负着经济发展的重任,他又不得不向洪塔山一次次妥协,并无奈地说道:"洪塔山是有不少毛病,可是现在是经济效益决定一切,养殖场离了他就玩不转,同样镇里离了养殖场也就运转不灵。"孔太平所遭遇的这种尴尬,从某种程度上说,也反映了这一时期中国社会的无序状态,敢于冒险、胡作非为的人很容易成功,而循规蹈矩、秉持公正的人,往往难以有所作为。因此,孔太平所分享的艰难,不只是经济发展的艰难,民生幸福的艰难,还有道义和良知被践踏的痛苦,心灵被扭曲的困顿。

其实,纵观"新现实主义冲击波"的很多作品,我们都会发现,无论是书写国营大工厂在市场转型过程中的阵痛,包括工人下岗、工厂体制转换后的资产流失、民企与国企之间的冲突,还是展示乡镇基层社会中围绕着市场发展而引起的干群矛盾,包括招商引资、乡镇企业的发展与乡镇干部的作为、失地农民的生存以及基层干群的冲突等,作家们所表现出来的核心问题,都集中在人们的观念上。也就是说,作家们普遍强调的,是人们的陈旧观念与现实发展之间的错位。如《大厂》中,工人们仍然抱守传统工人阶级的某种优越性,对市场化的变革毫无应对能力,由此上演了一幕幕"保厂"的辛酸之剧——为了节约厂里的资金,老劳模不肯住院;想另谋出路的工程师,毅然决定卖了自己的专利,以期拯救大厂;连生病的小孩也非常懂事,自觉维护集体的利益。问题是,即使大厂暂时保住了,又能在激烈的竞争中走多远? 积习难返、沉疴极重的国营企业,如何与那些没有负重的私营企业进行自由抗争? 同样,在《学习微笑》中,下岗工人可以通过阿Q式的精神胜利法,暂时缓解内心的焦虑,但是,没有其他生存技能和灵活思想的工人,在未来的人生中如何养家糊口?《分享艰难》里的孔太平,容忍了洪塔山的胡作非为,但是,全镇的经济发展如何走上真正健康的轨道？面对这些问题,作家们显然也意识到了,只是无法找到一个合理的答案。

尽管这股"新现实主义冲击波"确实体现了"50后"作家干预现实的勇气,也折射了他们的某种社会责任感和使命意识,但就其对社会矛盾的深度思考,尤其是对社会转型所引发的某些本质问题的内在追索而言,尚显浮泛。有人就认为:"这些新写作现象中的现实主义作品除少数几篇较好以外,大都缺乏这种加工和提炼。人物被淹没在事件之中,有的甚至形象模糊,缺乏性格刻画和心理描写。这些作品看得多了以后,不管是同一个作家的不同作品,还是不同作家的作品,给人的感觉是大同小异,这个作品的人物、事件常常与那个作品中的人物事件混淆,语言呆板、结构雷同,模式化、有编造的痕迹甚至细节的重复。"①针对这种局限,童庆炳和陶东风更是一针见血地指出:"现实主义艺术精神的核心不是简单的复制现实,它要求以人文关怀与历史理性的思想'光束'来烛照现实,对现实采取不妥协的和批判的态度。当作家不得不在两极中进行选择的时候,宁可对'历史'有所'不恭',也绝不以任何理由认同现实的罪恶、污浊和丑行,而抛弃人文关怀的尺度",而"所谓的'新现实主义'小说一方面对转型期的现实生活中丑恶现象采取某种认同的态度,缺少向善向美之心和人文关怀;另一方面,这些作品的作者虽然熟悉现实生活的某些现象,但他们对现实缺少清醒的认识,尚不足以支撑起真正的历史理性精神。"②

随着"新现实主义冲击波"的延续,"50后"作家们又以主力军的姿态,掀起了"反腐小说"的大潮,并涌现了一大批引人注目的作品,如张平的《十面埋伏》、《抉择》、《国家干部》,周梅森的《人间正道》、《天下财富》、《中国制造》、《至高利益》、《绝对权

---

① 秦晋、杨颖:《不倦的探索与创造——对当前现实主义新写作现象的看法》,《光明日报》1997年5月13日。

② 童庆炳、陶东风:《人文关怀与历史理性的缺失——"新现实主义小说"再评价》,《文学评论》1998年第4期。

力》,以及李佩甫的《羊的门》,钟道新《权力的成本》、《权力的界面》,田东照的《跑官》、《买官》、《卖官》、《骗官》,杨少衡的《党校同学》,李唯的《腐败分子潘长水》,阎真的《沧浪之水》,范小青的《女同志》,刘傅海的《圈里圈外》等。这些作品都针对现实体制中的权力结构,揭露了官场流行的各种潜规则,以及权力腐败的运作特征,并进而鞭笞了这一现实毒瘤。与"新现实主义冲击波"相比,"它们以对社会阴暗面的充分暴露为职责,故事的叙述也由社会底层转向了社会的中上层,重点揭示中上层(当然也涉及了基层)不同方面的人物是如何上下联手、以权谋私、制造腐败的。而且作者既是一个故事的叙述者,同时又是一个代表正义与道德的居高临下、洞明一切的旁观者。他们以其对官场、商场和情场相关存在的触目惊心的腐败现实的揭露,和对正义与邪恶冲突的紧张演绎,为读者提供了一种认识现实和发泄愤懑的文本渠道,因而又可以转化为一种阅读快感。"[1]

纵观这些反腐小说,应该说,不少作品都体现了"50后"作家的高度社会责任感,反映了他们对社会腐败现象的憎恨和权力寻租现象的不满,折射了他们对公平公正之社会理念的企盼。张平就曾毫不含糊地说道:"文学缺失了对政治的关注,对现实的关注,从某种意义上说,也就等于让文学失去了正义感和是非感,我们的当代文学创作应该有一批关注政治、关注现实的作家,或者我们的作家应该拿出自己的一部分精力去关注政治、关注现实,显示出直面社会的人格力量,表现出应有的批判精神。这既是文学的职责,也同样是对社会发展中出现危机的警示,当知识分子不再为真理而奋斗,就丧失了存在的价值;当知识分子陷入沉默不再进行文化思考批判和探索,民主精神就难以存在。"[2]应该说,张平的这番话,基本上道出了这批作家的共同心声。

在《抉择》中,曾经辉煌一时的国有大中型企业——中阳纺织

---

① 孔范今:《九十年代现实主义文学的两次冲刺》,《时代文学》2000年第4期。

② 张平《国家干部》,作家出版社2004年版,第13页。

厂,拥有数万工人,年利润甚至高达两亿元。然而,由于企业领导层的贪污腐败,导致整个大厂几近破产,国有资产大量流失。其中,不仅涉及国企改革所引发的企业领导与政府官员之间同流合污、共同腐败的问题,而且还牵及花钱买官、公款嫖娼、行贿受贿、拉帮结派搞圈子等诸多腐败内幕。在这个隐秘的腐败集团里,上至分管工业的省委常务副书记严阵,下到各子公司的经理、副经理,包括市长李高成的妻子、中纺集团公司所在的西城区检察院副检察长兼反贪局局长的吴爱珍,以及他们的亲朋好友,构成了一个巨大的利益链。他们利用手中的权力,相互勾结,拉帮结派,损公肥私,用尽各种手段阻碍改革。在这种极端腐败的现实情境中,市长李高成挺身而出。一方面,他不停地为下岗工人的贫困生活而四处奔波;另一方面,他誓言要查出造成企业陷入困境的内在真相。当他发现自己的老上级、省委副书记严阵,自己绝对信任的老部下以及自己的妻子,都与腐败案件有着千丝万缕的联系时,李高成陷入了痛苦的深渊。但是,面对恐吓、要挟、陷害,面对个人亲情与国家利益,他毅然作出了正确的抉择。李高成说:“我宁可以我自己的代价,宁可让我自己粉身碎骨,也绝不会放弃我的立场!我宁可毁了我自己,也绝不会让那些腐败分子毁了我们党、毁了我们的改革、毁了我们的前程。”作为一个政治理想化的角色,李高成的这番话,其实也体现了张平的道德立场。

在《国家干部》中,张平叙述了我国当前有关干部任免体制中存在的诸多弊端,展示了官场内部极为复杂的权术运作。作者以一个叫作嵋江的县级市为依托,围绕一次即将召开的党代会和人代会,叙述了常务副市长夏中民与常务副书记汪思继之间激烈的权术较量。夏中民在嵋江市工作了八年,是一个有才华、有能力、想干事也能干事的优秀干部,深受群众拥护,上级也想提拔他,但是,由于他刚正廉洁、坚持党性、以身作则,结果让很多干部感到危机重重。组织上每次对他进行升迁考察,都招致各方面的极大阻力,以至于五次考察均原地踏步。对于这一现象,夏中民迷惑不解,并对省委副书记说:“领导说了都不算,老百姓说了也不算,那究竟是谁说了算?”这是一个很有意思的诘问。它反映了以前市委书记刘石贝和现任市委副书记为代表的、自上而下的既得利益集团，充分运用权术织成的特殊关系网，成为左右干部任免的潜规则。作者直面我国干部人事体制改革，对现有的干部体制、干部政治、干部文化作了深刻的阐释和思考；对残存的计划经济体制下的执政理念、僵化保守的思想，给予了强烈的抵制和冲击。

周梅森的后期小说也一直聚焦于权力叙事，揭示官场内部的各种腐败现象。其中，《绝对权力》从一场反腐风暴开始，精妙地演绎了腐败的滋生轨迹。为了城市的发展计划能够顺利实施，市委书记齐全盛向上级组织要来了"绝对权力"，挤走了政敌刘重天。作为一个绝对权力的代表，齐全盛行事果断，严于律己，为人正直，应该说是一位有能力也有魄力的当代官员。然而，绝对的权力意味着绝对的失去监督，也必然会导致绝对的腐败。尽管齐全盛不承认这种逻辑法则，但是，在他专横霸道的行事作风影响下，一群善于奉承的下级官员，却在他的威权掩饰之下，大行腐败之风。像女市长赵芬芳，通过迎合齐全盛的揽权行为，成为排挤刘重天的最大受益者。当刘重天作为检查组长来检查镜州市存在的问题时，赵芬芳又迎合刘重天，希望在齐全盛落马之后，再次成为受益人。其他官员同样如此，纷纷利用他的信任，处处腐败而不受监督，甚至连同齐全盛的女儿也利用父亲的职位和影响力大搞权钱交易。作者试图表现，监督是现代政治制度中不可缺失的一环，权力和监督的同时存在或许在决策过程中会带来一些曲折争论，影响办事的效率，但是，失去了监督的权力却是一匹野马，即使像齐全盛这样的好骑手，也只能保证他个人政治和经济上的清白。

在《国家公诉》中，周梅森则展示了中国社会由人治走向法治过程中所出现的诸多矛盾和困境。市委书记唐朝阳在法律和个人政治前途之间毅然选择了前者，最后却黯然离去，留给我们的是一个沉重的思考。但周梅森没有止步于此，他将自己的思考在此基础上又推进了一层：如果在政治舞台上，维护正义的正直之士需要付出自己的政治前途之代价，那么情与法的冲突同样需要付出代价。在我们这个还习惯于以人伦道德维系的社会里，要真正做到依法办事,还要面临来自缺乏法律意识的民众的阻力。一幕幕惊心动魄的事例告诉我们,要坚持公正执法,维护法律尊严,前面的道路还很长。

李佩甫的《羊的门》无疑是这批作品中的一部力作。它写出了权力背后所蕴藏的深厚的文化积淀,尤其是在呼天成的内在人格中,折射了极为罕见的中国传统文化对现代权力运作的重要作用,让人们领悟到在这片沉重的乡土中,权力与传统伦理体系、道德体系的紧密纠缠,也使我们真切地看到,尤其是在一个道德体系、伦理体系和社会体制都处于转型阶段且还不甚健全的时代,权力的辐射力、渗透力以及威慑力,都将不可避免地要超越其自身的现实范围,并成为人们实现种种人生目标的重要手段。这也恰恰印证了福柯的论断:"权力与法律和国家机器非常不一样,也比后者更复杂、更稠密、更具有渗透性。"[1]"权力不是一种可以简单地获得和转让的商品。权力是一种网络,其结点蔓延到任何一个角落。"[2]《羊的门》正是从一种地域文化、宗法传统以及国民性的复杂形态中,层层剖析了权力结构的稠密性和它的资本化过程。

范小青的长篇《女同志》也是一部耐人寻味的作品。它通过一位名叫万丽的女性异常复杂的心路历程,展现了当代权力结构中许多隐秘而又丰饶的生存形态。这种生存形态,并非像某些"官场小说"所描述的那样,总是布满了各种黑幕重重的"潜规则",而是充分体现了个人的理想、信念、能力和情感,与当代权力自身所包含的公理、正义和科学决策等所产生的许多微妙而复杂的冲突。当万丽从一位"女老师"变成一位"女同志",展现在她眼前的,不仅仅是新的工作对她个人能力的挑战,还有机关内部微妙的权力意志对她的精神考验,或者说,是一种全新的生存秩

① [法]米歇尔·福柯:《福柯访谈录——权力的眼睛》,严锋译,上海人民出版社1997年版,第161页。

② [法]米歇尔·福柯:《福柯访谈录——权力的眼睛》,严锋译,上海人民出版社1997年版,第273页。

序对她未来人生的全方位考验。因此,当她迈进南州市妇联宣传科时,女友伊豆豆便告诉她:"你的好戏要开场了。"

但是,单纯的万丽并没有领会到即将开场的"好戏"是什么,更没有意识到"女同志"的角色转变将意味着什么。当她带着年轻人特有的理想和热情投入工作之中,并迅速赢得了上级领导的赞赏之后,在代科长余建芳和妇联主任许大姐的言语之中,万丽终于看到了一幕幕所谓的"好戏"——那里既有体制内部的制度和秩序对个体生命的强力规范,又有权力意志与公理正义的隐秘冲撞;既有女性之间在性别伦理上的潜在纠葛,又有权力分配与个人理想之间的不断错位;既有个体利益与整体利益的反复游离,又有情感取向与角色职责的频繁纠缠……它们看起来平静自律,不动声色,却又时时刻刻勾动着所有人物的内心波澜。这使得每一个置身其中的"女同志",都在自觉或不自觉地突出自身言行的表演性,也使得不善表演的万丽仿佛成了初进贾府的"林黛玉",处处小心,时时在意。

事实上,范小青也正是牢牢扣住了万丽的这种特殊心理,才使得《女同志》在直面权力叙事时,显得格外的温婉和柔曼。小说中的所有冲突都蕴藏在轻波微澜之间,同时又因人物内心的不断抗争而变得丝丝入扣。就整个小说的叙事来说,范小青极力彰显了"微妙"的审美质感。"微妙"既是权力结构中一种重要的制衡方式,又是女性心理纠葛的自然表现形态。在"微妙"中,作者不仅缓缓地打开了权力意志在运作过程中的特殊形态,展示了权力自身的话语体系、生存规则与人性之间的种种意味无穷的自然碰撞,而且凸现了女性在这种体制内部行走的内心之苦和精神之困。尽管万丽不断地选择退守和回避,尽管万丽从未放弃自己的个性和内心的尺度,但是,在新的单位和新的同事之间,在新的责任和新的挑战面前,一切该来的还是如期而至,一切想绕的终究还是绕不过去。而万丽也终于由惧怕"微妙"慢慢地学会了处理"微妙",并在"微妙"之中渐渐地领会了"女同志"的特殊内涵。

但是,这种反腐写作,带来了某些明显的缺憾。这主要表现在两个方面:

一是视权术为智慧。这类小说所营构的环境,通常都是社会表象之外的隐秘现实,即被各种潜规则所左右的权力内部。所谓潜规则,当然是那些拿不上台面的、有违基本伦理和社会共识价值的交往规则,但又是某些人心照不宣、自觉遵从的行动准则。本质上说,它就是一种反文明的诡术。譬如,王晓方《驻京办主任》中的丁能通,就是一个精通潜规则的高手。他不仅从容地利用种种手段巴结权贵,排挤对手,还在建设驻京办公楼过程中,不露痕迹地牟取私利;他既能巧妙地掩盖领导的腐败,又能够在领导被双规之后,自己顺利地金蝉脱壳。杨少衡的《党校同学》里,赵昌荣、叶家福、蔡波这三位党校同学,可谓用尽各种权术,在宦海中相互"扶持"。其中的人物,或用包裹失踪案,巧妙抹黑对手;或精心胁迫富商,替市委书记的老家修路。官道与商道,道道皆通。周梅森的《绝对权力》,更是充分展示了官斗的黑幕。当市委书记齐全盛的妻子、女儿被"双规"时,组织上派来调查的关键人物,恰好是多年前因权力斗争而被弄得家破人亡的刘重天。于是,围绕着这场生死对决,各路官场人物开始极尽狡诈之能事,副市长赵芬芳为谋取上位,不断造谣生事,落井下石;齐全盛的女儿,竟然利用种种手段,在"双规"过程中成功逃脱;原本胜券在握的刘重天,不断陷入绝境。尽管小说的主题,仍然是正义与邪恶的抗争,但故事的内核之中,却遍布了斗智、斗心、斗权的生存观念,彰显着某些畸形的人生"智慧"。

二是奉欲望为信念。在很多官场小说中,除了因故事内在冲突的需要而必不可少的清官之外,作家们的主要笔力,都倾注在各种贪官形象的塑造上。在这方面,作家们可谓想象丰沛,才情横溢。在他们的艺术重构过程中,贪官们几乎个个身怀绝技,不露声色,玩人于股掌之间,谋利于无形之中。从精研为人处世之道和加官晋爵之策,到巧言令色以笼络下属;从布设利益均沾以制衡同类,到俯首帖耳以谄媚领导;从暗度陈仓以排挤对手,到必要时杀人灭口以绝后患……可以说,围绕着权、钱、色这人性的三大欲望,大量游走于官场的各色人等,几乎展示了各种令人叫绝的"心智"。谋略高超的人,更是将权、钱、色融成一体,以统筹学思维使之形成"积极互动",最大限度地满足私欲。心智稍弱的人,则欺上瞒下,巧取豪夺,也是"智勇"并举。

四　传统文化的现代反思与探析

尽管"寻根文学"的创作队伍稍显复杂,有不少是 20 世纪 40 年代出生的作家,但从整体上看,既有理论自觉又有创作影响力的,仍然是"50 后"的一些诗人和作家。其中,诗人主要以杨炼、江河、石光华、宋渠、宋炜、廖亦武、欧阳江河等为代表,而作家则以韩少功、阿城、王安忆、李杭育、李锐、贾平凹等为代表。

李庆西在论及寻根文学中的一些新笔记体小说时曾说过,"寻根派,也是先锋派",因为"近年来的小说艺术发展的势态表明,愈来愈多的作家对中国文化进行着综合思考,从中寻找自己民族文化的内在优势。这种所谓的'寻根'现象,是将中国文学摆到世界文学格局中加以思考的结果。当然,选择本身的意向性或许带有集体无意识的味道,因而在同样的口号下产生了各种各样的实践",从而"开拓了现代小说的艺术天地"。① 刘再复也认为,"寻根文学"思潮,"反映了一些年轻的作家对我国历史文化进行反思的朦胧意向,反映了在人们注意向异域进行横向借鉴时,他们敏感地注意到向传统本位文化进行纵向寻求的思路。这种在新的审美方向上的执意追求,是文学创作生气勃勃的表现。而且他们在实际上也写出了一些具有审美价值的作品,这些作品标志着新时期小说文化意识已经觉醒。"②的确,从表面上看,"寻根文学"是由诗人和作家自觉发起的一次文化寻根之旅,是创作主体从理性层面上对中国传统文化的一次现代审视和反思,但在本质上,"寻根文学"却融入了大量西方现代的文化思维,也隐含了西方人文主义的精神立场,是一种非常典型的"中学为体,西学为

---

① 李庆西:《文学的当代性》,人民文学出版社 1988 年版,第 63—64 页。
② 刘再复:《新时期文学的主潮》,《文汇报》1986 年 9 月 8 日。

用"的文化改良之行动,体现了"50 后"诗人和作家重塑中国传统文化,并借此与世界现代文化达成对话机制的主观意愿。李杭育曾由衷地说道:"总而言之,由表及里,由衣食住行深入到观念意识乃至智能的结构模式,我们都排列进世界性的规格系列里去了。在你我身上已经没有很多中国的气味、中国的素质。我们的民族个性在一天天的削弱,民族意识是愈来愈淡薄了。"但是,"世界上那些大作家,中国的也在内,没有哪一个是缺乏他的民族意识和天赋个性的,也没有哪一个对他的民族的文化只是一知半解的。大作家全都是他那个民族的精神上的代表。"①韩少功则从民族与世界的关系中,领悟到不同种族文化的辩证发展:"这里正在出现轰轰烈烈的改革和建设,在向西方'拿来'一切我们可用的科学和技术等,正在走向现代化的生活方式。但阴阳相生,得失相成,新旧相因。万端变化中,中国还是中国,尤其是在文学艺术方面,在民族的深层精神和文化物质方面,我们有民族的自我。我们的责任是释放现代观念的热能,来重铸和镀亮这种自我。"②这里,韩少功所说的释放现代热能、重铸民族自我的心理,其实是这一时期审美现代性的一种内在需求,也是西方现代文化寻求中国本土化的一种深层的自觉意识,即作家们试图通过对自身文化之根的寻觅和确认,以彼岸文化作为参照,来重修自身坚实的文化主体,使中国现代文化能够顺利地融入世界整体性之中。

正是在这样的文化背景下,"50 后"诗人们在诗歌领域率先发起了一场"文化寻根"热潮。对此,张清华的《中国当代先锋文学思潮论》和李新宇的《中国当代诗歌艺术演变史》均进行了较为详细的论述。两位学者一致认为,以杨炼、江河、石光华、宋渠、宋炜、廖亦武等为代表的诗人,首先对中国古老的传统文化开始了积极主动的深度开掘。这种开掘主要沿着两个层面同时进行:一是重新寻找传统民族文化中那些有益的因素,用现代观念和思维重新激活它们,使它们成为我们现代文化中一种独特而有

① 李杭育:《"文化"的尴尬》,《文学评论》1986 年第 2 期。
② 韩少功:《文学的"根"》,《作家》1985 年第 4 期。

机的成分；一是进一步审度和质疑中国传统文化中的某种劣根性，并从现代性的角度，对其进行有效的揭露和批判。宋渠、宋炜兄弟曾明确地强调重新激活传统的重要，"对传统需要做出新的判断，历史上被忽略了的一切都应该重新得到承认"。诗人如果不能完成"自己对历史轨迹和民族经历的突入，就不可能写出属于全人类的不朽史诗"。因此，现在最需要的是"在已经凝固了的诗歌传统中注入我们这一代人新鲜的血液，让其重新放射出灿烂的光辉"①。

作为一位有着"文化寻根"自觉意识的诗人，江河创作的长诗《太阳和他的反光》也是寻根诗歌的代表之作。该诗以《山海经》等神话典籍为依据，共分为《开天》、《补天》、《结缘》、《追日》、《填海》、《射日》、《刑天》、《斫木》、《移山》、《遂木》、《息壤》、《水祭》十二章，通过对古代神话的现代演绎，诠释了中国民族传统中的原型文化特质。张清华曾对该诗进行了这样的评述：它"以全景式的方位和画面、丰富的文化材料、立体的历史构想，以现代人的理性和哲学烛照，再现了中华民族自创世以来的生存历程与历史命运，可以称得上是一部'现代民族史诗'。它与此前江河自己的一些作品不同，与杨炼的文化诗作也不同，在这首诗里，古代的文化材料已不仅作为诗人探寻和发现的依据，而且它们本身就是再造和光大的内容。这篇作品的价值在于它综合性地体现了诗歌'文化寻根'运动的整体水平和所达到的思想深度。但是它的缺陷也是明显的，作品没有超出古代神话材料的模式限定，没有在总体上形式一个完整、整合和全新意义的面貌和主题。许多内容停留于对原有神话资料的再演义，有'复制'之嫌。"②笔者非常赞同张清华的肯定性评述，但对他所强调的一些"缺陷"的看法有所保留。因为从该诗的全篇构架来看，创作主体的审美意图似乎并不在于"复制"那些神话，而是从这些创世神话中凸现中华民族原

①　老木编：《青年诗人谈诗》，北京大学五四文学社1985年版，第179页。

②　张清华：《中国当代先锋文学思潮论》，江苏文艺出版社1997年版，第94页。

始文化的本质,即一种热爱人间、造福人间的献身主义精神,一种执着救世的英雄主义理想,一种"知其不可为而为之"的顽强品质,彰显了现代社会日渐稀缺的理想主义情怀。因为这首诗里的人物,都是一些天生不知功利、不知算计、不知功名利禄,只知探险、只知造福人类的英雄;他们虽然都是一些无私的、孤独的、单纯的英雄,但是被剔除了大量悲剧性的色彩,与自然保持着某种特有的亲和力,也代表着中华民族最原始的精神气质,映射了中华民族曾经有过的健康的童年。

廖亦武的《大盆地》、《穿越这片神奇的大地》、《巨匠》、《大循环》、《死城》、《黄城》、《幻城》等诗歌,同样也体现了文化寻根的某种力度。它们以宏阔的气象、瑰丽的意象、雄浑的语式,在展示生命原始冲动与形而上气韵的同时,呈现出有关种族历史文化与人类命运的尖锐思考,也传达了诗人对于生命存在的绝望式体验。在他的诗歌中,"现实经验和潜意识层面的意象交替呈现,焦虑、疯狂、困惑、自卑、亵渎……复杂纠接的情感共时性呈示。那对历史文化高高扬起的挞伐之鞭,那伸进自己体内的无情解剖的手术刀,那激情裹挟下的清醒、焦灼、紧张与无力自拔、无处逃遁的悲哀,与杨炼、江河等对业已解体的远古文明的倾心、迷恋与内心激情的浪漫扩展形成鲜明对比。"①毫无疑问,廖亦武带有强烈的个性灵魂奔突、撕裂的呼号与血斑。即使在他那些符咒式的语言或呓语式的感喟里,我们也不难感到他的诗魂与人类浮沉的共振,因而他的诗常常带有一种特殊的人类学的意味。正如一位诗人所阐释的那样,到了《死城》、《黄城》和《幻城》,"他的人类学神话变成了人鬼混杂的现实废墟,愤激、诅咒、反讽达到了极端的边缘。他不惜以暂时牺牲本体论意义上的艺术,来反抗一个曾经疯狂过的民族对人类文化所犯下的罪孽,还尽可能地采用各种非艺术的手段来暴露个人、民族、文化自身的劣根性,进而达到比反

---

① 严军:《文化史诗:"寻根"途中的收获与遗落》,《东南大学学报》(哲学社会科学版)2004 年第 6 期。

思、超越、认同更为直接的警示和猛省。"①此外,像欧阳江河发表了《悬棺》、石光华写出了《吃鹰》等,这些诗歌不仅带着明确的文化寻根意味,并在寻根之中,融入了创作主体大量而深邃的现代思考。

紧随其后,以韩少功、阿城、李杭育、王安忆、郑义等为代表的一些"50后"作家们,迅速掀起了"寻根小说"的大潮。他们不仅从理论上反复强调文化寻根的重要意义,认为这是"一种对民族的重新认识、一种审美意识中潜在历史因素的苏醒,一种追求和把握人世无限感和永恒感的对象化表现。"②其目的在于"理一理我们的'根',也选一选人家的'枝',将西方现代文明的苗壮新芽,嫁接在我们的古老、健康、深植于沃土的活根上,倒是有希望开出奇异的花,结出肥硕的果。"③而且,他们还以大量的艺术实践来突破传统叙事,通过各种现代性的审美眼光重新激活传统文化之根,并涌现出一批标志性的作品,包括韩少功的《爸爸爸》、《女女女》,阿城的《棋王》、《树王》、《孩子王》,李杭育的《最后一个渔佬儿》、《沙灶遗风》,王安忆的《小鲍庄》,郑义的《远村》、《老井》等。这些小说并没有沉溺于古老文化之中,而是以各自独特的视角,发现和重构中国民族文化的现代精神图式。换言之,作家们是以高度的理性自觉,不断地寻找着乡野之中的文化血脉,以期重新激活中国文学的潜能。

在这批小说中,阿城的《棋王》、王安忆的《小鲍庄》和韩少功的《爸爸爸》最具有典型意义,分别代表了这一代作家对中国传统文化复杂的认识态度。其中,《棋王》呈现出对传统文化高度认同的姿态,《小鲍庄》表现出矛盾和质疑的价值取向,而《爸爸爸》则完全体现了创作主体的否定态度。

在《棋王》中,作家叙述的核心就是"饥饿和象棋"。众所周

① 严军:《文化史诗:"寻根"途中的收获与遗落》,《东南大学学报》(哲学社会科学版)2004年第6期。

② 韩少功:《文学的"根"》,《作家》1985年第4期。

③ 李杭育:《理一理我们的"根"》,《作家》1985年第9期。

知,"吃"是人类最基本的自然需要,属于形而下的动物本能。然而,在王一生的生存现实中,饥饿不仅是他个人无法摆脱的尴尬,也是那个时代平民阶层的普遍状况。如何超越这种个体无力抗争的生存困境? 王一生试图依靠形而上的手段——迷恋"象棋"来转移饥饿带来的肉体折磨。于是,"何以解忧,唯有象棋"成为王一生的至理名言。可以说,象棋是王一生战胜肉体饥饿和心理饥饿的法宝,是他的全部生存意义,也是他的生命本身。

为了使王一生与象棋之间形成紧密的精神文化上的共振,阿城对人物的性格和命运进行了精心的铺设。在个性方面,王一生不仅拥有好记性的天赋,而且爱安静,不计较现实利害,有着对现实生存"绝圣去智"式的智慧。这是他成棋王、得棋魂的基础。有了这个核心基础,阿城又全力叙述了王一生对棋的迷恋。当母亲看到王一生为了下棋连饭都不吃,便跪着求他不要下棋,要好好念书。但王一生还是拒绝了,因为在形而下的养家糊口("好好念书")与形而上的棋道之间,王一生更渴望形而上的追求。而随后出现的捡破烂老头,则完全是棋道、棋文化、棋精神的象征,既是中国传统文化精髓的隐喻,也是王一生的灵魂导师。最后,在"车轮大战"中,王一生终于战胜全部高手,成为一代棋王。作为王一生的朋友,"我心里忽然有一种很古的东西涌上来,喉咙紧紧地往上走。读过的书,有的近了,有的远了,模糊了。平时十分佩服的项羽、刘邦都在目瞪口呆。倒是尸横遍野的那些黑脸士兵,从地上爬起来,哑了喉咙,慢慢移动。一个樵夫,提了斧在野唱。忽然又仿佛见了呆子的母亲,用一双弱手一张张折书页"。而冠军老头则说道:"你小小年纪,就有这般棋道,我看了,汇道禅于一炉,神机妙算,先声有势,后发制人,遣龙治水,气贯阴阳,古今儒将,不过如此。"至此,我们可以看到,王一生的成功,不是源于他的现实反抗,而是来自他对中国传统文化的潜心融会,也就是说,它不是来自于现实政治信条和学校正统教育,而是来自于象棋和包含在象棋中的一种传统文化和人生观念。这无疑折射了创作主体对传统文化的高度认同。其实,在阿城的"三王"(《棋王》、《树王》、《孩子王》)中,主人公都是各自虚拟世界里的"王",但在现实生活里,他们又必须屈从于集体意志,显得被动而沉默。而且,这些身手不凡的"王者",其生命的全部魅力都是寄寓在那些荒诞的"他者"身上,无论是"棋"、"树"还是"孩子",这些具象都只是他们残缺的主体在生存之外的一种表意符号,是一种象征意义上的精神载体,而作为生命的实体,他们依旧卑微地生活在现实制度的规约之下。

王安忆的《小鲍庄》在直面小鲍庄的"仁义"伦理中,展示了这种传统儒家精神的脆弱和虚幻,也反思了现代文明与传统文化、个体本能与理性价值之间的诸多冲突。小说中的小鲍庄,表面上看民风古朴,老幼相尊,邻居谐和,洋溢着"仁义、温馨"的传统乡村文化伦理,但在其生存内部,又处处暴露了愚昧、落后、贫穷,隐藏着种种不仁不义的吊诡。它是人性的使然,也是现代性挺进中国的必然结果。所以,王安忆自己也说道:"其实《小鲍庄》恰恰是写了最后一个仁义之子的死,我的基调是反讽的。那个结尾很重要:许多人都因捞渣之死改变了生活。比如鲍秉德重新娶妻,拾来也找到了冲破成规的机会,文化子娶了哥哥的童养媳为妻,这些在农村都是犯大忌的!鲍仁文也借捞渣的宣传满足了作家梦的幻想,等等。我想,捞渣是一个代大家受过的形象。或者说,这小孩的死,正是宣布了仁义的彻底崩溃!许多人从捞渣之死获得了好处,这本身就是非仁义的。"①的确,在《小鲍庄》里,捞渣既是中国传统道德培养出来的一个文化符号,也是人们重审传统精神裂痕的一面镜子,它终于照出了传统仁义伦理在现代社会中逐渐崩落的过程,体现了创作主体对传统文化的质疑和反思。

在寻根文学大潮中,贾平凹也一直在积极寻找自身的突破,并由此写出了一系列具有传奇特征的《美好的俫人》、《故里》、《马角》、《古堡》、《龙卷风》、《美穴地》、《五魁》、《白朗》等小说。应该说,这些小说也带着明确的寻根意识,或者说,至少受到了当时文化寻根大潮的影响,犹如他自己所说的那样,"大风刮来,所

---

① 王安忆:《重建象牙塔》,上海远东出版社 1997 年版,第 159 页。

有的草木都要摇曳"，①但是，一般的文学研究者却很少将他归为寻根文学的代表性作家。究其因，关键在于他在文化寻根的过程中，并没有明确地立足于"文化反思"的现代立场之上，没有真正地从现代性的角度去认真地"理一理我们的（根）"，而是将审美触角探入古老的商州文化中某些具有奇异质色的生活经验，包括奇风异俗、神秘景象以及乡间传说等，借助于文化的猎奇取代了文化的寻根与反思。除了《黑氏》、《天狗》等作品在现实人伦上进行了一定限度的质疑之外，他的很多小说中的人物要么是土匪，要么是风水先生，故事离奇曲折，却缺少寻根文学所普遍尊崇的理性审视和文化隐喻意味，而且其叙述也是充满了某种迷恋式的审美情调。

　　李锐的"厚土系列"也是如此。作者虽然不再追求所谓的传奇性故事特质，但寻根的冲动依然非常明显。对于创作主体而言，他试图通过这些作品，寻找并展示这块土地上农民内心里那种淳朴和真诚的性情，这种性情有时不免显得愚顽，但却同样可爱，不带丝毫的做作，闪耀着朴实无华的自然美。如《驮炭》、《看山》、《喝水——》等，都在那种疏淡的情节里抒写着人与人之间甚至人与动物之间的种种亲情和友谊，在那里没有什么强烈的矛盾冲突，即使有（如《选贼》）也被作者善意地处理了，在美好的心境中解释了。《眼石》、《假婚》等，通过两性关系的冲突，凸现了乡村社会中人性的卑琐、扭曲与丑陋，传达了弱者反抗的决绝，以及生命特有的韧性。正是这种对传统文化中美的抒发和张扬，使得他们的创作首先在内质上获得了美文的精神，让人们在咀嚼作品时获得一种对美的冲动与憧憬的心境，达到了艺术本身的那种高雅与纯洁，乃至神圣。

　　范小青的早期小说也曾沉醉于江南地域文化风情中，凭借作家主体的艺术直觉和情感倾向，不断地向世俗生活发出邀请，从中引带出各种具有文化意味的世俗伦理。譬如，《嫁妆》在叙述一个普通女工丫头的日常生活时，通过丫头在衣装打扮、嫁妆添置

---

① 贾平凹:《高老庄·后记》，太白文艺出版社1998年版。

等方面的追求,生动地演绎了一种小市民特有的攀比心理。为了在出嫁时能够超过阿菊,丫头想方设法要买台彩电,结果因为工作努力得了一笔可观的奖金,顿时高兴得不行。但是,当她看到自己的同学、已成为作家的徐珊珊在为读者签名时,她又能以特有的方式平衡自己的内心,"小工人就小工人吧,小工人也有自己乐惠的地方,要是彩电能买到,丫头睡梦头也会笑出声来的,徐珊珊有徐珊珊的光荣,丫头有丫头的快活么。"这种对生活可比性的选择,精确地反映了小市民的内心世界——以世俗的乐趣取代高迈的理想。《临街的窗》虽然说的是有关毛头的生活理想,但是叙述始终沉浸在老虎灶、苏州男人的娘娘腔、阿大家造房子、阿方搞设计等庸常事件之中,毛头的生活只是一种线索,将整条街上的家长里短、骂街吵架演绎得活灵活现,尤其是将改革时代的一些市民寻求新的致富梦想的矛盾心理,表现得入木三分。《拐弯就是大街》里,虽然拐弯就是大街,就是 20 层的大楼和一派热闹繁华的街市,但对于居住在小弄堂平房里的市民们来说,生活却是安逸而平静的。然而,随着陈家三楼三底的新房鹤立鸡群之后,小弄堂里的邻居们开始对这个苏北人的崛起产生了各种复杂的心理,同时陈家的父子之间、兄弟之间也出现了各种微妙的冲突。尽管这些冲突并没有多少尖锐和剧烈,只是一些生活的轻波微澜,但是,它们所勾连出来的,却是一种市井文化中特有的幸福感和自足感。《在那片土地上》叙述的是农村知青的生活,作者却没有去讲述知青的理想与插队生活的冲突,而是以知青作为叙事视点,饶有意味地演绎了乡村百姓的各种生存形态——为节省煤油,他们每晚齐聚知青屋;知青屋里的闹鬼与扒祖坟的联想;因为知青的一张糖纸,村里的大丫头被淹死;莫须有的中和党以及批斗会;由于知青小杨的误诊,导致了炎儿的死亡;有关狐仙的传说;河东河西的知青为前途而四处奔波……所有这些琐碎的故事,并不是单纯的知青生活史,而是典型的知青见闻录,它展示的是乡村社会伦理中各种特有的世态人情——既有小农意识上的精明,又有大是大非的宽容;既有神怪迷信的规约,又有世俗人伦的温馨。

从总体上看,在"50后"作家笔下,绝大多数的寻根文学,都是通过各种隐喻和象征的手段,在深入传统文化的同时,又赋予它们以种种现代性的反诘与沉思,使它们呈现出异常丰沛的现代精神内涵。这些作品所体现出来的主体精神,已完全不是那种鄙视创新、拒绝变革、厚古薄今的保守心态,而恰恰是通过重新理解传统文化来促进文学思考,为现代的艺术思维和探索寻找某种新的起点。换言之,它们是"对现时中国文学普遍存在的那种以固定的社会、历史、政治模式反映和把握世界的不满与反叛,也是对传统叙事小说总以描写具体的现实生活为正宗的背弃。正是在这一点上,'文化寻根'小说与同时崛起的现代叙事小说,殊途而同归。"①

五　理想主义的执着捍卫与张扬

"50后"作家对人类的理想主义精神,同样也体现出顽强的恪守姿态。无论是张承志、张炜、朱苏进,还是乔良、肖亦农、邓一光等,细读他们的一些代表作品,我们都能发现某种强劲的理想主义特质,甚至感受某种英雄主义的耀眼之光。像张承志《黑骏马》里的白音宝力格、《北方的河》中的徐华北、《金牧场》里的"我",朱苏进《绝望中诞生》中的孟中天、《射天狼》里的袁瀚、《第三只眼》里的南琥珀、《炮群》里的苏子昂,乔良《灵旗》中的"那汉子",张炜《古船》中的隋不召、《家族》中的殷弓、《柏慧》中的曲予,肖亦农《灰腾梁》里的多里娅、《红橄榄》里的二才老汉、《黑浪头》里的杏杏、《孤岛》里的黄小光,邓一光《父亲是个兵》中的父亲三毛、《我是太阳》中的关山林、《我是我的神》中的乌力图古拉等,或彪悍或娇美,或体现了某种英雄主义品格,或表现出崇高坚贞的道德力量,仿佛是人类完美生命的终极化身。

---

① 金汉:《中国当代小说艺术演变史》,浙江大学出版社2000年版,第200页。

在张承志的笔下，从《北方的河》、《大阪》到《绿夜》、《金牧场》，一直贯穿着一个背影朦胧的青年男性——他似乎是一个超越客观时空的存在，穿行在纵向传统历史文化和横向世界现代文化的深层结构之中，执着，孤独，却永不放弃。特别是在《金牧场》中，那个青年时而以"我"的身份沉入古朴的草原，时而又以"他"的形象踏入现代的都市；他从陆地到海洋，又从海洋返向陆地，不停地奔走着，寻觅着，将生命不停推向形而上的境界。他深深地懂得自己生命深植在那块丰厚的传统文化土壤中，但他更明白生命的存在仅仅是一个过程，过程即全部，这对于他是至高无上的；他承受着苦难，也深悟"受苦是生命的实体，也是人格的根源，因为惟有受苦才能使我们成为真正的人。受苦是普遍性的，也是由于受苦才使我们这些有生命的存有得以结合在一起，遍流我们每一个人身上的是那普遍的或神性的血液。"①正是这种饱经苦难的追寻，才使他的生命如此的伟岸和辉煌；他以一种永不歇息的探求，铸就了人类生命的内在力度和人格高度，成为作家人生的终极理想——"一个荷载的战士"。《心灵史》也是如此。它以一种极致性的艺术思维和苍劲的语言，展示了哲合忍耶为捍卫自己民族信仰的决绝姿态。面对饥饿和死亡，面对暴力与屠戮，面对贫穷与荒凉，这个特殊的民族始终以其执着的信念，进行绝望的反击，悲壮地穿越了种种常人无法想象的灾难。他们为坚守信仰而牺牲一切，为守护纯洁的精神而前赴后继，为彰显灵魂的尊严而忍辱负重，折而不挠，给人以一种撼魂动魄的力量。在叙述上，作者既保留了他那特有的激情话语，又融入了大量的理性思考。同时，唯美的语言，恢宏的气势，丰富的材料，散漫的结构，使整部作品形成了一种高昂激越的审美格调。它既是一部直击灵魂的信仰之书，又是一部超越苦难的精神指南。

张承志自己就说："我的小说是我的憧憬和理想，我的小说中的男主人公是我盼望成为的形象。我感动地发现我用笔开拓了

---

① ［西班牙］乌纳穆诺：《生命的悲剧意识》，段继承译，花城出版社2007年版，第111页。

一个纯洁的世界;当我感觉到了自己在这里被净化、被丰富的时候,我就疯狂地爱上了自己的文学。写作的时候,我在激动的催促下不能自己,我尽情尽意地在笔下倾泻着内心的一切。……在流血般的写作中我得到了快乐,在对梦境的偏执中我获得了意义——这就是所谓的写自己,这就是我的表现主义。"①这种对"梦境的偏执"的"表现主义",使他的作品呈现出强烈的体验性特征,在作家自身情感宣泄、精神高扬的同时,也将情绪骚动的读者拽入其中,介入主观体验之中。这种强烈的主体意识,促使张承志在对传统历史文化与自然的巡视中,义无反顾地批判了各种历史制度对人性自由的伤害,也展示了作家所渴望的、放达而宽阔的精神世界,使他的体验在当代性中又更具超前性,它与当代人对未来的憧憬和躁动不宁相交织的精神现象是相沟通的。

张炜也是如此。从《古船》开始,他的很多小说中都设置了一个鲜明的道德理想主义的化身。像《家族》中的殷弓、《柏慧》中的曲予、《刺猬歌》里的廖麦、《浪漫与丑行》中的刘蜜蜡等,均是如此。虽然这些人物算不上什么盖世英雄,但他们都拥有明确而坚定的信念,且都以超越常人的毅力和秉赋,与世俗的现实社会进行着不懈的抗争。他们作为作家内心理想的化身,渴望与古朴的自然融为一体,追求服膺于个人内心的自由与舒朗,蔑视一切阉割自由人性的现代逻辑,反抗有违自由天性的伦理秩序。在某种意义上,这些人物所体现出来的价值追求,其实也折射了张炜对现实秩序的不信任。因为张炜总是想方设法用各种极端的方式,展示现实的颓败之境,为他的理想出场提供一个至高的平台。这种理想,就像《刺猬歌》里的廖麦——在受过高等教育的廖麦身上,他频频遁入野地,宁愿与丛林中的各种生灵寻求心灵的交流,也绝不和唐童之类交流。在廖麦的眼里,以唐童为首的利益集团除了利用残忍的手段满足自身贪婪的欲望之外,其他一无是处。当然,廖麦最后还是以失败告终,因为人毕竟是一种社会的存在,妻女对他的背叛,并不是亲情伦理上的反抗,而是对廖麦理想的

①　张承志:《生命的流程》,《读书》1986 年第 10 期。

质疑。

乔良《灵旗》中的"那汉子",从无数红军之血染红的湘江中走来,他在众目睽睽之下一口吞食了一条毒蛇,以自己的尊严和勇气一下击败了一向称雄于小镇的烂脖子。面对捕杀红军的团丁,他以同样方式一个个为红军报仇,即使恶头廖百钧躲在连蚊子也进不去的房子里,他也神秘地使之身首分家。"那汉子"浑身充满正气,且拥有超人的胆识才干,尽管他连名字都没有,还两次沦为赌徒甚至输光了自己最后一条裤子,但这并没有改变人们对他的膜拜和敬畏。权延赤《狼毒花》里的常发,能"骑马扛枪打天下",在战场上屡建奇功,可他还要"马背上有酒有女人",为此几次几乎被军法处决。但他依然我行我素,以自由而放达、勇敢而彪悍的个性,形成了一个血肉丰满的英雄。朱苏进《绝望中诞生》里的孟中天更是如此。他身为军人,却不顾军纪道德,连连伤害女性,简直可称为流氓。而他在思想上又是一个秉赋超凡的人物,敢于把一切视为铁律和真理的东西踩在脚下,在别人"命中注定迈不出最后华步"的地方毅然前行,从而对整个地貌的构造成功地提出了新设想,撼动了地质学界的权威。

邓一光的很多小说,同样也突出了铁血英雄的理想主义质色。刚毅,执着,敢爱敢恨,胆识过人,百折不挠,是他笔下很多男性人物的性格特征。从《父亲是个兵》、《我是太阳》到《我是我的神》,在这些代表性的小说中,邓一光始终在极力彰显一种英雄主义情怀。《父亲是个兵》里的父亲,虽然"不是兵已经很久了",然而,他依然保持着强悍的个性和执着的信念,"父亲永远穿着军装,风纪扣扣得一丝不苟,在那最热的季节里,他也从不解开扣子。一任黑水白汗浸透军装"。尽管他的思维有些农民式的简单,但在重振家乡面貌的过程中,他始终展示了一个非凡英雄的特殊人格。在《我是我的神》中,邓一光则通过两代人的观念差异,生动演绎了不同时代的英雄理想。在乌力的大家庭里,一代枭雄乌力图古拉的铁血气质和刚毅秉性,虽然让子女们肃然敬畏,但子女们并不愿意按照父亲的意志成长,而是各自带着强烈的反叛意识和明确的主体意识,果断地规划自己的未来,由此导致了乌力家看起来矛盾重重,代际冲突尤为剧烈。但是,在这种代际冲突的背后,我们又分明地感受到,整个乌力家族,其实是一个"群雄并举"的家族——乌力的两个儿子,个个堪称英雄。"事实上,邓一光通过一个革命英雄的家庭史,揭示出这样一个真理:英雄主义精神在不同的时代会有不同的显现。乌力一家人的经历穿越了自解放全中国以来的大半个世纪的峥嵘岁月,几乎这段岁月里影响中国历史进程的大的战争事件和国家安全战略决策里,都会出现乌力家人的身影,都会留下他们的英雄举动。过去的历史充满了荒诞,这使得英雄人物的行为带有很浓厚的荒诞色彩。但他们都是在荒诞中磨砺自己的精神,从生命成长的角度说,他们并不荒诞,相反,英雄精神在他们的内心里更加坚强。"①不同的时代,对于英雄有着不同的诠释,但他们都没有放弃对英雄人格的追求。肖亦农又何尝不是如此?《灰腾梁》里的多里娅,《红橄榄》里的二才老汉,《黑浪头》里的杏杏,《孤岛》里的黄小光……虽然他们都是些平凡的人物,但他们却以种种不平凡的行动获得了生命个体的脱俗性。多里娅和杏杏以一代绝色和坚贞的道德品质成为作家梦境里美丽的星辰,让人们感到永远的可望而不可及。二才老汉、黄小光等人物则在与黄河等大自然的抗争中,体现出许多卓尔不群的英雄本质。

应该指出,这一代作家所推崇的这些理想化的生命形态,并非仅仅是为了表达自己的内心诉求,它还在与现实的比照中,折射了创作主体深层的悲剧意识,并将这种悲剧意蕴投射到历史文化的各个领域。如张承志笔下那个孤独的求索者"我",作为一个挣脱社会制约的绝对独立的个体,在《黑骏马》里,他以白音宝力格的行动展示了对草原文化的眷恋之余,又为失去道德意义上的纯洁爱情而迷茫,他想抛弃什么而又不忍或害怕抛弃什么。《北方的河》里,他以一个时代的强者来总结历史又开拓历史,他坚信"前途是光明的。因为这个母体里会有一种血统,一种水土,一种

---

① 贺绍俊:《如何创造自己的黄金时代》,《中华读书报》2008年4月30日。

创造力……"饱含着一种乐观主义精神,然而他又在喧闹的尘世环境中处处遭受阻碍,他以血痕斑斑的足迹展示了生命的悲凉与困顿。当然,这种悲凉与困顿是一种孤独者的心境,它无疑带有大量的超前意识,这使得他的悲剧又带有某种崇高色彩。《金牧场》则在一个巨大的历史时空中,通过往返叙述的方式在意识流的状态里再现了生命本体的困境。作家试图让个体的生命脱离一切尘世,以一种宗教式的迷狂和执着将自身奉为上帝,并视"历史是个无耻的骗子",怨诉社会历史对自由生命的困扰,从而揭示出生命悲剧中的种种文化因子。

朱苏进的《醉太平》也同样以一种沉郁的笔触,展示了和平年代英雄主义被现实欲望所消解的过程。墨阳、石贤汝、夏谷等人,原本都是从基层部队筛选出来的顶尖人物,智慧过人,毅力超群,但是,当他们进入军区机关大院的日常生活之后,围绕着早操、上班、开会、家宴、舞会、约会和偷情等庸常的生活,他们一个个"开始紧张地旋转,忙碌地活动,精心地算计,不动声色地较量与争斗。在权势或情欲的驱动与诱惑下,他们或振作或清醒,或颓唐或沉醉。"①世俗欲望,终于将一个个英雄理想消磨殆尽。邓一光笔下的乌力天赫和乌力天扬,也在不在同程度上放弃了既定的目标,甚至改变自己的生活方式,可喜的是,他们却从未放弃自己的理想人格,也从未丧失卓越人生的自我追求,但从他们的命运际遇中,我们仍然可以看到,各种强大的世俗力量对于理想主义的无情解构。

以"金色的弯弓"系列中篇为代表的肖亦农,在很多作品中都凸现了河套平原上那一群群充满强悍之力的生命,如《红橄榄》、《灰腾梁》、《黑浪头》等。他始终把人物置于最艰险的自然环境和最冷酷的历史时空里,一方面以环境的恶劣反衬出人物主体精神的刚强,另一方面又展示出"文化大革命"历史的悲剧以及因历史的不幸而导致的许多个人的不幸。作家自己曾说:"千万别忆

---

① 朱向前:《九十年代军旅小说的英雄主义旋律》,《光明日报》1999年4月8日。

往昔峥嵘岁月,我是承受不了这个;可我又偏偏在承受这些,而且是职业地承受这些,为伊熬得人憔悴,成了作家——记忆的受难者,心灵的殉道者。我总觉得'文化大革命'是打开了瓶盖,把人们心中的魔鬼放了出来,害人者和受害者都受着这魔鬼的煎熬。"①"文化大革命"题材也许是陈旧的,永远不会陈旧的是每个人对那段历史的感受和思考。肖亦农虽然称自己"将是中国文坛最后一位知青作家",但他在表现"文化大革命"历史上已明显超越了最初的控诉层次,并进入那种对生命、历史、文化等多方位的探索和思考,展示出他们这一代人所经受过的洗礼和创伤。这可能不仅仅是记忆的价值,更有对今天现实的某种失落感,因为沉湎于过去往往意味着不满于现在。

如果说张承志是通过对草原古朴文化的皈依而表现出排斥现代社会的心理,张炜是在祭奠乡野文明中质疑现代文明的卑弱,那么,朱苏进、邓一光等人是以世俗欲望的纷扰,来追寻逝去的彪悍人格,肖亦农则想借助痛苦却辉煌的过去来"告别现代都市"。这种倾向,如果用"思想倒退"之类来阐释,恐怕过于简单,因为它凸现了现代人极其复杂的生存处境和矛盾心理,而且这种状态随着社会的发展亦必然有增无减。信息化、技术化的生产方式,一方面促使人们走向生活的舒适化,另一方面也使得人类日趋走向行动的机械化,生命的物役化。这是人类生命的真实困境。"50后"的一些作家就是想力图摆脱这种困境,因而常常沉迷于理想化的生命书写,但他们又摆脱不了这种困境,所以又有了许多蕴含在作品之中的悲剧意识。

从上述这些作品中,我们可以看到,这一代人对于生命的理想情怀,有着一种异乎寻常的热情。文学毕竟不只是一种单纯的审美存在,对于理想主义的关注,对于生命中伟岸人格的塑造,仍是文学的重要属性之一,它至少可以为现实中的人们提供一种强大的精神支撑。"50后"作家们对理想主义的恪守与张扬,也从一个侧面反映了他们对人生局限的理解,以及对现实生存的独特反思。

①　肖亦农:《告别都市》,《小说月报》1991年第4期。

六　现代主义的积极引鉴与袭用

很多学者都认为,1985 年是中国当代文学的转折点。其中的一个重要标志,就是先锋文学思潮的崛起。从徐星、刘索拉、刘西鸿、刘毅然,到马原、洪峰、扎西达娃、残雪、孙甘露、莫言等,一大批青年作家有效地引入现代主义甚至后现代主义艺术思维,开始在小说创作中大面积地进行形式主义探索和实验,并将"怎么写"迅速提高到一个全新的审美维度。他们不再满足于一元化的现实主义艺术思维,不再满足于对叙事内涵的单向度开拓,而是对意义被过度强化的叙事观念发出了抗议——通过"怎么写"的多方位突围,他们试图将艺术的审美观念由纯粹的思想内容逐步迁移到文本形式上来。值得注意的是,这批作家均是 20 世纪 50 年代出生的人群。也就是说,正是"50 后"作家们,实实在在地充当了中国新时期文学的先遣队。

在这场颇具先锋意味的突围表演中,以刘索拉、徐星、刘西鸿、刘毅然等为代表的青年作家,以一种"另类化"的现代主义书写,率先彰显了一种时代叛逆者的精神气质,尤其是都市青年对于时代的焦灼与怅惘的精神状态,展示了个体生命对自由与独立的强烈诉求。其代表性作品有刘索拉的《你别无选择》、《蓝天绿海》、《寻找歌王》,徐星的《无主题变奏》、《城市的故事》、《饥饿的老鼠》、《剩下的都属于你》,刘西鸿的《你不可改变我》、《爱人啊在路上到处都有》、《我与你同行》、《自己的天空》,刘毅然的《摇滚青年》、《青春游戏》、《欲念军规》等。这些小说主要立足于 20世纪 80 年代开放初期的文化语境,以都市青年求新求异的精神状态和文化趣味作为叙事目标,叙述了他们与传统伦理观念之间的各种错位或对抗,在彰显一代人自我觉醒的同时,也展示了他们所面对的各种人生困扰,尤其是追求自我的艰难和困惑。

刘索拉的中篇《你别无选择》以音乐学院的生活为背景,叙述了一群当代大学生与传统教育体制、价值观念之间的严重错位,展示了改革开放初期新观念与旧思维之间的尖锐碰撞和对抗。徐星的中篇《无主题变奏》同样触及了传统生活模式及其价值观念，展示了一些现代青年反精英化的生存意愿。他们没有宏大的理想，没有变革现实的热情，也没有改变命运的动力，仿佛"垮掉的一代"，渴望回归于既定生活中的庸俗性和惯常性，在精神状态上表现得虚无而消极，冷漠而迷惘，在现实秩序的夹裹下随波逐流。刘西鸿的《你不可改变我》、《爱人啊在路上到处都有》、《自己的天空》和刘毅然的《摇滚青年》、《青春游戏》等，也同样反映了都市青年们在当时的文化境域中所面临的种种困惑与尴尬。他们都拥有强烈的自主意识，不再屈从于各种社会主流的生存观念，也不再轻信那些集体性的价值理想，而是渴望沿着独立而自由的精神空间发展自我，由此导致了自我的生存不断陷入"另类化"的境地，成为一群"在路上"的反叛者。如《你不可改变我》里的孔令凯、刘亦东等人，不仅有自己明确的思想和人生追求，而且不屑于与世俗伦理打成一片，甚至以反世俗的方式"我行我素"，但他们都抱着积极的人生态度，并努力以实际行动彰显自我生命的特有魅力。而《摇滚青年》则充满了那个时代都市生活中各种时尚元素，表现了一群都市青年对现代生活方式和价值观念的强烈好奇，也体现了他们对前卫生活的狂热追求。

与刘索拉等人强调现代叛逆性精神理想不同的是，马原、洪峰、扎西达娃、残雪、孙甘露、莫言等"50后"作家们，则更多地推崇现代小说的形式主义实验。他们在关注"写什么"的同时，大力吸收西方现代文学经验，引鉴或袭仿各种现代叙事手法，从而将"怎么写"提到了一个重要位置上，试图在叙事形式上敲开写实主义的坚冰，为中国当代小说开辟更为丰富和灵活的现代主义文本形态。

在这群先锋者的阵营里，以《拉萨河女神》闯入文坛的马原，无疑最具代表性的意义。从20世纪80年代中期开始，马原就先后发表了《冈底斯的诱惑》、《虚构》、《叠纸鹞的三种方法》、《喜马拉雅古歌》等一系列极具先锋意味的小说。这些作品并不是刻意追求形而上的哲学内涵，而是专注于"圈套式"叙事结构的建造，以各种故事的不同拼接和组合,在元小说的叙事策略下,营构出某种迷宫般的审美效果。譬如,《冈底斯的诱惑》就是由几个互不相连的故事拼合与组装而成,形成了一种"故事里套故事"的文本特征。无论是穷布与雪人的故事、央金之死的故事,还是陆高和姚亮去看天葬的故事、顿珠与顿月的故事,都是些抽去了因果关系的神秘的情节片段,或有头无尾,或彼此交叉。在穷布和雪人的故事里,老作家在一次远游中看到一个"巨大的羊头",但这个羊头是神秘的宗教偶像,还是史前生物的化石,或是老作家的幻觉? 没有一种解释能说服其他解释的持有者。有关央金的故事,也只有一些美丽的片段,或者说,只是一些关于她的大致的生平经历,以及车祸死亡,至于她的死亡是否与天葬产生联系,在小说中并不明确,只是一种可能性。陆高和姚亮都喜欢有着姣美面容的央金,就在他们打算去看天葬的前几天,央金车祸死了。看天葬的计划依然如期进行,可大家的心里都有着不安的猜测:会是央金吗? 如果是,看还是不看呢? 陆高说:在他被天葬师赶下天葬台的时候,他终于知道即便真的是央金他也是要看的。顿珠与顿月的故事也是迷离不清。顿月和顿珠是哥俩,顿月在当兵前的一晚和美丽的尼姆姑娘钻进了帐篷。顿月走后,尼姆生下一个私生子,被父亲赶了出来。后来,顿珠、尼姆、孩子组成了一个家庭……所有这些故事都牵涉到一些神秘的、未知的因素,但作者从来不准备告诉读者这些神秘因素到底是什么? 他们是否真的存在? 抑或只是人的幻觉与臆想? 都是没有结果的。尽管这些故事的叙述方法,都是以很精确的、现实主义式的甚至是"客观的"态度讲述出来的,但它们都是不完整的。马原的这种叙事探索,虽然被学界视为博尔赫斯"迷宫叙事"的中国式翻版,但是,在当时的文学实践中,这种以严密的理性思维来营造文本内在的结构,使小说成为一种纯粹智性的形式文本,还是给人以不少启迪。因此,他的小说被批评界定义为"马原式的叙述圈套"而成为先锋小说的一种重要叙事发现。

　　洪峰的创作一方面继承了马原的叙事圈套,另一方面又以超然的态度质询传统的伦理文化,如《极地之侧》、《奔丧》、《湮没》

等,都是如此。在《极地之侧》中,作者以环环相套的故事不断重复着一个问题:死亡。章晖之死,老李之死,浙江人吞老鼠药,老金头吞金自杀,司机被车压死,雪地中的死小孩……所有这些故事或彼此交叉,或相互包含,所呈现的死亡无非只是方式的不同,其本质特征都一样,即死得莫名其妙,犹如羚羊挂角,无迹可求,充满着神秘色彩。作家所要玩味的,或许就是对死亡的那么一种执迷的快感,他要告诉你的也就是死亡的种种奇谲与玄奥的状态,展示生命走向"极地之侧"的繁富景观,至于死的意义实在微不足道。《奔丧》叙述了"我"在父亲死后参加奔丧的情景,作为儿子,"我"却没有丝毫的悲悯之情,反而对周围亲人的伤悲充满揶揄和冷漠之情,仿佛加缪笔下的"局外人",作者正是以这个反文化式人物来颠覆和消解死亡在血缘意义上的传统价值。众所周知,我国自古就尤重家族血缘的亲密性,并以孝道维系其纲常,而洪峰却以超越的姿态介入叙事,使"我"在父亲的亡故中也保持无动于衷,以此来消解死亡的亲情价值,似乎是要教人冷静地"向死而在"。

扎西达娃的叙事则与马原、洪峰的小说稍显不同。他充分依助于藏族生活与宗教本身的神秘化特色,将人物的传奇性经历与现代魔幻主义手法融会在一起,使叙事充满了雪域高原的独特情调,也彰显了某种形而上的宗教精神。如《西藏:系在皮绳扣上的魂》、《隐秘岁月》、《去拉萨的路上》等小说,都是从民族宗教的文化内部出发,将宗教的神秘作用与人物命运的轮回融成一体,使叙事带着宿命性的伦理意味。尤其是在其代表作《西藏:系在皮绳扣上的魂》中,作者精心设置了天国和现实的两个界面,让琼和塔贝通过一路的结绳寻找,既展示了天国"香巴拉"的遥远和难以企及,隐喻了信仰的终极性,又传达了现实生活的诱惑力,质疑了现代物质文明对人类信仰的潜在规约。塔贝和琼,这一对男女在漫无目标的跋涉中到达了甲村,他们在听到有关喀隆雪山的叙说后,这座雪山便以生命的终极信仰姿态引导并最终吞没了塔贝的生命。而此时琼腰间的纪事绳结与塔贝手上的佛珠刚好相同:一百零八个。这是一种佛教中的生命轮回,似乎暗示了佛祖对他们生命的主宰,使他们的迁徙在一种非理性的、无法说明而又真实存在的状况下进行着。

残雪的小说表现得更为极端。她直接绕开了有关外部世界的真实性描述,以绝对超验的方式打破叙述与客体之间的对应关系,让叙事完全沉迷于各种细碎而又卑琐阴冷的生存意象中。在她的笔下,现实生存的必要秩序和逻辑完全被颠覆,世界呈现出一种纷乱而无序的状态,生活处处都布满了肮脏、丑陋、冷漠甚至恐怖的景象。无论是《苍老的浮云》、《山上的小屋》、《阿梅在一个太阳天里的愁思》,还是《公牛》、《天堂里的对话》、《黄泥街》等,都呈现出一种高度意象化、感觉化、碎片化的叙事特征。金汉先生曾论述道:"残雪的小说具有比较明显的后现代叙事特征,她的作品都不是对客观现实生活的直接观照,而是由作家想象虚构出来的一个充满着敌意,充满着丑恶,充满着非理性、超验、荒诞的'那个世界里的事情'。那个世界遥远像地狱,但相近又仿佛在眼前。那里很阴冷,下的是墨色的雨,潮湿又可怕,到处是苍蝇、蚊子、蛇、老鼠、蛆、蜈蚣和蜘蛛,好像是一只打开的潘多拉的匣子,充满着痛苦、嫉妒和灾难。像《黄泥街》所写的那样,人们只能整天在阁楼上生活,因为屋里全被又黑又脏的水淹了,水中有蛇、老鼠,墙上布满裂缝,爬满了蛞蝓,一不小心就会掉进颈窝里。还有白蚁、蝙蝠和大大小小的虫子。太阳偶尔出来,又把每样东西都晒出蛆来,人一坐下去,就哗哗响,压死两条蛆。老鼠咬死了猪,咬掉了人的耳朵,碗柜里发现一窝窝蛇蛋⋯⋯"①的确,残雪总是以一种极端的丑陋和粗鄙打量着她笔下的世界,如《阿梅在一个太阳天里的愁思》里,她在描绘婚礼上的新郎新娘时,如此写道:"我们结婚的那天他脸上的紫疤涨成了黑色,红鼻头像蜡烛一样又硬又光,他又小又短的身体紧紧地裹在衣服里面,让人看了有一种很伤心的想法。我穿着一套酸黄瓜色的衣服,怪别扭的。"在婚后的日常生活里,"我"每天看到丈夫鬼鬼祟祟地溜进厨房,

---

① 金汉:《中国当代小说艺术演变史》,浙江大学出版社 2000 年版,第310 页。

关起门来和母亲叽里咕噜,似乎有着某些不可告人的秘密。而且,"我"在叙述这些与自己息息相关的人和生活时,不仅没有任何情感倾向,也没有任何理性的判断,仿佛一切与自己无关。在残雪的小说中,作者似乎使出了女性作家特有的细腻和灵性,通过凌乱、模糊、乖张、夸饰的感觉铺陈,对非整合性的事物状态以及零碎性的生存片段,不断地进行瞬间的拓展,使文本完全成为一种超验性生存景观的展览。

出生于20世纪50年代末期的孙甘露,似乎比马原们走得更远一些。他的《信使之函》、《岛屿》、《我是少年酒坛子》以及后来的《呼吸》,完全没有什么明确的主题思考,也没有贯穿性的结构线索,叙事所呈现出来的,是一场场语言狂欢的盛宴。在这些语言能指的缝隙中,溢出的所指也是五彩缤纷,有形而上的玄思,有莫名其妙的意象,人物关系始终处在游离不定之中,叙事俨然是一个无法解开的谜底。陈晓明甚至认为,孙甘露"分明是个现代术士,在喝完了劣质白酒之后,嘴里吐出一连串含混而纯净的咒语,这些咒语把远古的呼唤与明媚的梦想,把毫无节制的形而上的玄冥之境与病态的诗怀,把破败的历史与贫困的哲学等任意搅和在一起,它们毫无理由却以无法拒绝的姿态向你涌现而来,向现代小说的最后一道防线冲撞而去。孙甘露似乎在证明:小说无所不包而且无所不能。喝足了致幻剂的现代小说是否也应该像本·约翰逊一样受到警告? 不过,孙甘露的语言实验在最严重地威胁到小说叙事的原命题的时候,也提示了小说语言的极大可能性。"①

在这场现代主义的突围表演中,莫言和史铁生也有不俗的表现。莫言从发表第一批作品《透明的红萝卜》、《金发婴儿》、《球状闪电》、《爆炸》时,便呈现出某种形式主义的现代特征——不仅作品的主旨内涵变得飘忽不定,而且叙事形式的审美功能也获得了极力彰显。无论是《透明的红萝卜》中的黑孩,《金发婴儿》中的大公鸡,还是《球状闪电》中茧儿的水红衫子,《爆炸》中"我"对

———————

① 陈晓明:《无边的挑战》,广西师范大学出版社2004年版,第59页。

产房气味和生育的抵触情绪……这些叙述分明超越了惯常的写实手法,不再具备客观事物的逻辑特征,而是呈现出大量感官化、通感式的超验品质。而史铁生从一开始就对宗教精神(不是某一种宗教)表现出浓厚的兴趣。在他看来,培养宗教精神就是让人们不能穷知尽望的心理获得平衡,因为宗教在许多神秘的不可知的领域中点出了神性意志,具有神秘化的审美格调。从《山顶的传说》、《命若琴弦》到《原罪·宿命》、《钟声》、《中篇1或短篇4》等,都浸润着作家的宗教神秘情怀,许多人物的抗争都存在着一种鲜明的非理性命运程式,如《我之舞》中那个神秘的声音启迪"我"直面空虚,虚无的存在回荡着无边的神秘感。《礼拜日》里,那个男人苦苦追寻人生真谛,到头来才顿悟:"上帝把一个东西藏起来了……谁也不知道。"这里,连翘花与你相见、月亮和海的摩擦、鹿在谛听自然的命令、狼咬死老鹿、鹰奉上帝旨意来迎接老鹿的灵魂,男人寻找女人的太平桥……一切仿佛在远古时代就已注定,造物主以其神性的话语操纵着这一切。《原罪·宿命》中"我"更是坦然承认:"上帝已把莫测的前途安排好了,在劫难逃。"而在《中篇1或短篇4》里,作者又转向对佛祖的神秘追问与禅悟:"一旦佛祖普度众生的宏愿得以实现,世界将是什么样子?如果所有的人都已成佛,他们将再做些什么?"小说在复调结构中融入了这些现代寓言和神话,使那个老人的死以及众生的生存形态都构成了难以理喻的情境。这里,史铁生就是如此冷静地沉迷于心中的宗教,在宗教博大精深的神秘氛围中感悟着存在;与此同时,他又通过种种现代主义的叙事手法,进一步强化这种存在的形而上特质,尤其是命运的神秘性和不可把握性。

上述这些具有先锋意味的叙事突围,以明确的现代主义审美特质,颠覆了人们习以为常的期待视野,也从审美接受上给读者造成了诸多障碍,但是,它们却显示了"50后"作家们顽强的艺术开拓能力,展示了这一代作家胸怀现代世界的审美格局,同时也得到了当时一大批强有力的青年批评家的理论支持,并从根本上改变了中国当代文学的审美传统,使文本形式不再被视为内容的载体而成为审美本身。

　　进入 20 世纪 90 年代之后,历经了文化寻根、先锋实验和"新写实"等文学思潮的淘洗,"50 后"作家群中,有一些主体意识更为清醒的作家,又开始了更为强劲的叙事探索,并形成了一股先锋探索的潜流,也涌现了一些耐人寻味的作品,如刘震云的《故乡面和花朵》、《一腔废话》,史铁生的《务虚笔记》、《我的丁一之旅》,韩少功的《暗示》,刘恪《城与市》等。这些长篇小说,都试图在各种层面上展示创作主体对这个世界的全新省察和思考,并从各种角度来体现自己对人的存在本质的深刻体悟。像刘震云的《故乡面和花朵》就完全颠覆了作家先前的写实性审美追求,呈现出强烈的主观化倾向,既虚幻又灵动,荒诞不经又直指现实,既凌乱无序又布局严谨。在这部小说中,作家似乎在张扬这样一种叙事理想:放纵想象,沉醉内心,以嘲讽的语调质疑现实的生存,以荒谬的形式凸现存在的本质。它使我们的阅读很难获得整体上的轻松和愉悦,但是,当我们沉浸于每一个看似荒谬的场景内部,沉浸于每一次类似于诡辩的对话之中,我们又可以非常鲜活地感受到人性的乖张,生存的悖谬,以及话语中洋溢出来的创作主体的怀疑心态。

第三章　新时期作家代际差别的审美呈现之二

——"60后"作家群的审美特质

在新时期的文学发展中，"60后"作家属于比较幸运的一代。在这个群体中，除了余华、苏童、格非、迟子建和北村等少数人之外，他们大多数是从20世纪90年代开始进入文学创作领域的，并且，出道不久他们便被称为"晚生代作家群"（或"新生代作家群"），以区别活跃于当时文坛的"50后"作家群。这一作家群的阵容颇为强大，代表性的小说家有：余华、苏童、格非、迟子建、北村、海男、毕飞宇、艾伟、东西、李洱、陈染、刁斗、红柯、李冯、朱文、韩东、邱华栋、吴玄、潘向黎、鲁羊、徐坤、王彪、刘继明、曾维浩、夏季风、吴晨骏、叶弥、夏商、张生、张者、李大卫、刘建东、海力洪、罗望子等，同时也包括极少数20世纪50年代末出生的作家如林白、鬼子、张旻等；代表性诗人有海子、骆一禾、陈东东、西川、沈苇、荣荣、张执浩等；散文方面，则有刘亮程、苇岸等。

在《中国六十年代出生作家群研究》一书中，笔者曾对这一代际的小说家进行了较为翔实和全面的研究。在笔者看来，"60后"作家群是一个充满创造激情和强大艺术潜能的写作群体，并以其不凡的艺术实绩，对中国当代文学的发展起到了重要的推动作用。其中，余华、苏童、迟子建、毕飞宇、格非、陈染等作家的作品还被大量介绍到海外，在世界文坛引起了广泛的关注。而海子、骆一禾等人的诗作，则对"后新诗潮"的诗歌创作产生了极为深远的影响。与"50后"作家相比，这一代作家虽然也经历了"文化大革命"的动荡，但是，当他们进入青年之后，正逢改革开放的年代，中国社会的各方面都渐入正常的轨道，因此他们中的绝大多数人都受到了系统化的高等教育，为自身的创作奠定了良好的专业基础。这也使他们的创作成功地摆脱了诸多社会现象学式的记录,而更为注重对个体存在的深度发掘。

从整体上看,"60 后"作家群是一个充满理性精神和个性气质的写作群体。他们很少认同那些潮流式的写作,也不太关注一些社会的热点问题,而是恪守创作个体的审美经验与思考,张扬个人化的审美理想。20 世纪 90 年代中后期出现的"个人化写作"思潮,其核心群体便是这一代作家。细究这一代作家的审美追求,主要体现在这几个方面:对历史保持着强劲的反思姿态;对人性进行尖锐的理性质询;对生命表现出细密的体察感悟;对文本保持着高涨的探索热情。他们的创作常常以小见大、以轻击重,体现出较强的艺术智性和良好的专业素养。

一 成长视域中的荒诞记忆

从"文化大革命"中成长起来的"60 后"作家群,一直深受童年记忆的影响,对极左思潮中的历史生活有着天生的敏感,以至于这一代作家中的很多重要作品,都离不开"文化大革命"的记忆,并成为他们创作中的一个重要特点。这一特点,在余华、苏童等作家的早期创作中就已经有所体现。像余华的《一九八六年》、《在细雨中呼喊》、《许三观卖血记》、《活着》,苏童的"香椿树街系列",都笼罩在"文化大革命"的社会背景中,并对那段特殊的历史进行了独到的反思,揭示了集体意志和革命化伦理对个体成长的伤害。尤其是在《一九八六年》中,余华通过一个疯子的再度归来,在众人冷漠和戏弄的言行中,展示了这位因"文化大革命"迫害致疯的中学历史老师,在经历了长达 20 年的灾难之后,却并没有得到人们的同情和呵护,反而成为人们取乐的对象。疯子的悲惨遭遇,不仅折射了"文化大革命"给普通人所带来的巨大劫难,而且凸现了我们这个民族对苦难历史的遗忘与背叛。1986 年是"文化大革命"爆发 20 周年,也是"文化大革命"结束 10 周年,但是,"文化大革命"所造成的悲剧("疯子")却依然生活在人间,只不过他不再激起人们同情和怜悯的目光,而是成为大众取乐的对象。小说以此作为标题,显然是想从时间的缝隙里透出一些历史的亮光,照亮我们的记忆。苏童的"香椿树街系列"里,永远离不开一群四处游荡的少年,他们孤独、无聊、放纵,伤害着别人,也伤害着自己。由于阶级斗争和革命专政的需要,父辈们日夜奔波在自己的世界里,留下了毫无监管的、漫长的成长真空,使这些少年不仅缺乏正常的教育启蒙,也缺乏亲情之爱的呵护,更缺乏传统伦理的约束。他们常常将革命英雄主义转化为暴力手段,在无人管束的街头巷尾,享受着种种放纵式的成长。张清华在评述苏童时就曾经说道:"读他的作品,仿佛是对我自己童年岁月与生命记忆的追悼和祭奠。一个时代已经消逝,成为如烟的旧梦,那是曾经的孩童,六十年代人的天堂——某种意义上说,也只有孩童才会有那所谓的天堂;也只有在十年、二十年以后,他才会理解天堂,并把它如此生动地变成生命的哀歌和岁月的华章。……苏童的个人写作在无意中成了六十年代的代言者的写作。'香椿树街'上的故事再现了那典型的景致和印象,这个破败的、黯淡的、穷困的、松散的、混乱的、自在的'香街野史'的年代,从六十年代到七十年代中期,文化的废墟和权力的真空却造就了一代人的欢乐童年,并且给他们铸就了特殊的想象力,不无唯美色彩的如烟如梦般的记忆方式。"①尽管在苏童的笔下,"香椿树街"依然不乏某些自由和诗意的特质,犹如快乐的人间"天堂",但是,只要看看那些伤害与被伤害的少年,如小拐、毛头等,想象他们未来的命运,我们便可以发现,作家对这种成长的深情追忆,其实充满了历史的反思意味。

应该说,这种对"文化大革命"记忆的反思,在他们的创作中从未停止。像余华的《兄弟》(上)、苏童的《河岸》、格非的《山河入梦》、毕飞宇的《玉米》等重要小说,都依然在对极左的历史思潮进行尖锐的质询和深刻的反省。在《兄弟》上部里,主人公李光头充分利用"混世魔王"的手段和身份,自幼便深入中国现实社会的

---

① 张清华:《天堂的哀歌》,孔范今、施战军主编《苏童研究资料》,山东文艺出版社 2006 年版,第 354—355 页。

底层,一路奔波,一路挣扎,在无情地颠覆了一个又一个伦理表象之后,终于使自己成为一位极权伦理的解构者。尤其是他通过厕所里的偷窥、摩擦电线杆等恶俗的手段,无情地解构了革命化伦理中的禁欲主义特质。很多学者都认为,《兄弟》从一开始就动用了很大篇幅来叙述偷窥等形而下的事件,显得粗俗不堪,格调低下。笔者倒不以为然。因为余华并没有沉迷于描绘李光头偷窥五个女人如厕的详细过程,他的叙述重点一直落在偷窥所带来的结果上。李光头以身败名裂的方式,"用五十六碗三鲜面扭亏为盈",将自己吃得红光满面。在物质匮乏的年代,每一碗面条都相当珍贵,为什么刘镇人会如此慷慨? 无非是少女林红的屁股所带来的巨大诱惑。事实上,在李光头语焉不详的描述中,人们最终获得的,并不是一种具体可感的情色满足,而只是一种畸形心理的想象性抚慰。它所展示出来的,是人们被禁欲伦理长期压制之后所导致的心灵扭曲。也就是说,56碗面条,犹如56面镜子,照出了刘镇平民荒凉而虚空的内心,也照出了当时中国百姓极度压抑和扭曲的人性面貌。——当然,它也为后来"文化大革命"的暴力在刘镇疯狂上演提供了重要的精神依据,因为革命化的暴力,恰恰是人们宣泄内心压抑最合理、最安全的渠道。

李光头摩擦电线杆也是如此。对于年仅8岁的李光头来说,尽管摩擦电线杆、板凳之类,也许会带来某种生理上的快感,但是从作者的叙述来看,余华并没有让李光头独自一人悄悄地体验这种快感,而是让他每一次都面对大众,在集体化的公开场合表演这种不光彩的动作。"李光头在游行的途中,见缝插针地把我们刘镇的所有木头电线杆都强暴了几遍,这个刚满八岁的男孩抱住了木头电线杆就理所当然地上下摩擦起来。李光头一边把自己擦得满面红光,一边兴致勃勃地看着街上的游行队伍,他身体摩擦的时候,他的小拳头也是上上下下,跟随着喊叫'万岁'的口号,喊叫'打倒'的口号。"而且,他还得意地说:"我性欲上来啦。"李光头的这种乖张行为,与其说是为了自我快感的满足,还不如说是为了取悦于大众,让喧闹的游行队伍注意到自己的存在价值,并进而解构革命游行的庄严性。同时,"在汪洋大海的游行队伍之中,李光头强劲的性欲能量也已置换为大众暴力起源的象征。如果我们从人性内部出发,而不是停留在意识形态的表层,完全可以把'文化大革命'看做是一种性欲能量的爆发。人的普遍欲望经过意识形态的导引和编码,转化为汹涌澎湃的破坏性和攻击性的能量。"①

　　作为一个底层的草根人物,李光头是不幸的,但他从不悲天悯人,更没有对社会抱以仇恨之态,而是始终保持着特有的乐观主义精神,自信而又亢奋地走向生活。从生下来的第一天开始,李光头就因为父亲的屈辱之死而背上了道德的恶名,在母亲小心翼翼的庇护下,只能享受黑夜时分的自由。在漫长的成长过程中,由于缺少关爱,缺乏教育,他只能饱受屈辱和伤害。偷窥事件使他成为刘镇上人尽皆知的小流氓;一次次出其不意的"扫堂腿",打得他趴在地上不敢重新站起身来;继父的暴亡,让他和宋钢陷入生活的绝境;母亲的病故让他彻底地沦为孤儿……没有道德上的抚慰,没有怜悯的目光,李光头在迈向成人的过程中,接受的只有伤害和屈辱。然而,这一切并没有打败他,他依然带着野性的力量,以近乎盲目的乐观情绪,激情满怀地走向未来。从个体的成长经历来看,李光头一出生便处于家庭伦理和社会伦理双重缺席的状态。一系列反人性的、暴力化的残酷经历,从精神到肉体,极大地震慑了李光头的人生,并构成了李光头童年时期的巨大阴影,也使整部作品的主旨始终聚焦于那个特殊年代的革命化伦理对普通平民所造成的巨大伤害。

　　苏童的《河岸》则以河与岸的对立,展示了新中国成立之后的一系列极左思潮对库东亮成长的巨大伤害,尤其是那些被规训了的集体意志对自然人性的摧残。库东亮的父亲原本是烈士的遗孤,享受着根正苗红的社会身份。然而,一场无端的怀疑和调查,最终剥夺了他们作为烈士后代的身份,致使库东亮被迫跟随父亲来到了向阳船队,终日囚禁于小小的船舱之内,原本充满了飞翔

　　① 王学谦:《爱与死:在冷酷的世界中绘制欲望的图案——论余华的长篇小说〈兄弟(上)〉》,《吉林大学社会科学学报》2007 年第 1 期。

意愿的少年生活,从此只能与孤独相伴。他在孤独中怀想,在孤独中窥探,在孤独中变得沉默寡言。小说一次次展示了他对岸上世界的遥望,对岸上生活的渴慕。然而,当库东亮每次踏入岸上的世界,不是被母亲责骂和羞辱,就是被王小改之类的"治安小组"欺凌,或者被理发店店员追赶和辱骂。即使是傻子扁金,也不忘排斥他、羞辱他。因为探望自己心仪的少女慧仙,他甚至被人民理发店和油坊镇的治安小组以"通报"的方式,严禁上岸。这一系列公开的羞辱和践踏,使他不自觉地远离了尊严和爱,也远离了健康的人性启蒙,从而在一种阴戾而乖张的现实伦理中愈陷愈深。

也正因如此,《河岸》对岸上世界的书写,与其说是展示特殊历史境域中的价值理想和人性面貌,还不如说是通过库东亮的遭遇,向非人道的革命化现实发起了执着而顽强的反击。在它的背后,凸现了苏童对那种极左历史的强烈质疑:它以阶级的归属规训了任何个体的存在方式、思想行为和价值观念,从而将普通的人群分成了岸上与河上生活的两类。这里,我们姑且不去追究这种阶级归属本身所隐含的极为吊诡的历史意志,单就岸上和河上的两种生存方式而言,就是一种规训和流放的历史寓言。岸上的生活无疑是一种被规训的生存象征,它体现了强权意志对个体价值的制约,包括对个体血缘关系的审定;而河上的生活则意味着规训尚未完成,需要通过流放的手段进行改造,是强权意志通过惩戒形式发出的专政信息,只不过这种专政并未进入法律的程序。如果从这个层面上来理解《河岸》,那么,库东亮和父亲的流放生活,就不是一种简单的权力排斥的结果,而是革命意志通过武断的阶级界定,随意炮制出来的一曲人间悲歌。因为,革命化的现实所尊崇的不是法律,而是自我的意志,所以这对父子便被轻松地踢出了岸上的世界。这也恰恰印证了别尔嘉耶夫对"革命"的阐释:"不能把革命看做是新的更好的生活,实际上,革命是一种病,是灾难,是穿越死亡。……革命的本性,也就是被解放了的集体的无意识,充满着复仇。"①库文轩的自宫和库东亮的压抑,其实就表明了革命化的伦理对人性的强行阉割。

但人毕竟是一种社会性的存在,用马斯洛心理学来说,"社会归属感"和"尊严感"是人类区别于其他动物的根本因素,也是人在精神心理上的本质需求。河上的流放生活显然取消了库东亮的归属感和尊严感,使他的人生无法获得一个基本的发展方向,而只能以"空屁"诠释自己。他总是以近乎疯狂的姿态,一次次地向岸上的世界发起冲击,正是源于这种本能的心理需求。一方面,是河上生活的囚禁、隔离和漂泊;另一方面,是岸上生活的欺凌、羞辱和拒斥,处于双重挤压下的库东亮,虽然不能洞悉历史意志的专断和残酷,但他仍以困兽般近乎绝望的成长过程,见证了这段历史的荒凉和可怕。事实上,他在生理上的压抑和人性上的畸变,他在性格上的怪戾和行为上的乖张,既痛斥了革命化的历史意志对人性的嘲弄和蹂躏,也鞭挞了革命化的历史意志对人道主义与血缘伦理的漠视和践踏。而这,也正是创作主体的审美核心之所在。

毕飞宇的《玉米》也是有关"文化大革命"的成长叙事。表面看来,它叙述了少女玉米三姐妹的成长史,但本质上,它是精心演绎人物内心力量的增强过程,极力呈现人性被缓缓揭开之后的惊悸与疼痛,尤其是人物在对抗苦难、寻求尊严中所表现出来的对梦想的渴求。在这篇小说中,毕飞宇始终让叙事徘徊在历史特定的伦理秩序以及道德观念里,使话语带着浓厚的政治与文化的隐喻意味,直视乡村社会中的权力意志对人性的无情褫夺和摧残,对幼小心灵的伤害与遮蔽。这使得小说中有关玉米三姐妹的成长,既超越于肉体之外,又沉浸于躯体之中,饱浸着血与泪的纠缠、悲与喜的交织。无论是玉米、玉秀,还是玉秧,尽管她们的个性秉赋各不相同,尽管她们在生活中所担当的角色和反抗的方式也各有特点,尽管她们的命运结局和成长背景也各不一样,但她

---

① [俄]别尔嘉耶夫:《论人的使命》,张百春译,学林出版社2000年版,第275页。

们都像土地中最为卑贱的植物,带着与生俱有的顽强、执着和敏感,艰难地穿行于历史的重重阴影之中。她们都是一群卑微的生命,却处处闪烁着精灵般的人性光泽,跳动着苦涩的人生理想。

为了发掘乡村女性中那些极为丰饶的人性景观,展示生命特有的神圣与高贵,毕飞宇几乎倾其笔力,赋予了人物以罕见的耐力来寻找自我的尊严与荣誉,展示自身的苦难与牺牲,表达内心深处的爱与恨。玉米从维护家庭荣誉的尖锐反抗,到家庭溃败之后的绝望式拯救,从一个享受乡村权力的骄狂者,到寻找权力来庇护自己的零余者,其中所体现出来的精神品质,既有世俗的人性欲望,又有本能的历史抗争。玉秀试图以逃离的方式来摆脱生活阴影的重压,但在那种人道关怀极度匮乏的环境中,灵光四射且又不乏心智的她,还是一次次地从伤害走向伤害,在泣血般的自我撕裂中,完成了一个女人生命的悲怆式成长。即使平庸的玉秧,也同样有着惊人的内在潜力。她淳朴木讷但坚强果敢,她自觉卑微却从不自弃,她明知自己无处表演,却时刻等待着突围的时机。她既有简单甚至蒙昧的一面,又有尖锐抗争的力量和勇气。她比玉米和玉秀更复杂,更具有内在的力度感。她们三姐妹都带着特有的韧性、倔强以及近乎疯狂的梦想在成长中左冲右突,从而使生命变得熠熠生辉。

更重要的是,《玉米》还体现了毕飞宇异常惊人的叙事耐力。作家始终让故事保持在一种引而不发的状态,将三个少女的成长过程全部浓缩到内心深处,用一种极为从容的语调缓缓地打开她们的内心景观,凸现那种质朴的乡村生活背后所蕴藏着的尖锐的伦理冲突、人性冲突、文明冲突,以及它给人们所造成的巨大的精神创痛。小说几乎没有制造多少紧张的情节冲突,也没有营构一些剧烈的对抗性场景,而是以足够的耐心让叙事话语始终盘旋在人物的内心地带,反复地抚摸、品味、揣摩她们那种既成熟又不成熟的精神质感,平静地呈现她们愤懑、抗争、无奈甚至绝望的心路历程,鲜活地展露出乡村少女对苦难命运的非凡的承受能力和抗争勇气,使那些卑微的生命获得了令人无法漠视的高贵品质。

"50后"作家当然也书写"文化大革命"记忆,积极表达他们对极左历史的反思。但是,他们更多地强调革命理想主义的精神趣味,反思英雄主义的启蒙对这一代人内心的扭曲。如很多早期的"知青文学"作品,都是如此。随着社会反思力度的不断加强,这一代作家也强化了对这些历史记忆的审视,涌现了一些颇有意味的作品,包括阎连科的《坚硬如水》、韩少功的《日夜书》、王安忆的《启蒙时代》、叶兆言的《驰向黑夜的女人》等。在这些作品中,英雄主义的梦想和革命理想主义的时代精神,总是以这样或那样的方式紧密地结合在一起,催生了一幕幕荒诞的人生景象。他们很少选择童年视角,也不太注重成长过程的叙述,而是让人物直接深入历史内部,展示特定历史的内在真相。即使像王小波的《革命时期的爱情》、贾平凹的《古炉》之类的作品,也都是让人物以历史参与者的身份,直接记录时代的精神风貌,并以此传达对历史的反讽。

与"50后"作家有所不同,"60后"作家在反思"文化大革命"等极左历史时,常常让人物以旁观者的身份,着力呈现历史意志与个体人性之间的错位状态,并通过人性被扭曲、人格被割裂……。折射特定历史时期集权伦理的吊诡与乖张。这类作品非常多,甚至成为这一代作家艺术实绩的重要体现。像格非的《山河入梦》,毕飞宇的《玉米》、《地球上的王家庄》、《平原》,艾伟的《风和日丽》、《回故乡之路》、《越野赛跑》、《田园童话》,东西的《耳光响亮》、《后悔录》,王彪的《哀歌》、《隐秘》,刘庆的《长势喜人》,陈昌平的《国家机密》等小说,都是如此。在这些作品中,作家们通常选择一些童年视角,从边缘地带切入"文化大革命"的记忆,着力于特定历史条件下人性面貌的展示,甚至呈现出某种幻想乃至飞翔的诗性特点。这种叙事特点,与这一代作家对童年记忆的迷恋有着密切的关联。在本书的第一章中,笔者曾重点讨论了童年生活和成长记忆对文学创作的内在影响,并认为它们是构成作家代际差别的一种重要的文化因素。对于"60后"作家而言,那些带有童年阴影的"文化大革命"的记忆,几乎有着更为强大的心理规训作用。苏童甚至认为:"从某种意义上说,文学是延续童年好奇心的产物,也许最令作家们好奇的是他自身对世界的第一记忆,他看见了什么？在潜意识里，作家们便是通过虚构来弥补第一记忆的缺陷，寻回丢失的第一记忆，由于无法记录婴儿时期对世界的认知，他们力图通过后天的努力，去澄清那个最原始、最模糊的影像，最原始的大多也是最真实的，偏偏真实不容易追寻，即使是婴儿床边墙的颜色，也要留到好多年以后再作结论。"[1]在苏童看来，所谓的文学创作，就是作家不断地向童年发出邀请，或者说是对童年记忆的一次次拜访，然后通过想象，给各种模糊的人生记忆涂上清晰的色彩。他还以加西亚·马尔克斯的创作为例，强调道："在大家的印象中，他的所有作品都贴了一张魔幻现实主义的标签，是非凡的想象力的结果。在我看来，想象力不是凭空而来的，所有的想象力都有其来源。在马尔克斯这里，想象力是他一次次向童年索取事物真相的结果，在《百年孤独》、《霍乱时期的爱情》以及大多数作品中，都有他潜入童年留下的神秘的脚印。"[2]苏童的这番话，可以视为"60后"作家创作中的一个重要密码，打开这道密码，我们会发现，这一代作家以自身特有的童年经验和成长记忆，实现了他们对历史的深刻反思，并涌现了很多颇有分量的作品。

譬如，毕飞宇的长篇小说《平原》，在面对漫长的"文化大革命"历史时，作者只择取了其中的一年：1976年。这无疑是一个值得玩味的时间设置。表面上看，这是作者为了在结构上更能有效地控制整个故事，但在叙事的背后，却又隐含了作者处理个人与历史之间关系的某种智性——它不需要对主人公端方的成长历程进行共识性的叙述，也不需要对王家庄的社会伦理进行历时性的再现，而只需要果断地进入生存现场。这无疑让人想起黄仁宇的《万历十五年》——虽然它是一部纯粹的历史学著作，而《平原》却是一部文学作品，但是，它们都规避了纵向性的历史思维，

---

① 苏童：《创作，我们为什么要拜访童年？》，《中国比较文学》2012年第4期。

② 苏童：《创作，我们为什么要拜访童年？》，《中国比较文学》2012年第4期。

采取横切的方式进入历史,从而为创作主体提供了某种新颖的叙事视点和思考维度。正是在这种特殊的历史横断面上,以端方为首的乡村青年开始了自己的人生寻找,并在狭小的王家庄里演绎了一场场有关人性与历史、理想与现实、尊严与地位相抗争的惨烈悲剧。那里既有狂欢性的民间生活气息,又依然承袭了意识形态的蒙昧化情境;它的表面是大喜大悲的爱恨情仇,而在骨子里却浸透了生命的沉重与悲凉。它既遵循了整体性的历史常识,又对常识中的某些幽暗区域进行了必要的扩张,即它突出了历史中的某些非理性的特质,使人物有效地进入这个空间,从而为小说的叙事创造了非常丰茂的文化土壤。

可以说,《平原》里的端方,几乎聚集了作者对所有青春记忆中最为刻骨的伤痛,以至于这个人物成了一个不折不扣的苦闷的象征——象征着青春的苦闷,智慧的苦闷,热情的苦闷,力量的苦闷。在异常仄逼、充满压抑的王家庄,面对各种禁锢性的伦理体系,端方从一开始就保持着沉默的个性。他以"破坏"的方式进入王家庄的社会,并通过自己的智慧以及沉默的内在力量,开始了对王家庄的不断"征服"。在"破坏"中,端方不仅成为继父畏惧的对象,母亲担忧的根源,而且迅速地展示出自身的硬汉气质。他以民间特有的生存智慧,频繁地穿梭于那些有一定知识背景的人物之间,借以丰富自己的人生经验,激发自己的青春理想,寻找自我命运的突围方式。然而,王家庄的现实伦理不可能给他提供一种正常合理的发展通道,他的智慧越多,激情越高,力量越大,也就意味着他的征服欲越强,破坏力越大。因此,《平原》在塑造这个人物形象时,实际上是带有某种自虐性的价值取向,即一种青春的苦闷无处发泄而又不得不发泄的痛苦冲撞,一种理想的渴求而又无力实现后的自我撕裂。这种极度困顿而又无法排遣的青春期的精神痛楚,唯有通过非道德性的自我撕裂才能获得内心暂时的快慰,也才能在无法寻找尊严的地方求得自我的安慰。

这种悲剧,其实并不仅仅体现在端方一人身上,它还同样体现在《平原》中其他人物的个性之中,并不时地呈现出"破坏"性的苦难质色。譬如,以深厚的马克思主义理论而自傲的顾先生,虽然命运对他多舛而不公,但他照样摆出一副超然于世的姿态,结果一个寡妇却通过本能欲望轻松地消解了他的人生信念,以至于让他为此而付出了九个月的精神之债。"混世魔王"为了反抗命运的不公,不得不使出最卑劣的手段胁迫吴蔓玲,并进而又击垮了吴蔓玲唯一用来保护自己和实施报复的防线——那条叫"无量"的狗。在这些人物当中,最具有悲剧意味的,当然还是吴蔓玲。她是特殊历史所培植的一株畸形之树。但是,在那种畸形的历史空间里,她依然能够通过自己的智慧,将王家庄管理得井井有条,甚至让王家庄获得了别的村庄所没有的实惠。可是,她毕竟是一个处于青春期的女人,当她渐渐地醒悟到自己为了空洞的政治信念而失去女人幸福的机会时,她开始陷入了人生的两难之境。特别是当她受到混世魔王的侮辱和胁迫之后,在声誉、前途、地位等多年经营起来的成就面前,她更是显得无奈和无助。最后,她被自己所养的狗咬伤致疯,其实也隐喻了她是被自己所追求的虚蹈的"崇高目标"所咬伤致疯。

艾伟的《风和日丽》则以"革命"作为一个重要的历史符号并对之进行了别有意味的审视。在主人公杨小翼漫长的人生里,革命既是她的骄傲和梦想,又是她的迷惘和伤痛;既是她对自我生存困厄的见证,又是她对历史进行深度打探的通道。作为一颗革命的种子,杨小翼虽然没有见过"父亲",但是她知道"父亲是个了不起的人物"。凭借这个革命后代的光环,新中国成立之后,她有幸进入了永城干部子弟学校,并经受了有关"无产阶级。资产阶级。反革命分子。剥削。暴力。专政"等革命词语的启蒙,同时也使她和她那一代人逐渐理解了"革命"的价值观,包括刘世军、刘世晨、伍思岷、尹南方、夏津博等。对于他们来说,革命是成长的全部动力,也是人生的唯一理想,至于究竟要革谁的命,他们并不清楚。但是,迅速变化的社会现实,很快让杨小翼理解了革命的吊诡和强悍。身为革命豪杰的"父亲",却久久不来与她们母女团聚;慈爱的祖父被迫自杀身亡,舅舅对人生充满怨恨和绝望;一批又一批人被作为反革命或特务当众枪决……革命开始以冷漠的面孔出现在她的生活里。为此,杨小翼开始了执着的"寻父"历程。这种寻父的冲动，与其说是为了寻求自我生存的伦理尊严，还不如说是为了求证生命存在的合法性。然而，当她进入北京，不断地向那个光芒四射的将军父亲尹泽桂靠近时，她并没有意识到革命与亲情之间有着无法统一的冲突。虽然她赢得了尹南方兄长般的关爱，却无法走近真实的父亲。

革命化的历史不仅剥夺了杨小翼的父爱，剥夺了她对正常家庭伦理的渴望，还使她的人生发生了不可挽回的逆转和失控。当她以决绝的姿态自愿下放到广安，以赎罪的心理与伍思岷组成家庭之后，她那无根的身份再一次让自己饱受凌辱。她以全部的精力苦苦经营着自己的婚姻，遗憾的是，革命的风暴再一次席卷而来，并卷走了丈夫伍思岷。多少年之后，当她忍着内心的剧痛，终于看到儿子天安长大成人，她的灵魂似乎找到了归宿。可是，革命风波又一次夺走了她的儿子。父亲、丈夫和儿子，与她生命息息相关的三个男人，或者说，中国普通女性在幼年、青年和中年三个人生阶段最需要的精神依靠，都因为"革命"离她而去。唯一的兄长尹南方也因为革命与亲情的冲突，毅然跳楼自残。她终于意识到了革命的深邃与复杂，也体验到了革命的悲壮与苍凉。革命属于意识形态化的历史，却深深地缠绕在她的人生中，使她无法预测，亦无法反抗。作为同一代人，刘世军、米艳艳、刘世晨、夏津博等，也同样如此。只不过，他们在经历了种种曲折的历程之后，纷纷自觉地冲出了革命记忆的纠缠，实现了与现实秩序的对接，只有杨小翼依然被革命的历史深深地钳制。

有趣的是，杨小翼一方面感受着历史的无情和残酷，另一方面又锲而不舍地探寻着种种历史的真相。她选择了中国近代革命史作为自己研究的方向，甚至带着某种不可遏止的冲动，潜心研究作为革命家的父亲尹泽桂将军——尽管她深知，在一个革命家的眼里，个人情感是一文不值的，但是从历史的缝隙之中，她依然发现了父亲内心深处难以割舍的血缘之情：自己小时候的照片，其实一直放在父亲的身边；儿子天安死后，是父亲派人找到了他的尸体并安葬了他；母亲去世之后，父亲曾独自在永城的石库门房子里住了一个多月。杨小翼终于渐渐地明白，是革命阉割了父亲的儿女之情,是革命钳制了父亲正常的人伦之心。父亲,从某种意义上说,也是被革命剥夺了许多世俗的爱恨情仇。杨小翼也渐渐地明白,革命的理想和革命的结果,并不是完全统一在人性与尊严的全面恢复和张扬之中。通过对中国近代革命史的研究,杨小翼走进了一页页隐秘的历史内部,完成了自己寻父的心愿,同时也实现了自己审父的目的。事实上,《风和日丽》以"寻父"开始,到"审父"而终,也完成了人物由寻找并理解革命到全面审视革命的一个艰巨过程。这个过程太艰难了,也太尖锐了,它让杨小翼赔尽了所有的资本——成长,青春,亲人,情感,以及身为女人的尊严和幸福。所以,我们看到,杨小翼站在永城的老屋里,听着导游眉飞色舞地演绎着孤苦一生的母亲和父亲曾经有过的"浪漫情缘",她止不住地泪流满面,因为她已隐隐地感到:历史,又在按另一方式远离真相。

陈昌平的《小流氓》和《国家机密》也是如此。这两部小说里的主人公都是不谙世事的少年,他们拥有的只是一种少年的狂想愿望和骚动本能,可以说是那个精神荒芜年代特有的成长镜像,但是当这种愿望和本能与集权意志相遇时,却被权力化的历史巧妙地进行了收编。所以,我们看到,少年王小强在正常的男女情感启蒙中被非常意外地定性为"小流氓",而少年王爱娇则仅仅因为梦境的预言倾向,便饱受了历史权力所带来的幸福与痛苦、折磨与荣耀。就生命存在的自然法则而言,这些人物的性格逻辑和生存方式都是合理的,而当他们进入权力化的历史时,我们却看到,所有的合理性都被无情地消解殆尽,而各种不可理喻的规训手段却疯狂地彰显出来,由此将人物的命运推向了束手就擒的境域之中。

这是历史被赋予权力化之后的真实景象,是历史之波浪击打生命之岸的回响,也是陈昌平意欲探究的某种生存伦理和命运际遇。它们看起来是在叙述"文化大革命"时期的历史记忆,有时甚至还触及了某种宏大的历史纠葛,但是历史本身并不是作者所要表达的审美目标,而只是作为人物命运变化的一种权力道具,一种强大而隐秘的主宰背景。陈昌平的叙事目标,似乎是为了在幽暗的生存通道中,穿透个人与历史的帷幕,揭示个体命运如何被历史不断地轻易篡改的状况。事实上,无论是《小流氓》里的大军、王小强,还是《国家机密》中的王爱娇,他们的命运起伏,并不是因为历史真相经受彻查之后被法律规训的结果,而恰恰是权力成功地掩盖了历史真相之后的诡秘行为,是权力意志绕过历史真相后的巧妙出击。这种权力意志,不仅吊诡、神秘,而且具有无边的渗透力。正是因为这种强大的渗透力,才使得权力进入历史之中时,总会自觉或不自觉地以各种无法预测的方式,影响着每一个个体生命的存在,使人与历史之间形成了种种难以控制和调节的复杂状态。

其实,类似的作品还有很多,像刘庆的《长势喜人》、东西的《耳光响亮》、李洱的《花腔》等,都是如此。它们看似在正面回应历史本体,并对历史创伤进行不同程度的反思,但无论是叙事策略、叙述视角,还是反思目标,都远离了共识性的历史本体。如果将它们与王安忆的《启蒙时代》、尤凤伟的《中国一九五七》、王朔的《动物凶猛》等细加比较,我们就可以发现,这一代作家看重的并不是历史本身,而只是借助历史的特殊环境来推衍个体的生命情状;但"50后"作家则极力突显历史本体对人的精神个性的塑造,尤其是历史对人的灾难命运的直接影响,他们将审美意图明确地指向历史本身。

二 理性审视下的吊诡人性

我们不妨从苏童的短篇《私宴》谈起。从某种意义上说,这部短篇可以视为"60后"作家审视人性、追问生存尊严的代表性作品。小说叙述了多年后的一场同学聚会,不同身份的同学聚在一起,借酒舞剑,较智较力,将各种难以言说的人性状态演绎得淋漓尽致。鲁迅先生曾在多篇文章中谈及中国人的"脸面"问题,并以"脸面"作为突破口,进而探讨中国人的某些劣根本性。尤其是在《说"面子"》一文中,鲁迅更是直指中国人所强调的"面子",其实

"圆机活法",善于变化,甚至常常与"不要脸"混为一谈。的确,作为一个礼仪之邦,中国人通常是很注重脸面的,它看起来事关尊严和人格,丢了脸面等于丧失了做人的尊严,于是乎,围绕着脸面而寻死觅活者、反目成仇者乃至较智较力者,自古以来就不计其数。在《私宴》中,苏童以小学同学大猫为北京工作回乡省亲的包青设宴洗尘作为叙述的主体事件,将人物成长记忆中的内心隐痛与当下现实中的精神失衡巧妙地糅杂在一起,形成了一个异常广袤的历史空间。它不只是表达了一种人与人之间交往的诡秘心理,一种在同学友情掩饰下的权力欲望相互制衡的策略,更重要的是,它将叙事的重心直指人的生存尊严——那种与文化身份相呼应的尊严。因此,小说中的包青在面对经济强权者大猫所设下的"鸿门宴"时,不得不服膺于伦理秩序和道德观念,再次承受某种精神上的屈辱。

从作者的叙事动机来看,作为暴发户的大猫,选择以包青作为征服的目标,颇有些较智较力的意味,因为包青是远在北京工作的大知识分子,是他们这一群同学中"最成功"的人,也是很多人羡慕的对象。大猫虽然有钱,甚至可以在同学中呼风唤雨,但在"知识与金钱"的天平上,他毕竟无法颠覆人们对知识的敬重。因此,只有击败这样的对手,大猫觉得才能够彰显自己作为成功者的地位,而像程少红、李仁政等同学,还远远够不上级别。同时,大猫的征服手段,也是找准了国人最隐秘的软肋——脸面。当年的大猫虽然学习不行,但凭借自己作为孩子王的威望,曾经让包青跪下给自己擦鞋;这次,大猫为了再次证明自己比学识深厚的包青"更成功",同样步步设陷,先扬后抑,极尽奢华之能事,最终让包青在众人面前醉倒于地,并不自觉地擦掉大猫皮鞋上的一块黄泥。这是很厉害的一刀,砍在了人性的"七寸"之处,有一种令人不寒而栗的感受。当然,《私宴》的意义并不在于大猫对包青的这致命一击,而在于他为何要如此使招? 这个追问被作者刻意地处理得十分含糊,模棱两可,却也耐人寻味。按理,在童年时代,大猫曾经对包青进行过公开的羞辱,让包青丢尽了脸面,甚至成为包青的内心隐痛,以至于多年之后,当包青听到大猫要宴请他,心里便布满阴郁。这种痛苦的成长经历,其实已构成包青的创伤性记忆。如今的包青已成为体面的知识分子,同学们引以为豪的对象,如果再次受到大猫的羞辱,无疑更跌脸面。然而,大猫却通过不同的同学一次次向包青发出邀请:"一回来就通知他,大猫要请你喝酒。""前面两次让你推掉了,这次跑不了了。"受到大猫胁迫的同学李仁政,不得不站在雨中等他走出家门,惶恐地说道:"大博士,你的架子太大了吧,人家老同学跟你喝杯酒聚一聚,又不是请你上刀山下火海,怎么就这么难请。"在这种"无孔不入"的关照之下,包青只有无奈地去赴宴。并被暴发户彻底击败。苏童的独到之处在于,他选择了一个非常有效的叙事通道,将我们日常生活中频繁出现的经济霸权者的内心欲望,引入成长记忆与伦理交往的情感空间,使征服欲与尊严感构成了一种无法言说的尖锐对抗。

这便是《私宴》背后的凄凉。它是非理性的、隐秘而诡异的人性的一次尖锐呈现。它不动声色地起于"脸面",而后又终于"脸面"。它以征服作为人生快意的表象,将胁迫视为手段,将吊诡奉为智慧,凸现了人性中某些难以说清的乖张特质,也从中撕开了国人的某些狭隘乃至歹毒的精神隐疾。

与《私宴》颇为相似的,还有毕飞宇的短篇《睡觉》。这篇小说叙述了一个二奶的故事,应该说,就题材而言,毫无新奇之处。但是,那个叫小美的二奶,却被毕飞宇演绎得温文尔雅,善解人意,甚至还有几分含蓄和羞涩,且又精明异常,张弛有度,十分地耐人寻味。作为欲望时代的一种怪胎现象,二奶的角色注定是悲剧性的,然而,如何演绎这类悲剧,却大有讲究。从叙事策略上看,《睡觉》并没有让人物陷入某种迷情困局,也没有让人物冲着"包养三年,拿钱走人"的恶俗目标行事,而是让小美盘旋于情感与理智的双重地带,精明而又不乏温情地盘踞在"先生"的世界。"先生"是位留学于波士顿的商人,虽然是借腹生子,但对小美还是不乏"浪漫"——当然,这是一种基于精明的"浪漫",隐含了"投资与回报"的利益原则,包括每次来皇家别墅苑的时间,他都要掐在小美的危险期。小美当然也明白这些。她巧妙地掩盖了自己的暗娼经历，又轻松地避开了受孕的困局；她以"先生"每次射精的分量，推测他有没有三奶、四奶，又让"先生"借腹生子的交配行为，升华为酣畅淋漓的做爱。她非常清晰地把握着自己的二奶身份，从不向"先生"提出非分的要求，甚至不随便给他电话，即便是"先生"断供了她的金钱，她也同样保持着极为得体的言语，寻找一种简约的生活。她不想给"先生"制造任何麻烦，当然也不想给自己增加任何麻烦。她深知生了儿子之后永远也摆脱不掉的悲剧，所以她精心地伪装自己以确保不能受孕。

　　一个是非常精明的商人，一个是同样精明的女人，当这两个人以一种奇特的"包养"方式组合在一起，博弈几乎成为不可避免的事。但是，小美却能够以女性特有的温情，从容地化解了种种尖锐的对抗。这正是《睡觉》的机趣之所在。就叙事而言，这篇小说没有任何冲突结构的设置——小美与"先生"，小美与泰迪，小美与初恋同学，小美与遛狗的小伙子，他们以这样或那样的方式相遇，交流，却没有摩擦和抵牾，一切静若止水，只是在人物的心际漫溢，很有韵致。没有冲突也同样可以让故事发展，没有冲突也同样可以让人物丰富起来。当然，这需要作家具备很好的叙事耐力，要让主体的心智真正地渗透到人物的内心深处，将那些波澜不惊的感受鲜活地呈现出来，使细节获得灵性化的审美质感。《睡觉》动用了两种方式，摒弃了一切可能性的外在冲突，使叙事彻底转化为人物内心的呈现：一是人物化的视角。小说自始至终都是以小美作为叙事视点，以她的意识流动和内心感受作为线索。由于特定的二奶身份和皇家别墅苑的特殊环境，所以，故事自然而然地剔除了一些人物外在的纠缠。二是慢的节奏。对于一个二奶来说，时间就是等待和守候，并没有多少特别的意义，因此，毕飞宇非常贴切地运用了"慢"的方式，为人物内心的延展创造了广阔的空间。

　　事实上，也正是这两种方式激活了整个小说的审美质感。由于小美既是叙事视角，又是小说的主人公，因此，小美的整个内心世界非常顺利地获得了完整的表达。小美虽是一个寄人篱下的二奶，但她毕竟是大学毕业，有一定的修养和自尊，也有一定的断事能力。所以,在空寂而又漫长的等待中,小美总是在不断地盘点自己,认为自己"所过的并不是自己'想过'的日子,说白了,也不是自己'不想过'的日子。"这种分裂的感受,折射了她那内心世界的丰富和复杂——她需要物欲的享受,又无力去争取;她渴望有真情实爱,又无法得到情感的归宿;她深知世态的坚硬本质,又努力对它进行柔软化处理;她希望成为母亲,施展母爱,但是一想到孩子出生之后的处境,尤其是孩子将来无法获得完整母爱的痛楚,以及母子一生永诀的牵挂之痛,便断然毁约;她既为"先生"着想,甚至不时地谴责自己,又替自己身为女人而感伤,甚至连狗都要公的;她精心营构与"先生"的关系,在很大程度上也是为了修筑自己岌岌可危的尊严……细细品味小美的精神意绪,我们会发现,这是一个内心非常宽广的女人,虽不高尚但也绝不卑贱,虽很精明但也绝不自私,虽有幽怨和孤苦但又绝不放纵和抓狂。在她的灵魂里,善与邪总是围绕着性别的文化伦理扯扯拽拽,丰沛、绵长、轻逸而又充实。

艾伟的长篇小说《爱人同志》所展示的,同样也是一种无法言说的人性之痛,一种带有某些非理性意味的生存意绪。在这部小说中,艾伟以一种"人性解密式"的思维,不断将人物置于社会伦理与人性愿望的双向冲突之中。一方面,作者沿着历史自身的道德化逻辑程式,在社会伦理层面上为刘亚军反复演绎着"战争英雄"的时代神话,替年轻秀丽的大学生张小影与刘亚军的结合建立起一种崇高的情感基础;而另一方面,作者又通过隐秘的内心叙事,不断让人物踅入自我真实的灵魂之中,展示人物隐秘的人性真相。正是这种包含着性别尊严、自由冲动以及残障自卑的真实人性,迫使小说的主人公刘亚军在面对历史的巨大荣誉时,不可避免地产生了种种难以言说的困顿、焦灼与感伤。同时也让我们看到,刘亚军所承受的内心之痛,并不是双腿残废的残酷命运,也不是那种社会化了的婚姻生活,而是历史以其特殊的伦理化方式,巧妙而强行地剥夺了他对内心真相的言说权,掏空了他对自我生存方式的选择权。所以,刘亚军的痛苦本质在于,他的种种人生选择既不符合自己的主观愿望,也不符合正常的人性需求,而是带着强大的历史意志,带着神圣化的英雄面具。而这些东西,不但不能给刘亚军带来真正意义上的满足,相反还使刘亚军作为一个真实生命所赖以生存的、坚实的人性基础被大量稀释。艾伟的独到之处,就是他能清醒地穿透种种诡秘的历史文化表象,让叙事始终盘旋在人性中许多难以触摸的幽暗深处,在不可言说中反复咀嚼和呈现生命存在的那种悲凉气息。

这种不可言说的生命之痛,从一开始就为《爱人同志》奠定了一种内在的张力基调。由于自然人性的隐秘指使,作为越战侦察兵的刘亚军,在一次执行任务中因为多看了几眼女敌人而被炸致残。而历史不但以其吊诡的方式轻而易举地掩盖了这一真相,而且还在他那双失去功能的残腿上成功地建起了一个巨大的英雄神话,一个足以让所有人敬佩不已的生命偶像。由是,他既赢得了鲜花和掌声,又赢得了爱情和家庭。从表面上看,刘亚军似乎是在一种更加人道、更加温情的关怀中获得了人生的安慰,也体现了自身生命的社会价值。但是,刘亚军的内心却并不在乎自己是一个英雄,他只想做一个活生生的常人,享受常人所应有的生命情趣。张小影尽管被赋予了“圣母式”的文化角色,但她也不觉得自己的婚姻选择是一个多么崇高的情感行为。因此,在刘亚军与张小影的婚姻生活中,所有的危机与冲突并非来自彼此的性格和情感,而是来自社会对他们婚姻的功利化图解。这里,刘亚军首先遇到的障碍,便是人们对他的生理功能的怀疑。这种怀疑,隐藏在各种奇特的眼神和语气中,既动摇了刘亚军的生存尊严,也威胁了他作为丈夫和父亲的存在价值,从而构成了他内心中的一种剧痛。

与此同时,随着张小影由绚烂之极的拥军模范、爱情天使而逐渐成为日常生活中的妻子和母亲,这种生活角色的转变所导致的心理落差,也使他们的情感交流不断地发生隔膜。尤其是随着社会转型的到来和务实观念的不断强化,这种隔膜不仅没有得到有效的控制和弥合,反而急速地加剧和拉大。这无疑构成了刘亚军的又一种生存之痛。尽管如此,刘亚军也依然不放弃反抗。他主动地四处讨生活,替弱者打抱不平,甚至捡垃圾,希望以此来证明自己内心的力量。然而,现实社会并没有以公正的方式来宽慰他的精神隐痛,反而以粗鄙的世俗手段,将他逼进孤独的黑屋子里,使他再度增添一份内心之痛。正是这一个又一个难以言说而又无法反抗的内心隐痛,迫使他从战争英雄走向平民百姓的角色转换过程中,陷入了无法解脱的精神泥沼。所以,刘亚军作出了唯一也是最终的主动选择——自己结束自己的生命,以解脱这种不能承受的生命之重。在不能言说中言说,不仅需要叙事的智慧,需要对潜在人性的精确体察和深刻的思考,还需要还生命以真实、还人性以温暖的勇气。艾伟的《爱人同志》在成功地剥离了人的种种伦理化外衣的同时,将生命还原成一种具有丰饶的人性质感与鲜亮的生活情趣的坚实形象。它使我们看到,刘亚军的悲剧,正是非人性化的历史以人性化方式巧妙地剥夺了人的生存尊严的悲剧,是作者对历史神话进行深度质疑后的无奈和感伤。

从上述三部小说的分析中,我们可以看到,"60后"作家非常善于从日常生活的经验出发,透过那些被遮蔽的历史与现实,在一种反复盘绕的叙事过程中,不断地揭示各种难以言说的人性状态,展示生命存在的丰饶景象,追问现实伦理包裹之中的生存本质。从整体上看,除了极少数作家(如王跃文、关仁山、许春樵等)之外,"60后"作家并不喜欢对宏阔的现实生活进行正面的、理性化的表达,而是更多地倾心于人性的内在探寻。他们并不像"50后"作家那样热衷于社会矛盾的聚焦,也不轻易地认同那些共识性的伦理秩序和价值立场,而是努力通过人与现实、人与人乃至人与自我的各种抗争,着力呈现个体存在的精神面貌或人性本能,尤其是那些被表象秩序所遮蔽的幽暗人性。对他们来说,文学的丰富性在很大程度上取决于人性的丰富性,也取决于创作主体对人性的深度体察和洞悉。所以,在这一代作家的笔下,人性总是呈现出异常繁杂的面貌。

首先,"60后"作家对各种人性状态特别是非理性状态有着浓厚的兴趣。他们自觉地探讨人性的各种潜在本能,揭示人类种种隐秘的生存镜像,并创作了大量耐人寻味的作品。像格非的《谜舟》、《敌人》、《褐色鸟群》、《边缘》等小说,就一直对非理性的神秘主义保持高度的热情，即使像《人面桃花》、《山河入梦》、《春尽江南》，也依然是如此。苏童对一些卑微或幽暗的人性也有着极为敏锐的体察，特别是对生命里那些具有非理性意味的阴郁、冷漠、自私甚至残忍有着异乎寻常的表达热情，但与此同时，他又总是能够从中发现某种强大的道德力量，使叙事自然而然地渗透着浓厚的伦理温情和人道情怀，甚至不乏悲悯之心。可以说，这一点，反映了苏童内心深处某种难以割舍的道德情怀，也体现了创作主体"温柔敦厚"的个体心性。像早期的《飞越我的枫杨树故乡》里，幺叔总是像条野狗一样终日穿行于疯女人、河流和野地之间，且"浪荡成性，辱没村规"，生命完全呈现出一种游魂状态，但他又是老家唯一愿意"充当送鬼的人"，每年的七月半替全村人送鬼。由于他的灵牌在家族宗祠里丢失，导致他死后不能葬入家族墓地，鬼魂开始在村里四处游荡。围绕这一问题，远在城市的祖父日思夜想，渴望"把幺叔带回家"；而"我"也是一次次飞越枫杨树故乡，希望将幺叔的灵魂带到城市。无论幺叔生前如何令人生厌，但是，小说围绕着亲人们对他死后亡灵的关切，透射出浓浓的血缘之情和温暖的人间伦理。《桑园留念》里，处于青春期的肖弟、毛头和丹玉，更是终日奔波在各种非理性的无序骚动之中，并上演了无数冒险和伤害的事件，以至毛头和丹玉双双殉情。这是一个惨烈的故事，但叙事却充满了温情的力量，仿佛一曲青春的挽歌，一切的不幸都深藏于桑园深处，叙事话语则沿着少年"我"的视角缓缓打开，神秘，天真，刺激，而又不乏浪漫的怀想。《门》里的毛头女人因为长年寡居，又误读了老史有关"门"的谜语，晚上便给老史留门，不料没有等来老史，却让小偷盗走了那盆丈夫酷爱的五针松，结果毛头女人羞恼之下吊死在门后。围绕着她的死，尽管人们无法相信她为了一盆树而自杀，像毛头的姐姐、"我"也知道"门"的秘密，但所有人都痛诉小偷，而不愿让她死后背上道德的恶名。《手》中的小武汉因为是殡葬工，谁都不敢看一眼他的手，恋爱也每每因此受挫。饱受屈辱之后，他辞职经商，结果沦为毒贩。后来，人们从电视新闻的特写镜头中终于看清了小武汉的手，"白净秀气"，"纤小无力，而且温暖"。面对此景，人们不禁坠入了道德的反省之中。在《伞》中,年幼的锦红因为一把心爱的花伞被风吹走,继而遭到邻居少年春耕的强奸。锦红从此厄运连连,成人后亦无法维持婚姻生活;而春耕劳教出来,只能靠修车为生。多年之后,独身的锦红表示愿意嫁给春耕,不料却遭到春耕的拒绝,但锦红只是转身而去,继续承受命运的安排,并没有恶恶相报。在《西瓜船》里,当福山遭受暴力伤害之后,作者却通过福山母亲寻找西瓜船,巧妙而又迅速地改变了故事的整个走向,使人性恶的对抗转化为温情、怜悯和感伤的诗意呈现。

我们还可以再看看苏童的《香草营》。这是一篇情节并不复杂却耐人寻味的短篇。它以一个婚外情的故事作为依托,巧妙地演绎了两个不同身份的男人之间的内心之战,并由此凸现了身份背后所隐含的文化心理与人格落差。梁医生是一位颇有名气的主刀医生,又是市政协委员,显赫的社会身份既让他获得了特殊的文化声誉,又让他必须承受公共伦理的制约。而这,也使他和药剂师情人的约会成为一个巨大的难题。面对这种现实伦理与非理性欲望之间的巨大冲突,充满自信的梁医生当然要"鱼和熊掌兼得",于是,经过一番精心设计,他租下了香草营的一套房子作为约会之地,既满足了自己的欲望,又避开了公众眼睛的监管。不料,这一切却被住在鸽棚里的房东小马尽收心底。于是梁医生迅速退租了房子,从而引起了小马的高度不满。两个不同身份的男人,由此开始了漫长的内心之战。小马的不满在于,梁医生说好租住一年,结果只租了两个多月,所有房租只够他更换了房内的热水器等设施,对方颇不讲信用;而梁医生的郁闷在于,小马根本没有说清自己会住在窗外的鸽棚里,不仅毁了他与情人的关系,还将自己的隐私落在了小马的手里。这是小说最为精彩之处,也是考验作家叙事能力的核心地带。苏童以极为娴熟的叙述技能,在这两个男人之间往返游离,左右盘旋,将人物彼此内心的隐恐、郁闷和失落,举重若轻地缓缓打开。小马一次次到医院找梁医生,希望与对方建立信任关系,然后通过梁医生的显赫身份,帮助自己当上本城养鸽协会秘书长。但梁医生因担心私情败露,以为小马想以此讹诈自己,便屡屡推诿,导致小马觉得自己"被要了"。两人之间的矛盾，由此而渐次升级。这里，苏童将小马的内心欲求与梁医生的内心隐恐控制得恰到好处，始终没有提供一个合适的机会，让两人做一番彻底的交流，而是让这种错位不断加剧，并构成了小说内在的叙事张力。有趣的是，当身患绝症的小马住进医院之后，更是频频要求见梁医生，这使梁医生更加坚定，小马的讹诈行动已经拉开大幕。而当小马道出自己内心的真实愿望之后，梁医生在如释重负之余，却又有几分失落——在他的眼里，信鸽协会秘书长之类角色，毫无价值可言。因此，这篇小说的耐人寻味之处，并不是梁医生对小马的误解，而是误解里所包含的极为丰富的身份信息和人格差异——它多少也让梁医生意识到底层人群的精神魅力和生存愿景，也让小马彻底看清了梁医生光鲜身份中所隐藏的虚伪与卑琐的人格。

余华的早期小说，无疑也同样对非理性的暴力与残酷进行了某种迷恋性的展示，以至于有学者认为他的血管里"流的都是冰碴子"。在很多小说中，余华总是果断地撕开种种现实表象的帷幕，使各种隐秘的人性裸露出尖锐的质感。无论是《死亡叙事》、《四月三日事件》、《河边的错误》，还是《古典爱情》、《鲜血梅花》、《现实一种》，其中的人物都处在非理性的控制之下，演绎出各种匪夷所思的血腥之剧。即使到了 20 世纪 90 年代中期之后，余华对非理性的暴力和残酷的表达虽然有所收敛，但对非理性的人性追问却从未停止。在《我胆小如鼠》中，胆小而又老实的杨高，始终生活在一种渴望尊严而又没有尊严、渴望平等而又很少获得平等的现实中。面对现实的不公和他人的自私，他只好不断地寻求自我内心的平衡。当他的尊严被别人肆意践踏时，他也会产生强烈的反抗意愿，但是，他反抗的结果却常常是受到更大的侮辱、更多的伤害。小说中大量带有非理性意味的下意识言行，都凸现了一个诚实的生命无法获得尊重的功利化现实。《蹦蹦跳跳的游戏》和《黄昏里的男孩》则以一个少年的生存苦难为经历，展示了某种隐秘而又难以理喻的人性质地。《吵架》中的李天夫妻以打闹为乐趣，由打闹而离婚，而离婚之后又时时黏在一起，仿佛一对"欢喜冤家"；《空中爆炸》中的诸多已婚男人，借口帮助四处拈花惹草的朋友唐早晨,终于迎来了一次脱离家庭后的精神释放和内心狂欢;《女人的胜利》和《为什么没有音乐》都是截取了婚姻生活中某些尴尬的片段,然后通过喜剧化的叙述方式,将这种尴尬不断地撕开,以此来彰显人性中某些非理性的乖张特征。

这种对人性中大量非理性状态的探索和呈现,在"60后"作家的创作中,表现得非常普遍。像邱华栋的很多小说,通过对现代信息的大量袭用,从而对现代城市的非理性生存境况进行了某种病理学式的解剖。艾伟的《一起探望》对同性恋的含蓄表达,《菊花之刀》中对日本鬼子恋母情结的演绎,《爱人有罪》对复仇与救赎的非理性推衍,也同样具有惊心动魄的力量。而在陈染、林白和海男的笔下,各种非理性的呓语式叙述,都直接体现出创作主体对个体生命感受的绝对忠诚,甚至是主体意识的苏醒。李冯的《孔子》、《唐朝》、《我作为英雄武松的生活片断》、《牛郎》等,则通过对各种传统经典的现代重构,充分展现了某种后现代式的解构策略。阅读他们的作品,人们常常无法借助传统的思维定式和审美经验,而必须动用各种艺术智性进行文本的再创造。

其次,"60后"作家对人性的执着探寻,主要集中在那些被历史或现实扭曲了的生命镜像中。这些特定的历史或现实,常常带着难以捕捉的强制性特征,让人物的命运一步步陷入无法理喻的深渊,并迫使人物在理性与非理性之间苦苦挣扎,显示出生存的绝望和无奈。在这方面,艾伟的很多小说表现得尤为突出。如《乡村电影》里那位像电影里"日本宪兵"一样威严的守仁,不仅是个不折不扣的"凶神",而且是个随意施暴的"恶煞"。但是,就是这样一个强悍、专横、暴戾的人物,最终却被柔弱的滕松以顽强的受难方式所击溃。当然,小说并没有直接写滕松如何击败守仁,它只是让滕松以沉默而决绝的方式承受着守仁的暴打,但绝不服从守仁的指派。于是,滕松的这种"内心之硬"终于击败了守仁的"武力之硬",沉默战胜了喧嚣,守仁只好无可奈何地将友灿当作发泄的对象。《老实人》通过一种"抖包袱式"的叙事策略,在缓慢的叙事推进中道出了老实人赵大国的内心之痛——刁蛮的母亲和更刁蛮的妻子使他变成了一个有家难回的"单身汉",而他的意外死亡则成了一个有效的契口,让我们终于看到这对婆媳在酒厂里的一系列讹诈式的张狂表演。但是,当她们面对李忆苦的那把刀子时,她们的无赖和无畏立即烟消云散,她们的刁蛮和贪婪也在魂飞魄散式的逃跑中丢得一干二净。《小卖店》中的小蓝对苏敏娜的报复,表面上看是一种恩将仇报,而实质上却是内心隐秘的尊严感被击溃之后的本能式反抗。在这两个"用眼泪建立起信任"的女人中,良家妇女苏敏娜所拥有的某种道德化的"优越感",终于因自己不可遏止的言说,击碎了原本就很脆弱的暗娼小蓝,由此而导致了小蓝的复仇。这里,小蓝对苏敏娜的报复,完全是出于她对整个虚伪的道德生存的一次不自觉的嘲弄,是一种潜在的尊严意识与现实伦理的对抗。

毕飞宇的长篇小说《推拿》以一群生活在现实边缘地带的隐秘人群——盲人推拿师们作为表现对象,通过对他们敏感、繁复而又异常独特的内心世界的精妙叙述,既表达了他们置身于现实世界中的无助和无奈、伤痛和绝望,又展现了他们身处黑暗世界里的彼此体恤和相濡以沫,也折射了他们渴望用自己的心灵之光照亮现实世界的朴素意愿。在具体的叙事中,毕飞宇让人物之间始终处于一种不确定的"一推一拿"的状态,而且整个叙事的节奏也始终保持着"一推一拿"的从容状态。可以说,毕飞宇是以盲人之间心灵上的彼此"推拿"和抚慰,传达那些卑微的人群试图用自身的心灵之光驱走黑暗的强烈意愿。从审美效果上看,《推拿》对人性的表达可谓"狠、准、冷",将人物的心理、行为、场景进行了充分的展开、放大和延伸,使整个叙事既显得异常丰盈,又极具冲击力。譬如,沙复明暗恋都红,"渴望把都红身上的疼一把拽出来,全部放在自己的嘴里,然后,咬碎了,咽下去"。小马暗恋嫂子小孔,这让张一光感到"小马通身洋溢的都是瓦斯的气息,没有一点气味。没有气味的气息才是最阴险的,稍不留神,瓦斯'轰'地就是一下,一倒一大片的。"再譬如,小孔与王大夫独处时,因为害羞而显得慌乱。但是,"她的慌乱不是乱动,而是不动。一动不动。身体僵住了。上身绷得直直的。另一只手却捏成了拳头,大拇指被窝在拳心,握得死紧死紧的。盲人就是这点不好,因为自己看不见,无论有什么秘密,总是疑心别人都看得清清楚楚的,一点掩饰的余地都没有了。"玩味这些细节,我们既可以感受到作者强劲的洞察力,也可以体会到他对日常经验的有效控制能力。

徐坤则以调侃和诙谐的叙事姿态,将叙事直接插入那些看似严肃的现实之中,不紧不慢地揭示其中所披藏的卑琐人性。她的很多小说,像《先锋》、《白话》、《梵歌》、《呓语》、《狗日的足球》、《遭遇爱情》等等,都大量地动用了某种后现代式的消解策略,在充满反讽的叙述语调中,对知识阶层的文化伦理和性别权利进行了尖锐的嘲弄,生动地展示了某些人性的诡异和乖张。在《梵歌》、《斯人》、《屁主》、《鸟粪》等小说中,徐坤既揭示了传统价值观念对现代知识分子精神人格的阉割,又披露了现实语境中知识分子的虚弱和丑陋,尤其是在商品社会中,知识精英们虚伪的心态和存在的荒诞感。他们总是在政治社会、商品社会、经济社会的转型中被甩出轨道,成为自我狂欢的社会零余者。其实,徐坤并非像王朔那样以贬损知识分子为乐,而是想通过自己的写作剥离知识分子的假道学面具,使新一代知识分子能够正视自己受伤的灵魂,清理一下自己在社会转型过程逐渐丧失的自由理想和创造激情。

与此同时,像红柯、潘向黎、陈昌平、叶弥等人的很多作品,甚至包括北村后期的一些小说,其中的人性则常常散发出某些温暖的光泽,体现了创作主体对一些理想生命形态的企盼。如红柯的很多作品都是以新疆生活为背景,但他并不注重大漠孤烟的荒寒与冷酷,也不突出自然的恶劣与凶悍,而是以特有的血性与柔情不断地激活那里的一草一木,一鸟一兽,以诗性笼罩着那里的人性与人情,以神性观照那里的自然山水与猛禽巨兽,使之充满了生命的阳刚之美和令人神往的传奇色彩。

人性的奥秘是难以穷尽的。可以说,在"60 后"作家的笔下,各种繁芜驳杂的人性,常常以令人惊悸的形式展现出来。即便是像温亚军的《伪幸福》、钟求是的《零年代》、谢宗玉的《伤害》等,也都是着眼于现代社会的新型伦理,从人物情感入手,以挣扎、逃离或变异的方式,揭示了现代都市背后的生存困境,也凸现了现代文明与个体幸福之间的失衡状态。

三　个体体验中的生命感受

在20世纪90年代中后期的中国文坛上,曾出现过一股颇为强劲的"个人化写作"思潮。这一思潮的核心阵容,其实就是"60后"作家群。这一代作家从一开始就自觉地避开了对宏大历史或现实场景的正面书写,也避开了某种巨大的社会历史使命感,而代之以明确的个人化审美视角,倾力表现社会历史内部的人性景观,以及个体生命的存在际遇。在他们看来,"用小说来反映历史的进程是一种值得尊敬的小说意识,但事实上许多人试图把握和洞悉的历史大多是个人眼中的历史,我认为历史长河中的人几乎就是盲人,而历史是象,我们属于盲人摸象的一群人。"①为此,他们不再像上一代作家那样怀抱某种"大历史意识",而是在面对历史与个人的关系时,更注重个体生命的精神面貌,更强调探讨人性内部各种隐秘复杂的存在状态。譬如,在书写历史过程中,他们并不关注历史本身的政治化冲突,也不注重对历史的整体性思考,很多时候只是将历史作为一个虚拟的时空背景,为演绎人物的潜在个性和命运提供特定的舞台。像在苏童的《1934年的逃亡》、"妇女乐园"系列、《两个厨子》,格非的《迷舟》、《大年》、《敌人》,余华的《古典爱情》、《鲜血梅花》,毕飞宇的《叙事》等作品,其中的历史都是一些无法勘证也无须勘证的背景,创作主体的审美意图并不在历史本体之中,而是专注于人性或命运的非理性探究。这种处理历史的方式,既表明了创作主体对既定的"大历史观"的不信任,也透示了他们挣脱历史意志、突出个人主体的精神意愿。

其实,这种个人化的写作思潮,在"60后"的诗人中早就有所

① 苏童:《纸上的美女》,人民日报出版社1998年版,第189页。

体现。像海子、西川、骆一禾、东荡子等人的诗歌创作,都呈现出非常鲜明的个人化之特色。尤其是海子,在中国诗坛上就是一位极其典型的另类诗人。他孤独,执着,浪漫,脱俗,拥有天才般的艺术气质和超前的思考能力,追求神性的力量和淳朴的真理。他深知内心的痛苦源于自己独特的理念,这种理念在他的诗歌中经常直接被表达出来,如:"人类的痛苦/是他放射的诗歌和光芒"(《麦地与诗人》)。他鄙视那些欲望化的庸俗人生,因为那里暴露着卑琐而吊诡的人性,流淌着"肮脏"的躯体和灵魂,"雪地上树是黑暗的,黑暗得像平常天空飞过的鸟群/……/大雪今日为我们而下,映照我的肮脏"(《遥远的路:十四行献给89年初的雪》)。有不少学者认为,从思想上,海子接近于存在主义;从情感上,海子接近于浪漫主义;从精神上,海子接近于"狂人"式的先知;从认知方式上,海子是一个充满神性体验色彩的理想主义者。在诗学观念上,海子深受尼采、海德格尔等人的影响,相信"酒神体验"的力量,相信"大地"原始伟大的力量;在艺术观念上,海子又特别认同凡·高、荷尔德林那种疯狂的精神气质。

海子之所以成为中国当代诗坛上一位重要的诗人,主要在于他的诗歌完全脱离了一些既有的抒情方式和美学经验,以绝对的个人化思想、个体化体验、个人化表达,开辟了现代诗歌的新空间。他反抗庸常的欲念生活,渴望自然、简单与朴素的生存状态;他质疑尘世中穿行的灵魂,崇拜神性般超然的高贵与孤绝;他拒绝烦琐的现实伦理和文化趣味,醉心于太阳、麦地、河流等永恒的事物中质询存在。尽管海子的写作历程非常短暂,留下的诗作也不多,但是,他像一道闪电,照亮了20世纪末的中国诗坛,成为众多诗人追捧的对象,也成为很多学者不断阐释的目标。

纵观海子的诗歌创作,作为个人化写作的先驱者之一,其主要特点在于:首先,海子的诗歌颠覆了新时期诗歌的繁复之美,摒弃了诗歌与世俗现实之间的关系,让诗歌彻底地回到朴素的生存之境,倾力展示生命存在的单纯之美,反抗并藐视一切功利化的庸常世界。海子的内心充满了朴素的理想主义情怀,他的诗常常有意识地远离社会现实热点,追踪神性的精神品质。他渴望在人间烟火的缭绕中,找到通往超凡脱俗的高远的神性境界,并借助这种神性的光辉,冲破当代文化和历史的樊篱,提升生命的诗意层次和境界。如他的代表作《麦地》、《面朝大海,春暖花开》等,都表现得非常突出。在《麦地》中,他写道:"吃麦子长大的/在月亮下端着大碗/碗内的月亮/和麦子/一起没有声响";"月亮下/连夜种麦的父亲/身上像流动金子/月亮下/有十二只鸟/飞过麦田";"看麦子时我睡在地里/月亮照我如照一口井/家乡的风/家乡的云/收聚翅膀/睡在我的双肩";"收割的季节/麦浪和月光/洗着快镰刀"。这里的麦地,已不是一片具体的麦地,而是一方灵魂栖息的梦土,一个经过诗人理想浸润了的古老农业文明的生活图景,它纯净、质朴、祥和、美丽,洋溢着醉人的温馨气息。海子对承载着希望的麦地充满了感激之情,称它为"健康的麦地/健康的麦子/养我性命的麦子"。从"麦地"出发,海子还将诗歌延伸到村庄、人民、阳光、月光、镰刀、树木、河流、汗水等其他意象之中,并以此构建出一个终极性的生命之境,一个他终身都无法割舍的精神家园。

其次,海子的诗歌穿越了生与死之间的樊篱,常常徘徊在孤独与感伤、人性与神性、大海与土地之间,坦示着诗人对生命存在的哲学追问,也呈现出某种孤绝而高迈的美学气质。海子执着于人生困境的思索,不断反省人类文化的内在症结,努力寻求解救的自由之光。因此,他的孤独不是来自现实伦理的禁锢,也不是来自社会内在的变化,而是源自内心深处的、具有超前意味的生命体验,是诗人的浪漫情怀与存在主义思想相遇之后的感思。可以说,它是诗人与生俱来的旷古的悲剧情结,是诗人对生命存在永恒之境的疲惫追寻。如他在《秋》中写道:"秋天深了,神的家中鹰在集合/神的故乡鹰在言语/秋天深了,王在写诗/这个世界上秋天深了/该得到的尚未得到/该丧失的早已丧失"。在这首短章里,诗人连用三个"秋天深了",通过复沓的句式,缓缓呈现了渐已临近的萧瑟和死亡。为何? 因为在神的家中,却聚满了掠夺者鹰。"人类的精神家园被强力侵犯了",这个世界将无可避免地陷入一片凄风苦雨之中。然而,此时,"王"依然在写诗,在冷静地抗争。诗人以"王"自喻,让这个代表了绝对权力的角色,展示抒情主人公藐视一切的精神姿态,以及他对强权者的不满与反抗。秋天深了,诗人目不斜视,他的领地是一片净土,他坚持在写诗,他依然在执着地抵抗。

《亚洲铜》也是海子的一首典范之作。它既体现了诗人对传统文化的深刻反思,带有浓厚的文化寻根意味,又传达了诗人对人的命运无法把握的无助和无奈,折射了诗人内心巨大的悲悯情怀。该诗共分四节。在第一节中,诗人指出"亚洲铜"(黄土地)是接纳了"祖父"、"父亲"和"我"的"唯一的一块埋人的地方",道出了这块贫瘠的黄土地,已成为我们世世代代都无法逃离的生存之根。它是我们的希望,也是我们的归宿,承载了我们一代代人的全部苦难、屈辱与辛酸,也哺育了一颗颗永不自弃的灵魂。在第二节中,面对海水"淹没一切"的荒凉景象,诗人却要"守住野花的手掌和秘密",展示了自己面对苦难的不屈意志。随后,通过将"白鸽子"转化成"屈原遗落在沙滩上的白鞋子",诗人在第三节里以屈原自喻,传达了一个殉道者的形象。最后,诗人在第四节里又通过一场"击鼓"仪式,呈现出某种献祭式的庄严,从而进一步升华了诗歌的主题。读这首诗,我们分明地感受到,诗人渴望破除这片土地中所承载的巨大沉疴,改变我们一代代宿命式的命运,以一个献身者,结束这人间一切的不幸。

"60后"的另一位优秀诗人东荡子的创作也是如此。他同样以一种遁世者的姿态,追寻着他内心的诗歌,透明,纯净,心无旁骛,且歌且吟。读他的诗,仿佛和一位与世无争的怀想者进行纯粹的思想交流,没有世俗的杂念与烦忧,没有欲望的喧嚣与躁动,云卷云舒,静水深流,一切都是平静地直接面对生命,面对理想,面对信念。或者,就像诗人自己所说的那样,他就是一个谦卑却不盲从的"异类",一个与当今现实格格不入的"异类":"今天我会走得更远一些/你们没有去过的地方,叫异域/你们没有言论过的话,叫异议/你们没有采取过的行动,叫异端/我孤身一人,只愿形影相随/叫我异类吧/今天我会走到这田地/并把你们遗弃的,重又拾起"(《异类》)。身处红尘之中,我们意气风发,我们行色匆匆,我们纸醉金迷,我们光宗耀祖,我们歌功颂德,我们仰承鼻息,可是,我们究竟遗弃了多少本真的心智? 我们又抛却了多少内心的莲花? 而东荡子却只愿意做一个心无旁骛的"异类","走得更远一些",将我们不断遗弃的珍贵之物一一拾起。

做一个"异类"无疑是孤独的,因为无人能够理解他的目光。然而,诗人如果不能成为"异类",又如何能够拥有穿越世俗的心智? 如何悟透繁杂的人生? 如何俯视浩渺的世界? 于是,我们看到,他的笔端时常游动着"大地"的意象,却不见大地上人类的那些烟火气息;他的言辞里,不时地晃动着"树叶"、"芦苇"和"蚂蚁",却从不见它们因自身的卑微而唉声叹气。生的疼痛和死的恐惧,都消失在经验的视野之外。也许有人会说,远离了烟火气息,并不意味着诗人就一定能够高迈,就像一个离群索居的人,不一定就能成为真正的圣人。但是,当一个诗人不愿意将目光附着在世俗的欲望之中,当一个诗人不愿意将情感浸泡在凡尘的恩怨中,这样的诗人,至少已获得了超脱的境界。东荡子无疑早就明白这些道理。他深刻地体会到"异类"的艰辛,以及在孤独与盲从之间牵扯的困顿。所以,在他的诗中,常常会出现自我警醒的言辞,也凸现出一些自我内心撕扯的过程,如:"赶往秋天的路,你将无法前往/时间也不再成为你的兄弟,倘使你继续迟疑"(《倘使你继续迟疑》),"那日子一天天溜走,经过我心头,好似疾病在蔓延"(《那日子一天天溜走》),"他还要继续颠沛,伸手,与灵魂同在/高居于血液之上/可你不能告诉我,他还会转身,咳嗽/或家国永无,却匿迹于盛大"(《高居于血液之上》),"我何时才能甩开这爱情的包袱/我何时才能打破一场场美梦/我要在水中看清我自己/哪怕最丑陋,我也要彻底看清"(《阻止我的心奔入大海》)。在这些诗句的背后,我们既可以读出诗人内心的缱绻,也可以看到诗人理性的光斑。他"迟疑",是因为"此在"的肉身需要安顿,"此在"的情感需要抚慰,"此在"的岁月需要照看,而他又非常清醒地意识到,必须彻底地"看清自己",为"彼在"而活,并活出更高的尊严,更清洁的精神。所以,诗人坚定地说道,"明天在前进,他依然陌生/摸着的那么遥远,遥远的却在召唤/仿佛晴空垂首,一片树叶离去/也会带走一个囚徒"(《一片树叶离去》)。一片树叶的离去,不是死亡的开始,而是脱离羁绊后的重生,是自由和漫游的开端。晴空垂首,在远方的召唤声中,生命穿越了世俗,从此踏上了自由的征程。这种高贵和自信,是属于东荡子的,也是属于那些超脱者的。在《他却独来独往》,他曾如此写道:"没有人看见他和谁拥抱,把酒言欢/也不见他发号施令,给你盛大的承诺/待你辽阔,一片欢呼,把各路嘉宾迎接/他却独来独往,总在筵席散尽才大驾光临。"或许,东荡子就是这样的人,廉价的社交礼仪,庸俗的人情世故,对他来说不仅没有意义,而且虚耗生命,所以,他"总在筵席散尽才大驾光临"。"筵席散尽",人群流空,一片寂静,主人或许正沉浸在巨大的疲惫和虚空之中,他终于以脱俗者的身姿"大驾光临",以自身的高贵和卓越,激起了主人的另一种心潮。

　　如果说东荡子是一个绝对的遁世者,我们又觉得并不确切。因为他的诗并没有刻意回避尘世,没有刻意地敌视现实,只不过,他从来不受世俗的干扰,更不受世俗的诱惑。疯癫的欲望,喧闹的灵魂,幽暗的人性,失控的命运,都没有进入他的诗歌,却又分明站在那些言辞的背后,映照着这世间一朵孤独的莲花。他不仅清醒地看到,"人人都会削制芦笛,人人都会吹奏/人人的手指,都要留下几道刀伤"(《芦笛》),而且他也明白,"毒蛇虽然厉害,不妨把它们看作座上的宾客/它们的毒腺,就藏在眼睛后下方的体内/有一根导管会把毒液输送到它们牙齿的基部/要让毒蛇成为你的朋友,就将它们的毒液取走"(《将它们的毒液取走》)。取走毒液,抽离其中恶俗的成分,让目光撇开世俗的幻象,"异类"的人同样可以安顿"此在"的生命。人生如此繁杂,洗尽铅华,虽然说起来非常容易,但要实践起来,该是何等的艰难!所幸的是,东荡子就有如此的信念,也有如此的雄心。面对凡尘的功名利禄,"可他仍然冥顽,不在落水中进取/不聚敛岸边的财富/一生逗留,两袖清风"(《人为何物》)。

　　一次次面对庸俗的现实,诗人总能看到自己内心的"王冠",总能发现"大地将把一切呼唤回来/尘土和光荣都会回到自己的位置/你也将回来/就像树叶曾经在高处"(《王冠》)。有了这种高迈的信念,即使面对一群微不足道的"蚂蚁",面对一群默默无闻的劳作者,他依然能够赋予它们以无限的荣耀,"把金子打成王冠戴在蚂蚁的头上/事情会怎么样,如果那只王冠/用红糖做成,蚂蚁会怎么样"。是的,当王冠被拥戴在这些沉默者的头顶,世界将会怎样?我们崇拜的目光又会发生怎样的变化?我们敬仰的价值又会出现怎样的迁徙?东荡子的诗,就是通过这些饶有意味的追问,在传达他对生命敬畏的同时,也展示了他的哲思,表达了他那真诚的呼求:"应该为它们加冕/为具有人类的真诚和勤劳为蚂蚁加冕/为蚂蚁有忙不完的事业和默默的骄傲/请大地为它们戴上精制的王冠"(《王冠》)。

"请大地为它们戴上精制的王冠",这是一种呼求,更是一种捍卫,它传达了东荡子对于生命价值的尊崇,也体现了他对那种"忙不完的事业"的敬重。在《英雄》中,他再一次表达了这种追问,当一切掌声和欢呼远去,当寂静扑面而来,"你为什么颤抖,我的英雄/你为何把喜悦深藏/什么东西打湿了你的泪水/又有什么高过了你的光荣"?是啊,当一个对手的失败成就了"英雄"美名,当一个巨大的灾难促成了一个"英雄"的诞生,在"英雄"的盛名之下,又有多少伤痛不能抚平,又有多少血泪不曾流干?所谓"一将功成万骨枯",而英雄,四处收获掌声的英雄,又怎能不感到颤抖?在《伐木者》里,诗人同样追问道:"不知道伐木场/需要堆放什么/斧头为什么闪光/朽木为什么不朽"。在《暮年》里,诗人还是不停地追问:"我想我就要走了/大海为什么还不平息"……这些追问,与其是说东荡子对世界的质询,还不如说是他对生命的反诘。

无论是海子,还是东荡子,为生命的"彼在"而活,并努力活出人类应有的尊严,这就是他们的人生理想,也是他们的诗歌所迸发出来的独特光芒。他们的诗歌之所以显得"另类",不仅是因为它们与世俗保持着绝对的距离,还自始至终贯穿着一种独特的精神,一种神圣无上的荣光,一种试图覆盖所有人间黑暗的光明之灯。其实,这种精神气质,在这一代诗人中并不鲜见,像骆一禾、西川、陈东东等的诗歌,都体现得颇为突出。

　　除诗歌之外,这种"个人化写作"思潮,在一些"60后"作家的小说中表现得更为突出。尤其是在一些女作家的作品中,"个人化写作"几乎独领风骚。她们常常沉迷于各种"小我",以明确的女性角色书写个体的生存体验,特别是性别角色中的自我生存感受,以此抗拒宏大叙事对个人存在的遮蔽。在"个人化"的伦理语境中,她们强烈地排斥人的社会性、公共性的价值取向,明确地张扬个体生命的内在感受,从而不断地将创作引向私人化的精神空间,以个体生命的欲望体验来展示自身的审美情趣。陈染就曾强调:"我们都知道,拥挤的居住环境、不得已的群居状态,没有个人的物质空间,忽略个人的存在,是物质贫穷的结果。而没有个人色彩的文化、缺乏独特的个体思想的艺术,则是'贫困文化'的特征。动辄以'国家'、'人民'的幌子强行抑制个人的声音(此处仅指艺术范畴),武断地以'主流群体'的名义覆盖个人的意识(此处仅指学术范畴),应该说是精神的文明仍处于蒙昧不开的社会阶段的行为。现代世界几乎所有的哲学家,从康德、维特根斯坦到克尔凯格尔,无一例外地大谈个人的重要性,个人是人类的基本单位,精神的个人化的程度从某一侧面可以看做一个社会文明的标志。"①陈染的这番话,表明了她们彰显个人化写作的真实意图,就是对个体存在方式及精神状态的绝对尊重,同时也折射了她们对权力化社会伦理的抗拒,体现出强烈的主体意识。

　　在《中国六十年代出生作家群研究》一书中,笔者曾对此进行了较为详尽的论述,并认为,在这种审美追求中,这一代女作家们创作了一大批极具代表性的作品,像陈染的《私人生活》、《站在无人的风口》、《另一只耳朵的敲击声》、《凡墙都是门》、《嘴唇里的阳光》,林白的《一个人的战争》、《守望空心岁月》、《致命的飞翔》、《玻璃虫》,海男的《蝴蝶是怎样变成标本的》、《坦言》、《男人传》、《女人传》、《花纹》,徐坤的《春天的二十二个夜晚》、《爱你两周半》,赵凝的《冷唇》,文夕的《野兰花》、《罂粟花》,九丹的《乌

---

① 於可训主编:《小说家档案》,郑州大学出版社2005年版,第445页。

鸦》、《女人床》等等。尽管这些作品的语言风格、叙事内容并非一致,艺术水准也参差不齐,但是,从创作主体的叙事观念上看,它们都体现了与以往任何女性作家截然不同的审美理念,即她们一改以往女性写作含蓄羞怯的面容,以少有的细腻与率真,直接书写女性人物的身心体验,披露人物的个人隐私,展示现代文明笼罩下的女人从精神到肉体的撕裂过程,并试图以此来对抗男性社会、男性规范、男性渴望的女性形象以及传统的道德谱系,建构起与众不同的"女性话语空间"。

与此同时,在一些男性作家笔下,这种个人化的生命体验,常常体现为某种本能欲望的鲜活演绎。众所周知,欲望作为人性的基本内容,一直是文学表达的重要内涵。无论是钱欲、权欲还是色欲,都有着极为诡秘而又丰富的表现特征,也凸现出异常繁复的生命气息。从某种程度上说,作家对人性的有效发掘,就是对人类欲望的深度演示。在这种人性欲望的发掘中,性欲的表达则尤显特别。它虽然给作家展示生命的潜在本质提供了丰富的精神视域,但也使作家在具体的表述过程中显得难以把持。无论什么作家,面对真正的、非理性特质的性欲书写,实际上都意味着火中取栗。"60后"的男性作家在强化人性的本能欲望时,常常以大胆和率真著称,以反抗庸常伦理规范为目标,试图让生命在非压抑状态下呈现出各种"自由景观"。在这方面,最具代表性的作品就有:刁斗的《作为一种艺术的谋杀》、《为之颤抖》、《孪生》、《星期六扑克》、《重现的镜子》,韩东的《障碍》、《烟火》、《西安故事》、《美元硬过人民币》,朱文的《弟弟的演奏》、《我爱美元》、《尖锐之秋》,东西的《美丽金边的衣裳》,张旻《情幻》等。这些作品通常选择一种较为封闭的故事空间,让人物处于特定的、简单的交往关系中,有效剥离人物的道德约束,摒弃某些社会秩序的规约,从而使人物的内心生活呈现出自由敞开的状态,让他们在非理性的欲望追逐中,展示生命的各种缭乱与错位。

应该说,这种对本能欲望的体验性书写,与20世纪90年代中国社会转型之后的现实状态有着十分密切的关系。当经济利益成为众多平民的核心生活追求,当社会不断走向物质霸权主义的境域,当消费主义逐渐成为人们生存的基本观念,躯体的感官满足很多时候不仅变得光明正大,而且直接成为身份的表征。从"万元户"到"暴发户",20世纪90年代的中国社会一直在追捧金钱神话。在这种现实背景下,所有传统的伦理秩序必然受到巨大冲突,交易代替了交往,利益取代了友情,性欲取代了爱情。尽管我们也明白,欲与爱应该是一体化的生命情态,由爱而生欲或由情而生欲,都是人性内在的诗性显现,也是文学中最为古老、永恒而又常说常新的叙事内容。"它是一种天然的制造现实神话的好材料。最平凡无奇的人性里,都会有那么一点爱情冥想,可供制作传奇。"①然而,当欲望的满足成为人们生存的重要法则之后,爱情则变得越来越空洞,伦理也会显得越来越脆弱。针对这一现实,"60后"的男作家们以放纵式的情欲书写,在各种体验性的性爱表达中,试图以非理性的生命景观,映射欲望化时代的精神特质。虽然这种"个人化书写"有不少地方值得肯首,但笔者认为,这种解构式的审美策略,未必具有深厚的艺术价值。

四　自由表达中的探索意识

从代际角度来看,"60后"作家对审美形式一直有着高涨的探索热情。早在20世纪80年代后期,余华、格非、苏童、北村等人就从马原、残雪等人那里接过了"先锋"的大旗,并掀起了一股"后先锋文学"的浪潮,取得了令人瞩目的成绩。随着越来越多的"60后"作家涌入文坛,各种形式的探索与创新也迅速迸发出来,"有意味的形式"开始成为这一代作家的创作共识,也对新时期的文坛产生了深远的影响。如今,从既有的创作实绩来看,他们不仅比"50后"作家更强调形式上的自觉,而且比"70后"、"80后"的形式实验也更为成熟。这一点,从诗歌、散文到小说,都可以得到明确的印证。

---

① 王安忆:《无韵的韵事》,《上海文学》1995年第6期。

在诗歌创作方面,"60后"诗人明显超越了"50后"诗人对现代启蒙的迷恋,也不再注重某种革命英雄主义的理想精神,而是自觉地强调对各种存在本体的哲学式追问,以及对生命内在状态的自由传达,并在形式上追求更为自在的审美表达。特别是以海子、骆一禾、韩东、陈东东、西川等为代表的"60后"诗人们,很早就拒绝了"1986年现代诗歌大展"时期的癫狂式激进策略,而以更为强悍的理性思考深入生命本体,对生命的存在本质及其精神内涵进行了多方位的审美探究,同时尤为关注纯粹的诗歌本体,自觉推崇瓦雷里意义上的"纯诗"。如韩东在《〈他们〉略说》一文中就明确地提出,诗歌必须"回到诗歌本身","'形式主义'和'诗到语言为止'是这一主张的不同提法。诗人和任何非诗人的责任感无缘",剥离诗歌所负载的各种社会伦理道义,拒绝诗歌接纳各种意识形态化的因素,是他们极为关注的一个目标,所以他们强调,"诗人的责任感只是审美上的",只为诗歌作为纯粹的艺术本身而负责。与此同时,韩东还认为,诗歌必须"回到个人",回到诗人内心之中,因为"生命的形式或方式就是一切艺术(包括诗歌)的依据";"回到为自己或为艺术为上帝的写作","它使正当的写作方式得以保证,使回到诗歌本身、回到个人成为可行的现实的","任何审时度势、急功好利的行为和想法都会损害他作为一个诗人的品质。"①这种艺术理念,既为诗歌回到生命本体打开了精神通道,也体现了他们对诗歌艺术本体的自觉,并在"60后"诗人中得到了空前的呼应,逐渐形成了一股逃离宏大命题、拒绝历史重负的美学思潮。像西川的《起风》、《夕光中的蝙蝠》,骆一禾的《世界的血》、《大地的力量》、《灵魂》,陈东东的《秋歌》、《雨中的马》,牛波的组诗《河》等,都很少涉及尖锐的历史与混杂的现实,显示出诗人对个体生命存在特质及其内在焦虑的理性思考。

在这方面,一个最鲜明的例证,便是杨炼的《大雁塔》和韩东的《有关大雁塔》。这两首诗都是抒写参观大雁塔的感受,但主旨截然相反。在"50后"诗人杨炼的笔下,抒情主人公从大雁塔的

---

① 韩东:《〈他们〉略说》,《诗探索》1994年第1期。

"位置"出发,进入"遥远的童话"、"痛苦",并进而上升到"民族的悲剧"、"思想者"等领域,使大雁塔成为一个民族的表征,一个历史苦难的见证者,一个在现代性进程中被遗忘的符号:"我被固定在这里/已经千年/在中国/古老的都城/我像一个人那样站着","我被固定在这里/山峰似的一动不动/墓碑似的一动不动/记录下民族的痛苦和生命"。即使它如此沧桑,如此悲凉,如此落寞,但是,在诗人的心中,它依然昂着高贵的头颅,依然拥有无边的梦想:"我像一个人那样站在这里,一个/经历过无数痛苦、死亡而依然倔强挺立的人/粗壮的肩膀、昂起的头颅/就让我最终把这铸造恶梦的牢笼摧毁吧/把历史的阴影,战斗者的姿态/像夜晚和黎明那样连接在一起/像一分钟一分钟增长的树木、绿荫、森林/我的青春将这样重新发芽/我的兄弟们呵,让代表死亡的沉默永久消失吧"。可以说,读杨炼的《大雁塔》,我们可以明确地感受到某种历史启蒙主义的激情,感受到"50后"诗人极为浓烈的历史英雄主义的情怀,以及对国家民族命运积极承担的姿态。然而,在韩东的《有关大雁塔》中,这一切都被诗人刻意抛弃了,大雁塔就是一座塔,它的身上既没有负载什么深远的人文内涵,也没有见证什么历史的伤痛:"有关大雁塔/我们又能知道些什么/有很多人从远方赶来/为了爬上去/做一次英雄/也有的还来做第二次/或者更多/那些不得意的人们/那些发福的人们/统统爬上去/做一做英雄/然后下来/走进这条大街/转眼不见了……/有关大雁塔/我们又能知道些什么/我们爬上去/看看四周的风景/然后再下来"。在这首诗里,诗人以"我们又能知道什么",公开拒绝了大雁塔中所蕴藏的历史文化内涵,也剔除了杨炼诗中所彰显的家国情怀和民族忧患意识,使大雁塔的存在仅仅作为一道风景出现在诗中,而所谓的"英雄",只是那些攀塔的自杀者,更多的人不过是爬上高塔领略一番"指点江山"的英雄气势而已。韩东如此消解大雁塔作为历史文物所承载的文化内涵,其目的就是为了拒斥宏大主题对诗歌形式的压迫,摒弃诗歌在"载道"层面上的历史沉疴,维护诗歌艺术的纯粹性。所以,从这两首诗中,我们可以看出,这两个代际的诗人所拥有的、完全不同的美学追求。

　　当然,在"60后"诗人中,最突出的诗人还是海子。从文化寻根中走出来的海子,深受尼采哲学的影响,以"土地"、"麦子"、"酒"、"太阳"等作为核心意象,构筑起一个无法重复的、悲悯而宽广、神圣而又绝望的诗歌世界,诗中充满了诗人对人、生命、大地的爱以及对终极之神祇的寻求。当很多诗人沉醉在理性启蒙之中,痴迷于历史与现实之反思时,海子却自觉地退出了这种精英化的启蒙思潮,精心营构属于自己的诗歌王国。这使得海子的诗从一开始就令人耳目一新,并引发了当时诗坛的高度关注。细究海子诗歌在形式上的表达策略,我们会发现,他所选择的意象看似并不艰涩,但是包含了丰厚的隐喻之意,具有高度抽象的审美指向;他成功地将各种隐喻性意象、复沓句式与口语化诗句融合在一起,使诗人内心中的人性与神性显得浑然一体;他致力于大地和旷野的生命建构,在返璞归真式的审美表达中,展示灵魂自身的质量。如"麦地"、"夜"、"王"等,都是海子反复运用的意象,看似简单,却又很难说是指陈某个具体的事物。所以,海子的诗明净,却不单纯;简洁,却意蕴丰繁。无论是他的长诗《土地》、短诗《打钟》,还是《思念前生》以及未完成的长诗《太阳》,都在明确地实践着他所渴求的"原始力量中的一次性诗歌行动",[1]而且最后以自身的生命形式完成了这种"一次性"的艺术殉道,以至于有人认为,"诗歌在八十年代后期和九十年代以来所形成的存在主义主题,在很大程度上是来自海子诗歌成功的启示及其彗星般的生命之光的辉耀。海子,无疑是当代诗歌跃出生活、生命、文化和历史而契入终极的本质层次——存在主题的先行者。"[2]

　　在散文方面,以刘亮程、苇岸、刘家科等为代表的"60后"作家,既摆脱了余秋雨式的"文化苦旅"之思维,又拒绝了对当下生活的感性书写,而是选择了现代性的视野,以文明重审者的姿态,在乡土中国的社会伦理中,不断思考人与自然的关系,咀嚼生命

---

　　① 西川编:《海子诗全编》,上海三联书店1997年版,第898页。
　　② 张清华:《中国当代先锋文学思潮论》,江苏文艺出版社1997年版,第220页。

与大地之间的情感。面对现代技术主义的飞速发展,面对乡土中国在现代性进程中的日趋衰败,他们并不回避各种令人尴尬的现实境况,但是,他们又不像张炜、贾平凹等"50后"作家那样,对现代文明保持着明确的质疑和批判的姿态,而是在重温大地的生命情怀中,不断激活渐行渐远的家园意识。他们的内心非常清楚,乡村社会的生存伦理已经越来越远离现代人的文化视野,却又时刻牵动着人们的"回乡之梦",于是,他们渴望重新唤回那些被逐渐"遗弃"的乡土,重新营构那种被人们称为"原生态"的民间,并以此作为内心中永远无法舍弃的"故乡",传达作家自己对人类命运的关怀和悲悯。所以,他们积极调动自身的童年记忆,重现那些原本就挣不脱的文化印痕,激活生命里各种最初的感受和最原始的秩序,并以情感与心智的在场方式,呈现了人们灵魂里对于乡土的眷恋、感激,再现了乡土中许多与生俱在的审美质感,也揭示了我们这个时代对于乡土生存的喟叹和缅想。在刘亮程的散文集《一个人的村庄》里,我们就看到,这位新疆汉子,仿佛一个悠闲的农民,总是扛着铁锹在荒野上东游西荡,然后面对一堆土、一棵树、一株蒿草、半截土墙而停下脚步,弯腰抚弄或沉思;顺着大路也行,徜徉小路也罢,他总是用自己内心真诚的情感和思想,不断地呈现那些偶遇的事物,并让它们闪现出特有的生活意趣。譬如,在《住久了才算家》中,他写道:"我一直庆幸自己没有离开这个村庄,没有把时间和精力白白耗费在另一片土地上;我年轻的时候、年壮的时候,曾有许多诱惑让我险些远走他乡。但我留住了自己,我做得最成功的一件事,是没让自己在这片天空下消失。"这不是对"家"的迷恋,而是对家园的守护,是对生命栖息之地的虔诚耕耘。事实上,在刘亮程的笔下,无论多么微小的事物,多么琐碎的东西,都会在记忆中获得生命,也在自己的村庄中拥有一席之地。但是,当他的视角转向城市,转向现代文明时,这种情感便会出现巨大的逆转。如在《城市牛哞》中,他写道:"多少次我看着比人高大有力的牛,被人轻轻松松地宰掉,它们不挣扎,不逃跑,甚至不叫一声,似乎那一刀捅进去很舒服。我在心里一次次替他们逃跑,用我的两只脚,用我远不如牛的那点力气,替千千万万头牛在逃啊逃,从一个村庄到另一个村庄,最终逃到城市,躲在熙熙攘攘的人群中,让他们再认不出来。我尽量装得跟人似的,跟一个城里人似的说话、做事和走路。但我知道我和他们是两种动物。我沉默无语,偶尔在城市的喧嚣中发出一两声沉沉牛哞,惊动周围的人。他们惊异地注视着我,说我发出了天才的声音。我默默地接受着这种赞誉,只有我知道这种声音曾经遍布大地,太普通,太平凡了。只是发出这种声音的喉管被人们一个个割断了。多少伟大生命被人们当食物吞噬。人们用太多太珍贵的东西喂了肚子。浑厚无比的牛哞在他们的肠胃里翻个滚,变作一个咯或一个屁被排掉——工业城市对所有珍贵事物的处理方式无不类似于此。”从这种叙述里,我们不仅可以看到作家最朴素的人本主义立场,还感受到作家对现代文明中某些欲望化生存的质询与反思。对于刘亮程的散文,李锐曾由衷地赞赏道:“真是很少读到这么朴素、沉静而又博大、丰富的文字了。我真是很惊讶作者是怎么在黄沙滚滚的旷野里,同时获得对生命和语言如此深刻的体验。在这片垃圾遍地、精神腐败、互相复制的沙漠上,谈到农民刘亮程的这组散文,真有来到绿洲的喜悦和安慰。”①而林贤治先生则从散文史的角度,认为“刘亮程是九十年代的最后一位散文作家。……多少庄稼人、牲畜、田野、小麦和树木,在他的眼中化出化入,生死衰荣。他活得太久了。是丰沃而贫困的土地培养了他的感情,他的哲学;当他以同样为土地所赋予的思维和语言,去讲叙所有一切时,散文界就是立刻发现了:这是一个异类。他的作品,如同顿然隆起的一片裸裸的泥土,使众多文人学者精心编撰的文字相形失色。他的作品,阳光充沛,令人想起高更笔下的塔希提岛,但是又没有那种原始的浪漫情调,在那里,夹杂地生长着的,是一种困苦,一种危机,一种天命中的孤独无助,快乐和幸福。”②

与刘亮程稍有不同,苇岸的散文则在一种“大地伦理学”的建

---

① 李锐:《来到绿洲》,《天涯》1999 年第 5 期。
② 林贤治:《中国散文五十年》,漓江出版社 2011 年版,第 107—108 页。

构中,闪耀着另一种美学趣味,并对新时期散文进行了别有意味的开拓。这位英年早逝的散文家,带着乌托邦式的理想,让文字沉入大地之中,不断地重构某种具有终极意味的"大地道德"。其散文集《大地上的事情》,看似简朴,沉静,却洋溢着宗教式的博爱思想,饱含了作者对生命本真状态的体悟与思索。林贤治先生曾认为,苇岸的散文既是启示录,也是赞美诗。"在许多作家那里,人与书是分开的。而对于苇岸,两者是结合在一起的,正如在他的书中,人类与自然一体,彼此难以割舍一样。面对周围的事物,他注重的是生命,以及同生命相关的部分。所以,他取材是随意的,任何生命在他的眼中都是一样的伟大而神奇;但他写法很讲究,他注重形式美,只是文章的华美并不曾掩盖他本质的朴素与自然。他是长于描述的,因为他总是致力于生活的发现;其中,不但有着生命个体的丰富性,而且有着生命与生命间的最潜隐的交流。他的文章的深度,自然无须通过理性的议论去表现,而在于生命的洞见和把握。"①

　　刘家科的散文也是如此。他的散文集《乡村记忆》,看似在书写点点滴滴的童年往事,抒发种种难以割舍的乡村情怀,实则是通过这种文化记忆,传达自己对世界和人生的各种理解,展现自己的灵魂与乡土之间的深邃关系。他的文字,始终浸润在一种亲切而又温暖的气息里。这种温暖,看起来有些感伤、怀旧甚至无奈,却呈现出鲜活的生活质感,洋溢着某种质朴的诗意的怀想。而这,无疑是作者的灵魂与乡土紧密交融的结果,体现出创作主体内心深处怀抱感恩的生存境界——那里既没有文化上的隔膜,也没有情感上的隔膜,所有的文字都是扎根式的表达,犹如心灵对乡村的絮语。读他的散文,我们仿佛看到作者就站在村口的某棵大树或者某口古井边,将我们带进了某段沧桑却不乏淳朴的岁月,带进了一个困顿却不乏温情的世界。这种渗透着全部情感和心智的写作,无疑是一种有生命的写作,是一种关怀式的写作。任何个体生命的存在,都是一种历史的存在,也是一种文化的存

---

① 林贤治:《中国散文五十年》,漓江出版社 2011 年版,第 91 页。

在。在《乡村记忆》里，刘家科不断强调个人的成长记忆，从各种独特的风俗民情中展示乡村百姓的生存伦理，从各种极具个性的人物身上凸现乡村生命的鲜活魅力，从各种童年游戏中玩味贫乏岁月里的自由和激情……但同时，这些散发着泥土般芬芳的文字，又明显地穿越了作者单纯的个人情怀，成为"我们"的共同记忆，成为乡土中国在现代性进程中不断走进我们每一个人灵魂中的文化记忆。这种立足于个人而又超越个人的写作姿态，与其说是一种表达的策略，还不如说是一种创作主体的胸怀和境界——事实上，刘家科完全可以通过隐秘的个人经历来展示民间生存的"异数"，也完全可以通过"格格不入"的猎奇来讲述一个充满玄秘的乡土社会，但他却坚持将个人趣味彻底地沉入民间之中，让自己消失在那个年月里，并在某种集体记忆中折射出我们对世俗生存的共同怀想。

更重要的是，《乡村记忆》还始终洋溢着作者的真诚之心，甚至是赤子之心。刘家科一点也不掩饰对过去岁月的某些尴尬，更不刻意美化或丑化那些乡村里的凡人俗事，像《骂街》、《看青》、《闹洞房》、《打赌》等文章，都很传神地将过去乡村里的庸俗事情，饶有兴味地写出来，令人不由自主地也将自己回忆的触须伸到那种相类似的经验中去。而最令我印象深刻的是他写的一系列小人物：大懒、无名氏、老根，以及那几个如自家兄弟般的大水、二水、三水、四水等。这些人物在那个遥远的年月里显得微不足道，可在刘家科的记忆中，他们却成为一些情感负载的核心。正是因为有了他们，远方并不远，记忆并不孤单。透过刘家科呈现出来的乡村的人和事，我们发现，那些有关乡村记忆的沉重和芬芳，那些面对土地的赤诚与感恩，终于被逐渐放大。

在小说方面，除了王跃文、关仁山等极少数作家外，"60后"作家绝大多数是"喝二十世纪现代主义小说的奶长大的"，[1]因此，他们并不太在意对社会现实外在矛盾的直接表达，而是自觉地立足于个人的内心生活，通过各种普通人物的内在冲突和人性

①　艾伟：《无限之路》，《当代作家评论》2003年第3期。

纠葛,以相对纯粹的精神性叙事,展示创作主体对个人存在及其精神境域的思索。从形式层面来看,这一代作家普遍注重对叙事方式的智性干预,强调"有意味的形式"。他们广泛地动用一些现代主义手法处理文本结构,极力推崇"以轻击重"的叙事策略,以规避对历史和现实的"正面强攻",同时又尽可能地强化叙事的隐喻性功能。"轻盈而凝重,是我对小说的理解,是我的小说理想。在根子上,我偏爱重,偏爱那种内心深处的扯扯拽拽。但一进入操作,我希望这种'重'只是一块底盘,一种背景颜色。同时,我又希望我的叙述层面上能像花朵的绽放一样一瓣一瓣地自我开放。一瓣一瓣地,就那样,舒缓,带有点疼痛"。① 毕飞宇的这番话,基本上道出了这个群体在叙事上的共同追求。他们要么以绝对的冷静(甚至冷漠)来进行叙事,严格控制创作主体的情感漫溢,如余华早期的一系列小说,艾伟的《爱人有罪》、《爱人同志》,毕飞宇的《玉米》、《平原》等,都在一种极度冷静的叙述中获得某种特殊的审美震撼力;要么依助于特定的叙事方式,让作家的主观情感合理地融入人物的精神视域,像东西的《后悔录》和李洱的《花腔》,就选择一种人物自我复述的方式,巧妙回避了对现实场景的直观性叙述,而成为人物有限视角的主观诉说;要么选择少年式的成长视角,将作家的某种主观意绪投射到那种诗意的幻想性语境中,借助人物的成长感受和理想冲动来传达灵性的叙事话语,像余华的《在细雨中呼喊》,东西的《耳光响亮》,刘庆的《长势喜人》,王彪的《身体里的声音》等,都是如此。品味他们的小说,我们很少感受到来自历史层面的宏大问题,一些震慑人心的细节都是源自人物个性的乖张、扭曲和变异,源自人物精神内部的失衡或各种潜意识的迸发。比较典型的,像同为家族结构的小说,格非的《敌人》就完全不同于刘醒龙的《圣天门口》和张炜的《家族》:前者沉迷于无法捕捉的"敌人"和非理性的神秘命运的书写;而后者则倾力于对历史灾难(尤其是战争或政治灾难)的正面

---

① 张钧:《小说的立场——新生代作家访谈录》,广西师范大学出版社2002年版,第120页。

展示。

　　事实上，无论是在长篇、中篇还是短篇小说创作中，"60后"作家都不再满足于既定的传统艺术思维，尤其是不满足于某种单一的叙事手段，并在具体的叙事过程中，不断地加入各种非叙事性的文本，使小说在整体上呈现出不同文本相互杂糅的特征。像苏童的《你好，养蜂人》，李洱的《遗忘》，李冯的《唐朝》、《牛郎》、《纪念》，孙惠芬的《上塘书》，刁斗的《私人档案》、《作为一种艺术的谋杀》，陈染的《私人生活》，徐坤的《游行》、《先锋》，海男的《男人传》和《女人传》，林白的《妇女闲聊录》、《致一九七五》等等作品，都在叙事中融入大量非小说的文本，包括中外诗歌、散文、理论、词条、考据、注释、史志等等，使小说走向多重文体的相互融会和整合。如果认真地审度"60后"作家们的这一创作现象，我们便会发现，在这些"有意味的形式"的背后所隐含的，并非只是"为艺术而艺术"的简单逻辑，更不是单纯的形式主义实验，而是折射了创作主体非常自觉的文体意识，体现了他们对小说文体进行深度开拓的积极意愿。相对于史铁生和韩少功等人来说，虽然"60后"作家们不是这一倾向的开创者，但是他们的努力，也同样体现了这一代作家对现代小说空间积极寻求的自觉意识①。

　　就叙事本身而言，"60后"作家并不喜欢追求故事的大起大落，不强调情节的跌宕起伏，而是更乐于选择一种内心化的叙事，以叙事的内在张力，展示人物的个性特质及作家对人性的深入思考。无论是韩东、迟子建、朱辉的对生存的形而上思考，还是鲁羊、艾伟、邱华栋等对文本自身象征意味的追寻，就其叙事的本质而言，都不再注重故事外部的紧张关系，平静的语言和错开的细节拼缀成一种相当客观的文本，但内在的冲突（或者说由此而生成的人物心灵之中的冲撞）却被强化到了无以复加的程度。如迟子建的《他们的指甲》，就是在一种温馨而自然的人伦情怀中，演绎了一个有关苦难的故事。身为寡妇，漂亮的如雪是不幸的，然

　　① 关于此点，本人有较为详细的论述。参阅洪治纲：《中国六十年代出生作家群研究》，江苏文艺出版社2009年版。

而,无论是曾经的丈夫还是候鸟般的采沙人,都在她善良的灵魂
中投下了无数和煦的光影。这些光影,同时也是如雪在现实深处
所感知的一种特殊的世界——它不仅支撑着这个多难的女人从
容地应对生活,而且彰显了底层社会特有的亲和力。朱辉的《郎
情妾意》则选择了一个别有意味的视角,通过两条宠物狗的情感
碰撞,引发了两位狗主人之间的暧昧之情。它迷离,含混,看似浪
漫,却又功利;它在乏味的世俗生活中射出了一道奇特的亮光,却
又在亮光之中涌动着些许的暗影。苏丽与宁凯之间的情感纠葛,
远比宠物狗之间的交往来得复杂,也更为混沌。

　　艾伟的《整个宇宙在和我说话》以充满诗意的笔触,面对苍茫
的宇宙,巧妙地展示了人类生命内在的巨大潜能和难以穷尽的秘
密。"这世界一扇门关闭了,另一扇门就会打开。"当少年喻军说
出这样的话时,不是在撒谎,而是道出了自我真实的生命体验。
喻军在丧失视觉之后,却通过听觉建立了自己与自然之间无比丰
饶的影像关系。他可以"听到"每位同学的到来,甚至对窗外张望
的同学也了如指掌;他可以"听到"浩渺星空中传出的天籁之音;
他甚至可以通过"听觉"画出苍穹中的星语。它如此精准,生动,
妙曼,虽与生命息息相关,却难以让常人分享。艾伟以一种奇幻
性的天真心态,饶有意味地推衍了生命存在的无穷奥秘。他似乎
是在印证,弗洛伊德理论中那个庞大却无法预知的"超我",总会
以非常规的形式散落在人间。然而,人类固有的经验、逻辑和常
识,就像一个不可逾越的栅栏,牢牢控制着我们每一个人的生存,
并将我们规定为"正常的人"。所以,这个世界只认同惯常和平
庸,却无法相信超常和奇迹。当喻军拥有"听觉"的超验能力之
后,他注定要成为不正常的人,甚至是精神病人。这里,作者以一
种生命存在的可能性,向人类的经验和常识发出了有力的挑战:
在经验和常识面前,我们究竟失去了多少诗意的生活? 钟求是的
《皈依》,也饶有意味地叙述了一对中年夫妻的精神空虚症。衣食
无忧且又没有工作压力的一对夫妻,原本过着平庸但很安宁的生
活,然而随着妻子松芝对佛教的皈依,彼此之间便出现了微妙的
变化,先是因为宗教信仰的要求,丈夫从食物到性都频频受到限

制,继而丈夫开始频繁在外聚会,甚至勾搭上一个小情人。尽管这个家庭暂时还没有出现崩裂,但是,面对皈依之后所带来的一系列生活问题,这对夫妇显然都没有准备好。同时,在皈依的背后,作者其实还揭示了一个被人们普遍忽略的生存镜像,那就是生活小康之后,我们如何充实自己的精神?　显然,这是《皈依》所要探讨的重要问题,也是我们这个时代必须思索的现象。

无疑,"60后"作家在文本形式上更多地呈现出明确的现代主义审美倾向。像曾维浩的《弑父》通过城乡时空的往返和错叠,对乡村与城市中混乱不堪的存在境域进行了寓言性的表达;刁斗的《私人档案》则以履历表式的结构,通过折叠或展开的方式,巧妙地书写了一个人的一生;朱文的《弯腰吃草》、《像爱情那么大的鸽子》等借助各种偶然性事件,在错位与巧合的拼接中,凸现出现代人之间的潜在危机;东西的《耳光响亮》、《不要问我》、《猜到尽头》等作品以黑色幽默式的叙事语调,不断地颠覆人们惯常的审美经验;李洱的《午后的诗学》、《导师死了》、《饶舌的哑巴》等则在冷静的反讽语调中,尖锐地拆解了各种道德化的生存帷幕……在他们看来,"形式即内容,对于小说形式处理我是非常认真的,包括字号、标题、字词间的空格、某一页我要空白、怎么分段——这些东西在写作的时候我都想"。① 所以在这些作品中,我们可以看到大量的现代叙事手法与反经验、反常识的审美思考。

无论是对成长记忆的迷恋性书写,对潜在人性的多方位发掘,还是对个人化写作理念的执着坚守,对各种审美形式的自觉探索和开拓,"60后"作家的创作都体现了巨大的丰富性、包容性和开放性,也呈现出个体的独异性、深刻性和超越性。如果说"50后"作家是在广阔的历史视域和文化视野中建构了艺术的宽度和深度,那么,"60后"作家则是在坚实的理性和丰沛的智性中展示了艺术的广度和高度。

---

① 张钧:《小说的立场——新生代作家访谈录》,广西师范大学出版社2002年版,第313页。

第四章　新时期作家代际差别的审美呈现之三

——"70后"作家群的审美选择

在新时期作家的代际群体中，"70后"作家可谓最"尴尬的一代"。他们被无奈地夹在两个显赫的代际群体之间，始终未能完整地凸显自身明确的代际身份与审美特征。有人曾这样说："'60后'有地位、有资历和成就，'80后'有读者、有商业价值，而'70后'的商业价值，目前来说是最低的一代。"[1]张柠先生也评述道："每一代人都有自己的遭遇和压力。就文学创作而言，'70后'的遭遇最惨，压力最大。他们没有赶上20世纪80年代文学的黄金时期，也不想去蹚商业写作的浑水。他们在书籍文化而非图像文化中长大，身上天然地继承了文学的基因，却是文学体制的局外人。他们熟知高度发达的现代技术媒介，却只能目睹电子文化舞台上的表演者（80后），既不能全力介入，也无法抽身而去。他们成了现代商业文化的局外人。在'60后'作家面前，他们尚未长大；在'80后'作家面前，他们快要成为老头子了。这就是他们写作的基本处境。"[2]连"70后"的代表作家徐则臣也认为，"70后"是被忽视的群体，"当批评界和媒体的注意力还在'60后'作家那里时，'80后'作家成为耀眼的文化和出版现象吸引了批评和媒体的目光，'70后'被一略而过。"[3]确实，从批评界和大众传媒的关注程度来看，"70后"作家似乎是一个"沉默的在场"，很少被人们从代际整体上进行深入的探讨。

---

① 兴安：《怀疑主义者、"孤独者"与尴尬一代——从代际关系考察当今文学发生的异同》，《文艺报》2010年2月5日。

② 张柠：《70后作家，撤退还是前行？》，《新京报》2012年3月5日。

③ 徐则臣：《"70后"作家的尴尬与优势》，《文学报》2009年7月2日。

但作为代际承传中的一个重要群体,"70 后"作家的创作并非没有自身的特点。在改革开放的环境中成长起来的他们,虽然缺乏宏大的历史意识和关注社会的热情,但他们却非常注重日常生活本身的内在价值。他们的创作,不仅有效地展示了自身独特的、异质性的审美体验,传达了重建日常生活诗学的艺术理想,也在顽强的艺术突围中体现了良好的叙事潜能,并为当代文学的发展提供了特殊的审美经验。当然,在过度强调日常生活的感性体验中,他们也暴露了自身创作上的某些局限。

一 边缘的生活与立场

从整体上看,"70 后"作家是一个日显活跃且审美多元的写作群体。其中,既有像徐则臣、金仁顺、魏微、乔叶、鲁敏、张楚、于晓威、滕肖澜、刘玉栋、黄咏梅、王棵等在审美趣味上具有传承意味的作家,也有像戴来、盛可以、李修文、李师江、冯唐、朱文颖、李红旗、路内、安妮宝贝等专注于日常生活极致性表达的作家,还有像李浩、陈家桥、田耳、朱山坡、东君、孔亚雷、李约热等对叙事形式充满探索热情的作家。诗人则有黄礼孩、吕约、巫昂、朵渔、沈浩波、郑小琼、安石榴、尹丽川、泉子、李郁葱、王艾、安琪等。但是,从代际群体的共性特质上看,他们既不像"50 后"、"60 后"作家那样专注于叩问沉重而深邃的历史,热衷于追踪幽深而繁复的人性,也不像"80 后"作家那样紧密拥抱文化消费市场,热心于各种商业化的文学写作,而是更多地服膺于创作主体的自我感受与艺术知觉,不刻意追求作品内部的意义建构,也不崇尚纵横捭阖式的宏大叙事,只是对各种边缘性的平凡生活保持着异常敏捷的艺术感知力。

"70 后"作家的这一共性特质,从本质上说,既充分体现了日常生活审美化的艺术格调,也彰显了个体自由的内心冲动与文化伦理。从创作的开始,"70 后"作家就自觉游离了"50 后"、"60 后"作家们所推崇的精英意识,有意回避了"启蒙者"的角色担当,努力将自身还原为社会现实中的普通一员,以平常之心书写自己的生存感受。如金仁顺所说:"写作是件朴素的事儿。就像过日子,衣食住行、柴米油盐。越是好日子,越看着平淡,一瓶一罐、一针一线,都呆在它们应该呆的地方。好日子不铺张,但样样事事,不缺不差,一不小心,某个细节还是个古董,是个精品。而古董、精品也是存在于谨严中,是谨严的一部分。好的写作不失控,是严肃的、有规矩的。规矩很重要,上接传统,下传后世,没规矩不成方圆,也不会成什么大气候;规矩也不是不创新不改变,不管怎么求新求变,内里的脉络是清晰的。"①对于他们来说,直面"此在"的现实生活,尤其是面向非主流的边缘化日常生活,不仅是作家对巨变时代的一种认识需求,也是创作主体的一种自由选择。因为这一代人以自己特有的青春和成长,见证了中国社会自20世纪80年代以来的历史巨变,也深刻地体会了生活本身的急速变化对人的生存观念的强力规约。尽管他们中也曾出现了类似于卫慧、棉棉、木子美等极端性的"身体写作"者,但从整体上看,这一代作家中的绝大多数人,都在努力寻找自身的写作与现实生活之间的秘密通道,立足于鲜活而又平凡的"小我",展示庸常的个体面对纷繁的现实秩序所感受到的种种人生况味。

在这种直面现实生活的叙事中,"70后"作家常常以罕见的叙事耐心,极力凸显人们在物欲冲荡下的生存形态。用张柠的话说,"更多的'70后'作家选择了'前行'而非'撤退'。在继承20世纪中国文学传统的基础上,他们正在进行前所未有的探索。他们在浓厚的商业文化背景之下,艰难地守护文学自身的逻辑;在传统农耕文明向现代都市文明转型中,寻找和发明新的语汇;在静止(定居)向骚动(迁徙)的转变中,寻找意义的确定性;在审美的死胡同里,寻找新的美学碎片。当那些功成名就的作家都躲在书斋里憋足劲儿试图炮制'红楼梦'的时候。当那些更年轻的作家躲在现代文学工厂里'指纹打卡'的时候,我要说,70后这一代

---

① 金仁顺:《写作是件朴素的事》,《文艺报》2014年10月27日。

作家任重道远。他们业已开始成为中国当代文学的主力。"①的确，在他们的笔下，强悍的现实、无序的情感、鲜活的欲望，总是以各种难以回避的方式，与一个个卑微的个体紧密地纠缠在一起，形成了种种错位、分裂乃至荒诞的生存景象。

譬如，徐则臣的"京漂"系列，就是通过漂泊于京城的各种年轻人，展示了底层平民在理想与现实、快乐与疼痛之间的左冲右突。像《啊，北京》里的边红旗、《三人行》里的厨师小号、《天上人间》里的子午，虽然个个激情高涨，甚至心怀写诗的冲动，但在严峻的生计面前，他们都不得不忍受着四处漂泊的尴尬。《跑步穿过中关村》里的敦煌、旷山和夏小容等人，只是怀着一种朴素的信念，即一定要在北京活出个人样来。于是，他们在交通密集的中关村选择最原始的跑步方式送货。"他们办假证，卖盗版碟，与城管打游击战，同时，他们恋爱，并承担与所有人一样的爱情烦恼；他们敬业，也与所有人一样有职业信义和职业烦恼；他们有生活理想，并和所有人一样为了理想打拼。小说采用了完全写实主义的创作立场，让这些卑贱的生命，这些打着活下去的旗号屡屡冒犯法律和道德的生命，在白领和金领云集的中关村，蓬勃而坚韧地张扬梦想和自尊，张扬卑微者的善良和义气。"②的确，任何卑微的人也有梦想，也需要爱，也具有自然人性中的道义和情怀。这篇小说非常巧妙地将"跑步"在沉重的现实与轻盈的理想之间进行了某种往返式的穿梭，使整个底层叙事具有诗性的审美气质。《最后一个猎人》是一个看似并不起眼的短篇，但徐则臣在一种童年视角的观照下，将乡村中特有的温暖人性不留痕迹地传达出来，尤其是杜老枪和"我父亲"之间的情感默契，充满了沈从文式的乡间温情。而杜老枪最后的杀人举措，与其说是为了自我的尊严，还不如说是一个猎人在特殊历史境域中对生命的悲怆总结，因为引发这场悲剧的根源在于人与自然的关系被现代文明进行

①　张柠：《70后作家，撤退还是前行?》，《新京报》2012年3月5日。
②　付艳霞：《小说是个体想象的天堂——徐则臣论》，《当代文坛》2007年第6期。

了特殊的规约。他的《伞兵与卖油郎》也是一篇非常轻盈的作品。有关卖油郎的故事虽然有些落套，但徐则臣还是巧妙地将它弱化成人物的生存背景，而故事主体则始终沿着范小兵的伞兵梦想滑行。这是一种诗意的滑行，也是一种对历史启蒙性质的反思性的滑行——在范小兵的那一代人中，英雄总是与解放军紧紧地叠合在一起，一个少年的英雄梦，也就是不折不扣的军人梦。所以，那枚一直藏在范小兵腋下的、据说是"来自伞兵"的五角星徽章，无疑使他拥有了某种绝对的权力。他带着这种荣耀和梦想，最后摔成了残废。他的父亲是在履行军人职责时残废的，而他是在沿着军人的梦想飞翔中残废的。尖锐的现实，或者说一种非正常的价值启蒙，最终颠覆了这种所谓的英雄梦。在《居延》中，少女居延为了寻找丢失的情人而只身来到茫茫的京城，在唐妥、支晓红和老郭等人的关照下，由焦灼而迷惘而独立而清醒。表面上看，她是在寻找自己所爱的人，寻找生活的信心，而实质上，她是在寻找曾经失去的自我，寻找心灵的安顿。在纯真之爱渐行渐远的时代，居延的漂泊不仅仅是身体的，更是心灵的。徐则臣总是能够非常精准地叙述这些年轻的、无所归依的灵魂。

　　魏微的《乡村、穷亲戚和爱情》、《暧昧》、《大老郑的女人》、《化妆》、《情感一种》、《异乡》、《姊妹》等，都是以情感的错位或亲情的变故为基点，倾力展现日常伦理与自然人性之间的分裂和错位。她特别善于品味细节中的特殊魅力，善于感知那些庸常生活机理中的审美质感。她的很多小说都取材于极为庸常的生活，极为平凡的人事，但是，随着叙述的婉转流淌，一些极具惊悚力的细节便跃然纸上——它浸透了创作主体的生命感受，缠绵而感伤，温婉而纤柔，以丝丝入扣的方式击打着读者的心扉。像《家道》以父亲受贿入狱作为基点，倾力叙述了一对母女因此所遭受的社会道德压力和生存压力。这种压力，就像巨大而无边的阴影笼罩在她们的生活中，使得这对母女犹如堂吉诃德大战风车那样四处奔走，也让人想起鲁迅喟叹家道中落之后所饱受的炎凉世态。《大老郑的女人》和《姊妹》都讲述了某种错位的情感生活。这种情感说不上高尚，也不见得龌龊，它出于人物的真实欲求，却又必须承受日常伦理的拷问,由此导致男女主人公们不得不在世俗的目光中艰难地寻求精神上的依傍。张新颖认为,《大老郑的女人》"写一个小城八十年代以来的风习演变,写时代的讯息一点儿一点儿具体落实到这个古城的日常生活中,写这个过程中的人情世故、人心冷暖,人事和背景是不分前后主次的,你可以说小说的主角是大老郑和他的女人,也可以说是'我们',更可以说是这个小城。从这个小城,你会想到沈从文的笔下的湘西、萧红笔下的呼兰河,在另外的场合,魏微也明确表示受惠于这两位中国作家;从那种叙事的细致、耐心、不惊不乍,你也许还可以说她受惠于王安忆。"[1]郜元宝也认为,读魏微小说,"你只有进一步把目光聚集在那些人物身上,才看出她的目的是以散淡的旁观者的身份记录纷乱而又有序、急切而又缓慢的时间在卑微的乡村或都市男女心里刻下怎样的印痕。而当你仔细辨认这些印痕时,又会发现它们其实既不深刻,也不悲壮,而是若浅若深,若明若暗,交织着得意和悲伤,虔诚和背叛,认真和荒谬,空虚和满足,善良和恶毒,斑斑驳驳,缺乏主调,琐碎难堪,暧昧不明。"[2]此外,鲁敏的《离歌》、《逝者的恩泽》、《风月剪》,朱山坡的《陪夜的女人》、《鸟失踪》,刘玉栋的《幸福的一天》等,也都是让人物置身于特殊的生存境域之中,并赋予他们各种独特的抗争方式,在试图消解现实的无奈或无望的同时,也彰显了底层社会中宽厚的伦理情怀。

　　乔叶的《良宵》、《解决》、《取暖》、《像天堂在放小小的焰火》等,均将一些平凡人物置于各种世俗生活的尴尬情境中,以此拓展他们内心的牵扯和冲突,并进而凸现种种温暖的人性对于人生的重要支撑。尤其是《最慢的是活着》,以祖孙两代人之间的隐秘交流,呈现了中国传统女性精神深处的繁复与超然。尖锐的代际冲突,使二妞与祖母的关系长期处于紧张状态。但是,当二妞经

　　① 张新颖:《知道我是谁——漫谈魏微的小说》,《当代作家评论》2003年第1期。

　　② 郜元宝:《回乡者·亲情·暧昧年代——魏微小说读后》,《当代文坛》2007年第5期。

历了婚姻和初为人母的体验之后,她终于一步步走进了年迈的祖母内心深处,并对祖母由恨而爱,由爱而亲昵,由亲昵而理解。田耳的《一个人张灯结彩》通过一个警匪故事的框架,将民警老黄、哑巴小于、钢渣和皮绊之间的关系紧密地糅合在一种市民伦理之中。在那里,既有善与恶、法与情的冲撞,又有狡黠与宽厚、刁蛮与体恤的纠缠,可是善良而豁达的老黄,却以特有的伦理智慧将这些尴尬一一化解。而在《寻找采芹》中,田耳则展示了一个极度物质化社会的交换游戏。无论是廖老板还是李叔生,甚至包括采芹自己,都只是将女人视为一种性或青春的润滑剂,一种利益交换的基本筹码。颇具意味的是,作为被侮辱与被损害者,采芹不仅毫无反抗,反而在利益得失上为两个出卖她的男人进行心理权衡,这种彻底失去尊严感的生存境遇,表明这个时代的道德伦理已被褫夺殆尽。

值得注意的是,这种尴尬而颇具反讽意味的现实表达,在这一代作家的笔下显得十分突出。如张楚的《夜是怎样黑下来的》,就将两代人之间的欲望与伦理的对抗,演绎得风生水起、一波三折。老辛对自己儿子的女友张茜之所以由挑剔发展到愤怒,甚至要不惜一切代价拆散他们,并不是张茜有多少过错,而是老辛面对张茜时有着特殊的惶恐。这种惶恐意味深长,既包含了家长权威的动摇,又有着隐秘欲望的诱惑。李浩的《失败之书》等作品,讲述的都是一些脆弱、卑微、随波逐流而又胸无大志的“边缘人”。戴来的很多小说也是如此,像《恍惚》、《缓冲》、《别敲我的门,我不在》、《我看到了什么》、《对面有人》、《练习生活练习爱》等,都是在不断地潜入都市生活底层,潜入那些被忽略了社会生存地位的人群,致力于展示他们各种自闭性的生存方式和异常隐秘的价值观念。在这些作品中,几乎所有的人物都沉醉于一种自我封闭的生存空间里。他们不仅行为怪僻、畏惧交流,而且个性软弱、缺乏激情。所谓的积极生活,对他们来说只是一种空洞的理想,因为现实的都市总是充满了利益化的争斗,充满了矫情式的欲望分享。因此,他们更乐于以一种无所事事的消极方式(诸如偷窥之类),游走于现代生活的缝隙之间,在孤独中恪守自我,将自己的社会关系消减到最低限度,以此来表明他们对一些现存的伦理体系及其价值规范的明确的不信任,尤其是对传统文化所承传下来的精神道统(包括家庭道义、夫妻道义和朋友道义)的极大怀疑。他们虽然也不乏血性和尊严、真诚和机智,但都没有深厚的文化素养,没有显赫的社会地位,没有厚实的经济基础。他们仿佛一群社会的"零余人",要么逃离一切现存的伦理秩序独身而居,要么在自我折腾的同时忍受着生活的折腾,就像《白眼》里的秦朗那样,虽对别人的白眼异常恼怒,但又无计可施。从某种意义上说,他们也正是通过这些人物的特殊感受和体验,展示了我们这个物质霸权时代的伦理秩序和价值观念对常人的制约。

在表现这种生存的尴尬与错位时,盛可以常常将人物推到各种道德伦理或人格尊严的临界点上,让他们在极度屈辱或无奈之中辗转盘旋,左冲右突,在无助中寻找救赎,在无望中寻找希望。如她的《手术》、《青桔子》、《无爱一身轻》、《袈裟扣》、《道德颂》等,都将人物尤其是奔走在都市底层的青年女性,置于纷乱而吊诡的生存环境中,凸现了欲望现实对个体生存的粗暴侵犯。其中,最具代表性的就是长篇《水乳》和《北妹》。前者以20世纪90年代中期的深圳都市生活为背景,通过主人公左依娜在一个个男人之间的冲撞,展示了一场场极为复杂而又惨烈的灵肉之战。无论是左依娜、前进还是庄严,都被现实欲望弄得千疮百孔。尤其是左依娜,由于缺乏性感的身体资本而显得焦虑不已,甚至脆弱不堪。而后者中的钱小红虽然拥有傲人的身体资本,但是面对无处不在的诱惑和陷阱,她同样举步维艰。这也表明,身体资本已成为现代女性生存困境的核心因素。与同时代的其他作家相比,盛可以在人生阅历上更为丰富和复杂——因为她的作品中从来都离不开怀疑、漂泊、孤单、受辱等关键词。正是这些与人的内心疼痛密切相关的语汇,折射了她对现代社会内部各种复杂人性的敏锐感知和广泛了解,也使她的小说成功地超越了其他青年女作家所推崇的优雅、纤柔和温情,在更为隐秘的层面上凸现了我们这个物欲时代极为艰难的生存景象。她的很多小说都将某些青年人特有的诗意情怀和理想热情高高地悬置起来,或者极力推到叙事的背后,而让话语直接插入那些令人惴惴不安的尖锐地带,让人物以"苟活者"的面容在那里艰难而无望地挣扎。

路内的《少年巴比伦》、《四十乌鸦鏖战记》、《阿弟,你慢慢跑》、《云中人》等小说,则以狂欢性的叙事语调,展示了"70后"一代躁动不安的青春与成长、叛逆与任性。他们无论是在工厂还是在学校,无论是恋爱还是工作,都渴望特立独行,自由无束。为此,他们常常面对各种荒诞的现实,以更为荒诞的方式进行着解构。李红旗的《捏了一把汗》、《妻子们为什么如此忧伤》,李师江的《吴茂盛在北京的日子》,冯唐的《万物生长》以及李修文的《不恰当的关系》等,或者通过两性之间的撕扯,或者借助人物的无望奔波,在一种黑色幽默的语境中,展示了物欲时代的婚姻、友情已与心灵渐行渐远,只是服膺于个体的感官欲求。滕肖澜的《美丽的日子》、《倾国倾城》、《你来我往》等,表面上看都是叙述小市民对生活的工于心计,而实质上也同样折射了现代生存的乖张、荒谬和平民选择的无奈。贺绍俊先生曾说过:"荒诞感可以说是时代留给七十年代出生作家的印记。80后是没有荒诞感的,他们更多的是一种游戏精神,一种不屑的态度。"①的确,随着创作主体对生活认识的不断深入,"70后"作家也愈加清晰地看到,纷乱的现实之中总是隐含了各种人生的尴尬和命运的错位。像陈家桥的《铜》、《猫扑脸》,田耳的《牛人》,黄咏梅的《单双》,孔亚雷的《小而温暖的死》等,都体现了他们对这种现实境域的深度体察。

当然,"70后"的作家也会自觉关注自身的成长记忆,但对于成长的书写,他们通常以自身的主体情感为主线,并融入了大量的个人记忆和经验,如徐则臣的《水边书》、《南方和枪》、《伞兵与卖油郎》,魏微的《拐弯的夏天》、《姐姐》,刘玉栋的《给马兰姑姑押车》等,都是如此。而像金仁顺、朱文颖和安妮宝贝等,则常常将小说中的主人公明确定位成与作家年龄相仿、性别一致、趣味相投的角色,使叙事呈现出创作主体强烈的个人意识,甚至洋溢

---

① 贺绍俊:《"七十年代出生"作家的两次崛起及其宿命》,《山花》2008年第8期。

着某种"小资情调"。如金仁顺的《水边的阿狄丽雅》、《爱情诗》、《酒醉的探戈》、《去远方》、《彼此》、《云雀》等,都是以男女之间的暧昧情感为主线,于禁忌森严的伦理背后,凸现现代青年女性对真爱的寻找和守望。朱文颖的《高跟鞋》、《戴女士与蓝》、《金丝雀》、《哑》、《繁华》中,都有一位年轻的知识女性穿行于潮湿而阴郁的都市之中,为浮华的物质或迷离的情感而奔走,并洋溢着某种古典的、唯美的甚至是略显病态的气质,饱含都市欲望的气息,又时刻期待着梦幻般的诗意。

无论是对尴尬命运的体恤性表达,还是对荒诞生存的反讽式书写,抑或对个人化情感经验的精确临摹,"70 后"作家在直面日常生活时,并没有回避生存的无奈与伤痛。只不过,他们所展示的这些尴尬和疼痛,更多的是来自个人意愿与现实之间的无法协调,既不像"50 后"作家拥有某种深远的历史意识,也不同于"60 后"作家具备强劲的理性思考,更不同于"80 后"作家对时尚、"穿越"和玄幻等反日常生活的迷恋。因此,从代际差异上看,他们的创作更加强调自我在当下现实中的生存感受,"性爱也好,生活也好,都缺乏自我的历史感"①。也许,正因为他们过于回避对生活和人性进行形而上的哲思,消减了批评家对这一代作家创作的阐释欲望,才导致他们成为当代文坛中一个"沉默的在场"。

在诗歌方面,"70 后"诗人同样也不像"60 后"诗人(即"第三代诗人")那样喧嚣、叛逆、夸张,他们虽然延续了上一代诗人的民间化立场,但很少以集体化的方式向文坛反出各种强力的诘问,而是利用自己的各种民间刊物,以自给自足的"地下"写作方式,不断地展示他们的创作才华和艺术理想。据罗振亚先生的梳理,"70 后的说法,最早出现在 1996 年陈卫于南京创办的民刊《黑蓝》封皮上的一行字:70 后—— 1970 年以后出生的中国写作人聚集地。而后的 1999 年 5 月,安石榴在深圳创办民间诗报《外遇》,推出 70 后诗人诗歌版图,几乎同时或稍后,《诗林》、《山西青年》、

---

① 宗仁发、施战军、李敬泽:《关于"七十年代人"的对话》,《南方文坛》1998 年第 6 期。

《科学诗刊》等媒体纷纷推介与宣传 70 后诗人诗作,引起了诗界的广泛注目,70 后诗歌声名日隆。2000 年和 2001 年,广东诗人黄礼孩在其主编的《诗歌与人》上,分两次隆重地推出'中国 70 年代出生的诗人诗歌展',并于 2001 年借助海风出版社,向世人送上一本厚达 399 页的'中国第一部 70 年代出生的诗人诗歌集'——《70 后诗人诗选》,书的封底用极富煽动性的语言写着'一个时代的诗歌演义,一个时代的诗歌出场,一个时代的诗歌浪潮',这被多数人视为'70 后出生诗人崛起的标志'。"①这一代诗人之所以选择民间化的方式出场,既表明了他们对当时诗歌秩序的不信任,也折射了他们内心的审美焦虑。早在 1999 年,"70 后"代表诗人安石榴就在《七十年代:诗人身份的退隐和诗歌的出场》这篇具有代际宣言意味的文章中说道:"70 年代出生诗人的首要不幸在于他们所面对的时代已经不再是诗歌的时代,跟'第三代'诗人相比较,无疑缺乏与之俱来的激情。商品经济从根本意义上促使了诗人身份的退隐,因而 70 年代出生诗人已由不得已到平静地转入'地下'状态,这与以往为人津津乐道的'民间写作'不同,70 年代出生诗人同样保持着'民间写作'的姿态,并且不再为这样的'埋没'而委屈,写作上的探索与极端探索必然被坚持着……或许这也可以看作是 70 年代出生诗人所面临的写作背景:在 70 年代出生诗人的背后是一片空白的存在,在他们的面前,同样是一片空白的存在。无背景,无意义,正是 70 年代出生诗人当下的境遇。"②的确,从文化背景上看,"出生于 70 年代后,意味着他们开始进入一个日渐涣散和个人化的时代,以前那种集体欲望已经被分解,代之而起的是'无背景无意义'(安石榴语),因而他们在写作上显得更加虚无。他们放纵着各自的文本,并不屑于有所表现,平常意义写作上的历史和记忆的重负被他们调侃消解了,某种文化的历史深度也在他们具体文本中最先缺席,或者被他们彻

---

① 罗振亚:《集体"突围表演"的背后与"失败的运动"——70 后诗歌的发生动因与价值估衡》,《广东社会科学》2009 年第 3 期。

② 黄礼孩编:《'70 后诗人诗选》,海风出版社 2001 年版,第 346 页。

底解构掉。"①这种卸去历史重负的写作，实质上是诗人自觉将自己边缘化，以确保自身精神独立自由的个性使然。这一点，我们可以从辛泊平的《读同龄人的诗》中得到印证：

> 我们信仰把诗歌当作皮肤上的刺青/或者殉道般把诗歌刻进骨头/这些都不重要　我的兄弟们/我们有一样的野心和易碎的理想/有一样的痛苦和堕落的悲哀/诗歌把我们紧紧抓住　把文字当作子/产在我们的身体和灵魂　密密麻麻/白天我们衣冠楚楚地走过城市的街道/被围得近乎完整　黑暗中才把自己/撕成碎片　喂养那些/灼痛我们的词根　桂冠戴在头顶/捂活的或许化蛹成蝶/像春天的桃花醉倒春风/更多的是丑陋而无用的丝茧/随我们一同被埋进坟墓

这首诗虽是诗人对同龄人诗歌创作的一种感性评述，但它无疑体现了这一代诗人对芜杂现实的不适应和对个体生命体验的自觉膺服。他们渴望反抗，但他们又无力反抗；他们希望用诗歌"捂活灵魂"，使之化蛹成蝶，然而强硬的现实又使他们不得不"衣冠楚楚"。所以，他们只能以无奈的心态，接受这种物欲化的时代，"在快乐中窒息的混蛋/衣冠楚楚/发挥出诱人的质感/充满机遇和现代化/这绝不像一般妇女的手法/那样直接，那样了当/那样若无其事一些/很不容易辨认/不容易放松/这是多么让人不好意思/还有我/我的下流/我并不想淹死/在你们华丽的手中"（李红旗《谁要了我的命》）。当反抗变得无法实施，回到自我的内心深处，以自给自足的方式，传达生命存在的诸多感受，便成为"70后"诗人普遍尊崇的审美意愿。这种情形，在其代表性诗人黄礼孩的诗歌实践中表现得尤为明显。多年来，黄礼孩一直坚持自办刊物《诗歌与人》，举办各类民间诗歌活动和奖项，极少参与体制性的诗歌运作，但影响甚巨。他的诗歌多是一些非常精粹的短章，从情感表达方式上看，他喜欢

---

① 黄礼孩编：《'70后诗人诗选》，海风出版社 2001 年版，第 383 页。

采用一种低姿态的方式,即用一种非常谦逊的眼光和口气,传达诗人对现实底层那些不被注意的事物的感受,譬如"树穿过阳光/叶子沾满光辉";"对一朵花的期待/是它能够在阳光下跃出";"母亲很早就已经去了/我坐在众人散去的地方,听见风/送来多么熟悉的声音/它来自天堂,我不能拥有";"它们生活在一个被遗忘的小世界/我想赞美它们,我准备着/在这里向它们靠近/删去了一些高大的词"等,情感取向非常质朴、低调,以日常性的生命感受,抒写诗人个体的审美经验。对于"70后"诗人的这一创作倾向,罗振亚先生曾给予了颇为精确的评述:

　　　　与以往的诗人比较,他们处于更为民间的边缘状态,他们和传统最为隔膜;和同代的诗人之间交流,他们最缺少集体的经验和共同的话语。这种特点和他们置身的高等教育的背景、良好的文学启蒙遇合,使他们既最为直接、轻松,毫无负担,又能冷静理智地观察现实与历史的更迭变幻,兼具单向、勇敢的人生色彩和世俗、实际化的行事风格,"一面想写出自己满意的诗,另一面却不想像他们(别人)那样潦倒",充满高远的精神寄托,也决不放弃个人从精神到肉体的享乐与狂欢的合法性。于是他们就以严肃而戏谑、执着又超然的复合态度,对待生活与诗歌,神圣之诗不再奉为具有行动作用与功能的匕首、投枪,而仅仅视为生活中和快报、水果一样的精神快餐与必要消费品。获得这样一种认识后,他们在写作中更多的时候自然有意识地疏离权力话语,疏离那种以时代、文化征候作为思考主轴的创作,而理智地延续,准确说是认同前辈诗人的日常性取向,尽量将视点日常化,甚至零散化,尊崇、张扬感性因素和个性主义,从诗人的经验、处境和兴趣出发,在形而下层面蹒跚诗思,描写周围与自己有关的生活细节和存在的"真实",甚至把"第三代"诗的平民诗学和身体诗学进一步扩大化为肉体诗学,表现出不乏游戏和消费特征的诗歌征候,表现出一种迥异于朦胧诗、"第三代"诗乃至 90 年代一些先锋诗歌的后现代主义状态。①

　　无论是诗歌还是小说，"70 后"作家都更自觉地表现"小我"。当然，我们也必须看到，人毕竟是一切社会关系的总和，任何一个个体生命的生存，都不可能彻底地摆脱他所依附的社会境域。无论他怎样努力地坚守自我独立的空间，就像戴来的很多小说那样，人物总是极力保持在最狭小的活动范围之内，但也同样无法回避各种尖锐的内心之痛，也同样无法逃离心灵被撕裂、人格被羞辱的尴尬之境。这是现代社会对人性不断进行"异化"的必然结果，也是现代生活中无法摆脱的荒谬性特征。同时，我们还必须看到，由于大量的时尚性元素的介入，以及各种物质文明符号的高度集中，当人们直面现代生活特别是都市生活时，在审度现代文化尤其是都市文化的精神特征时，总是会不自觉地将它定义为欲望化、时尚化、物质化或"另类化"，似乎在现代生活内部，只有这些本能性的世俗追求，才是彰显都市"现代性"的最基本的文化符号，从而忽略了这种现代文化对人的精神所构成的疼痛。特别是在 20 世纪 90 年代中期之后，以卫慧、棉棉等为代表的极端欲望化叙事，以其颠覆性的价值观念和叛逆性的生存方式，让不少人对都市中的"另类生活"和物欲潮流大开眼界，甚至因此对现代都市的文化特质产生了整体上的误解，更加忽视了都市内部许多尖锐、隐秘、焦灼而又极具隐痛意味的精神境域，而"70 后"作家从整体上已深入这种疼痛的内在部位。

二　日常生活的审美呈现

　　从日常生活出发，展示现代社会中那些卑微却鲜活的生命形

---

　　① 罗振亚：《集体"突围表演"的背后与"失败的运动"——70 后诗歌的发生动因与价值估衡》，《广东社会科学》2009 年第 3 期。

态,传达创作主体对这个速变时代的微妙感受和体察,是"70后"作家最为显著的审美追求。为了重构这一日常生活的诗学空间,他们在叙事上也自觉选择了一些别有意味的审美策略,即,突出各种丰饶的细节,注重各种微妙的体验,强调人物内心的盘旋,全力展现那些被庸常经验所遮蔽的、极为丰盈的生命情态。诚如有人所言:"他们对人情物理有细致入微的体察,对当今的都市生活有娴熟的描写,对当代人于滚滚红尘中的情感世界有入木三分的揭示,他们表现出超越前辈的对生活细节与日常化的忠诚,我们每天的日子在他们的笔下活色生香。"①

应该说,"70后"作家的这种叙事策略,一方面是为了契合他们所要表达的审美目标,另一方面也彰显了小说特有的艺术本质。叔本华就说过:"小说家的任务不是讲述那些伟大事件,而是使一些微不足道的小事变得趣味盎然。"②"70后"作家似乎天生就迷恋于各种生活"小事"。他们感兴趣的,常常是"生活中那些细微、微小的事物,像房屋,街道,楼顶上的鸽子,炒菜时的油烟味,下午的阳光……"因为"我们每个人、每时每刻都处在'日常'中,就是说,处在这些琐碎的、微小的事物中,吃饭,穿衣,睡觉,这些都是日常小事,引申不出什么意义来,但同时它又是大事儿,是天大的事儿,是我们的本能。"③东君也说道:"偏重于政治色彩的宏大叙事曾经把小说的声音调得过高,使小说沦为一种假腔假调的东西。20世纪下半叶以来,普罗大众掌握了社会话语权之后,有意推倒精英文学,于是,一群粗通文墨者像报复似的大量使用粗鄙化的语言文字。在作者与读者的意识中,小说高于生活,凌驾于小说本身,而小说的音量也调到了非正常的位置,给人一种

---

① 汪政、晓华:《鲁敏论——兼说70年代作家群》,《山花》2009年第11期。

② [德]叔本华:《叔本华论说文集》,范进等译,商务印书馆1999年版,第358页。

③ 魏微:《日常经验:我们这代人写作的意义》,《文艺争鸣》2010年第12期。

大言炎炎的感觉。那个年代的小说家作为叙述者仿佛就站在高处，必须高声说话才能让更多的人听得到。而事实上，他们高估了自己的能量，也夸大了小说本身的功能（人民是无限的，但小说为人民服务的功能却是有限的）。对于那个年代所产生的文学作品（包括小说），我们理应恭行宽恕，因为他们不知道自己在说些什么，更不知道自己应该怎么说。小说不是打击阶级敌人的投枪匕首，也不是国家机器的某个零部件。小说就是小说，就像诗就是诗。小说不是靠大声说话赢得大众，相反，叙述者如果把小说的声音弄得调低一点，也许效果更佳。因为好的小说最终要抵达的，不是耳朵，而是内心。小说不需要去征服广大读者，不需要发出空洞的强音。我们写作的时候，只对自己的内心负责。因为内心发出的真实的声音不可能是那么高昂的，它只能以心传心。有心者自会听到，无心者置若罔闻。好的小说，越往深处走，声音就传得越远。……庄子说，'道'在猪蹄的下部，在一切卑微、细小之处。一个有叙事才能的作家可以从一个极其微小的切口打开自己的故事文本世界。那样的小说是由形而下的'常道'，进至于形而上的'非常道'。"①基于这样一种理解，他们总是偏爱那些看似琐碎的生活细节，并努力将它们叙述得"趣味盎然"。如盛可以的《缺乏经验的世界》，就非常精确地把握了成熟女人的欲望心理和理性包裹的矜持，让女主人公面对一位近在咫尺而又遥不可及的阳光男孩，慢慢地撕开了自我隐秘而又无法言说的生存之痛——它看似生猛、坦率，实则虚弱、无奈，布满了无爱的苍凉与伤痛。魏微的《姊妹》则以极为舒缓的语调，叙述了三叔婚姻中两位"三娘"之间的漫长纠葛。虽然这些纠葛事关名分、声誉和尊严，但两位"三娘"之间并没有多少你死我活的外在冲突，一切无奈与伤痛，都湮没在种种日常的琐事之中。尤其是当三叔去世之后，两位"三娘"还经常以各种特殊的方式，传达了彼此的宽慰与谅解，也呈现出生命的坚韧与宽广。她的《异乡》则通过一个在异乡飘荡的女孩，展示了青年女性在现代都市中极为孤独的精神之旅。

---

① 东君：《小说是什么》，《文艺报》2014 年 7 月 28 日。

对于许子慧来说,寻求生存的压力虽然很大,然而寻找理解和爱的压力更大。亲人,朋友,恋人,他们总是以这样或那样的方式,使爱变成一种隔膜,变成一种羞辱,变成一种看似不经意的却又是致命性的伤害,从而使许子慧的心灵渐渐地步入绝望之境。在《化妆》中,魏微通过一个女大学生嘉丽与实习时的张科长之间的暧昧关系,在长达十余年的时空中,将一个女人内心里对于真爱的憧憬与绝望,演绎得可谓撕心裂肺。也许,嘉丽的不幸带有某种程度上的出生论色彩,但是,当她面对一个自私而卑琐的男人时,却展示了自己作为女人的那种无边的忍耐、宽容乃至屈辱。正是在这种不可思议的献祭式的情境中,我们才渐渐地感悟到嘉丽对爱情的彻底绝望,对命运的无奈反抗。

类似的叙事策略,在黄咏梅的《草暖》、《负一层》、映川的《易容术》、《我困了,我醒了》等作品中,也都有着精致的审美传达。在这些小说中,作者大多以情感作为叙事纽带,通过两性之间或急或缓的冲突,在不断错位的状态中凸现了人物内心中各种孤立无援的精神处境。如黄咏梅的《草暖》就以坚实的写实性话语,非常从容地一层层剥开了女主人公草暖的内心世界。不刻薄、不显摆、不漂亮、不聪明但是却善解人意的草暖,总是试图用"是但"(随便)作为自己的生活准则,以便使自己的心绪能够调整到最温和的女性状态。然而现实又不可能让她永远地"是但"下去,尤其是丈夫王明白作为一个商业时代的成功人士,总是在不经意中让她惴惴不安。小说的精妙之处就在于,作者紧紧地扣住草暖内心中那种极为隐蔽的不安、孤独而缓缓滑行,使人物内心深处的爱与忧缜密地缠绕在一起,柔软,轻逸,敏感,却又骚动,迷惘,自卑,具有一种纯厚绵长的回味空间。她的《负一层》在叙述一个都市底层、生活永远"慢一拍"的老姑娘阿甘时,更是将这种孤独和绝望推向了极致。阿甘作为一个卑微的存在,上班时整天待在毫无亮光的地下停车场里,没人可以同她交流,也没人愿意同她交流;下班时与母亲相依为命,没有值得信赖的朋友,也没有自得其乐的爱好,几乎过着某种自我闭封式的生活。但是,她依然有自己的美好遐想,有自己的情感追求。每天中午,她都会坐上电梯来到大楼的顶层,看天空中飞翔的鸟群,看飞机在天空中定格,并想象着自我飞翔的情境。当张国荣跳楼自杀之后,"慢一拍"的她又在房间里贴满了张国荣的照片,并在日复一日的孤寂中与这位"哥哥"窃窃私语,以至于在邂逅了一位摩托仔之后,她毫不犹豫地将这位摩托仔当成了自己心目中的"哥哥"。遗憾的是,在强大的功利化现实面前,柔弱的阿甘是没有对抗能力的,她不仅失去了心中的"哥哥"摩托仔,还失去了自己赖以生存的工作,最后,她只好选择楼顶上的天空作为自己的人生之路,在飞翔中告别了尘世的羁绊。映川的《易容术》采用一种极端化的叙事手法,反复演绎了爱情、自信、信任与拯救之间奇特的纠缠。青琴作为一个姿色平庸的女人,在嫁给肖鱼剑之后,随着丈夫事业的蒸蒸日上,两人之间原本就不太平衡的关系,促使她在内心里出现了更大的失衡。而这种失衡又不断地折磨她寻找稳定,于是,她一步步地陷入了逃离、痴想乃至分裂性的精神幻觉中,想以此来摆脱内心深处的绝望和不安。

事实上,像金仁顺的《爱情诗》、《水边的阿狄丽雅》,尹丽川的《贱人》,程波的《左肾》,陆离的《北京站有海吗》、《安乐死》等,也同样存在类似的审美表达。《爱情诗》里的饭店服务员赵莲作为现代都市里地地道道的弱者,虽然经过一番奋力的抗争,为自己赢得了某种尊严和爱,但是,在这种岌岌可危的情感依托中,那种因抗争而遭受的内心之痛依旧如影随形。在《水边的阿狄丽雅》中,金仁顺通过一种非常机智的叙事手段,将"我"的疼痛和尴尬借助别人的经历进行了巧妙的转述,但是,在叙述的字里行间,仍然透视出人物的痛苦和无奈。尹丽川的《贱人》则更显极端。它通过一群都市中的边缘人物,从一次无意义的小偷行动开始,迅速迷恋上了一种非正常的生活。随着叙事的不断推进,这种自我作贱式的反叛和破坏,不仅给他们带来了所谓的生存快乐,还使他们从此踏上了反秩序反伦理的不归之路。作者也正是通过这种反道德的王朔式叙事,拷问了现实伦理与自然人性之间的巨大错位,以及这种错位在人性中所造成的自我伤害。陆离的《安乐死》以回忆的方式,让人物追述了曾经经历的身与心的双重刺痛。程波的《左肾》通过一个留守在上海大都市里的民工在春节期间的际遇,写出了他的内心微妙而又尖锐的苦涩。映川的《逃跑的鞋子》中,作为夜总会里窜场的歌女,贺兰珊无疑置身于欲望现实的最前沿部位,并理所当然地成为那些有钱阶层的猎艳对象。在这种充满了种种欲望陷阱的生存中,贺兰珊凭着自己的机智和手段似乎也显得游刃有余。然而,内心的情感需要、对爱情的真切渴望,又使她不得不选择冒险。于是她不惜牺牲自己的尊严,一次次地试探生活的陷阱,一次次地考验着对方的内心。她最终选择于中,是因为她觉得于中的一切都符合自己的心里安全。可事实是,她依然掉入了阴谋的陷阱。只有伤痛,才是伴随她的最真实的伴侣。

戴来、冯唐、李师江、路内和李红旗的创作,虽然在叙事话语上充满了某种调侃和诙谐的意味,但在具体的细节处理上,他们同样注重那些微妙的感性生存体验,反复捕捉并延展人物在特定情境下的内心情境。像戴来的小说,就非常善于捕捉男人内心的脆弱,然后将它置于尴尬的现实情境中,让人物辗转反侧,最后接受无奈的现实。譬如《对面有人》中的安天,在发现自己的隐秘生活竟被女友刘末搬上了网站之后,虽然内心充满了耻辱感,但在刘末的花言巧语以及金钱的引诱之下,他又很快找到了自我平衡的支点。于是,他不仅原谅了刘末的背叛行为,还与刘末达成了交易,自愿将自己的私密生活继续搬上网站。《突然》中的缪水根,《亮了一下》中的洛扬,《开始是因为无聊》中的刘科,《恍惚》中的周密,《缓冲》中的卞通等等,面对尴尬的婚姻,或妻子的背叛,既想反抗又无力抗争,既想逃离又无勇气,只能在忍气吞声中尴尬而活。在戴来看来,"那些看似强壮的雄性动物在我的理解、观察、琢磨和想象中,其实很疲倦很脆弱像孩子一样需要更多的关照和鼓励。"①因此,当他们遭遇无法抗拒的生活障碍时,戴来总是让他们自己去寻找内心平衡的台阶。冯唐的《十八岁给我一个姑娘》和《万物生长》,李师江的《比爱情更假》,李红旗的《妻子们

---

① 戴来:《别敲我的门,我不在》,百花文艺出版社2001年版,第280页。

为什么如此忧伤》等,都是着眼于青年男女之间的"性",通过这种生命本能的特殊体验,打开人物缭乱而虚浮的精神世界,揭示物欲化的现实对现代人爱之能力的戕害。

路内的《少年巴比伦》、《阿弟,你慢慢跑》等小说,常常以缭乱而无序的青春成长作为背景,倾心于叙述青春的躁动、叛逆、迷惘与转型期社会伦理之间的共振关系。其中,最具代表性的,或许是他的长篇《云中人》。这篇小说以某工学院计算机系学生夏小凡的成长作为叙事主线,演绎了一群年轻人无序、叛逆、焦虑而又放纵的校园生活。这所工学院位于"城郊结合部,原来是大片的工厂区,现在混杂在开发区、市场、仓库、废墟、老新村中",充分体现了现代都市的混杂性,同时它又不是那种正规、严谨、有着明晰学术传统的重点大学,因此也游离了现实秩序的强制性管束。于是,夏小凡和他的同学老星、亮亮、锅仔等人,在这种混乱无序的校园里,开始了青春的放纵式成长。他们常常喝酒发泄,找女友满足本能,日夜打牌消遣,四处寻奇猎艳,完全生活在一种感官的自我满足之中。值得注意的是,在这部小说中,几乎所有人物都是处于无根的状态,没有家庭的强力管束,没有明晰的理想目标,又找不到坚实的精神依靠,从身体到灵魂都处于某种漂泊状态,仿佛挣脱了世俗伦理的"云中人"。说他们是现代都市中的一群边缘人或漫游者,是主流社会秩序的遗弃者,也许比较准确,因为他们各自都带着特有的成长"伤痕"——夏小凡的父亲被小白的父亲杀死,导致两个青年人都没有了父亲的关照,夏小凡从此成为一个自我放纵的人,而小白虽也在学校读书,却早已步入风尘,且最后不知所踪。从某种意义上说,这部小说充满了欲望的喧嚣,尤其是随着夏小凡的青春放纵,性的满足成为作者倾力叙述的焦点。从大一时的长发学姐到富二代的植物学女友,从小白的舍友"拉面头"到不知来历的女服务员,缠绕在夏小凡生活中的,只是心灵的孤独与肉体的慰藉。他不知道自己需要什么,也不清楚自己缺少什么,因此他选择的唯一疗救手段就是感官的刺激和本能的宣泄,并以此对抗巨大的虚空。这是现代都市被欲望劫持后的一种精神镜像,它真实地再现了激烈的竞争环境对于普通人的伤害。它是无爱的,缺少关怀的,只有一具具躯体在流浪。因此,像《云中人》这样的作品,其实是现代都市小说发展的一种基本态势,也是这一代青年作家擅长的书写情境,更是消费文化期待的一种审美趣味。它有自身的优点,但也明显存在着形而上思考的不足。这些作品的叙事,从表面上看,有些随意、凌乱,甚至不乏碎片化的审美特征,缺乏理性的精心控制,但是它们却呈现出生机勃勃的、感性化的日常生命情状。

在这种叙事策略的驱动下,"70后"作家在处理人物关系时,常常着眼于模糊而暧昧的状态,追求一种剪不断、理还乱的审美效果。他们不太喜欢过于复杂的人事纠葛,但他们却能够凭借自己良好的艺术感知力,轻而易举地深入各种日常生存的缝隙之中,发现许多令人困惑而又纠缠不清的精神意绪,并对这些微妙的人生意绪进行饶有意味的扩张。这种扩张能力,其实正是一个作家叙事潜能的重要体现,它可以直接映现作家对生命内在质感的有效把握,使小说在逼向生命存在的真实过程中,成功地建立起自身的叙事根基。像徐则臣的《跑步穿过中关村》就非常巧妙地将"跑步"穿插在沉重的现实与轻盈的理想之间,让人物以"跑步"消解生活的无奈,并通过"跑步"折射内心的理想。朱文颖的《花窗里的余娜》叙述了两家三代人的关系,但两家之间的正面交流并不多,更多的只是"我家"对余家的观察、猜想和议论。作者正是通过对这种若即若离的关系的反复演绎,颇有意味地展示了一代代市民的复杂心绪,有嫉妒也有自足,有向往也有好奇,有平衡也有失落,但终究还是"晃了一晃,就过去了"。孔亚雷的《小而温暖的死》也是通过一种若即若离的叙述,缓缓地呈现出现代都市里"零余者"的生存意绪——这类"零余者"拒绝进入竞争的社会,排斥欲望化的存在方式,坚守内心的自由,最后却只能蜗居于斗室之内。东君的《拳师之死》、《子虚先生在乌有乡》更是迷恋于一种古朴、典雅而又略带几分诡秘氛围的营构,通过清幽而压抑的环境铺展,衬托人物之间难以言说的微妙关系。

在这种人物关系的精妙处理中,金仁顺是最为突出的一位代表。她的很多短篇,如《秘密》、《爱情诗》、《秋千椅》、《彼此》、《云雀》等,都是将男女之间的情爱安置在日常生活的隐秘部位,在解除现实伦理的约束状态中,反复演绎两性之间的情感与欲望、伪装与伤痛。金仁顺并不追究爱与欲的对抗,她的叙事理想就是通过两性之间的碰撞与勾连,打开人物彼此被日常伦理封裹的内心世界,让它们在幽暗的空间里闪耀独有的人性光泽。这种人性光泽,汇聚了真切的爱、自由、诗性的遐想,也渗透了欲望本能、背叛和生命的隐痛。它是一种生命的真实存在,却又被现实秩序封存在表象深处。于晓威的《让你猜猜我是谁》、《在淮海路怎样横穿街道》、《L形转弯》以及李修文的《不恰当的关系》等,也是以男女之间的情感关系为主线,但作者同样没有直接引爆人物的外在冲突,而是以人物内心之间的扯扯拽拽,来呈现现代人在情感沟通上的困境。应该说,"50后"、"60后"作家也非常注重这种人物关系的营构,尤其是像王安忆、毕飞宇、苏童等,但他们更强调这种关系所包含的伦理基质,也更加自觉地突出人物关系背后的社会历史重负,像《骄傲的皮匠》、《玉米》、《茨菰》等,都非常典型。而"70后"则不太在意这种关系背后的现实意义,他们乐于表达的,只是这种关系的不断纠葛所折射出来的微妙而又丰盈的生命情态。它们隐藏在日常生活的底部,又是日常生活的重要组成部分。

与此同时,在叙事形式的开拓性实验上,"70后"作家也保持着相当的热情。像李浩、陈家桥、田耳、朱山坡、李约热、权聆等,都有不凡的表现。譬如李浩的小说,既有寓言体(《闪亮的瓦片》、《等待莫根斯坦恩的遗产》),又有讽喻体(《飞过城市上空的天使》),还有札记体(《告密者札记》)。① 陈家桥则极力推崇哲学化的玄想,他笔下的人物通常都是一些抽象的符号(如沉默者、无眉者、N、表情严肃者、中年人之类),人物的命运常常滑入各种荒谬或错位之境,但他总是以极为虔诚的叙事话语,在各种难以摆脱的生存错位中,探讨人类存在的困境。如《南京》中的暗杀者,愈

① 参见崔庆蕾、吴义勤:《探险与冒险——李浩小说论》,《山花》2009年第3期。

是靠近暗杀对象,成功的可能却愈加遥远;《兄弟》中兄弟俩四处寻找失踪的黄琴,不料黄琴却在悠闲地为花草浇水;《现代人》中小朱跳楼自杀,仅仅是出于"给大家提个醒,一个真正的输家在输光了一切之后,他也就赢了"。在巨大而神秘的现实面前,人类渴望能够从容地掌控自己,但最终发现无能为力。田耳则带着特有的灵性智慧和艺术自信力,不断地打量着这个世界的角角落落。从《衣钵》到《郑子善供单》,从《一个人张灯结彩》到《坐轮椅的男人》,从《父亲的来信》到《在场》,很难找到一种相对稳定的叙事风格,也很少看到一种相对明晰的叙事惯性。朱山坡的《鸟失踪》、《陪夜的女人》,李约热的《青牛》、《问魂》等,都善于动用"以轻击重"的叙述手段,传达现实生存背后的困厄与无奈。尽管这些叙事探索比不上余华、格非等"60后"作家那样强劲而有力,有些甚至还比较生硬,但也可以看出这一代作家在叙事形式上的自觉。而这种叙事的自觉,在"80后"作家的创作中,我们却很难看到——他们更热衷于架空、悬疑等类型化的叙事方式。

诗歌创作也不例外。在"70后"诗人中,回到生活日常,回到生命现场,回到细密的生存体验,是他们普遍推崇的审美追求。诗人们不仅在内容上自觉地"去历史化"、"去形而上学化",而且在表达策略上"去技术化",采用灵活的口语形式,传达日常生活的生命肌理。用黄礼孩的话说:"他们面向生存,更为本真;面向官能,更为愉悦;面向调侃,更为戏谑;面向欲望,更为人性;面向世界,更为自由。"①针对这种反深度、反技术的写作,有人甚至直言不讳地强调,这是一种"轻"写作:"没有背负历史、文化、传统和技术重荷的'70后'诗人注重日常生活的现场感、鲜活性,是比第三代诗人更彻底的个人化、日常化,其诗歌总体上呈现出'轻',是一种'轻'书写。这种'轻'的书写正构成了'70后'诗歌重量的主体。……大多数诗人所书写的'轻',是书写日常琐碎、个人体验、感受、情绪,但其中部分诗人尤其是早期的一些'先锋'将'轻'演

---

① 转引自陈仲义:《在焦虑和承嗣中立足——"70后"、"80后"诗歌》,《文艺争鸣》2008年第12期。

化到了极致,他们以最大限度的铺陈来分行排列文字,或成为流水账式日志,或成为新闻化叙述,完全放逐抒情和'诗意',他们认为'所谓的抒情其实只是一种可耻的自恋'(沈浩波语),主张书写纯感官体验,赤裸地表达,削减隐喻成分,注重文本的快感,甚至倡导'下半身写作',要'回到肉体,追求肉体的在场感',让'体验回到本质的、原初的、动物性的肉体体验中去'"①。尽管这一代诗人中有少数已将日常生活简单地等同于感官放纵,使诗沦为某种欲望的宣泄,但从整体上说,绝大多数诗人依然能够对日常生活内部的各种微妙体验发出独特的声音,呈现出灵动而鲜活的审美趣味。如黄礼孩的诗集《一个人的好天气》,就弥漫了某种个体难以抗拒的孤独意绪,其中的《紫荆花》、《街道》、《马行走在狼道上》、《没有人能将一片叶子带走》、《方向》、《黄昏的侧边》等,都浸润在孤独的情感里。这种孤独,有时是因为怀人,有时是因为茫然,有时是因为命运,有时又因为怜悯……诗人将生命内在的孤独感与这些日常情态紧紧联系在一起,捕捉生活的瞬间感受,拓展那些隐秘而又难以言说的生存体悟。即使是被称为"打工文学"的代表诗人郑小琼,也同样专注于日常生活的书写。如她的《生活》:

> 你们不知道,我的姓名隐进了一张工卡里/我的双手成为流水线的一部分,身体签给了/合同,头发正由黑变白,剩下喧哗,奔波/加班,薪水……我透过寂静的白炽灯光/看见疲倦的影子投射在机台上,它慢慢地移动/转身,弓下来,沉默如一块铸铁/啊,哑语的铁,挂满了异乡人的托付与期待/这些在时间中生锈的铁,在现实中颤栗的铁/——我不知道如何保护一种无声的生活/这丧失姓名与性别的机械的生活,这合同包养的生活。

即使是面对现代工厂的流水线,郑小琼仍然努力使这一枯燥

---

① 罗小凤:《"70后"诗歌的重量》,《青年文学》2012年5月上旬刊。

的日常生活呈现出一种具体可感的特质,并极力展示了各种独特的生活细节和生命体验。尹丽川更为极端,她常常直接通过日常性的生活体验,嘲讽一切严肃的、理性化的生活:

> 我随便看了他一眼／我顺便嫁了／我们顺便乱来／总没有生下孩子／我顺便煮些汤水／我们顺便活着／有几个随便的朋友／时光顺便就溜走／我们也顺便老去／接下来病入膏肓／顺便还成为榜样／"好一对恩爱夫妻"／……祥和的生活／我们简单地断了气／太阳顺便照了一眼／空无一人的阳台(《生活本该如此严肃》)

> 去南方不知名的小城／气候温良的就好／找一份幼教的职业／也可以开一家冰店／嫁一个眉清目秀／干干净净的男人／性生活和谐／在月光柔和的晚上／抹净的桌边／不经意谈一些旧事／／我完全能够这样去生活／只要我不绞尽脑汁／要给这生活取一个名字(《另一种生活》)

在这些诗句里,我们可以看到,诗人对于一切被命名的生活不屑一顾,对于强加在生活之中的意义、秩序和规范,也是置若罔闻。真正的日常生活应该率性、"顺便",既不对历史负责,也不对生命自身负责。张未民先生对此评述道:"她的生活观念采取了一种'向下'的姿态,并由于'向下'的低姿态而获得了展现芸芸众生状态的可能性,展现了生活的个性多样性和生活的日常性,这里的生活天空被压得很低,低到近乎于无所谓的、一波不兴的生活,其静止的淡味之后,掩藏了多少当代青年生存奔波与奋斗的艰辛,依然能让我们感受到一种难以平复的遮盖,这诚如一流行歌所喊:'生活就像爬大山,生活就像蹚大河。'这已不是高歌而是咏叹。但这咏叹之中仍有对'生活'的超越性把握,因为,'生活'概念本身就是一个具有总体性的超越性概念。"①

有关"70后"诗人对日常生活的迷恋性书写,曾引发了不同

---

① 张未民:《一个"生活"主题的诗歌简史》,《中国现代文学研究丛刊》2011年第6期。

代际人群的不同理解和评述。陈仲义先生曾在一篇文章中细致梳理了三个代际的代表人物对他们的评价：

第一是"40后"代表林贤治的评述。林贤治借用布迪厄新型的阶级理论，十分严厉地抨击"70后"诗歌创作是以享乐主义为准则，视快乐为义务和道德，这些"消费主义文化的新的英雄"不是在促进一种特定的风格，而是在追逐、迎合风格本身所具有的兴趣；放纵的行为方式、形式上的反传统、不受约束的态度和姿势等等，他们以最小的代价为自己赢得满足感和声望，并不可救药地把诗歌引向自我欺骗。

第二是"50后"代表程光炜的评述。程光炜认为，"70后"诗人的诗歌美学，是由现代到后现代的、犹豫不决的美学。在他们看来，20世纪八九十年代，诗歌"重"的成分很多，语调、诗句、句式、材料都好象经过精心的调配，达到一种"重"的效果。他们的创作是来自写作中的反本质主义，使诗歌的"轻"成为他们诗歌写作的主要倾向。前辈诗学核心如崇高性、经典性等，现在变成"70后"非历史化、非意识化、日常性的东西。

第三是"60后"代表苍耳的评述。苍耳认为，"70后"处于"话语淤积"、"道路堵塞"和"价值肿胀"的受阻状态。向下之路几乎成为他们大多数的必然选择。"70后"诗人的"下倾性"已先预设了反形而上性，这既关涉存在论的根性问题也关乎一种写作的策略。他们要想在踩满脚印的路上前行，就必须逆着风低头向下走，向昏暗的生存现场和个人之根的底下进行寻找与掘进。①

从这三代人的各自评述中，我们可以看出，无论是追求"享乐"、"轻"的美学质感，还是展示"向下"的生活态度，他们都无一例外地认为，"70后"诗人不再推崇理性的、形而上的生活意义，而是更加自觉地表达当下的、感性的生活体验。但这并不是说，这种感性的生活就是诗歌表达的终极价值，也是他们内心最真实的美学目标，其中同样蕴藏着诗人们对生存的无奈和苦涩。诚如

---

① 陈仲义：《在焦虑和承嗣中立足——"70后"、"80后"诗歌》，《文艺争鸣》2008年第12期。

有人所说的那样:"70 后诗人彻底放弃了经典的情感乌托邦冲动,以大量的解构方式击碎人们的心理预期,还原生活和情感的'原生'状态,逼近平庸乏味的生活场景。在他们笔下,人往往是卑微、琐屑、平常的,情感往往是疲惫、自私、无奈的:'我无法想象一个人婚后的生活/我认为,那是一种每天产生大量分泌物/和排泄物的生活/两个人合并着 消耗着/食物 消耗着/荷尔蒙 消耗着/生活'(宋烈毅:《百叶窗:一个人的私生活》),婚姻的甜蜜温馨荡然无存,二人世界变成纯生物场,生活成了纯物质消耗和纯生理排泄的过程。诗人的这种纯生物视角关注婚姻生活,不是还原人的'纯生'的高贵,而是要传达对自己这样无力改变的生活的愤怒,'我对着所有的墙壁叫喊着/没有一个声音/回答我',当婚姻的激情、神秘以及浪漫都不在了,只剩下毫无生气、令人厌烦的习以为常时,爱情就真的走进'坟墓'。心平气和的语气里却满是绝望。"[1]

必须承认,过度强调生活细节、强调感性生存的艺术策略,也存在着明显的局限性。在"70 后"的创作实绩中,我们很少看到具有深邃内涵和经典意味的诗歌力作,也很少读到耐人寻味的小说佳作。尤其是在长篇小说中,作家强劲的结构能力和叙事的掌控能力便暴露出来,以至于在很长一段时间内,"70 后"作家在长篇创作上总是显得相对薄弱,像戴来的《练习生活练习爱》、《对面有人》,盛可以的《水乳》、《道德颂》,魏微的《流年》,朱文颖的《高跟鞋》,徐则臣的《水边书》,李修文的《滴泪痣》,李师江的《福禄寿》等,都只是一些意蕴单薄的"小长篇"。它们主要靠故事本身的新奇、细腻来吸引人,无论人物性格还是叙事结构都比较简单,意蕴也显得单薄,既无法达到"50 后"作家笔下那种气蕴饱满、纵横捭阖的宏大气象,也无法实现"60 后"作家笔下那种精致幽深、形式之中深含意味的艺术特质。不过,随着他们的创作经验和人生阅历的日趋丰富,这一情形开始发生改观。像乔叶的《认罪

---

① 宋宝伟:《诗意放逐下的严肃——70 后诗群研究》,《南京理工大学学报》(社会科学版)2009 年第 4 期。

书》、徐则臣的《耶路撒冷》、田耳的《天体悬浮》,都显得较为成熟且不乏较深的思想内涵。

三　重构人类完整的生活

没有历史的重负,摒弃了记忆的纠缠,这使"70 后"的写作始终充满了在场感。面对自我、面对当下、面对卑微的个人,他们试图建构一种普通人的完整生活。李修文曾直言不讳地说:"写作,即不背叛自己的经历、气质乃至阅读,不背叛感动我的体验,我的小说态度不背叛我的生活状态。……我的创作平行于生活。"①这种"创作与生活合二为一"的写作追求,其实是"70 后"作家普遍尊崇的一种美学原则。因为在他们看来,"小说没那么复杂,也没那么高深,只要你盯紧这个世界和你自己,然后真诚而不是虚伪地、纯粹而不是功利地、艺术而不是懈怠地表达出来,我以为,就是好的小说。"②"有时候你不得不承认,生活比小说更像小说。"③所以,这一代作家的创作,极为明确地体现了创作主体对日常生活的高度依恋和青睐;他们的叙事,一旦进入日常生活内部,便显得放达而率性,活泛而轻灵。从某种程度上说,他们是在自觉地建构一种日常生活的诗学空间。

笔者之所以作出这样的判断,首先在于我们对"生活的意义"已逐渐有了更为完整的理解。众所周知,在中国当代文学的传统观念里,深受文学载道功能的影响,也受制于集体主义和意识形态的规训,我们在书写生活时,常常会规避个人的精神空间而突出个人生活的社会性价值,强调个体的人在社会政治伦理关系中的作用和地位,推崇人的社会使命感和责任感,追求生命的理性

---

① 李修文:《写作和我:几个关键词》,《小说评论》2009 年第 2 期。

② 徐则臣:《回到最基本、最朴素的小说立场》,《当代文坛》2007 年第 6 期。

③ 戴来:《竟然是这样》,《南方文坛》2002 年第 2 期。

意义建构。至于日常生活所面对的油盐柴米、吃喝拉撒、生老病死等,因其千篇一律并且日复一日,如果不具备特定的理性意义,通常不会被作家们高度关注。但是,随着 20 世纪 90 年代社会转型的到来,物质利益、信息技术和消费文化等开始不断占据我们日常生活的中心,不仅日常生活本身变得异常繁复,而且人们对生活的观念也逐渐回到了个体觉醒的层面。个人不再盲从于集体,也不再推崇某种高蹈的社会使命意识,强大的物质利益使个体的人变得越来越以自我为中心,甚至出现了个人至上的伦理追求。

这种由集体化的、扁平的人走向个体化的、自由的人的现实伦理,不仅改变了我们对个体生命的认识,也改变了我们对生活本身的认识。对此,张未民曾精辟地分析道:"30 年前我们理解的'生活'是革命、政治、精神、启蒙和在此精神照耀下的火热的战斗与生产,它不包括凡庸的日常性的吃喝睡觉等基本生活,更不包括人的身体,而今天我们说的生活主要是什么呢? 有各种表述,比如说以经济建设为中心、欲望时代、消费社会、日常性生活、物质生活、经济生活、身体生活、审美生活等。这些表述都有其合理性,这些方面也正是这 30 年来得以真正猛进地改变了生活面貌的主要因素。"①但是,这种从一个极端走向另一个极端的思维,也同样不是对生活的真正认识。为此,他强调,我们"这个时代的社会生活已完全不同于 30 年前的中国生活,它突显了物质、经济、技术、欲望与日常日用的基础性和首要性,加深了精神对物质的依附性和一体性,因此在承继过往高扬主体精神的传统的同时,以更大的精力和客观的态度去研究过去被我们曾经极大地在人文社会科学领域加以忽略的诸如物质、日常生活、媒介、身体欲望等,是十分重要的。"②只有这样,我们才能"建立起与社会整体

---

① 张未民:《回家的路　生活的心——新世纪中国文艺学美学的"生活论转向"》,《文艺争鸣》2010 年第 11 期。

② 张未民:《回家的路　生活的心——新世纪中国文艺学美学的"生活论转向"》,《文艺争鸣》2010 年第 11 期。

性、生活整体性之间的联系。既然精神、政治、革命、启蒙等并不能覆盖全部生活,它们应该建立起与社会、生活整体性的联系;那么物质、身体、经济、媒介、日常生活等就也应建立起与社会、生活整体性的联系。"①也就是说,只有超越了那种二元对立的思维,我们才能真正地获得一种完整的、全面的生活观,我们对文学与生活关系的理解也才能更加全面和科学。

真正完整的人类生活,应该既包括共识性的"大生活",也包括个人化、碎片化甚至是非理性的"小生活"。尤其是20世纪90年代以来的社会转型,在很大程度上重新确立了人们对这种"小生活"的认识,并明确地意识到,以前那种特定情境下被简化了的"大生活",已不能够涵盖今天生活的全部,"物质因素、身体因素、欲望因素、技术因素等凸显于生活中,大大扩容、鼓涨了生活的体积。尤其在精神性和物质性之间,那些经济机制、网络媒介、城市空间、生态背景等,都以一种中介性的,似乎更倾向于物质基础的有力方式,重组二者之间的密切关系。"②而"70后"作家的成长,恰好处在这个历史节点上。他们的童年记忆,基本上是以"文化大革命"结束为起点,"他们对于当年的生活只有模糊迷离的记忆。而他们成长的青春期,却是改革开放之后价值和文化都相当不稳定的阶段。'方生未死',他们充满了诸多过渡性的气质和表征。教育和文化的过渡性,各种思潮和文化经验的剧烈的冲击都对于他们构成了诸多的挑战。"③因此,与"50后"、"60后"作家们不断叩问沉重而深邃的历史、追踪宏大而繁复的现实有所不同,他们从一开始写作就没有太多的集体意识,也没有沉重的历史记忆,而是直面个体的日常生活,试图从边缘化、个人化的"小生活"

---

① 张未民:《回家的路　生活的心——新世纪中国文艺学美学的"生活论转向"》,《文艺争鸣》2010年第11期。

② 张未民:《回家的路　生活的心——新世纪中国文艺学美学的"生活论转向"》,《文艺争鸣》2010年第11期。

③ 张颐武:《"70后"和"80后":文化的代际差异》,《大视野》2007年第12期。

起步,重构日常生活的诗学价值。这一点,在"70后"作家的长篇写作中,也表现得越来越突出。按理,长篇写作更多地体现出作家对社会历史的整体性思考,在表现"大生活"方面更有优势。但"70后"作家依然乐于从"小生活"入手,以微观的故事去展示宏观的社会面貌。颇为典型的作品,有田耳的《天体悬浮》、乔叶的《认罪书》、徐则臣的《耶路撒冷》等。这批新近推出的长篇,虽然都明显超越了这一代作家早期的"小长篇"模式,但仍然立足于"小生活",试图通过一些小人物的日常生活来映射时代的变化。

在《天体悬浮》中,田耳以一种略显欢快的语调,通过符启明从辅警开始的一路折腾,巧妙地展示了底层平民的执着信念和非凡的生存智慧。作为一个小城市里的派出所辅警,既无权无势,又无身份地位,大多数人只想求得一个正式编制,过上安稳的生活。但符启明并不这样想。用他的话说,"我们是男人,不能把日子过得一成不变,每年都要给自己制订一个目标,每年都要有所发展"。所以,符启明总是将自己的智慧发挥到极致,不断改变自己的劣势,并利用种种条件,上至单位领导,下到暗娼流氓,很快建立起自己庞大的人脉网络。一切条件成熟之后,符启明便果断借助黑社会的势力挺进房产业,继而跨进资本市场,进行各种空手套白狼的融资行动,并最终因命案而入狱。从整个小说来看,田耳显然并不只是为了塑造这样一个"混世者"的形象,因为这类刹不住车的个人发迹史,在当代小说中实在太多了。这部小说的最大魅力,就在于符启明像一个永不停息的幽灵,仿佛当代社会的一个寻访者和见证者,成功地穿越在佴城的各个领域,一次又一次打开了各种异常吊诡的现实秩序和各色人等的精神面貌,充分显示了"70后"作家处理复杂现实的经验和能力。

乔叶的《认罪书》是一部有关罪与罚、沉沦与救赎的小说。作者选择的切口非常小,只是借助一个女孩的成长,拷问人们内心深处的一些诡秘人性。小说通过金金的自我复述,既呈现了一位充满叛逆精神的女性短暂而坎坷的一生,又凸现了自己的家庭和丈夫家庭各种吊诡的精神秘史。金金生于无父之家,自幼饱尝世俗伦理的伤害,也养成了她那玩世不恭的乖张个性与铁石心肠,使她面对母亲的多次哀求,至死不认哑巴是自己的生父。尽管她无意于要充当一位"弑父者"的角色,但是畸形的童年成长经历和屈辱的人生记忆,使她即便通晓了世间的各种伦理,也无法让心中的屈辱释怀。在自己的家族中,她是一个受害者,又是一个施虐者。无论母女之间,还是兄妹之间,留下的只是冷漠和仇恨。然而,当她爱上了有妇之夫梁知之后,她再次自觉地扮演了一个受害者与施害者。她怀上了梁知的孩子,来到梁知生活的小城,试图与他来个鱼死网破。于是,她勾引梁知的弟弟梁新,揭露梁家的伤痛,搅乱梁家的生活……当一切都按照她的意愿实现之后,她最终发现,所谓的复仇、惩罚,只不过是自己以牺牲生命为代价,获取了某些情感上的快意罢了。仇恨里没有尊严。在儿子安安得了白血病夭折之后,金金的良知渐渐苏醒,生命也渐趋终点。

徐则臣的《耶路撒冷》则试图在一个较为漫长的时空里,建构起"70后"一代的精神生活史。从运河边的花街成长起来的初平阳,攻读北京大学的社会学博士之后,准备筹资到耶路撒冷去继续求学。于是,他再次回到故乡花街,打算卖掉旧居"太和堂"。初平阳之所以执意要赴耶路撒冷,是因为少年时期他曾和发小杨杰、易长安等人,在运河边一座摇摇欲坠的老教堂外,听见秦老太太独自坐在耶稣像前一遍遍地念及"耶路撒冷"。初平阳当时不明白这是什么意思,只是觉得非常好听,从此便对"耶路撒冷"念念不忘。后来,在北大的一次国际学术会议上,他见到了以色列的教授塞缪尔先生,才明白了"耶路撒冷"所隐含的宗教之义,同时也再次唤起了少年时期自己的一桩"原罪"——自己曾亲眼目睹秦奶奶的孙子、童年的伙伴天赐割腕自杀,却没有及时阻止和呼救,导致他最后血尽而亡。

然而,当他再次回到花街,与少年时代的朋友相聚一堂时,却发现他们已身份各异。杨杰成为水晶工艺品加工厂的老板,易长安则是个业务遍及很多大城市的假证制造业首领,大学同事吕冬却成了一个"被精神病"者,而吕冬即将离婚的老婆却是个年轻有为的政府官员,秦福小则是混迹于大江南北的打工者,而初平阳的前女朋友已嫁给了本地的房地产商。每一位人物的背后,都记录了这个时代的混乱与喧嚣,也折射了这个时代的伦理变迁。徐则臣试图通过这些小人物的生存经历,从不同的侧面,多方位、多角度地展示这一代人的精神成长,呈现这一代人的生存际遇。令人意味深长的是,在谈到景天赐的死,每个人似乎都陷入了"原罪"式的忏悔与深思,以至于他们都希望能够买下面朝运河的"太和堂",以自我救赎的方式,让秦福小和天送拥有一个安定的居所。因为天送长得极像死去的天赐,他唤起了每个人的记忆,也唤醒了每个人的内心之罪。未婚的秦福小毅然决定领养这个孩子,正是因为当年她曾眼睁睁地看着弟弟在鲜血流尽后死去;易长安也因为天赐游泳游得比他好,曾一次次故意摁下比赛的秒表,直到运河上空的闪电击伤天赐;杨杰和初平阳也认为,正是他们自己的私情和愚昧葬送了一个鲜活的生命。所有人都有着挥不去的原罪,曾经的天赐让他们明白了生命需要救赎。于是,"太和堂"和"耶路撒冷",就像两个具有终极意义的伦理符号,成为这群人安顿灵魂的寓所。梁鸿曾评述说:《耶路撒冷》是一部背叛、遗忘与重新追寻、敞开的书,它让我们看到历史与自我的多重关系,在平庸、破碎和物欲的时代背后,个体痛苦而隐秘的挣扎成为最纯真的力量,冲破现实与时间的障碍,并最终承担着救赎自我的功能。徐则臣进入到这一挣扎的内部空间,进入到时间和记忆的长河,对这一挣扎的来源、气息及所携带的精神性进行考古学式的追根溯源,以一种潮水般汹涌的复杂叙事给我们展现出一个非常中国的经验:在摧枯拉朽般的发展、规约和惩罚中,我们正在永远失去自我和故乡。"①尽管《耶路撒冷》并非一部宏阔的小说,但是,作者力图让每一个人物都撕开一片天空,并尽可能地呈现记忆和现实的复杂性,而这,也多少体现了"70后"作家的某种叙事雄心。

其次,"70后"作家的这种审美追求,也隐含了日常生活诗学重建的复杂性和必要性。从历史上看,中国文学从来就不缺少对

---

① 梁鸿:《花街的"耶路撒冷"》,《文艺报》2014年4月30日。

个人化日常生活的表达,从《诗经》里的"国风"到很多明清小说,都浸润在日常性的"小生活"之中。只不过到了 20 世纪初期,在启蒙与救亡的双重使命感召下,日常生活背后的重大意义或"有目的性"才逐渐成为作家的重大关切。在 20 世纪 90 年代初期,随着"新写实小说"的兴起,这一情形有所改变,但在随后的"人文精神大讨论"中再一次受到质疑,并迅速走向衰微。新世纪之后,"70 后"作家开始以集体性的叙事姿态,重返个体日常生活的审美空间,虽不是什么变革性的艺术探索,但它在重塑人类"完整生活"的过程中,不仅确立了人的身心存在的统一性,也确立了人与物之间的统一性。金仁顺就曾毫不含糊地说:"我没有想过构建自己的文学世界,任何高大的理想,跟我好像都不沾边儿。但有句话是对的,我手写我心。正如我的写作会下意识地描摹我的生存状态,我跟这个世界的关系一样,随着写作时间的加长和作品数量的增加,我也在不知不觉地营造我的文学世界吧。我的文学世界就是我小说里的那些人物和事件,它们记录了当下社会中的一小块生活空间。我希望它是有意义的,有一部分读者能在这里找到认同感。"①这种对生活"小空间"的建构,看似微观,实则也从本质上传达了"对日常生活的诗学肯定"就是"对人性与生命的自觉肯定"这一哲学思想。

　　当然,日常生活的诗学建构也是一项复杂的工程。表面上看,日常生活主要是指"那些人们司空见惯、反反复复出现的行为,那些游客熙攘、摩肩接踵的旅途,那些人口稠密的空间,它们实际上构成了一天又一天。"②但是,如果从理性层面上来认真思考,我们就会发现,"日常生活中的日常状态可能被经验为避难所,它既可以使人困惑不解,又可以使人欢欣雀跃,既可以让人喜出望外,又可以使人沮丧不堪。……在现代性中,日常变成了一

_____

　　① 高方方:《文学,时光里的化骨绵掌——金仁顺访谈录》,《百家评论》2014 年第 1 期。

　　② [英]本·海默尔:《日常生活与文化理论导论》,王志宏译,商务印书馆 2008 年版,第 4—5 页。

个动态的过程的背景:使不熟悉的事物变得熟悉了;逐渐对习俗的溃决习以为常;努力抗争以把新事物整合进来;调整以适应不同的生活的方式。日常就是这个过程或成功或挫败的足迹。它目睹了最具有革命精神的创新如何堕入鄙俗不堪的境地。"①也就是说,作为人类"此在"的证明,日常生活尤其是那些个人化的"小生活",恰恰映现了每个活着的人的生命情态,也彰显了人与社会、自然之间的本质状态。重建日常生活的诗学空间,就是要全面认识生活本身的多样性和动态性,在"习以为常"之中发现并感受那些"陌生"的成分给庸常个体的生存带来的影响,包括肯定"精神对物质的依附性和一体性",②从而以更加包容的姿态去关注曾被我们过去所忽略的物质、身体、技术等,使社会的整体性与生活的整体性统一起来。

这一点,在今天尤显重要。因为如今的日常生活已远远超出了油盐柴米之类的简单事象,呈现出巨大的扩容状态和吞吐能力。这种情形主要体现在两个方面:一是现代科技的高速发展,虽然极大地提高了人们日常生活的质量,改变了人们的生存方式,但也使人们正在变成机器的仆役,甚至成为技术的附属品,人的进化和异化同时并存,并且势均力敌。这使得每个人的生存状态多多少少都会产生一些难以言说的分裂。二是消费主义文化的全面兴起,正在以大众化、快捷化、时尚化和影像化的方式,满足着人类日益膨胀的感官欲求,就像费瑟斯通所说:"遵循享乐主义,追逐眼前的快感,培养自我表现的生活方式,发展自恋和自私的人格类型,这一切,都是消费文化所强调的内容。"③无论我们进行怎样的评判,作为一种现代性的后果,消费主义已真真切切地

---

① [英]本·海默尔:《日常生活与文化理论导论》,王志宏译,商务印书馆 2008 年版,第 5 页。

② 张未民:《回家的路　生活的心——新世纪中国文艺学美学的"生活论转向"》,《文艺争鸣》2010 年第 11 期。

③ [英]迈克·费瑟斯通:《消费文化与后现代主义》,刘精明译,译林出版社 2000 年版,第 165 页。

融人我们的日常生活之中,并构成了我们对"时代"的理解。所以,"70后"的代表性作家魏微就由衷地说道:"我喜欢'时代'这个词,也喜欢自己身处其中,就像一个观众,或是一个跑龙套演员,单是一旁看着,也自惊心动魄。某种程度上,我正在经历的生活——看到或听到的——确实像一部小说,它里头的悲欢,那一波三折,那出人意料的一转弯,简直超出凡人想象。而我们的小说则更像'生活',乏味、寡淡,有如日常。"①就文学而言,有效地表现这种生活对个体生命的影响,展示现代人"活着"的真实性和完整性,无疑是必需的,也是必要的。因此,"70后"作家的这种审美追求,虽然只是一种"小叙事",虽然还没有构筑起一套完整的诗学谱系,但是在重构人的生活的完整性上,在重建身与心、人与物的统一性上,却有着独特的意义。

四　日常书写的内在局限

由于过度依赖日常生活的审美资源,过度信任自身的个人经验,过度强调感性生存的表达策略,"70后"作家的创作也日益暴露出一些群体上的艺术局限。而且,这些局限对这一代际的整体创作,几乎产生了某种根本性的影响,导致他们的作品虽然数量颇丰,却始终难以涌现出一批令人称道的重要之作。

"70后"作家的创作局限,首先体现在他们对社会宏大问题的无力把握,而只是沉迷于个体的碎片化生存状态中。陈思和先生就认为:"纵观'七〇后'作家的创作,作家的眼睛基本上是紧紧盯着现实生活的细节,描述的是消磨意志的日常琐事和无所作为的人物命运,这样的故事讲述多了,展示的仅仅是生活中波澜不起死水一潭,或者生不逢时、自然淘汰的某些角落的现实,但是,对于新世纪中国经济迅猛发展导致的潜龙腾跃、拖泥带水的混乱而壮观的世界,对于经济刺激下人性发生变异、恶魔般的自我膨

---

① 魏微:《我们的生活是一场骇人的现实》,《小说评论》2007年第6期。

胀与自我堕毁的惊心动魄现场,对于人文精神在危机中重新涅槃的追求和想象,都没有能够切身感受和自觉意识,因此也不可能有触及灵魂的表达。"①其实,关注日常生存中的"小我"并没有错,但是人毕竟是一种社会和历史的存在,如何将"小我"融入历史和现实的大背景中,通过日常生活的书写,揭示历史或现实中的某些深层问题,展示创作主体的内心宽度和思想深度,却始终是这一代作家难以克服的障碍。

这一点,突出地表现在他们的长篇小说中。无论是作家的精神视野、思想力度,还是作家的结构能力和叙事能力,在这一代人的长篇小说创作中,都显得不容乐观。像戴来的《练习生活练习爱》、《对面有人》,盛可以的《水乳》、《道德颂》,魏微的《流年》,朱文颖的《高跟鞋》,徐则臣的《水边书》,李修文的《滴泪痣》,李师江的《福禄寿》,以及安妮宝贝的《莲花》等,严格地说,都只是一些意蕴单薄的"小长篇"。它们主要靠故事本身的新奇、细腻来吸引人,无论人物性格还是叙事结构都比较简单,人物关系和命运变化也显得单一,作家的思考很少能够渗透到某些重大历史或社会问题的深处。这些长篇,既无法达到"50后"作家笔下那种气韵饱满、纵横捭阖的宏大气象,也无法实现"60后"作家笔下那种精致幽深、形式之中深含意味的艺术特质。这种局限,他们自己也已经逐渐意味到了。譬如李浩就说:"70后作家在经营故事上有的已经很出色。但缺少思想深度,缺少思想力度,会减损太多文学的美和妙,在那些通俗读者那里的成功不过是云烟。当然,满足于云烟的人实在太多,他们和我一样看不到未来。我不知道你看不看刊物。要是仔细去看的话,你会发现,我们当下的写作是多么琐细而平庸。我在其中,看不到新质,看不到灾痛,看不到冒犯。这,在本质上是对文学的冒犯,是一种不道德。"②

---

① 陈思和:《低谷的一代——关于"七〇后"作家的断想》,《当代作家评论》2011年第6期。

② 张艳梅:《生命智慧与艺术之美的永恒追求——李浩访谈录》,《百家评论》2014年第1期。

有学者甚至认为，"70后"作家的创作，无论在时间维度上还是在审美维度上，都体现了创作主体对个人经验的高度依赖，缺乏对历史与现实的艺术重建能力，亦缺乏直面时代的艺术雄心。"在时间维度的把握上，由于她们普遍以个人经验为底子，因而她们的时间概念无疑是一种'私人时间'，一种个人的成长历程，这种私人时间通常被放在最醒目的位置上。当然，对于每一个小说家而言，'当下'的内涵是不尽相同的"；"在审美维度的设计上，她们的小说也表现出对个人经验的特殊信任。在她们眼中，一切正如她们热爱的电影《这个杀手不太冷》所刻画的那样，世界是零乱不堪的，充斥着暴力、残杀、无理性；她们的存在是悲惨的，被人忽视的（棉棉特别擅长表现这方面），不仅受到同龄主流势力的压迫（如金仁顺的《恰同学少年》、《五月六日》），而且还要受到来自父母、上司等社会方方面面的压力（如周洁茹的《鱼》、《熄灯做伴》，金仁顺的《月光啊月光》）。基于对环境与自身角色的这种体会，尽管她们事实上处在青春勃发的花季，在小说中，我们却从来没有察觉到花季所应有的明朗色彩，而只是感到漫漫黑夜气息的过早来临。"[①]应该说，这一判断虽然稍显偏颇，但也不无道理，因为这一代作家的早期创作，很大程度上就是一种自我生存经验的复述，只是到了近些来年，情况才有所改变。像徐则臣、李浩、张楚、魏微和盛可以的不少作品，开始逐步渗透到较为复杂的社会历史领域。

对于"70后"作家来说，这种局限并不仅仅体现在小说创作中，诗歌也不例外。这一代诗人，常常自觉地将自己纳入边缘化的民间，回避理想主义和启蒙主义的追问，抗拒有关公共领域的重大社会问题，乐于反讽和解构一些现实秩序中的基本伦理。有人就从"广场"的诗学意象方面，解读了这一代诗人的内心特质："'70后'诗人无形中形成一种集体无意识，广场的荣光、血腥、伟大尽管仍在这些怀有理想主义的一代人的身上有着碎片般的闪

———————

① 董丽敏：《坠落的飞翔——评所谓"七十年代出生的小说家群"》，《上海社会科学院学术季刊》2000年第4期。

光,但是更为强大的城市生存的压力和无所不在的压抑成为他们首先要面对的难题。基于此,对于'70后'一代而言,广场是直接和生存(城市)联系在一起的,而非像以前的诗人从革命、战争和政治运动的视域来考察广场的存在和意义。这一代人的广场叙事并非简单的要张扬或祛除历史的记忆,而是在普遍的反讽意识和'离心'状态中揭示出一代人真实的生存现实、历史境遇、心灵感受。政治年代最后残存的火焰和理想主义精神仍然燎烤着这些'70后'一代人日渐沧桑的面庞和内心。然而,当工业时代在无限制的加速度中到来的时候,理想情怀和生存的挣扎所构成的巨大龃龉,也使得这一代的生存和诗歌话语中呈现了不无强烈的诘问精神和怀疑立场。广场成为'70后'一代人在由残存的理想主义的尾声年代向商业时代过渡的重要象征。而当商业时代的广场上的落日投射出他们长长的身影的时候,一个农耕情怀的年代却如此真实地结束了。"①从理想主义表征的"广场",变成商业中心的"广场",这种符号诗学的变迁,折射了这一代诗人对日常生活经验的迷恋,也反映了他们对形而上生存的潜在规避。

其次,这种创作局限,还表现在他们对俗世主义的过度青睐。在"70后"的写作阵营里,越来越多的作家常常被"真实"所左右,并每每以各种共识性的经验和生活常识作为自己创作的坐标。尽管我们都明白,"艺术的真实"并非"生活的真实",但是,当他们在书写现实或者与现实密切相关的作品时,总是自觉或不自觉地动用"生活的真实"来检视作品的审美效果和阅读体验。它导致的直接结果,便是很多作品不断地被客观化的现实准则所制约,创作主体应有的理想情怀却被越来越多的作家所淡忘。一些作家不再迷恋那些超越世俗的梦想,不再崇尚伟岸的人格和博大的胸怀,也不再追问人类灵魂的高贵和浪漫。取而代之的,是对人性本能的感官化呈现,对世俗欲望的狂欢性书写,对现实生存的表象化展示。从本质上说,这是一种由理想主义滑向俗世主义

---

① 霍俊明:《市场化时代的"广场诗学"——新世纪以来"70后"诗歌的精神走向》,《文艺报》2011年10月19日。

的写作,是由现实主义的变异而导致的创作主体的精神衰退。

这种俗世主义的写作,在这一代作家的创作中,显得愈来愈突出。其最为显著的特征,就是作家对现实生活表象的依赖,对物质性事物的迷恋。质言之,就是创作主体对一些俗世的欲望满足保持着高度的认同,甚至是极端的迷恋。从创作主体的精神意愿来看,写作不再成为情感提升和思想深化的审美需求,而是各种潜在欲望的宣泄,或者是谋求自身物质利益的手段。有些创作,甚至以"反叛"为幌子,成为某些反伦理和反人道的怪诞行为的保护伞和辩护词。无论是卫慧的《像卫慧一样疯狂》、《艾夏》、《像蝴蝶一样尖叫》,周洁茹的《抒情时代》、《我们干点什么吧》、《鱼》,还是棉棉的《啦啦啦》、《每个好孩子都有糖吃》、《九个目标的欲望》、《白色在白色之上》,戴来的《要什么进来,要么出去》等,这些作品中的主人公带给我们的都是同作家成长经验差不多的人生经历。这些人物除了在他们各自的作品中不时地重复出现外(如棉棉笔下的"我"与"赛宁",卫慧和周洁茹笔下的"我"),无论是心灵际遇还是价值观念,都没有什么本质的差别;他们都体现出对物质化的市侩文化非常不满,又无法找到有效的反抗方式;他们沉迷于都市的奢华与刺激之中,又渴望摆脱精神空虚的缠绕;他们只要求对自己的欲望真实,拒绝任何道义和伦理上的责任;他们不断地寻找各种各样的精神冒险和游戏,可是又在那种恶性循环般的疯狂中感受着内心深处的焦灼与厌倦。就像卫慧在《像卫慧一样疯狂》中所叙述的那样:"我们的生活哲学由此而得以体现,那就是简简单单的物质消费,无拘无束的精神游戏,任何时候都相信内心的冲动、服从灵魂深处的燃烧,对即兴的疯狂不作抵抗,对各种欲望顶礼膜拜,尽情地交流各种生命狂喜包括性高潮的奥秘,同时对媚俗肤浅、小市民、地痞作风敬而远之。"这就是他们的创作中体现出来的生存愿望。

与此同时,越来越多的作家还喜欢将各种时尚化的信息或夸张的言词作为创作的核心元素,精心描摹人性本能的骚动和放纵,以及两性之间的欲望游戏。从表面看,这类作品似乎充满了对现实伦理的反抗精神,具有某种人性自由的理想冲动,而实质上,它们是以颠覆日常伦理为目标,嘲讽人类生存的道德尊严。这方面,最为典型的就是"下半身写作"的诗歌,像沈浩波的《一把好乳》、伊沙《一个雏妓的世界观》、朵渔的《我梦见犀牛》、尹丽川的《今天上午》、巫昂的《青年寡妇之歌》等。读完这些诗作,你会发现,所谓的反抗,其实是诗人替人性的堕落提供某种消极的辩护,就像陈仲义所言:"看中感官与欲望,并倾向于赤裸的表达,(大大削减诗歌基本的隐喻成分)业已成为'70后'一种常态。极端的说,'70后'主要靠感官与欲望'起家',最有说服力的证据是,世纪之初肉身化写作风靡"①。试想,当《羊脂球》里的妓女都在为自己的尊严进行艰难抗争的时候,我们的一些作家和诗人却为笔下人物的自我放纵寻找合理的辩词。这种差距之中,无疑隐含了创作主体的精神境界。

　　这种情形,还突出地体现在他们对于都市爱情的书写中。这一代作家的很多作品,都常常远离了爱情本身的诗性品质,没有浪漫的怀想,也没有甜蜜的思念,甚至都没有昙花一现的心灵颤动。很多时候,爱情只是一个道具,成为权力交易、金钱交易以及其他各种物质交易的筹码。譬如很多职场小说中的情爱书写,只是利益交易的道具。即使是像滕肖澜《美丽的日子》之类针对普通市民生活的情感叙事,其中的爱情也只是房子和身份的交换手段。我们当然有理由相信,在一个物欲霸权的社会里,爱情已很少激起两性之间的心灵碰撞,更多的只是世俗利益的交换;但我们也有理由相信,圣洁而执着的爱,依然是支撑无数平民生存的精神梦想。只不过,我们常常对这种超越世俗功利的爱,失去了表现的激情和能力。

　　文学毕竟是一种精神产物,不是世俗生活的催化剂,如果过度张扬各种俗世主义的生存趣味,无疑使文学丧失其应有的审美价值。对于这种俗世主义的写作倾向,陈众议曾将它定义为"下现实主义"写作,并认为它与文学的经典律则背道而驰。"所谓下

---

　　① 陈仲义:《在焦虑和承嗣中立足——"70后"、"80后"诗歌》,《文艺争鸣》2008年第12期。

现实主义,简而言之,是指现实主义如何自上而下走到了今天,以至于物质主义和下半身写作甚嚣尘上,不亦乐乎"。为此,他明确地强调,"对下现实主义的背反不仅必要,而且紧迫。这也是由文学,尤其是文学经典的理想主义本质所决定的。"①

再次,这种创作局限,还表现在他们对于时尚化的过度追求之中。从"美女写作"到"下半身写作",从酒吧、吸毒、妓女的沉醉式书写到个人隐秘体验的暧昧性表达,从"大话"模式的四处横流到"小资"文学的此起彼伏,从炫耀性的出版装帧到作家频频招摇于各类媒体……这一切都已显示,"70后"作家的一些创作,已成为一种与时尚化生存保持着紧密关联的社会性文化行为。它以追踪时尚、表达时尚甚至制造时尚为乐趣,并将时尚中的"另类生活"突出在文本表达的中心部位,试图通过创作主体的认同性精神姿态,建立一种看似与众不同的新型审美情趣。而实际上,它是以迎合大众对时尚的热衷心理为写作目的,以不断俘获大众猎奇秉性为手段,来进一步开拓作品的消费市场。

严格地说,这种时尚化的写作倾向,并不是一种对时代精神内在真相的探索,也不可能有效地传达我们对自身所处的社会生存境域的尖锐思考。充其量,它仅仅是一种旨在加强文学消费功能、扩张文学市场空间的文化经营行为。因为在这种时尚化的过度追求中,首先受到伤害的,便是创作主体对人类精神深度的漠视,使文学成为一种表象化、平面化的精神符号,无法凸现作家对自身存在境域的深切体察,更无法体现作家对人性品质的深度追问。虽然我们不能断然否决时尚与深度无关,但时尚从来就是以拒绝深度为生存原则的,这一点毋庸置疑。因为,任何一种有深度的精神都是只存在于少数人的内心,是一些社会精英在高度自治的精神空间里探索的结果,它不可能以大面积的流行方式走向时尚,否则就无所谓"深刻",而时尚从来就以引动潮流为目标,在大众层面上建立共识性的文化情趣。

过度追求时尚化写作,必然促动作家越来越远离自身独特的

---

① 陈众议:《下现实主义与经典背反》,《东吴学术》2010年创刊号。

审美理想,越来越自觉地放弃自己的精神立场,越来越回避对人类心灵的深度追寻。这是一种非常致命的写作陷阱。它使文学变得越来越苍白,越来越浅陋,无力正视我们这个时代的内心焦灼,无力回应人们对存在的真切疼痛,甚至无力传达生命中那些被各种现实所长期遮蔽的人性本质。从某种意义上说,它甚至自行颠覆了文学在我们这个时代的存在理由——作为一种人类精神活动的特殊形式,文学从来都是以自己特有的话语方式,揭示人与自然、人与历史、人与社会以及人与自身的关系。它是依靠创作主体强劲的内在人格与卓尔不群的精神向力,向一切现实和历史的存在不断发出富有力度与深度的拷问,并以此表达一个作家独一无二的艺术理想和人生操守。

　　一个真正意义上的作家,从来都是与一切既定的现实秩序保持着高度的警惕。他只服膺于自我的内心需求,只尊重自己的内心秩序,尽管他也同样需要将自己的道德谱系和价值取向纳入人类共识性的观念之中,譬如建立自身稳固的尊严意识、公正意识、体恤情怀等,但他决不会轻易地与现实达成和解,更不可能也没有必要与时尚建立某种暧昧的关系。事实也是如此。在那些时尚化的作品中,我们不可能看到一种深度精神的展示,也不可能品味到创作主体强悍而深厚的人格魅力,虽然它们有时也会摆出某种前卫性的时髦姿态,但那仅仅是一种非常外在的、浅显的文化标签。

　　更为重要的是,作为一种流行性的文化符号,时尚从来都与短命不谋而合,与经典背道而驰。凡是时尚的都是暂时的,一阵风式的,来时迅猛,去时也快,因为它本身就是没有深度的追求,更谈不上具备何种恒久的文化品性。因此,对时尚来说,避之唯恐不及的最大敌人就是"永恒"这两个字。在写作上追求这种时尚化,无疑注定了作家们只能更多地强调一种话语表达的即时性和现场性,只能凸显话语的时效特征和另类情趣。而对于创作主体来说,不可能拥有充裕的时间和心境沉入生活的背后,对各种生活现象及其文化表征进行长久而冷静的思考。在这种背景下,创作必然催生出一些快餐式的作品,像麦当劳一样,必须趁热消费,一凉即扔。这无疑是对文学这一精神持久性品质的强烈否定。虽然叔本华也说,任何一个时代都有两种写作,一是为历史的经典性写作,一是为大众的通俗性写作,但从本质上看,回避经典的写作都是一个作家所不可取的。一个真正意义的作家,他之所以存在的重要理由就在于,他必须使自己的作品拥有某种永恒的精神力量,让它能穿越漫长的历史时空,成为"世世代代的人们由于各种原因的推动,以先期的热情和神秘的忠诚所阅读的书"(博尔赫斯语),而不是写些让人看完即扔的一次性读物。

　　但是,以迎合大众的"波普情结"为动力的时尚化写作,恰与这种经典性的内在需要相背离,它直接导致了"70后"一些作家的作品看似喧嚣一时,却毫无生命力可言,各领风骚三五月。它使作家很容易躺在"量"的温床上自我陶醉,而忽略了在"质"的意义上对自己创作进行省察和评估。同时,这种短命化的写作,还加剧了作家的浮躁情绪,使他们对生活的认识更多地依赖于自己的感官,蛀蚀了一个心灵劳作者必须拥有的精神内在的丰厚性。事实上,时尚化还为我们设置了一个强大而隐蔽的精神陷阱,即对一种公正而合理的价值评判的颠覆和扰乱。尽管我们不能否认时尚之中有时也会呈现一些纯正、高雅或明智的生活品位,但在更多的时候,时尚常常是以打击"恶俗"为幌子,将许多怪异的、有悖正常社会伦理的、毫无智慧和才情的甚至是粗陋不堪的恶俗生活方式供奉为前卫性的、有品位的文化符号;它试图以消解一切既定的、束缚人性自由的观念为目的,建构某种让人耳目一新的、极度自由的生活理念,而实质上,它是一种将无边的消解与无边的放纵集纳在一起的泛自由主义精神表象。

　　每个时代有每个时代的时尚生活,但是无论哪个时代的时尚生活,它在文化层面上所体现出来的价值倾向和审美情趣,都是非常值得怀疑的,甚至在某种程度上是对人类自身的一种伤害。这一点可以从历史常识中得到印证。我们姑且不谈楚人好细腰、唐人喜胖女之类的时尚生活给人性带来的扭曲,仅就清人追求女人的小脚和男人的辫子、西方强调性解放等"历史遗迹"来看,就可以充分说明这种时尚化的恶俗倾向。面对当下的现实,我们同样可以看到这种价值评断体系极度紊乱的时尚特征,如吸毒、滥交、娼妓体验以及各种让人虚汗淋淋的肉欲生活,都已被视为前卫性的时尚生活而成为某些"70后"作家所津津乐道的表现对象。在那里,我们很少看到尖锐的痛楚,很少看到生存的无奈和绝望,我们感受到的只是作家对这种生活情趣的自我沉迷,对感官享受的精致临摹,虽然有着很鲜明的叛逆性和前沿性,可是透过这种反叛性的话语,我们却发现创作主体的道德律令已完全消失,对现实生存的价值评断也已彻底缺席。

在分析"70后"作家的创作局限时,陈思和先生曾经提到,这一代作家并不缺少技术层面上的能力,也不缺乏学识修养上的储备,"对'七〇后'作家构成束缚和限制的,主要缘自时代环境对人格发展投入了阴影,导致了他们的创作缺乏大激情和大胸怀,缺乏真正的先锋精神。或许棉棉、卫慧事件只是一个偶然性的事件,但以后的'七〇后'作家再也没有了那样激荡混乱的青春情怀。我曾经指出过,二十世纪的文学史的发展轨迹是由先锋文学与常态文学交替组成的节奏,五四新文学运动本身是一场先锋运动,它的特征就是青春情怀的勃发,而每一阶段文学发展的核心力量,是从青春的先锋性出发,推动了常态的文学缓慢发展,但是到了世纪末的九十年代,青春文学的先锋性颓然丧失,新生代的断裂运动和'七〇后'作家的先驱者棉棉、卫慧掀起的都市欲望的写作被遏制,迫使以后的文学发展回归常态运作。大部分'七〇后'作家都是这一回归的实行者,他们遵行的基本上是沿着生活发展而写作的常态写作,而把先锋性转让给了以另一种异端面貌出现的'八〇后'的网络写作。"①尽管我们也会发现,在这一代作家中,像田耳、张楚、东君、哲贵、李浩、徐则臣、陈家桥等,也不乏某些艺术探索的勇气,但从代际整体上看,他们确确实实还缺少一种大激情和大胸怀,而这,无疑也是日常生活审美化本身所隐含的艺术局限。

① 陈思和:《低谷的一代——关于"七〇后"作家的断想》,《当代作家评论》2011年第6期。

第五章　新时期作家代际差别的审美呈现之四
——"80后"作家群的审美取向

　　大约从新世纪开始,凭借"新概念作文大赛"的巨大影响,"80后"作家几乎在转瞬之间,便成为中国当代文坛关注的焦点。他们大力彰显各种叛逆性的青春书写,无视一些传统的写作规范,呈现出强烈的解构式思维,既赢得了大量的读者群,也让自身成为一种极为独特的文学存在。无论是各种媒介,还是文学批评界,都常常冠之以天才式的"少年写手"之身份,不断地进行跟踪性的评述,从而使这一代作家一出场,就在偶像化的文化语境中,轻松地遮蔽了几乎同时出道的"70后"作家群。

　　无须讳言,"80后"作家的写作,从一开始就得到了消费文化与信息文化的双重支持。20世纪90年代之后的中国社会转型,尤其是市场化经济模式的逐渐深化,使得世纪之交的文化消费渐成气候,并为"80后"作家轻松地游离于体制之外赢得了巨大的发展空间。同时,信息文化的高度发展,与这一代的成长几乎保持着某种同步性,也使他们对信息媒介的利用轻松自如。因此,他们从开始写作,就不必尊崇传统的体制化创作思路,而是以其鲜明的市场化特征出现在人们的视野之中,并在偶像化、大众化的运作过程中,深刻地影响了中国当代文学的发展格局。

一　经验与超验的多维度开拓

　　经过十多年的历炼,如今看来,"80后"作家的整体创作已经从当初的"新概念作文大赛"模式中完全挣脱出来,并呈现出较为丰富的发展态势。少年式的叛逆冲动与感伤忧郁的青春书写,尽管仍是这一代作家的创作内涵,但已不再是他们唯一的美学坐标。也就是说,随着创作经验的不断积累,审美思考的不断深化,以及文化视野的不断拓宽,"80后"作家群的文学实践,已经渐趋繁复与多元。

若从整体格局上看,"80后"作家普遍强调个体生存的独特性,非常善于回避自身社会经验和文化视野不足之弱点,很少书写个体与社会之间广泛而复杂的依存关系,而是更多地立足于其成长经历和想象能力,寻找可以发挥自身特长的表达空间。依据其创作倾向和审美趣味的不同,笔者认为,"80后"作家群大体上可以分为差异鲜明的三个群体:

一是青春写作群体。这个群体主要书写青春期的成长体验和生存感受,包括"另类化"的校园生活,迷惘而缭乱的人性冲突,以及自我放逐式的抗争。代表性作家有郭敬明、春树、孙睿、鲍尔金娜、易术等,也包括韩寒、张悦然和李傻傻等人的早期作品。

二是传统写作群体。这个群体的创作,基本上承续了传统文学的相关特质,但又进行了一系列具有代际意义的突破,尤为注重展示都市内部普通个体的生存意绪,以及无序性的精神冲突。代表作家有笛安、甫跃辉、李傻傻、张悦然、胡坚、小饭、周嘉宁、马小淘、蒋峰、南飞雁、张怡微等。

三是类型化的网络写作群体。代表作家有南派三叔、天蚕土豆、流潋紫、我吃西红柿、跳舞、血红、安意如等。他们的创作主要立足于网络,并在玄幻、悬疑、穿越、架空、推理等方面,形成了特殊的类型化美学倾向。

上述这三个写作群体,其实是从三个不同的方向共同支撑了这一代际作家的写作面貌,也展示了这一代际较为复杂的、多维度的审美追求。因此,要相对全面地了解"80后"作家的整体写作格局,我们有必要分别从这些写作群体出发,进行一些相关的实证性梳理。

先看青春写作群体。

如前所述,"80后"作家大多以"少年写手"进入文坛,青春期的成长履历和内心体验,曾经是他们最为核心的书写内容,也是他们赢得巨大社会影响的文化标签。但是,耐人寻味的是,作为独生子女的一代,他们并没有经历过物质生活的极度困顿,也没有遭受教育启蒙的荒漠,而是在相对丰裕的经济条件与相对完整的教育体制下成长着。这种理应"舒适"的外在环境,却并没有给他们带来由衷的快乐,反而使他们陷入某种孤独与抑郁的情境中。尤其是面对体制化的社会生活(或校园生活)秩序,包括当今教育启蒙所倡导的各种价值观念,他们似乎充满了厌倦、不满和否定的情绪。

一方面,他们对现实秩序饱含了各种不满的情绪,内心弥漫了种种"成长的烦恼";另一方面,他们又渴望拥有独立的个人空间,张扬独特的个性秉赋,展示无拘无束的自由精神。这种青春期特有的叛逆与"成人化"的人格理想融会在一起,便形成了这一代人内心深处强烈的解构性冲动,也使他们从创作之初,就体现出鲜明的、反抗性的精神诉求。这一点,在韩寒的《三重门》中表现得最为典型。《三重门》问世之后,几乎在转瞬之间便引起巨大的社会反响,并非是因为它的艺术价值有多高,而是它触及了当下中国教育的价值理念和体制构架,同时也真切地反映了这一代人的内心感受。也就是说,韩寒以其直率的个性和质疑的勇气,在不断嘲讽各种中学教育规范的同时,使自己不自觉地成为"80后"群体的青春代言人。所以,自《三重门》之后,韩寒的每一部新著问世,都成为中学生们争相追捧的读物,而韩寒自身也成为这一代人的偶像。

与韩寒略有不同的是郭敬明。郭敬明同样是"新概念作文大赛"推出的一位青春偶像式人物,但他选择的是忧伤式的青春表达,而不是反抗式的青春冲动。从《幻城》、《梦里花落知多少》到《悲伤逆流成河》,郭敬明的崛起固然离不开出版商和大众媒介的联手炒作,但也离不开其作品特殊的亲和力,即"一半忧伤、一半明媚"的感伤与疼痛。它是青春期独有的生命体验,也是这一代人在独生子女环境中感受尤深的记忆。长辈与社会的外在关爱,并不能激活他们内心的幸福,孤单和感伤依然如影随形。郭敬明的最大优势,就在于他通过优雅的文字,细腻地展示了这一代人难以言说的疼痛感。

尽管韩寒与郭敬明的写作风格颇不相同,但他们恰恰代表了"80后"青春写作的双重向度:叛逆和感伤。对于青春期而言,这是一枚硬币的正反两面。一方面,渴望独立成人的想法,自由无束的意愿,使青春期的人群非常容易产生叛逆心理,对一切具有束缚感、压迫感的伦理秩序极为反感,由此形成了一种反抗性的书写姿态;另一方面,青春期的生活又是极度敏感的,特别是面对爱情、友情、欲望等,都会随着身体的成熟而变成一种无法满足的焦虑,继而形成某种"少年维特之烦恼",产生各种无序的感伤与疼痛。事实上,"80后"的青春写作群体,正是沿着这两种生命体验和精神向度来展开的。

在叛逆性的青春书写中,随韩寒之后,涌现了李傻傻、春树、易术、孙睿、李海洋等人的一些锐利之作。像李傻傻的《红×》,就充满了各种极端性、反伦理的生命体验;春树的《北京娃娃》同样也遍布了各种自我放逐式的青春欲望;易术的《陶瓷娃娃》则以几个少年的小圈子文化,不断解构现行的教育体系;孙睿的《草样年华》不仅直接嘲讽老师的自私和粗鄙,还嘲讽家长的可怜与可笑;李海洋的《少年查必良伤人事件》则以"小混混"作为主人公,展示其在成长过程中自由放纵的人生理想……在这些作品中,作家们意欲传达的核心意绪,就是对现行的教育体制、价值观念以及伦理秩序的不适、厌恶或敌视,其背后隐含了创作主体对个体自由主义的热切期待。

在感伤式的青春书写中,不仅有郭敬明式的"悲伤逆流成河",还有更多说不清道不明的青春隐痛。从《葵花走失在1890》到《樱桃之远》、《十爱》、《水仙已乘鲤鱼去》,张悦然的小说中总是缠绕着某种宿命式的忧伤,它们似乎与爱相关,与亲情相关,但又不仅仅如此,很多时候,这种忧伤是渗透在人物的精神深处,甚至是他们的某种精神特质。周嘉宁的《往南方岁月去》则以主人公初恋的执著与无望,细腻地呈现了躁动青春背后的情感之痛。类似的小说还有宋静茹的《只爱陌生人》、朱婧的《关于爱,关于药》等。这些作品大多以情爱作为表达对象,通过内心化的叙事策略,细致地展示了主人公的自我心路,也呈现了这一代人难以言说的疼痛之感。

无论是叛逆还是感伤,作为青春期成长的精神特质,它们常常夹裹在各种快乐的生命表象之下,但"80 后"作家们却毫不含糊地将之视为表达的核心,并由此形成了他们自我宣泄的一条渠道。为此,有人曾评述道:"在韩寒《三重门》、春树《北京娃娃》、孙睿《草样年华》、李傻傻《红×》这样一些广为读者熟悉的文本中,主人公不再是《我爱阳光》中的'保送生',也不再是《花季·雨季》中阳光下成长的少男少女,作弊、打架、逃学、退学、性、暴力、杀人等另类行为反复出没于其生活现场,青春的莽撞与懵懂是与传统意义上的无所事事、不务正业、不良行为相联系的,叙述格调也由温馨明朗变为粗砺愤激抑或戏谑调侃。即使在郭敬明、张悦然等不是特意标榜'愤青'情绪的作品中,也似乎通篇流荡着一种忧伤、阴郁,甚至乖戾之气,而与'我爱阳光'的明媚相去甚远。"①

再看传统写作群体。

这一群体是"80 后"作家的中坚力量。他们既包括一些从青春写作中逐渐蜕变出来的作家,也包括一些立足于传统写作并努力有所开拓的作家。他们之所以被笔者视为一种传统写作群体,主要是他们的表现手法和审美趣味,与传统的纯文学写作并无太大的差异,不同之处在于他们关注的生存空间是以自我为中心的经验,带有强烈的代际化倾向。从目前的创作实绩来看,这一群体已显示出较强的创作潜能。

在这一群体中,笛安、甫跃辉、马小淘、南飞雁、张怡微等人的创作,几乎从一开始就沿袭了传统文学创作的思维。无论是书写家族式的内部生活,还是展示个人化的情感际遇,他们都是立足于青年人的个体感受和体验,凸现与创作主体文化身份相吻合的精神特质。当他们的笔触不得不探入历史或社会时,都显得小心

---

① 孙桂荣:《论"80 后"文学的写作姿态》,《文学评论》2009 年第 4 期。

翼翼,甚至是浅尝辄止。像笛安的《西决》、《东霓》和《南音》就是如此。它们分别以三个堂姐、堂兄和堂妹作为主人公,演绎了一个家族内部的各种情感纠葛和代际冲突,尽管也不时地延伸到父母辈的生活甚至是海外的生活,但在叙事过程中都是匆匆带过,其叙述的核心仍是三位"80后"青年的情感生活史。甫跃辉的很多中短篇,也都是书写都市夹缝中当代青年的生存境况。这些青年往往来自遥远的乡村,置身于繁华的都市之中,没有任何依靠,也找不到强大的生活寄托,面对各种物质和情感的挤压,他们由此形成了种种无所适从的生存窘境。马小淘则以玩世不恭的戏谑性语调,不断地探讨这一代人的情感出路,其中的《慢慢爱》,可视为其代表之作。张怡微的创作要稍显稚嫩,青年人的情感生活同样是她的主要表达内涵。略显不同的是南飞雁。他有着与"80后"作家几乎不太相衬的视野,并将笔触不断伸向机关单位,饶有意味地呈现了一些机关小干部的生存心态和精神面貌,如《灯泡》、《红酒》和《空位》,都是非常成熟的作品。

　　胡坚、小饭、蒋峰、张佳玮、李傻傻等人,曾被马原推崇为"五虎将",具有较强的开拓意识与先锋精神。从近些年的发展来看,尽管他们还缺少较强的文体意识,但他们并不缺乏自觉的探索精神,无论是在叙事形式上还是在生存意识中,都有一些值得关注的探索。像蒋峰的《维以不永伤》等作品,都可以看到其先锋性的艺术气质。近年来,他的《遗腹子》、《花园酒店》、《六十号信箱》等,也引起了人们的高度关注。小饭的创作虽然数量不多,但也在试图进行形而上的追问,如长篇小说《蚂蚁》就非常典型。张佳玮的《倾城》,则借助迷宫般的故事设置,追寻生命与历史之谜。此外,像苏德的《钢轨上的爱情》、《赎》,以及颜歌的系列小说《良辰》等,也都试图通过各种特定的文本形式,凸现人性中某些潜在的奥秘。

　　与此同时,我们还看到像张悦然、韩寒等曾以青春书写起步的作家,近些年来也开始转向传统化的写作领域。自从主编《鲤》以来,张悦然的艺术思维和具体创作都开始呈现出向传统回归的倾向。《鲤》与其说是一本青春文学读物,还不如说是"80后"展示自我内心世界和审美理想的一个重要窗口。该杂志的主要作者都是"80后"作家,包括张悦然、周嘉宁、张怡微、苏德、于是、殳俏,同时也推出了一些有潜质的新写手。更重要的是,该杂志每期设定一个与他们生活密切相关的主题,诸如"孤独"、"暧昧"、"荷尔蒙"、"最好的时光"、"谎言"、"上瘾"、"文艺青年"等,通过各自的言说传达这一代人内心的生存感受。而韩寒的《1988:我想和这个世界谈谈》、《他的国》等,虽然还蕴含着叛逆性和质疑性的精神立场,但从叙事的完整性和艺术思维上看,已呈现出明确的回归传统之倾向。

最后,看看类型化的网络写作群体。

这是一个较为庞杂的写作群体,且更新速度很快,也是中国网络文学的生力军。从南派三叔、流潋紫、我吃西红柿、跳舞,到天蚕土豆、安意如等,事实上,在当今网络文学中领尽风骚的,绝大多数是这些"80后"作家。他们从创作的一开始,就自觉地规避传统经典化的创作思路,推崇种种通俗的类型化写作,既不追求作品具有反复阅读、多重解读的审美效果,也不讲究表达形式、文本结构及语言的内在张力,而是以故事的新奇性和题材的特殊性吸引读者,用南派三叔的话说,"写小说不以好看为目的是耍流氓"。这种以"超好看"为目的的写作,几乎自然地演变成一种类型化的通俗性写作模式。所以,在当今的网络文学中,类型化越来越明显,也越来越丰富。从整体上看,我们认为,这类写作主要有以下几个特征:

一是重返志人志怪式的艺术思维。"80后"的网络作家大多追求奇幻、穿越、仙侠、恐怖推理等类型的小说创作,这些小说本身就是以志人志怪的方式来叙事的,因此其奇幻性不言自明。即使是现实生活题材的书写,他们也追求其生存的奇幻性,像一些青春小说和情爱小说,多半是智慧与诡术交织在一起,叛逆与混乱共谋,小资与时尚携手同舞。如鲍鲸鲸的《失恋33天》,就是以日记体的方式,在明晰的人物冲突中,以极具日常生活化的叙事,揭示了当代青年的情感困顿与心灵归依的迷惘。整个作品洋溢着一种后现代主义的审美意绪,消解神圣,反抗意义,以喜剧性的语调,异常生动地传达了漂泊的个体在巨大的欲望迷津中无所适从的生存状态。

二是无限膨胀的话语追求。网络文学作品越写越长,已是一种基本趋势。"80 后"作家的很多作品动辄一百多万字,甚至数百万字。这一方面是因为网络成本低廉,几乎可以忽略不计,另一方面也是为了吸引读者的长期点击。但同时,我们也应该看到,这种话语的无限膨胀,使很多类型化的作品变得粗糙芜杂,结构上松散不堪,缺少应有的审美价值。中南大学教授欧阳友权先生提供了这样一组数据:截至 2012 年 12 月底,在我国 5.64 亿网民中,有网络文学用户 2.33 亿,其中网站注册写手约 200 万人。文学网站及移动终端每天的文学阅读超过 10 亿人次。欧阳友权表示,网络文学所创造的巨大文化关注,"重构了足以表征一个时代的文学新语境"。① 不可忽略的是,这些网站和移动终端中的很多作品均是收费阅读。

2011 年的《中国社会科学报》上,曾有这样一篇报道:在"起点中文网",有一个外号叫"码神"的写手——唐家三少。他是"起点"最早的几位"白金大神"之一——"大神",是起点作者被赋予的最高荣誉。唐家三少告诉记者,正常情况下,他每小时写四五千字。从 2004 年初到现在,他坚持每天在网络上上传 8000—10000 字,每年写作量不低于 280 万字,最多的一年写了 400 万字。就这样,在将近 7 年的时间里,唐家三少总共创作了十来部作品,总字数超过 2000 万。他戏称自己的码字数量已经赶超张恨水,而他的终极奋斗目标,则是据说一辈子写了 1 亿字的作家倪匡。②

在此,我们不妨简要分析一下南派三叔的代表作《盗墓笔记》。它被视为"盗墓小说"的巅峰之作,与天下霸唱的《鬼吹灯》一起,在网络中掀起了一股盗墓小说的热潮。但是,笔者认为,盗

---

① 武翩翩:《网络文学在创新中发展》,《文艺报》2013 年 8 月 5 日。
② 吕莎:《网络写作:十年结网 战国争雄》,《中国社会科学报》2011 年 1 月 25 日。

墓只是该小说的故事主线,其本质上仍是一个探险故事,带有惊悚和奇幻的特质。这部长达数百万字的小说,主要讲述了一群长沙土夫子(南派盗墓贼)在 50 年前挖到一部战国帛书,残篇中记载了一座奇特的战国古墓的位置,不料那群土夫子在掘墓过程中碰上了令人惊悚的诡异事件,导致所有人员全部身亡。50 年后,其中一个土夫子的孙子在先人笔记中发现了这个秘密,于是,他纠集了一批经验丰富的盗墓高手前去寻宝——从西沙外海到秦岭神树,从云顶天宫到蛇沼鬼城,随着一次次盗掘古墓过程的展开,各种奇幻、诡异、惊悚的事象,不断呈现在人们的眼前:巨大尸鳖、千年粽子、七星疑棺、青眼狐尸、九头蛇柏、紫金密码匣、恐怖血尸……所谓"掘金",差不多成了各种奇闻异事的大展览。事实上,很多类型化的小说,都是采用了这种开放性的故事结构。它意味着这种冒险故事几乎可以无限制地书写下去。

三是市场消费的文化链逐渐形成。随着智能手机、平板电脑等技术的普及,以及卡通读物、影视剧等大众文化消费模式的繁荣,网络文学的文化产业链,如今已日渐丰富,且明显优越于纯文学。在通常情况下,一部类型化的作品,如果在网络上获得了较高的点击率,便会迅速被各种移动通讯平台吸收,成为手机和平板电脑的热点读物。紧随其后,纸质读本开始印行。然后是漫画、影视版权的出让。几乎每个环节,都拥有十分丰厚的利润,其文化产业链的发展相当成熟。像流潋紫的《后宫》系列,就非常典型。

类型化的网络写作群体,既是"80 后"写作的一支重要力量,也是中国当代文学发展中一支不可忽视的重要队伍。他们改变了精英文学创作一统天下的文学格局,并很好地促动了当代文学的多元化发展倾向。

无论是青春写作群体、传统写作群体,还是类型化的网络写作群体,其实都预示了"80 后"作家群的多方位开拓,也体现了中国当代作家在代际意义上的变化。这种变化,表明了新一代作家在成长过程中,并不满足于前辈们业已形成的艺术思维和审美观念,也不完全认同现有的文学秩序和专业体制,而是努力以自由写作的身份,寻找并确立自己的艺术优势,扬长避短,在市场化的文化消费语境中,展示文学应有的生命力。

二　自由无拘的反自律书写

在《北京娃娃》中,春树曾如此写道:"自由自由自由自由,'吃饭的自由,睡觉的自由,说话的自由,歌唱的自由,赚钱的自由,点灯的自由,自杀的自由,自由的权利一直是自己的,这个自由都没有,还谈什么自由。'毫无疑问的是我再也忍受不了了。自由自由自由自由,看书的自由,吃饭的自由,睡觉的自由,听歌的自由,做爱的自由,放弃的自由,回家的自由,退学的自由,逃跑的自由,花钱的自由,哭泣的自由,骂人的自由,出走的自由,说话的自由,选择的自由,看《自由音乐》的自由,自由自由自由自由自由,自由自由自由,如果你不是一个自由的人,还说什么自由。"①这段近乎放纵的叙述,几乎可以视为"80后"一代人的精神宣言,也是这一代作家在创作中共同呈现出来的内心诉求。

按理,与前辈们相比,"80后"一代并无太多的压抑和束缚,丰富的物质生活、多元的文化消费、宽松的社会环境,都为他们的成长提供了相对自由舒朗的生存空间。作为在中国独生子女政策下成长出来的第一代人,他们唯一受到"压抑"的,或许就是来自长辈们的关爱甚至是溺爱。对于精心哺育的子女,长辈们无疑寄寓了他们太多的希望,而当这些希望与关爱融会在一起,便会成为诸多潜在的"要求",由此对这一代人不可避免地形成某些制约性的"压力"。但从客观上说,这种压力还不至于构成巨大的束缚,使他们陷入某种困厄之中。不过,话又说回来,作为新中国第一代"小皇帝",绝大多数出生于城市的"80后",都养成了一种唯我独尊的个性。这种以自我为中心的性格,具有明确的自恋意味,使他们稍受压力便会做出叛逆和反抗的姿态,尤其是在青春

---

① 春树:《春树四年文集》,中国青年出版社2006年版,第77页。

期,表现更为剧烈。笔者以为,这恰恰是"80 后"一代在写作中如此崇尚个体自由的重要缘由。

对绝对自由的强烈吁求,对一切外在束缚的敌视和挑战,构成了"80 后"作家创作的核心品质。无论是有关青春的叛逆性书写,还是忧郁感伤的表达,包括网络中的奇幻性书写,其背后都渗透了某种彻底的自由主义理想。有人就认为,"'80 后'一代纯真、自恋,他们想实现个体生命的彻底自由,但又在心理上感到非常孤独、脆弱,在精神上缺乏一种方向感和归宿感。无论在生理上和心理上,他们都是一群不定向的游离分子。轻飘与梦幻,成为这代人共有的精神气质和性格特征。这种'轻飘与梦幻'的精神气质和性格特征,给这代人文学写作的精神取向和艺术形态打上了深刻的烙印。"①这段话说得颇有几分道理。但从另一个角度来说,问题或许不在于这种彻底自由的正确性与否,而在于通过这种自由的驱动,"80 后"作家形成了一系列独有的审美特质。事实上,从我们的阅读经验来看,"80 后"作家们在创作上的审美特质,归纳起来,主要体现在五个方面:

一是反抗与放逐的相互交融。

反抗是介入性的,而放逐是逃逸性的,这原本是两种截然不同的生存方式,隐含了积极自由与消极自由的两种争取模式,但是在"80 后"作家的创作中,它们却常常交织在一起,形成了某种奇特的审美倾向。

毫无疑问,"80 后"作家的很多作品都充满了叛逆和反抗的意绪,但是,其反抗的目标常常是虚无的,其反抗的方式也常常是自虐式的。即使是像韩寒早期的小说,目标直指现行的教育体制和价值观念,但他反抗的手段也只是不合作式的解构和嘲讽。他们并没有多少英雄情结,也没有强烈的救世意愿,爱护自己、遵从内心的舒适感,是他们反抗的主要动力。就像有人所论及的那样:"80 后作为一个创作整体登上文坛,首先引起人们注意的是作品中一大批的另类的人物形象,他们以叛逆和反抗的姿态、以嘲

---

① 武善增:《论"80 后"写作的精神姿态》,《文艺争鸣》2011 年第 9 期。

讽和调侃的语调书写青春的无奈，把成长看成代表着否定、训诫和惩罚的'坚韧的黏网'，个体成了无边之网中挣扎的猎物。80后以'反'和'拒绝'的姿态成长着，以颓废、反讽、游戏和调侃的姿态叙述着，他们书写的是个体生命在各种有形无形的'门'与'网'中无可皈依的荒谬性的存在困境。他们的创作是对既存秩序和存在方式的怀疑、背离、反叛和解构，呈现出一种当代人普遍'在路上'的彷徨、苦闷、焦虑、恐惧和忧伤的流离之苦，展示了一代人的写作伦理，具有了非常高的精神高度。"①

在这方面，韩寒、孙睿、春树、李傻傻等人的作品表现得尤为突出。从《三重门》开始，韩寒就高举着叛逆的大旗，犹如另类青年的领袖，一方面无情地批判现行的中学教育体制，否定其中所强调的价值理念，嘲弄各种规范化的启蒙理念，另一方面极力推崇个人化的自由主义理想，标举"另类化"的个性风范和勇气，以率真的姿态将自己打造成"时代斗士"的角色。随着《零下一度》、《像少年啦飞驰》、《毒》、《通稿2003》、《长安乱》等一批作品的相继问世，韩寒终于在叛逆的大旗之下，以异类尖叫的方式，让自己迅速成为"80后"一代的青春偶像。然而，这种非建设性的反抗和非建构性的叛逆，更多的只是一种情绪的发泄，它所体现出来的，也多半是一种自我放逐式的率性。如《三重门》中的林雨翔所看到的，不是蛮横粗暴的官僚校长，就是矫揉造作的教导主任；不是自以为是且愚蠢迂腐的班主任，就是夸夸其谈且徒有虚名的语文老师……置身于这样一种令人窒息的环境中，林雨翔的反抗方式，其实就是一种不合作，而他在本质上仍然是一个碰上打架就逃跑的怯懦者，并非真正意义上的斗士。在《长安乱》里，那些所谓的武林高手，其实都是一帮无所作为、极为平庸的乌合之众。因此，韩寒所标举的"反叛"，实质上，只是隐含了这一代人反体制的个体意愿，就像"80后"作家熊远帆在《青春散场》中所说的那样："不错，我们拒绝媚俗。但是我们并不清楚媚俗的对立

---

① 郭彩侠、刘成才：《一代人的写作伦理——80后作家的美学症候与精神叙事轨迹》，《文艺争鸣》2011年第6期。

面是什么,很多时候我们都只是为讨厌而讨厌,为叛逆而叛逆。"①

这一点,在韩寒后来推出的《1988:我想和这个世界谈谈》与《他的国》中,可以看得更为清晰。在《1988:我想和这个世界谈谈》中,韩寒赋予了人物以"入世者"的身份,让陆子野驾驶着那台1988 年出厂的汽车,奔波在318 国道上。为了朋友莫名其妙的嘱托,陆子野孤独地踏上了遥远的征程,同时也深入这个社会的内部,发现了一个又一个现实生活的真相:既有公务人员气宇轩昂的暴力执法,又有警察巧借法律的谋财诡计;既有江湖游医的行骗嘴脸,又有虚假广告的四处泛滥;既有报纸舆论的"和谐"审查,又有娱乐圈内的潜规则……在这里,陆子野既是小说的主人公,又是现实的见证人,他以自己的所见所闻所历,揭示了这个时代内部的诸多弊病。在路上,陆子野邂逅了孤苦伶仃的妓女黄晓娜,作为生活在底层的边缘人群,他们一路上互相倾诉、彼此慰藉,又相互猜疑,甚至偶有欺骗,但最终还是顺利抵达了目的地,并完成了朋友的嘱托——取回了朋友被枪决之后的骨灰。与此同时,黄晓娜在得知自己染上了艾滋病之后,却消失得无影无踪,直到两年后,她将自己生下的孩子辗转托付给了陆子野。从韩寒的创作意图来看,他试图让陆子野以"独行侠"的方式进入现实内部,揭示各种丑陋的现象,从而"与这个世界谈谈",但他并没有打算让陆子野成为一个反抗者。事实上,经历了无数的无奈和尴尬,陆子野最终还是以自己的善良和宽厚,承纳了这个世界的诸多不幸。

在《他的国》中,韩寒则通过寓言般的思维,让人物转入一个相对封闭的世界,建构属于自己控制的自由领地。主人公左小龙寄居在城市郊区一片待开发的荒地中,每天骑着心爱的摩托车,独自游走在这个社会的边缘。他试图割裂自己与这个世界的联系,然而人毕竟是一种社会的存在,左小龙也不得不与这个世界产生这样或那样的纠葛,尤其是泥巴和黄莹进入自己的生活之

----

① 熊远帆:《青春散场——80 后的青春自白与忏悔录》,湖南人民出版社 2006 年版,第 302 页。

后,一切幻象开始破灭,坚硬的现实不断地冲到自己的眼前。这两个女孩都异常纯真,并无多少世俗的气息,泥巴有着一个当官的父亲,黄莹则出生于普通家庭,她们都追求童话式的爱情,哪怕从一开始便知是飞蛾扑火,也在所不惜。但是,在与她们交往的过程中,左小龙既无法主宰她们,也无法主宰自己,残酷的现实,最终消解了他的所有理想,也使他最终导致失败。

事实上,无论是陆子野还是左小龙,他们既是一个抗争者,一个对世俗伦理和现实秩序有着强烈不满的解构者,一个藐视一切的独行客,又是一个放逐者,一个将自我主动安置到社会边缘地带的游走者,一个盘踞在小空间中的逍遥者。他们对这个世界的丑陋和阴暗有着明确的憎恨,并常常表现出愤世嫉俗的姿态,但他们又无力去颠覆它、改造它,所以常常选择一种自我放逐的方式,展示自我与这个世界的不相融。

春树的小说也是如此。从《北京娃娃》、《红孩子》、《长达半天的欢乐》到《2条命:世界上狂野的少年们》、《光年之美国梦》等,春树一直倾力展示各种无拘无束的生命形态。她似乎从来不打算让人物遵循现实的伦理秩序,更不会让人物认同日常生活的价值理念。在她的笔下,很多人物都没有独立的生活基础,没有远大的人生志向,也没有耀眼的命运前景,只是游走在都市的底层,自觉地扮演着“坏孩子”的角色,以绝对的率性传达“叛逆”的情绪,以绝对的自我展示自己的与众不同,以随意的放纵体现自身的欲望需求。无条件尊重自己的感官伦理,不委屈自己,是春树笔下人物的生存景象,也暗示了创作主体的价值理想。春树自己就曾经说过:“其实我觉得自己更像一个诗人……诗人才不管不顾呢,今朝有酒今朝醉。”她还将萨特的话视为一种自我放逐的理由:“没有任何一个人有能力,或者说有资格、有必要,为另一个人指明方向。”①

但春树的叛逆与放逐,并非仅仅是为了彰显这一代人内心深处的恶之花,她的作品中还渗透了某种强烈的疼痛、麻木、虚无和

---

① 春树:《村上春树是我最大的竞争对手》,《新周刊》2010年第12期。

残忍的生命体验。这种体验既源于青春的无助和无奈,也源于世俗伦理的羁绊。它是青春独有的敏感性被不断放大之后,所形成的某种情绪化的生命感受。春树的很多小说都对这种感受尤为迷恋,因此,她完全摒弃了所有带有思考性的表述,很少对现实的问题发出自己的辨析和判断,一旦人物遭遇到某种拘束,放弃和逃离总是他们自觉选择的人生路线。所以,有人曾这样评述春树:"在众多作品中,春树也没有表现出任何强烈的追问意识,没有对生活的质疑,往往只是即兴的表达,或是把'我'对生活的放任自流,把固执的个性,发挥到极端。"①尽管这种批评并非没有道理,但是,就春树的创作而言,其笔下的人物本身并没有多少人生的阅历,更没有多少文化的积淀,要让他们在叛逆之中显示出某种追问的价值,体现人物对社会与历史的深度思考,显然是难以做到的。叛逆只是为了自由,而当这种自由无力捍卫时,他们只能选择自我的放逐,这便是春树所建构的一种生存逻辑。

如果我们再看看李傻傻的《红×》和孙睿的《草样年华》,同样也会发现,当他们着力展示青春的叛逆姿态时,依然让人物选择了自我放逐之途。在《红×》里,正在读高三的沈铁生因为屡犯校纪,被学校开除。由于不想让身为农民的父母知道后伤心,沈铁生便佯装继续上学,踏入了自我放逐的流浪之路,靠偷窃、女友的资助和自己打工来维持生计,在漫无目标的游走中,学会了抽烟、酗酒、打架、嫖娼乃至乱伦等种种恶习。后来,在与女友杨晓约会时被流氓抢劫和强暴,受到侮辱的沈铁生奋起之下杀死罪犯,从此潜逃湘西。《草样年华》则干脆以"草"代"花",将青春视为一种卑微而又无助的存在。小说通过邱飞与周舟的情感主线,展示了当代大学校园生活的枯燥无味、喧嚣空虚等诸多问题,其中既有师生之间的利益冲突,又有学而无用的课程设置,甚至争名夺利的较量。正是这种陈旧的教育体制,促使他们热衷于逃课、恋爱、拼酒、补考、游山玩水,让青春在自我放逐的过程中如野

---

① 霍博:《残酷青春是一面旗》,见黄浩、马政主编:《十少年作家批判书》,中国戏剧出版社 2005 年版,第 109 页。

草般飞扬,迷惘无助而又极度空虚。有人就认为,孙睿用他的"青春编年体"呈现出"80后"一代人从青春到成熟的过程中人生观和生活状态的改变。其实,这种变化,是一种对青春热血的稀释,是激情无处释放之后的混乱。它所折射出来的,是这一代人对各种价值秩序的不信任和不认同,具有某种后现代意义上的平面化精神特质。

总之,反抗是为了自由,是面对不合理的现实保持自己的立场。当反抗不能赋予外在的冲突力量时,便会转化为内心的叛逆和否定。而自我的放逐,则是对个体自由最为便捷的维护。这也就是说,将叛逆与放逐融会在一起,从本质上,还是基于这一代人对个体自由的渴望。对于"80后"作家来说,他们清楚地知道自己作为成长中的一代,尚无足够的反抗力量,所以,他们自觉地选择自我放逐,让社会、长辈们的期望彻底丢弃,让青春以"另类"的方式展示各种独特性。

二是感伤与冷漠的彼此渗透。

成长总是与感伤相伴而行,这是很多成长小说都离不开的主题。身体的躁动、理想的焦虑、现实的繁杂、社会的期许……很多内在和外在的因素,都会以这样或那样的方式,嵌入不同的青春期中,形成一种特殊的人生风景,犹如吹不散的雾霾。"80后"一代也不例外。但"80后"作家在书写成长的感伤时,却不仅仅是疼痛或忧郁,同时还掺杂了大量的冷漠和坚硬的情感成分,从而导致这种感伤不再具有某种绵柔温婉之美,而是潜藏着诸多尖锐和残酷的人性面貌。

青春尚未过去,爱却已然苍老。在笛安的很多小说中,主人公总是带着孤独而感伤的意绪,在爱与被爱的过程中,伤害别人,也伤害自己。如《告别天堂》中的天扬与江东,虽然还只是高中学生,却已经整天沉迷于爱与欲的纠缠。他们的最大兴趣不是学习,而是打打闹闹,分分合合,以近乎自虐的方式,乐此不疲地相互折磨,以此玩味着青春的伤痛。他们有情感,但这种情感更多地依附在感官或情绪之中,转瞬即逝之后,便化为相互的攻讦。在《芙蓉如面柳如眉》中,大学生孟蓝频繁穿梭在各种声色场所中,以陪酒女郎的身份换取虚荣的生活,当她看到自己深爱的陆羽平已另有所爱,便以硫酸将情敌夏芳然毁容。尽管后来的陆羽平毅然娶了夏芳然,然而庸常的家庭生活所带来的,却是无穷无尽的伤害。爱而不得的感伤,道德约束的无奈,最终都化为彼此之间极度的冷漠或恶毒的攻击。

在"龙城三部曲"《西决》、《东霓》和《南音》中,笛安再一次演绎了这种伤痛与冷漠的彼此渗透。父母的长期对抗,使东霓自幼便对家庭之爱丧失殆尽。在东霓的眼中,父母"是一对千载难逢的极品夫妻,崇尚暴力,热衷于侮辱对方。他们俩的吵架不是一般意义上的夫妻拌嘴,而是真正的搏斗。只要你见过一回,你就会相信,这两个人对生活源源不断的热情,恰恰来自于长年累月的相互攻击跟诋毁"。即使是很多年之后,东霓仍无法忘记自己在幼年时期,被父母掐住脖子的濒死体验,尤其是那种窒息的感觉。长大成人之后,她一次次地寻觅着爱和归宿,却又一次次远离真爱,沦为灵魂的漂泊者。父亲病重瘫痪在床,她的问候是"他怎么还不死啊";自己亲生的孩子患有智障,她常常对之施虐以发泄内心的愤懑;堂弟西决一旦拥有了可人的女友,她便暗中作梗……对东霓来说,童年的阴影和成长的落寞,或许构成了人生最大的"创伤记忆",也使她注定了离不开孤独和忧郁,但是当她能够主宰自己的时候,却又以更为冷漠甚至是歹毒的方式去伤害别人,包括自己的亲人和爱人。

有着"玉女作家"之称的张悦然,在书写成长与爱的忧伤时,也常常露出冷漠甚至残酷的质色。有关张悦然小说中的忧伤情怀,很多人已给予了评析。如莫言就认为:"张悦然小说的价值在于:记录了敏感而忧伤的少年们的心理成长轨迹,透射出与这个年龄的心理极为相称的真实。"①邵燕君也评述道:"张悦然的定位是'忧伤的玉女','忧伤写作'的兴起本身就是对'阳光写作'和'叛逆写作'的整合和转化,转化的方式恰恰是回避它们所直面的校园生活,遁入奇境奇思。'忧伤作家'最走红,说明'忧伤'最

---

① 张悦然:《葵花走失在1890·序》,作家出版社2003年版。

符合这个青春消费群体的普遍口味。"①还有人则指出:"阅读张悦然的小说,就不由得联想到安妮宝贝,一种高屋建瓴的苍白写作,仿佛不食'人间烟火'。主观上脱离坚实的社会背景,以一个所谓的'内心都市'为场景,由不可捉摸的自我情感延伸开来,制造出'忧伤'的氛围与'爱情'的纠缠。"②无论人们对这种忧伤的评判如何,都认同张悦然的小说中确实渗透了某种忧伤的情绪。从她早期的图文集《是你来检阅我的忧伤了吗》、《誓鸟》,到后来的《水仙已乘鲤鱼去》、《十爱》等,其中有关主人公的成长,总是遍布着爱的缺失、孤独和伤痛,很少有一种阳光般明媚的快乐。

　　或许正是这种忧伤的长期积淀,导致了张悦然笔下的主要人物常常显得十分冷漠,甚至是冷酷。像《誓鸟》里的春迟,长期生活在重重限制与禁忌之中,即使后来远渡重洋,经历了海盗的劫持、母亲的被杀、爱人的死亡,自己也在一场海啸中丧失记忆,但是,在唤醒春迟记忆的过程中,不管是淙淙、苏迪亚、钟潜还是宵行,他们为了她几乎牺牲了自己的一切,乃至最宝贵的生命,但春迟始终保持着无动于衷的冷漠。而在《红鞋》里,女孩目睹了母亲的被杀,也显得无动于衷。这个孤僻冷酷的女孩,常以虐待他人和动物为乐,不仅将邻居男孩牙齿全部拔掉,还残忍地虐猫,甚至迷恋于拍摄各种阴森恐怖的画面。《水仙已乘鲤鱼去》中的璟,虽然先后经历了父亲、奶奶、继父、小卓、沉和、丛薇、小颜的死,但很少有过度的悲伤;她的母亲也从来没有给过她爱,留下的只是痛恨、厌恶、轻蔑。《小染》中的主人公小染,每天重复做的事情,就是早晨买来水仙花,然后用剪刀剪断它们的根茎,看着它们慢慢死去。这种几近残忍的人性,与人物的孤独与忧伤纠缠在一起,使张悦然的小说不时地进出尖锐怪戾的气息,有时让人感到不寒而栗。有学者就指出,张悦然的"残酷"叙述源于其对"酷虐文

---

　　① 邵燕君:《由"玉女忧伤"到"生冷怪酷"——从张悦然的"发展"看文坛对"80后"的"引导"》,《南方文坛》2005年第3期。

　　② 黄浩、马政主编:《十少年作家批判书》,中国戏剧出版社2005年版,第52—58页。

化"的推崇与信奉,它是"一种主张残酷写作的叙述姿态,也是一种推崇残酷美学的审美态度……尽管她的小说仍然保留了时尚的炫目语词,但它们已经从忧伤逐渐升级为疼痛直至酷虐。在幻想世界中,张悦然用各种不同的手法来处理酷虐。"①

　　这种审美特质,在郭敬明的小说中也有明确的体现。从《爱与痛的边缘》、《幻城》等开始,郭敬明的小说就呈现出"一半忧伤、一半明媚"的感伤特征,尽管这种感伤大多是因为爱而不得的失意,并无多少深刻的精神内涵,但正是这种烦恼式的感伤意绪,切中了大量青少年读者的生存感受,也使得郭敬明的偶像化指数不断飙升。在《1995—2005 夏至未至》中,郭敬明开始有意识地规避以往单纯的伤痛书写,力图让人物的情感世界变得丰富起来。由是我们看到,在这部作品中,围绕着高中生活的特殊环境,人物之间的交流掺杂了爱、恨、眼泪、迷惘、离散、死亡等诸多元素,小说的意蕴也变得稍稍丰富一些。而到了《悲伤逆流成河》,郭敬明则在感伤和疼痛的主题书写中,明确地增添了冷漠和残酷的人性元素。在小说中,父母与子女之间的血缘亲情,常常体现为彼此的憎恨与厌恶,如易遥与母亲林凤华之间、齐铭与李宛心之间、顾森西与母亲之间,都缺少爱与信任,常常体现在剧烈冲突之中的相互攻讦。同学之间的友情也不再是两肋插刀,而是相互嫉恨,恶意中伤,彼此报复,以至于相继自杀。所谓"悲伤逆流成河",从某种意义上说,其实是"冷漠逆流成河",因为展现在这群学生眼前的,总是一个个意想不到的坚硬和残酷,是最为粗鄙的人性和最为自私的面孔。

　　在"小时代三部曲"里,郭敬明继续强化了这种悲伤与冷漠彼此交织的人性状态,只不过,他将更多的原因推向了以上海为背景的资本化现实。从作者的主观意图来看,"小时代三部曲"试图揭示一群青年从大学到工作这段时间的精神面貌,展示他们在人生重大转折过程中的心灵成长状态。但是,在浮华的上海大都市

---

　　① 徐妍:《幻想是一种有魔力的资源——张悦然小说中幻想与"酷虐文化"的互证关系》,《南方文坛》2007 年第 4 期。

里,我们看到,顾源、简溪、崇光、宫洺、顾准、卫海等青年人,很快就迷失在金钱编织的人际网络中。无论是顾里与顾源之间的爱情,宫洺对奢华物质的迷恋,还是"我"和简溪之间的误会,席城与南湘、顾里之间的纠缠,其背后都离不开金钱这只"幕后黑手"。尤其是到了《小时代3.0刺金时代》,当他们真正地步入社会,终于看到,冷酷的现实顿时扑面而来,人与人之间的尔虞我诈、明争暗斗、相互利用甚至疾病死亡,开始频频进入每个人的生活之中,导致整个叙事不断地裸露出冷漠而又坚硬的质地。

这种感伤与冷漠相互掺杂的情形,在"80后"作家的笔下非常普遍。像甫跃辉的《巨象》、《动物园》,蒋峰的《六十号信箱》、《于勒的后半生》,南飞雁的《空位》、《灯炮》等,都凸现出这种审美倾向。很多类型化的网络作品中,如流潋紫的《后宫》系列等,也同样存在类似的倾向。它折射了这一代人对利益化现实秩序的感知和理解,也传达了他们对幽暗人性的体察和隐恐。

三是玄想与猎奇的紧密共振。

在类型化的网络写作群体中,"80后"作家则体现出另一种审美特质:玄想与惊悚同舞,冒险与猎奇共振。他们似乎很少继承"70后"网络作家的衣钵,诸如《悟空传》式的浪漫主义激情,《彼岸花》式的感伤主义情怀,而是有意识地摆脱了创作主体现实经验的不足,完全依靠想象或凭借一些相关的专业知识,进行纯粹的虚构性写作。这种审美格调的形成,一方面源于网络载体的特殊要求——它必须适合网络的动态化阅读特质,要紧紧抓住读者的阅读心理,不能让他们轻易走开,犹如电视台不能让观众随意更换频道一样。这就意味着,猎奇是其吸引读者的一个重要手段。另一方面,当然也源于这一代作家自身的特殊素养。他们毕竟是被卡通电视和画册喂养起来的一代,尤其是日本的各种卡通片,为他们的想象力提供了丰富的经验参照,以至于我们可以非常明显地看到其中的某些文化渊源。受到这"一内一外"双重因素的影响,"80后"作家在网络写作中,不再遵循痞子蔡、宁财神、安妮宝贝等人的美学原则,也不再迷恋各种"无厘头"式的戏谑趣味,而是专心于各种类型化世界的全面营构。

这种倾向,在郭敬明的《幻城》、《爵迹》等作品中,就已经表现得非常明显。从本质上说,它们都是以玄幻为手段,展示了某种非现实世界里的生活,且融入了大量的奇幻成分。如有人分析《幻城》时,就曾如此评述道:"幻雪帝国、火焰之城、深海鱼宫等玄虚之所,幻术、灵力、占星、前生、转世、梦境操纵、巫乐暗杀等灵异之事,以及卡索、樱空释、梨落、法槭、岚裳、蝶澈、潮汐等不食人间烟火之人,使整部作品通篇充满了玄幻色彩。但此玄幻却是'真正'的玄虚与空幻,对现实的象征、隐喻或批判色彩是十分稀薄的,像火族与冰族的世代征战和相互残杀并不指向正义/邪恶主题,而仿佛只受制于某种神秘的轮回理念。卡索与弟弟之间忽而是血肉相连的至亲、忽而又是置对方于死地的仇敌的关系,也无关个人品质的人性善恶好坏,而是不由自主地受到前世今生的拨弄。几个女子对主人公卡索永远的追随也似乎无关爱情,而只是对'注定是他的女人'的一种宿命般的应验。"①曹文轩在此书的序言中也说道:"《幻城》来自于幻想。而这种幻想是轻灵的,浪漫的,狂放不羁的,是那种被称之为'大幻想'的幻想。它的场景与故事不在地上,而是在天上。作品的构思,更像是一种天马行空的遨游。天穹苍茫,思维的精灵在无极世界游走,所到之处,风光无限。"②其实,无论是《幻城》还是《爵迹》,它们所呈现的世界,都是与现实生存环境颇不相同的"架空世界","在这个世界,没有不可能发生的事情。玄幻文学不但不受自然世界物理定律、社会世界理性法则和日常生活常识规则的制约,而且恰好完全颠倒了这些规范。"③这种完全不受现实经验和逻辑制约的世界,无疑巧妙地规避了这一代作家对现实认知的不足。

当然,就类型化写作而言,玄幻的目的不仅仅是为了回避作

---

① 孙桂荣:《论"80 后"文学的写作姿态》,《文学评论》2009 年第 4 期。

② 曹文轩:《喜悦和安慰——〈幻城〉序》,郭敬明《幻城》,春风文艺出版社 2004 年版,第 2 页。

③ 陶东风:《青春文学、玄幻文学与盗墓文学——"80 后写作"举要》,《中国政法大学学报》2008 年第 5 期。

家经验的不足,还是为了强化作品的吸引力。如果我们抛开狭义的"玄幻"类型,从广义上来看"80后"作家的网络写作,无论是悬疑、推理,还是穿越、架空,在本质上都离不开玄幻的成分,都绕不过猎奇和冒险的特质。也就是说,在这种类型化写作中,玄想是其不可或缺的特质之一。通过玄想,作家可以充当上帝的角色,创造一片独异的世界,并在那里建构种种符合自身理想秩序的社会关系。如颜歌的《异兽志》,就设置了一个永安城的地方,在那里,九大兽类与人类共同生活在一起,像悲伤兽的雄兽可与人类女性交配,在她们高潮时吞食女性,然后化成她们的形象,吸收她们的意识,并慢慢变成雌兽,以此繁衍后代;喜乐兽则常常寄居在幼童体内,神秘无常;穷途兽生性木讷,则以绝望为食物;荣华兽爱如磐石,但恨亦如天火,一旦由爱转恨,将会同归于尽……尽管我们可以从寓言的角度,将这部小说视为人类某些情感的隐喻,但就小说本质而言,它讲述的依然是一个"异界"的故事。

从玄想开始,全力打造各种"异界"的天地,在那里尽情挥洒自己的艺术才情,展示自己的人生梦想,这是很多"80后"网络作家自觉尊崇的一种叙事模式。曾以《魔兽剑圣异界纵横》风靡网络的白金作家天蚕土豆,就非常善于营构各种"异界"之事,如其新近力作《斗破苍穹》,累计点击量已超1.3亿,纸质本尚未出版完整,发行量就达到200万册。在该小说中,作者虚构了一个斗气的世界,在这个世界里,每个人都专注于斗气的修炼,在无数代人的努力之下,斗气不断繁衍,发展到了巅峰。因为斗气的极度发达,又衍生了无数的斗气修炼之法,由高到低分为四阶十二级:天、地、玄、黄,同时每一阶,又分为初、中、高三级。功法的高低决定了一个人日后成就的高低,实力处于同阶别的强者,功法高级的一方占据着绝对的优势。这个世界完全不同于传统武侠,并无行侠仗义的主旨。辰东的《神墓》、《长生界》等作品一会儿到远古,一会儿在魔界,人物的言行规则,也完全不同于现实世界。

我吃西红柿的《星辰变》、《盘龙》、《九鼎记》、《吞噬星空》也是如此。它们都融入了某些科幻的成分,不断地打造出各种令人匪夷所思的世界,主人公则一如既往地修炼功力,直到最后完成一番伟业。如《吞噬星空》,就为人们呈现了一个浩瀚广阔、神秘莫测的未来世界。在小说的开始,脸色苍白的罗峰盘膝坐在一颗飞行的陨石上,遥看远处的一颗行星,"这颗星球,通体土黄色,没有任何生命存在,直径21000公里,咦,竟然蕴含'星泪金'矿脉,真是天助我也,将这颗星球吞噬掉后,我的实力应该能恢复到受伤前的80%。"由是,人物便进入一个全新的世界了。此外,像唐家三少的《斗罗大陆》、《神印王座》等,也同样展示了远离现实的异类世界。如《神印王座》,就将时间设定在未来某个年代,此时魔族十分强势,在人类即将灭绝之时,一个叫作"六大圣殿"的组织开始崛起,并带领人类守住最后的领土。小说中的主人公龙皓晨为了救母,毅然加入骑士圣殿,最后凭借自己的努力,登上象征着骑士最高荣耀的神印王座。

不必再谈穿越小说,因为穿越小说本身就是一种反现实的"异界叙事",只不过,作者常常将笔下的"异界"转化为古代某个时空罢了。事实上,就类型化的网络文学而言,玄想是其最基本的特征,而在打造"异界"时空的过程中,"80后"作家终于挣脱了各种现实经验的羁绊,使得冒险、惊悚、鬼异等猎奇性的故事有了充分的表演理由。有人就曾指出,这类小说"都不注重人物复杂性格的刻画和丰富的内心世界的挖掘,它们突出的是离奇的情节、怪异的事物、血腥的气氛、神秘的疑团、奇异而决绝的恋情。在取悦读者的同时,'80后'写手也在这些虚拟幻境中进行着快乐的精神翔蹈与轻飘。"①的确,当我们沉入那些玄想的世界中,所读到的,永远是一些稀奇古怪、闻所未闻的故事,有仙侠、悬疑、魔法、人兽恋、人鬼恋等等。譬如,唐家三少的《斗罗大陆》里,每个人在六岁时,便会在武魂殿中令武魂觉醒。这些武魂有动物、植物、器物,它们可以辅助人们的日常生活。其中有些特别出色的武魂,则可以用来修炼。所以,令武魂觉醒的职业,就是斗罗大陆上最为强大也是最重要的职业——魂师。巫灵的《幻境迷踪》中,主人公关书彦在一件山海经古图上拿取白玉戒时,旋即被吸入地

---

① 武善增:《论"80后"写作的精神姿态》,《文艺争鸣》2011年第9期。

图之中,继而穿越到山海经中的世界里。后来,关书彦的朋友韦杰也用同样的方法,成功地穿越到古代。有意思的是,他们都遇上了各种心仪的美女,由此演绎了一番人间世难觅的爱恨情仇。这种奇事异象的叙述,虽然都是创作主体想象的产物,但它们所透露出来的艺术思维,仍然离不开中国传统的志人志怪小说之痕迹。

当然,它们又不同于志人志怪小说的精悍短小,而是结构松散,场面宏阔,人物多半执着强悍,不少作品还有些励志的意味。但是,当各种猎奇性的情节频繁登场,你又会觉得它们仿佛是卡通画面的拼接,隐含了电子游戏时代的某些逻辑经验。陶东风就认为,这些小说中"匪夷所思的描写会让你觉得这是想象力的极致,但是又会感到这想象力如同电脑游戏机的想象力,缺血、苍白,除了技术意义上的匪夷所思,没有别的。此外,阅读玄幻小说会产生另一个与玩游戏机极为相似的感觉:一个画面接着一个画面、一个场面接着一个场面扑面而来,让人应接不暇,始终处于极度紧张的视觉震撼中,不久就会产生感觉麻木和审美疲劳。这种感觉也和观看国产大片时候的感受差不多。"①此言说得颇有几番道理。

由玄想而猎奇,而惊悚,而冒险,这似乎是类型小说无法挣脱的一种美学向度。它展示出来的,不仅仅是创作主体的想象能力和虚构能力,还有作家内在的审美趣味、精神向度和文化积淀。穿越与架空的惊奇,悬疑或惊恐的推衍,以及荒漠大海中的探险,从心理补偿机制上说,都折射了"80后"一代人面对烦琐都市生活的不满和无奈,以及对无法实现的"另类生活"的渴望。当然,众多读者的强烈追捧,以及消费市场的丰厚回报,也给了他们更大的创作动力。

四是轻灵与时尚的潜在混杂。

如果从技术层面来审视,"80后"作家大多都是讲故事的高

---

① 陶东风:《青春文学、玄幻文学与盗墓文学——"80后写作"举要》,《中国政法大学学报》2008年第5期。

手,各种稀奇古怪的故事在他们的笔下总是能够被从容地编撰出来。但是,一旦涉及叙事的微观层面,包括故事内在的结构、人物性格的复杂性、耐人寻味的对话、人物之间的张力关系处理,都还欠缺一些火候。尤其是在类型化的作品中,由于故事被无限拉长,导致很多作品的内在结构还存在各种不足,人物性格也显得颇为平面。

尽管如此,但从一些作家的代表性作品来看,"80后"作家在审美形式上也仍然存在着自身颇为突出的特点,这种特点主要体现在语言上。这一代作家对语言有着良好的感知力,能够灵活地把握各种语言的传达效果,因此在语言的择取与运用上,常常让人耳目一新。白烨先生甚至认为:"他们之于文字和文学,有不少人好像是天赋异禀,从感觉之微妙,到语言之灵动,都如同天籁。"①尽管这种评价有些拔高,但也确实道出了他们在语言上的突出优势。从整体上看,"80后"作家的语言普遍细腻,精致,简练,极富表现力,常常弥漫着某种感性而轻灵的气质。在具体的叙事过程中,他们善用各种修辞手法,喜欢选择各种具有视觉冲击力和时尚特征的意象,使叙事既具有艺术上的丰盈,又饱含青春自身的精神气息。尽管在不同作家的创作实践中,其语言的个性化特点也非常明显,但从代际角度来看,轻灵与时尚的彼此混杂仍是其语言上的共性特质。

有关"80后"作家在语言上的特点,有学者曾做了较为全面的评述:"'80后'文学文本不以故事内容取胜,而是以语言的新奇唯美赢得年轻读者求新求异求陌生化的审美心理,成为他们在青春期最热爱的'青春读本'。较之传统文学推崇的素淡、拙朴、内敛、白描的语言美追求,他们更重视刺激、浓艳、夸张、雕饰、调侃、幽默的外露型语言美。在文本写作中更注重语言形式和表现技法。他们常常通过转换词义、调整语序、超常搭配、比喻通感、夸张变形、谐音拆字、仿词别解、象征歧义等形式主义的语言陌生

---

① 白烨、张萍:《崛起之后:关于"80后"的答问》,《南方文坛》2004年第6期。

化手法,使作品语言获得与众不同的陌生感,充满'活力'与新'质',使读者在出乎意料与惊叹之中被他们语言上的清新陌生所吸引、感染甚至陶醉,不断更新自己对世界的既有感觉和审美标准。这种创作手法正是俄国形式主义'陌生化'的艺术主张,体现着'80后'文学作者在语言审美上的原则追求和实践。"①就笔者的阅读体会而言,这种评述是比较中肯的。

　　无论是"陌生化",还是"外露型","80后"作家的语言一直是反内敛、反含蓄的。它们犹如青春期自由奔放的生命形态,处处彰显着华丽与梦想的气息,袒露出生命原有的率真与机智,有着极致性的审美倾向。很多时候,他们都乐于捕捉暧昧不清的生存意绪,让话语在人物的某种情绪状态中反复盘旋,将人生的某些复杂感受不断地拓展出来,重直觉、重感悟、重形象,呈现出某种轻盈之美。有时候,他们还会表现出某些"修辞癖",故意动用一些反语法的句式,制造奇特的审美效果。

　　在这方面,郭敬明是一位典型的代表人物。郭敬明对语言有着十分敏锐的艺术感知力。他能够很好地让叙事保持在某种轻盈状态,略带忧伤,但又不沉重,略显唯美,又不显矫饰,华丽而轻盈,暧昧而温婉,整个语言在明朗之中闪耀着诗意的美感。譬如:"在这个忧伤而明媚的三月,我从我单薄的青春里打马而过,穿过紫堇,穿过木棉。穿过时隐时现的悲喜和无常。"(《左手倒影,右手年华》)"那些花瓣也是黑色的花朵,阴暗而诡异,可是依然寂寞地开放,然后凋零。"(《左手倒影,右手年华》)"像是各种颜色的染料被倒进空气里,搅拌着,最终变成漆黑混沌的一片。在叫不出名字的空间里,煎滚翻煮,蒸腾出强烈的水汽,把青春的每一扇窗,都蒙上磨砂般的朦胧感。"(《悲伤逆流成河》)……读着这样的语言,说实在的,你会发现在那些视觉强烈的意象中,在一种轻丽的语流中,浸润了某种忧郁的诗性气质。记得在《幻城》的序言中,曹文轩就曾说道:"小小年纪,居然用了莎士比亚式的大腔圣

----

① 朱爱莲:《"80后"文学文本的语言特色》,《中州学刊》2012年第4期。

调,并且还显出一副举重若轻的派头。在语言王国,他居然将自己当成了幻雪帝国的年轻之王。词语的千军万马,无边无际地簇拥在他的麾下。他将调动他的语词大军当成了写作的最大的快意。他更多的时候是喜欢语词大军的漫山遍野,看到洪流般的气势。"①尽管这种评价有些过高,但并不虚妄。

更重要的是,郭敬明的这种语言追求,与他的青春书写保持了很好的协调性。因为青春总是离不开幻想,离不开某些诗意的情调,也离不开各种挥之不去的愁绪。郭敬明自己也说过:"我站在岸边看着组成我整个青春的一个个零散的日日夜夜像流水一样,从眼前以恒定的速度不可挽回地流走。看着看着我就觉得很哀伤,于是我就想做点什么,于是我就想到了写字。我想我可以写成一本厚厚的书,把我的青春完完整整地写出来,就像高晓松、老狼、沈庆、朴树、叶蓓他们一样,唱出了所有青春的涟漪,唱得喜悦而又忧伤。"②这或许正是他想实现的一种青春写作的审美格调。但是,到了"小时代三部曲",郭敬明似乎在悄然改变这种语言风格,慢慢地转向一种时尚性、物质性的意象之中,语言也变得更加明快了。如:"这是一个以光速往前发展的城市。旋转的物欲和蓬勃的生机,把城市变成地下迷宫般的错综复杂。这是一个匕首般锋利的冷漠时代。在人的心脏上挖出一个又一个洞,然后埋进滴答滴答的炸弹。财富两极的迅速分化,活生生地把人的灵魂撕成了两半。我们躺在自己小小的被窝里,我们微茫得几乎什么都不是。"(《小时代1.0折纸时代》)"它可以在步行一百二十秒距离的弹丸之地内,密集地砸下恒隆Ⅰ、恒隆Ⅱ、金鹰广场、中信泰富、梅龙镇广场以及刚刚封顶的浦西地标华敏帝豪六座摩天大楼;它也可以大笔一挥,在市中心最寸土寸金的位置,开辟出一个开放式的140000平方米的人民广场,——这就是上海,它这样微妙地维持着所有人的白日梦了,它在浩渺辽阔的天空上悬浮着

① 曹文轩:《喜悦和安慰——〈幻城〉序》,《幻城》,春风文艺出版社2004年版,第2—3页。

② 郭敬明:《郭敬明成长日记》,东方出版中心2004年版,第1页。

一架巨大的天平,让这座城市维持着一种永不倾斜、永远公平的,不公平。"(《小时代2.0虚铜时代》)"在上海,也许顾里和顾源的这种爱情,比较符合这座城市的气质——等价交换,天长地久。"(《小时代2.0虚铜时代》)这类叙述,看似反复强调人物对上海大都市的感受,实则是为了凸现人物在这个繁华都市里的精神镜像,即展现他们对某种物质化、时尚化的都市格调的敏感与迷恋。

与郭敬明相比,张悦然的语言更为敏感,锐利,重直觉,重感性,但同样不乏诗意与时尚的交融,用莫言的话说,张悦然用的是"刀子一样锋利的语言,锋利,奇妙,简洁,时髦而且到位。"①张悦然非常善于让人物长久地沉浸在自我情绪之中,通过人物对这种情绪的复杂体验与传达,凸现各种微妙灵动的精神质感。如:"有时候我会觉得风里面漾满了旧人的影子,影子轻慢而通体透明,使我想到蝴蝶那微微震颤的翅羽。我把手一点一点地放在身体前面的风口。然后轻轻地用小手指去碰碰那影子的边棱,它有微微的潮湿,冰冷,像一只淋了大雨的昆虫的清凉脊背,会有心疼的感觉,不能触碰的阴影在我的眼角,在我冰冷的体腔,按下去会觉得就要溃陷,像个漾满疼痛的湖泊终于携着它那殷红的水漫了过来。"(《樱桃之远》)"阳台上有六棵水仙。我时常用一把剪刀,插进水仙花的根里。凿,凿。露出白色汁液,露出它们生鲜的血肉。我把剪刀缓缓地压下去,汁液慢慢渗出来,溅到我的手上。这把剪刀一定是非常好的铁,它这么冷。我一直握着它,可是它吸走了我所有的元气之后还是冰冷。最后我把切下来的小小鳞片状的根聚在一起。像马铃薯皮一样的亲切,像小蚱蜢的翅膀一样轻巧。我把它们轻轻吹下去,然后把手并排伸出去,冬天的干燥阳光晒干了汁液,我有了一双植物香气的手。"(《小染》)这种感觉性、体验性的短句式,随着人物情绪的蔓延而不断跳跃,从而使细节本身充满了出人意料的内在张力。

对于张悦然的语言,有人曾评述道:"从文体上看,张悦然的短篇小说更多地体现出散文和诗的形式特点。她的最新长篇小

---

① 张悦然:《葵花走失在1890·序》,作家出版社2003年版。

说《誓鸟》，无论从题材内容，还是从修辞技巧来看，都有许多让人觉得新鲜和特别的地方。在这部小说中，她自觉地追求语言的诗性效果，善于用充满诗意情调的语言渲染氛围，抒情状物。有时，她甚至有能力把诗意转化为画境，小说中的海盗、歌女、部落首领、西洋牧师，他们的命运在南洋旖旎的风光里交汇，成为一幅幅令人难忘的奇谲图画。"①的确，如《红鞋》中，她写女孩肚皮上的伤口："它呈一个非常完美的圆弧状，像是女人饱满的嘴唇，矜傲地微微上翘。又像是一根姿态优雅的羽毛一般栖伏在她的身上。"在《吉诺的跳马》中，她写道："女人细碎的声音也像这甜品上的冰屑一样清清凉凉的，好像一碰到热乎乎的耳朵就要融化了。"在《葵花走失在1890》中，她写水仙花被剪断之后，"喷薄的青绿色的血液在虚脱的花茎里流出。人把花朵握在手中，花朵非常疼。她想躺一会都不能。她的血液糊住了那个人的手指，比他空旷的眼窝里流淌出来的眼泪还要清澈。我有很多时候想，我自己是不是也要这样的一场死亡呢。站着，看着，虚无地流光鲜血。"读张悦然的小说，让人觉得她对各种静态化的细节有着近乎天生的痴迷，她总是能够赋予各种看似庸常的生存场景以奇特的冲击力，其语言之中，处处闪耀着作家极为灵敏的艺术感知力。与张悦然语言风格颇为相近的，还有颜歌、周嘉宁、笛安等同一代作家。

　　韩寒的语言则充满机智，尤其迷恋反讽与幽默的修辞风格，体现了创作主体敏捷的思维和解构性的智慧。由于他笔下的主人公多半是叛逆者，同时又是社会边缘人，有反抗之心却无反抗之力，故他常常选择一种冷幽默式的语调，通过反讽和讥诮来传达作者的内心意绪。如《三重门》里："雨翔平时上课时常像《闲情偶寄》里的善睡之士，一到要睡的时候眼皮就是合不起来"，"老婆不在，无法下厨——现在大多家庭的厨房像是女厕所，男人是从不入内的。林父兴致起来，发了童心，问儿子：'拙荆不在，如何

---

①　王冬静：《张悦然小说的修辞艺术论析》，《湖北社会科学》2008年第7期。

是好?'林雨翔指指角落里的箱子,说:'吃泡面吧'"。这种在幽默讥诮、插科打诨的现代语言中混搭进古代词语的写法,巧妙地增添了文本的某些后现代元素,深受青少年学生欢迎。在此不妨略举几例:

> 林家的"拙荆"很少归巢,麻将搓得废寝忘食,而且麻友都是镇里有头有脸的人物,比如该镇镇长赵志良,是林母的中学同学,都是从那个年代过来的,蹉跎岁月嘛,总离不开一个"蹉"字,"文化大革命"下乡时搓麻绳,后来混上了镇长搓麻将,搓麻将搓得都驼了背,乃是真正的蹉跎意义的体现。
>
> ——《三重门》

> 那天下午我和老夏报到完毕,发现我们一样属于那种进学校只为吃喝玩乐的人,没有远大的抱负,只有很大的包袱……十个当中其实只有一个色狼,主要的是还有八个伪色狼,和人家碰一下手都心跳不止,却要每天装作一副昨夜纵欲无数今天肾亏过度的样子……
>
> ——《像少年啦飞驰》

> 我们开车出发,经过表面繁荣的工业区。一座座巨大的工厂分布在路的两边,巨大的烟囱排出五颜六色的气体,将天空点缀得如节日般喜庆。工厂排出的彩色的水让周围的河道也绚丽缤纷,和天空相映成趣,鱼儿纷纷欣喜地浮出水面感受改革开放的春风,空气的味道都和别的地方不一样。在四车道的大路上,卡车欢快地直冒黑烟,运输着生产时物质,轿车也欢快地拉着警报,载着来视察的领导。这是一派欣欣向荣的景象。
>
> ——《一座城池》

韩寒的这种反讽式语言,在张佳玮、胡坚、小饭以及蒋峰早期的作品中,都有所体现。它们主要是为了迎合作者对现实伦理的不满,宣泄心中的叛逆性情绪。马小淘、孙睿、南飞雁的语言,也在调侃和戏讽中彰显着智慧。而春树则以纯粹的京腔书写着狂野的青春,李傻傻、甫跃辉、蒋峰的语言自然淳朴、信息密度大,但也同样轻灵而富有诗性。相比之下,类型化写作的作家们在语言上要单调一些,但也不乏个性,如南派三叔的轻松幽默、天蚕土豆的奇幻玄妙、流潋紫的细密温婉、我吃西红柿的直白浅显等,都给人留下了深刻的印象。统而观之,大多数"80后"作家都注重语言的轻灵与诗性,具有自觉的语言意识,并能融入自己的个性。

与此同时,"80后"作家们还十分迷恋对时尚语言的袭用。有人就认为,他们的语言在吃穿用等方面,都折射了作家对时尚的追逐和宠享。在他们的作品中,"随处可见主人公们吃着日本料理、西方烤土司和杏子酱,喝着朗姆酒、石榴鸡尾酒和拿铁咖啡,背着爱马仕和 LV 的包,穿着意大利名牌西服或者超短裙,化着烟熏妆,脸上不停地喷着 LA MER 喷雾,用着 iPhone 手机或 iPad 平板电脑,坐在 BOX 酒吧或露天咖啡座,住在北京、上海的大别墅里,开着奔驰350和宝马730或者开着自己的小跑车,挥金如土。我们看一下郭敬明的《小时代》就能明白他的作品为什么总在畅销排行榜的第一名了。"①时尚并不一定全是品牌,事实上,只有郭敬明、张悦然等少数作家会在作品中渲染一些商品品牌,大多数作家还是在极力彰显各种时尚气息,包括卡通用语、戏谑用语以及网络用语等,形成了一种现代都市文化的拼杂效果。像韩寒、笛安、马小淘、小饭、春树、孙睿等代表作家的作品中,都非常明显。即使是南派三叔等类型化写作者,也同样不断地调动时尚化的语言,甚至还出现了"follow me"之类的英文。

缺乏丰富的社会阅历和人生经验,亦缺乏必要的文化积淀和思想深度,这是"80后"作家的不足之处。但是他们爱幻想,有敏锐的生命触角,渴望现实之外的世界,且不乏好奇之心。这同样让这一代作家在创作中形成了自身的一系列审美特质。这些特质的核心,都超越了形而下的现实,具有轻逸、奇幻、虚拟与冒险的倾向,以及服膺于个体理想的率真品质,诚如有人所言:"从青

---

① 朱爱莲:《"80后"文学文本的语言特色》,《中州学刊》2012年第4期。

春小说叛逆、忧伤、绝望、颓废的心灵沉重与现实逃逸,到玄幻小说、盗墓小说、新武侠小说、新历史小说虚拟幻境的精神轻飘,'80后'身体写作为我们理解这不同小说类型的精神过渡与内在联系,提供了一种桥梁和启示。"①

三　消费时代的精神浮标

很多人在探讨"80后"作家时都曾指出,这一代作家的创作更多的是一种文化现象,而不是单纯的文学现象;他们的作品体现了青年文化、网络文化、消费文化的相互渗透,成为新世纪以来颇为突出的文化表征;他们的写作游走在体制写作之外,绕过了传统文学的承续模式,以断裂的方式呈现出自己的审美世界。的确,"80后"作家从出道以来,不仅彻底地搅动了中国当代文坛的内在秩序,冲破了体制化写作中某些封闭僵化的价值观念,而且深入消费文化与网络文化的前沿地带,为当代文学的发展提供了诸多重要的路径,体现了这一代际群体在文学实践中的独特价值。

这些价值意义,归纳起来,主要体现在以下几个方面:

一是充分展示了青年亚文化的精神特质,并从代际意义上丰富了中国当代青春文学的审美内涵。在很长一段时期,我们的青春写作主要立足于校园文学,作者们都自觉地尊崇教育启蒙的价值谱系,虽然也会涉及成长的忧郁或烦恼,但"积极的主题"和"健康的思想"一直是这类作品的核心内涵,这也使很多作品都打上了"快乐成长"的印痕。即使是到了20世纪90年代的《花季·雨季》等,也仍延续着这种审美风范。

但"80后"作家的青春写作,从一开始就明确地对抗"阳光写作"的思路,以"我手写我心"的方式,着力展示青年亚文化的精神质色。众所周知,作为一种与主流文化相对应的非主流的、局部

---

① 武善增:《论"80后"写作的精神姿态》,《文艺争鸣》2011年第9期。

性的文化现象,亚文化虽然也包含了与主流文化相通的价值观,但它更强调属于自己的独特价值观,即隶属于该群体共有的独特信念、思维方式、生活习惯和理想追求,而且,这些东西常常分布在种种主流文化之间。其中,最具社会普遍意义的,便是青年亚文化。所谓青年亚文化,主要展示的是处于边缘地位的青少年群体的利益,它对成年人的社会秩序往往采取一种颠覆的态度,所以,青年亚文化最突出的特点就是边缘性、颠覆性和批判性。青年亚文化之所以重要,就在于这种处于反抗、破坏、颠覆状态的亚文化,很容易使涉世不深、思想不健全的青少年产生错觉,从而将这种反抗性和颠覆性视为一种正当合理的精英文化来接受,并进而将亚文化宣扬的价值观视为健康的主流价值观来吸收。

从韩寒开始,跟随其后的春树、孙睿、李傻傻、张悦然等,都高举着青年亚文化的大旗,极力彰显各种反叛的个性气质,从师生伦理到家庭伦理,从情爱伦理到社会秩序,他们无一不给予了嘲解与颠覆,而且在这个过程中,他们充分借助了各种现代媒介,通过自己的作品向成年人所掌控的世界发起了直接的挑战和对抗。自《三重门》问世之后,韩寒就成为各种媒体的焦点人物,大量的媒介炒作很快使他成为一代人的偶像。2004年2月2日,凭借《北京娃娃》和《长达半天的欢乐》这两部长篇,春树成为美国《时代周刊》的封面人物。据说,她是第一个上了《时代周刊》封面的中国作家,但在当时的国内,很多人还不知道春树是何许人物。随后,李傻傻、韩寒也相继成为《时代周刊》的封面人物。可以说,在短短几年内,全球媒介如此高密度地关注中国的"80后"作家,并非是因为他们的作品在艺术价值上极为出色,而是由于这一群体极为突出的青年亚文化特征。叛逆的姿态和颠覆的激情,使一些媒体嗅到了中国青少年成长中的某种亚文化气质,也使他们解读中国社会结构多了一扇窗户。

事实上,青年亚文化的出现,离不开整个社会的启蒙教育和个体成长的自由环境。特别是改革开放以来,中国社会的迅猛发展和东西方文化的频繁交流,都使我们的教育启蒙逐渐转移到个体素质的培养方面,对青少年的个性也给予了不同程度的尊重,尤其是上海、北京等现代大都市里更为明显,这也是韩寒、春树等能够迅速走出来的客观缘由。同时,我们也必须注意到,受独生子女政策的影响,这一代人的成长在很大程度上也是唯我独尊的、自由骄横的个性,使他们更崇尚盲目的自由主义生活。因此,当他们拿起笔来书写自己的生活和心绪时,亚文化倾向几乎是他们不自觉的选择。有学者就这样论述道:

　　　　相对于中国文学历来"尚学"的传统,"80后"青春文学写作几乎呈现出集体"厌学"的精神状况,表达了一代人群体性的反文化反教育的倾向。反文化倾向在"80后"青春文学写作那里,以反叛当下教育体制和升学模式为发端,韩寒以自身的经历挑战所谓的大学教育,张悦然、笛安文本中对于家庭、师长的逃避与隔膜,接着一路狂奔到春树残酷青春中的另类少年男女……然而,在这些厌学者的文本中,飘逸着知性、才华、性情与对于文字本身的投入。另一方面,这种反文化的叙事竟然得到了出版社、杂志社和同时代读者的广泛认可,从而吸引了主流文化界的眼光和关注。随着"80后"青春文学作者的日渐成熟,"80后"写作发生了明显的分化。韩寒以主流教育体制反叛者的面目和他的《三重门》一起走过了青涩的少年时代,新千年之后,韩寒以个人化的方式参与社会生存和公共话语空间,远离了青春文学的话语表达方式。郭敬明一类的青春文学写作则和市场消费融合,以狂欢式的青年消费文化来抵抗成人文化。郭敬明的小说在高中生口耳相传以及抄袭阴影的笼罩下,本人却成功转换成为精明的文化商人。各大青春文学主打的期刊杂志的掌门人在独自写作的同时,纷纷以刊物主编的身份参与当下的时尚文化语境。《最小说》令人惊异的销量和影响,《鲤》所推行的小资、时尚、文艺同仁刊物的特征,从某种程度上来说,"80后"青春文学写作体现出了青年亚文化的诸多特征,具体表现在:以文

学的形式挑战成人文化秩序,现代媒体的运用与成效,
消费主义裹挟的青年亚文化。①

对于中国的"80后"作家来说,如此鲜明地展示青年亚文化
特质,并不是一件坏事,尽管其中的不少作品充斥了某种价值误
区,但从成长的角度来看,这也体现了这一代人强烈的自主意识,
并折射了中国社会的宽容与多元,"青春写作的外延可以随着无
限丰富的大众文化和青年亚文化向着无边界的未来扩展,'80
后'青春文学写作因为对于中国现当代文化历史意识的淡漠,在
相当大的程度上反而成就了这一代人和中国古代传统情境以及
西方文化某种异时空的对接。因此他们的语言、想象力和对于文
本的探索直接而锐利地体现了不同的面目。在他们的文本里,最
鲜明地体现了'我是我自己'的一代人的声音。'80后'青春文学
写作带着和中国文学现当代传统断裂的现代性特征,阐释了一代
青年的自我意识。他们试图回答'我'是不同于其他时代的另一
个,且是以群体的面目声称这是一个不同于前辈时代的'自我'
们。"②当然,每一代的成熟都需要一个过程,强烈的自主意识,对
一个作家来说,无疑是非常重要的,因为写作本质上是一种个人
化的精神劳作,需要独立的精神空间和思考方式;没有明确的自
主意识,很难形成独立自治的精神空间,也很难有一种独创性的
艺术实践能力。

更重要的是,"80后"作家的创作所呈现出来的青年亚文化
属性,还在一定程度上丰富了中国当代文学的精神内涵。白烨就
曾说道:"过去我们的文学在针对不同年龄层次的读者上,相当地
粗线条。在成人文学之外,就只有成人创作的儿童文学,而这只
能对应小学生读者群体。而中学生读者群体这一块,要不去看成

① 郭艳:《代际与断裂——亚文化视域中的"80后"青春文学写作》,
《中国现代文学研究丛刊》2011年第8期。
② 郭艳:《代际与断裂——亚文化视域中的"80后"青春文学写作》,
《中国现代文学研究丛刊》2011年第8期。

人文学,要不去看儿童文学,这实际上都与他们的实际需要并不对位。现在青春文学——'80后'的出现,弥补了这样一个长久以来的欠缺。从这个意义上讲,它是应运而生的。"①白烨先生无疑从文学史的角度,道出了这一代作家的独特价值和意义。

二是有效地融入网络文化之中,为中国当代文学开拓了新的发展空间。作为信息时代的核心载体,互联网的出现几乎改变了整个人类的生活模式、思维方式甚至是价值观念,有很多学者已将之视为人类社会的又一次技术革命。如今,我们已看到,从工作到生活,互联网已渗透到现代生活的每一个角落,成为人们无法剥离的生存工具。但是,如何在互联网的平台上,有效地开拓并建立文学的发展空间,"80后"作家无疑发挥了巨大的作用。不错,在早期的网络写作中,主要是一些"70后"作家,包括痞子蔡、宁财神、安妮宝贝、慕容雪村等,但这些作家的写作主要是基于当时的BBS等平台,提供的是一种免费阅读,并没有形成良性循环的文学发展机制。

随着网络平台的日趋丰富和网站的日趋专业化,一大批生于20世纪70年代末和80年代的全新写手开始频繁进入网络,与网络运营商搭建了大量的网络文学平台,并成功实施了付费阅读方式。据环球科技频道报道,2011年百度搜索风云榜十大网络小说排行榜中,就有9部作品出自"起点中文网"白金作家之手。作为国内最大的中文原创文学网站,"起点中文网"于2006年正式推出"起点白金作家计划",对网络文学作者的分级构建了品牌保障。在该网成立10周年之际,"起点白金作家"已经成为高端作家品牌,基本囊括了网络顶级作家群体。起点中文网常务副总经理兼总编辑林庭锋说:"原创文学高速发展、作者规模日益壮大,无论对于作者、读者还是起点中文网而言,作者品牌的打造成了网络文学得以进一步发展的必经之路。"在评选出来的十位白金作家中,有唐家三少、天蚕土豆、血红、辰东、我吃西红柿、忘语、猫腻、月关、骷髅精灵、耳根等,其中

① 白烨、张萍:《崛起之后——关于"80后"对话》,《南方文坛》2004年第6期。

一半都是"80后"作家。如果再加上那些活跃于其他网站的"80后"作家，像南派三叔、流潋紫、沧月等，以及穿梭于网络和纸媒的两栖作家如韩寒、郭敬明、张悦然、孙睿等，那么，可以想见的是，"80后"作家其实已经充当了网络文学写作的生力军。尤其是近些年来，在各种类型化的网络写作中，这一代际的作家都已显示出强劲的实力，成为各个网站的核心力量。

与"80后"作家相比，"50后"和"60后"作家却极少有人能够在网络中获得巨大的人气指数，也无法赢得丰厚的写作回报。只有一小部分"70"后作家，可以在网络写作中占有一席之地。而"80"后之所以能够轻松地在网络中经营出一片广阔的天地，主要在于他们的成长几乎与互联网的发展保持着某种同步性——当他们进入青少年时期，正值中国互联网的发展渐入良性轨道之时。有不少人就认为，他们是卡通和网络喂养出来的一代。网络喂养了他们，也让他们熟悉了网络文化的基本秩序和伦理规范，更让他们熟悉了网络生存的基本法则和群体需求，因此，他们纵横于网络的自由空间，远比前辈们得心应手。

当然，从网络文化的本质属性来看，无须任何审查的"零进入门槛"，无疑为这一代作家的成长提供了重要的机制保障，也使他们成功摆脱了传统体制化写作的诸多壁垒。众所周知，在网络上实现个人作品的发表和出版，可以完全基于个人的自由意愿——零编辑、零技术、零体制、零成本、零形式。任何人想进入文学领域，无须按照传统纸媒的编辑审核等程序，瞬间就能达到发表作品的目的。这种发表模式既绕过了漫长而烦琐的编辑过程，也更加完整地保留了作品的真实面貌，是一种无妥协、无损耗的作品呈现。更重要的是，网络本身又是一个互交共享式的信息平台，作者可以在这个平台中随时随地与广大读者直接交流，迅速而准确地获得读者反馈的阅读信息，从而使创作在真正意义上实现与读者的共同参与。有学者就认为："在传播障碍消失，'守门人'隐退的同时，文体的边界，道德的规范，观念的限制也随之松动，'80后'文学因此获得较传统纸介文学更大的自由度。'非主流的声音'频频出现，'众声喧哗'迅速形成浪潮。但在'个人的宣泄和表达'无约束的同时,文学中一些属于内核的东西也在被稀释、忽略乃至抛弃,文学作品在高速写作的同时,既出现了新质,同时也出现了'一次性消费'的'失重'。更值得深究的是由网络传播所引发的'80后'文学写手们艺术观念的变化,文学接受者阅读观念的变化,最终导致文学观念的变化。这些变化已对传统主流文坛,以纸介媒体为正统的主流文学构成挑战,具体形态研究远非本文所能展开,但当下的种种现象,已不容置疑地昭示网络文化业已成为'80后'文学最为重要的文化背景。"①尽管网络文学中确实存在着诸多的弊端,且与传统文学的审美价值构成了较大的反差,但是,若从文化的多元角度来看,我们显然不能轻易地否定它。

　　与此同时,我们还必须注意到,网络的生命在于"刷新"。它将信息的快速淘汰和更新作为其生存的重要法则,从而促使了"快餐文化"的流行,取消了经典的价值地位。从客观上说,随着生活节奏的不断加快,个人内心空间的日趋萎缩,人们迫切需要用轻松、娱乐的文化形态作为心灵的减压阀。这也促动了人们在文化消费方式上的重要变化——由以前的"读"和"想"向现在的"看"和"听"转变,理性的审美愉悦逐渐被感官的娱乐满足所取代。而网络又借助其良好的开放性和互动性,随时把握大众的文化需求,了解大众的文化心理,及时调整信息资源的发布方式,从而与广大的受众群体形成了一种紧密的共振关系。在这种共振关系中,大众既是信息消费的主体,又是引导互联网发展的"文化导师":为了满足大众的审美趣味和日新月异的现实变化,网络必须在短、频、快的理念中适应大众的多元化审美期待。所以,时尚化、新奇性和感官化,已成为网络文学的立身之本。它不需要接受时间的考验,也不需要经受理性的辨析,"一次性消费"是其通用的模式。它直接颠覆了经典作品所需要的时间沉淀和理性思考,使经典的价值变得越来越边缘化,也使经典在人类文化中的核心地位受到巨大的冲击。但从另一方面来看,网络的这种互交

---

① 江冰:《论"80后"文学》,《天津师范大学学报》(社会科学版)2007年第3期。

式共享特点,也使很多"80 后"网络作家更真切地了解到读者的审美需求,从而更好地拓展作品的市场空间。

无论我们抗拒还是迎合,网络的发展都必将成为人类生活的常态方式,人类各种文化的发展也都会融入这种空间之中,这是我们必须承认的现实境域。文学发展也不例外。无论当今的网络文学是多么的不尽如人意,但它们依然代表着未来文学发展的一条重要途径,这是一个不争的事实。作为网络文学的生力军,"80 后"作家们不再以传统的文学观念为参照,而是以网络和读者之间的紧密互动为坐标,重构自身的文学发展格局。他们取消了由传统和经典积淀而成的、有关文学自律性的各种价值标准,使人类习以为常的审美观念出现了断裂。有不少人以"三分天下"或"两分天下"来描述这种文坛格局,但随着媒介技术的发展和大众阅读习惯的变化,以"80 后"作家为主体的网络文学新格局,必将成为中国文坛乃至世界文坛的主流。

三是深入文化消费市场内部,为中国当代文学的市场开拓提供了卓有成效的经验。在传统的文学写作中,作家并不将市场消费放在重要位置,创作主体要面对的,主要是自身的审美理想和艺术目标,作品的经济效益也并非检视其艺术价值的标准。然而,我们必须明确的是,随着 20 世纪 90 年代中国社会体制的市场化转型,在全球一体化的经济模式下,消费主义正在成为我们这个时代的基本特征。所谓消费主义时代,其突出特征就是"在我们的周围,存在着一种由不断增长的物、服务和物质财富所构成的惊人的消费和丰盛现象。它构成了人类自然环境中的一种根本变化。"而这种变化的核心之一,则是"文化中心成了商业中心的组成部分。但不要以为文化被'糟蹋':否则那就太过于简单化了。实际上,它被文化了。同时,商品(服装、杂货、餐饮等)也被文化了。因为它变成了游戏的、具有特色的物质,变成了华丽的陪衬,变成了全套消费资料中的一个成分。"①它意味着,消费主义

———————

① [法]让·波德里亚:《消费社会》,刘成富、全志钢译,南京大学出版社 2006 年版,第 1—3 页。

时代在本质上就是一个文化与商业结盟的时代。它使各种商品被赋予文化符号的同时，也使文化进入商业的流通之中。

如何让中国当代文学的发展顺应这一时代潮流，使文学成为"商业中心的组成部分"，有效地参与到文化消费市场的各种符号活动之中，提升大众文化的总体水平，一直是人们关注的话题。事实上，自20世纪90年代以来，中国当代作家也一直在探索类似的路途，但成功者却并不多见。而"80后"作家自出道以来，却在市场消费中屡建奇功。他们的大量作品，均以数十万册乃至数百万册的销售实绩，让所有前辈作家望尘莫及。不仅如此，他们还特别谙熟文化产业的发展模式，从网络到纸质，从影视到动漫，很多作品都成功地实现了环环相扣的消费链，最大限度地攫取其经济效益。

细究"80后"作家在市场消费中的成功经验，有几个方面值得我们关注。其一是充分利用现代媒介，与各种媒介形成了紧密的互动关系。"80后"作家凭借其亚文化的叛逆性和颠覆性，从一开始就成为媒介关注的中心。尽管这种关注最初只是处于一种文化现象层面，很少触及作品审美价值的讨论，但在一番又一番的媒体炒作中，他们却意外地获得了丰硕的成果——不仅作品迅速畅销，而且很快培养了一大批读者群（又称"粉丝"）。媒介传播的这一特殊力量，让他们明白了市场消费的某些潜在因素。于是，无论是网络还是纸媒，这一代作家总是非常善于利用各种新闻资源，不断炮制各种热点话题，甚至掀起一场又一场文化事件。像"韩白之争"、"韩郑之战"，口诛笔伐之余，他们谋求的并非是什么真理，而是一种新闻上的轰动效应。

其二是亲自参与杂志编辑，密切了解文化消费的动态信息，同时也不断打造自我的偶像魅力。"80后"作家并不像前辈作家那样专心于写作，他们常常一只手在写作，另一只手则伸向市场。这便形成了一个奇特的现象：很多作家在成名之后，都纷纷承担了各种刊物的主编，如郭敬明就先后主编了《岛》和《最小说》，孙睿主编了《逗小说》，张悦然主编了《鲤》，韩寒主编了《独唱团》，南派三叔主编了《超好看》等。通过这些杂志的编辑和发行，这一代作家不断彰显自己的精神诉求和艺术理想，同时也更好地了解了读者的阅读反响和消费需求，为他们以后的写作提供了诸多的市场参照。

更重要的是，他们还通过这些杂志，突出自己的偶像化特质，提升自己的精神魅力，并不断强化自身的读者群。黄发有先生就认为，这些杂志"不是严格意义上的'杂志书'，其信息和文体都不杂，主题无深度，信息缺时效，基本上以主编为核心来设计形式和组织内容，利用青春写手的市场号召力来吸引粉丝，构建纸上的粉丝团。因此，我认为这些出版物的核心品质是以制造和吸引崇拜者为要务的'偶像书'。"①的确，从某种意义上说，这些杂志突出强调的，往往不只是其中的内容，而是主编个人的精神气质和话语行为，说它们是主编个人面孔的另一种代表，也许并无不当。

其三是对市场进行深耕细作，按部就班地发掘市场潜力。"80后"作家非常熟悉网络发展状况，绝大多数也都是从网络写作开始，因此，当网络平台日渐走向成熟时，他们便很快成为各种文学网站商业运营的核心力量。从"起点中文网"到"红袖添香"，很多网站实施付费阅读之后，这一代作家便捷足先登地成为签约作家。近些年来，随着智能手机的飞速发展，网络化的电子阅读进一步拓展，这一代作家又凭借类型化写作的优势，再次收获巨大的消费市场。从各种专业网站到电子运营商，这仅仅是"80后"作家的作品进入市场的第一步，也是这些作品测定消费预期的第一个平台。紧接着，其中一些反响较好的作品，便会迅速成为纸质出版商的重点猎获目标。相对于电子运营来说，纸质出版和发行要慎重得多，宣传、推销、书评等环节非常完善，由此，他们的作品开始收获第二次经济利润。在纸质发行之后，影视和动漫等紧随而来，这意味着很多作品将再一次收获版权改编费，且这种收益同样十分丰厚。像南派三叔的《盗墓笔记》和流潋紫的《后宫》等，都在市场化的深度耕作中，赢得了巨大的经济效益。相比传统作家仅仅靠"一鱼两吃"（纸质与影视改编），"80后"作家的市场运作无疑更为成功。

---

① 黄发有：《作为流行文化的"偶像书"》，《南方文坛》2011年第4期。

文化消费具有自身的特殊性。尤其是在信息时代,要让文学作品能够从容地进入市场,按照一般商品的消费规则去运营,是很难成功的。"80后"作家在文化消费中的一些成功经验,很多时候也只是展示了某些方面的有效性,尚未形成一种清晰的、科学的、完整的操作规则,但他们对于中国当代文学的市场化发展,无疑提供了诸多的重要参照。

四　代际断裂的文化之殇

作为一个尚未完全成熟的代际写作群体,"80"作家的创作在艺术上的局限性是显而易见的。这也是很多学者之所以将他们的写作视为一种文化现象而不是文学现象的核心缘由。在这一群体之中,很多代表性的作家都没有经过必要的文学训练,也没有多少文化储备,只是借助《萌芽》的新概念作文大赛,并通过各种商业出版社和媒介的操作,完成了由学生到作家的华丽转换。

这种转换是突然的,充满戏剧性的,对于他们中的很多人来说,完全超出了其主观意图。譬如,李海洋就坦言道:"参加第六届全国新概念作文大赛之前,我对文学没有什么概念,最多就是喜欢读点书,参加'新概念'让我走上了写作这条路。"①如果我们看看韩寒、郭敬明、小饭等人,又何尝不是如此? 另一位"80后"作家金瑞锋也直言不讳地说道:"最早写小说,完全是抱着玩玩的态度的,没有想得很多,根本没有考虑过其他问题。"②吕晶说得更直接:"最初的写作没有任何目的,纯属写着玩。"③从这些自白

① 陈平编:《80后作家访谈录》,中国广播电视大学出版社2009年版,第28页。

② 陈平编:《80后作家访谈录》,中国广播电视大学出版社2009年版,第42页。

③ 陈平编:《80后作家访谈录》,中国广播电视大学出版社2009年版,第122页。

中,我们可以发现,他们其实是由特定的文化环境所催生的写作群体,并不是在高度自觉的写作理想支配下,经过专业化训练而成长起来的。

也正因如此,倘若要对"80后"作家进行纯粹的审美考察,或许有些困难。在这一群体中,很多有影响的作品,都存在较为明显的不足。像郭敬明的《小时代》三部曲,尽管语言轻盈灵活,且带有某种重构现代上海大都市气质的意愿,但是,"他既缺乏波德莱尔的勇气,更没有波德莱尔的才华和深邃,他把握不住上海的复杂神韵,也无法体悟到'震惊',他那些发达资本时代的抒情,并无深刻的批判和反思;恰恰相反,因为骨子里对资本高度认同和疯狂迷恋,他谱写的恰恰是资本至上的颂歌、是资本无所不能的颂歌。'小时代'里描写的那些阴谋与斗争、那些爱恨情仇,都是发生在上流社会某几个富人之间充满戏剧性、'闲得无聊'的'钩心斗角',与真正的苦难、与时代夹缝中的痛楚、与灵魂内部痛苦的挣扎,有着太遥远的距离;因此,郭敬明只能诉诸危言耸听的阴谋、突如其来的死亡和一些华丽空洞的语言来渲染悲剧感。只是,这一切说穿了,既造作又拙劣。"[1]

笛安的"龙城三部曲",几乎代表了她的创作最高成就,但其中的人物性格却异常怪戾,亲缘之间的情感呈现出各种畸形状态,很多故事情节都缺乏必要的说服力。"虽然与同龄作家相比,笛安对于文字的驾驭能力还算不错,但是她与所谓的'成熟作家'的距离还相当遥远。这样的评价同样适合张悦然。她们的日常经验严重匮乏,对人生、对生活的理解能力还显稚嫩;她们笔下的人物只活在大悲大喜的戏剧冲突中,并没有真正的灵魂;她们的写作虽然探索的是所谓爱、宽容等主题,然而她们给出的解释也太过浅薄和浮面,甚至有偏激消极的成分。"[2]这样的评述或许有

---

① 曾于理:《虚伪的"抒情"——论郭敬明"小时代三部曲"》,《文学报》2012年2月23日。

② 曾于里:《"偏执女"的生产模式——从笛安笔下的东霓说起》,《文学报》2012年3月8日。

些偏颇,但也道出了这些作品内在的不足。

对于"80后"作家来说,我们认为,最主要的问题,可能还不是艺术上的稚嫩或浅薄,而是审美观念乃至文化观念的断裂。艺术上的稚嫩或不成熟,只要作家能够坚持不懈地努力,终会走向成熟;但观念的断裂,却隐含了这一代人难以更变的价值立场,也折射了他们在消费文化环境中所形成的伦理趣味。这种断裂,从某种程度上说,将会造成代际意义上的文化之殇。

这种断裂式的文化之殇,首先就表现在他们对待写作的游戏化心态上。除了那些与传统写作较为相近的作家,"80后"群体中的很多代表性人物,对写作这一职业并没有表现出应有的执着和热忱,相反,倒是充满了某种游戏性或功利化的心态。譬如,韩寒就不止一次在公开场合强调:"文学决不是我的第一个梦想,我的第一梦想是去西藏,第二是去草原,第三是去兴安岭。文学是第几十,我也不知道。"①在谈及《像少年啦飞驰》时,他坦言道:"这十多万个字我大概写了一年左右的时间,期间断断续续,往往到后来自己前面写的什么东西都不记得了,所以只好跳过重新叙述另一件事情。这仅仅是我的懒散造成的而并不是什么叙述风格或者文学技巧。"②郭敬明也坦率地承认:"我从不认为自己是一个作家,我只是认为自己是一个比较认真写字的人。"③他甚至强调:"写作是我生活中很小的一部分。我会写,可能会靠这个带来利益。但我不可能把它看成是自己谋生的手段。它只是我的兴趣和爱好。"④对于写作本身,他并没有什么自我挑战的欲望,"我并没有说要在自己的作品里达到多么高的思想性,或者要展

---

① 韩寒:《零下一度》,《韩寒五年文集》(下册),二十一世纪出版社2006年版,第198页。

② 韩寒:《像少年啦飞驰·序言》,作家出版社2002年版。

③ 于若冰:《时代与文学习惯的产儿——试论"80后"小说创作整体的问题》,《作家》2005年第4期。

④ 小饭主编:《成名?韩寒、郭敬明等人成名的心路历程》,民族出版社2004年版,第25页。

示什么写作技巧。这些我从来没有想过。对我来说,写作就好像在写日记一样,本来是一件很平常的事情,没有必要把它放在一个很高的高度来谈。"①春树也毫无顾及地宣告:"我也快变成一个商人,我投资,就要得到利润。我要汽车,我要洋房,我最终地背叛自己,不要纯洁的心灵。"②在写作的过程中,春树关心的是"我们为了改变这个世界,我们一定要出名",而且"出名要趁早","还得有技巧"的问题。她最大的成长是,看穿了金钱和名声是极其重要的;最大的真诚是,毫不避讳金钱和名声会带来实惠和话语权,属于年轻人个人的话语权。③

这些写作观念,与"50后"、"60后"和"70后"的作家相比,几乎有着天壤之别。在前几代作家心目中,写作作为一种灵魂上的事业,其神圣性不言自明。而"80后"作家中,很多人不仅无法认同前辈们的观念,反而时常露出一些嘲讽的态度。像韩寒对专业作家和作家协会机构的调侃,就足以说明他们的内心立场。或许我们有理由相信,这种游戏化和功利化的写作心态,可以让创作主体获得轻松自由的创作心境,有效摆脱一些传统文学写作的圭臬,思想上不必受到各种钳制,但是,我们也必须承认,这种缺乏基本专业精神的写作,缺乏心智上自我较劲的写作,所带来的结果不仅仅是反自律的,而且也是随意而轻率的。这种"文学中的游戏心态,导致核心价值的消解与玩世不恭的游戏人生,从而放弃文学对于苦难、怜悯、爱心、善良、坚强、坚守、坚持等人生状态的关注。"④所以,"80后"的写作,总是充满了各种怪异的审美趣味,包括网络上的各种类型化写作,都是如此。

其次,这种断裂式的文化之殇,还表现在他们对各种失范价值的盲目追捧上。应该说,这一代作家中的绝大多数都是独生子

---

① 于若冰:《时代与文学习惯的产儿——试论"80后"小说创作整体的问题》,《作家》2005年第4期。

② 春树:《北京娃娃》,远方出版社2002年版,第166页。

③ 郭彩侠、刘成才:《一代人的写作伦理》,《文艺争鸣》2011年第6期。

④ 江冰:《论"80后"文学》,《天津师范大学学报》2007年第3期。

女,生活中从来不缺少关爱和呵护,人性的坚硬与粗鄙、邪恶与冷漠,不太可能成为他们成长中的重要景象。然而,在他们的笔下,我们却很难看到一些具有普世意味的伦理价值,读不到血缘亲情中的宽容、牺牲和慈爱,读不到友情中的慷慨、率真和侠义,也读不到爱情中的浪漫、甜蜜和怀想,相反,却处处充满了各种亲情间的代际对抗和彼此伤害,朋友间的互不信任和钩心斗角,以及两性之间的欲望放纵。

这种失范性的价值观念,无疑充满了青年亚文化的叛逆特点,但又不是单纯的叛逆性所能解释的。因为在大量的作品中,我们能明确地感受到,作家们在书写这类人性面貌时,似乎并无多少恐惧之心,也没有多少反思与警醒,相反,却洋溢着某种感官刺激式的愉悦。有人就认为:"'80后'的写作是非历史化的,是现在时的,是此时此刻的青少年所体验和向往的生活。这个由网络、情爱、校园、酒吧、明星、摇滚、游戏、影像等组成的世界,承载了改革开放以后出生的新一代人的梦想,他们成长的环境没有历史的阴影,没有'反右'、'文化大革命'这些史无前例的政治运动的冲击。他们进行写作的时候,迎头赶上的是消费主义、娱乐文化盛行的时代,有人称为全媒体时代。他们的写作是一种类型化写作,少有个性化写作。类型化写作,是一种迎合写作,迎合这个市场化的时代需求。他们所津津乐道的校园激情、青春玄幻、情爱感伤、虚拟游戏,带有鲜明的时代特征,难怪他们的作品,在少男少女中风靡一时,这是毫不足怪的,没有比他们更有资格对当下发言的了。"①任何时代都有一些迎合性的写作,这并不奇怪。但是,如果通过一些反普世伦理的价值彰显,来追求消费市场的利益,却不能不让人忧思。

事实上,在"80后"作家的创作中,遍布各种放纵式的、我行我素的感官书写;人类应有的尊严感、羞耻感,在他们的笔下显得异常稀薄;很多支撑人类社会发展的基本伦理,被轻松地踏在脚

---

① 王德领:《繁华过后是清寂——对"八〇后"写作群体的思考》,《文艺报》2011年10月21日。

下;以自我为中心的功利主义,成为许多人物直言不讳的人生信念。在评述笛安《东霓》等作品的"偏执女"时,有人就如此说道:"(她们)在寻爱过程中对于情感过度放纵,'为自己而活'虽然冠冕堂皇,但并不意味着全世界必须以她为中心,为了自己便可以无条件地伤害别人的情感。比如东霓,她在与方靖晖和冷杉的两段感情中彻底以自我为中心,自私甚至卑鄙。她设局陷害方靖晖,甚至不惜以自己的亲生儿子作筹码,以换取更多的抚养费。当冷杉说他可能考虑去美国留学,她那种出自占有欲的癫狂与发作也让人觉得可怕。另外,'偏执女'的个性往往冷漠、残忍,对于身边的人都极尽伤害之能事。"①

同样,在论及郭敬明的《悲伤逆流成河》时,也有人无不愤懑地写道:"主人公易遥怀孕堕胎的故事竟然就是小说的主线,甚至赤裸裸的金钱性交易也是小说中津津乐道的内容,其中女学生唐小米对易遥的诬陷之一就是一百块钱任谁都可以与她上床。这种绝对中学生不宜的成人世界的复杂肮脏的思想言行,在小说中出现得竟是那么频繁,那么老练自然,菁菁校园简直就是一个成年人污浊世界标准的再版复制。学生之间充满了猜疑、忌恨;女孩子之间争风吃醋,挑拨是非,飞短流长竟是常态;甚至严重到课堂动粗,校园暴力事件一再发生;割腕自杀、坠楼而亡、煤气轻生竟然分别就是小说中三个主人公的结局。这种充满了情爱、血腥、暴力、死亡色彩的故事就是《悲伤逆流成河》的主旋律。"②

笔者之所以频繁地引述他人的评述,并非自己的懒惰,而是想印证笔者的这一判断,并非是没有共识的个人偏见。其实,"80后"作家的作品之所以不断地受到质疑,除了艺术上的稚嫩之外,最关键的问题就在于此。"80后"作家霍艳也承认:"我们这一代人创作开始时有一个共同的毛病,就是把自己的情绪无限放大,

---

① 曾于里:《"偏执女"的生产模式——从笛安笔下的东霓说起》,《文学报》2012年3月8日。

② 肖舜旦:《青春文学的一朵恶之花——我看郭敬明〈悲伤逆流成河〉》,《文学报》2012年2月9日。

如果说情绪是一个小小的墨点，我们用文字把它晕染成一片天空，仿佛全天下都被这种青春期无处宣泄的郁闷所笼罩。说得好听是真性情，说得难听就是太自我。我们把'自我'当做个性的标签贴在文字里，却忽略了对身边人的关注。"①不错，我们应该呵护这一代作家的自我意识和叛逆精神，因为其中隐含了创造的激情，但是，当他们的作品常常以人类生存的伦理底线作为嘲弄或解构的目标时，我们或许要有所警醒了。何况，在偶像化的消费运作中，他们的每一次颠覆性写作，都获得了同辈读者的极力追捧。

再次，这种断裂式的文化之殇，也表现在他们对传统中国经验的彻底背离上。记得本雅明曾说过：记得丹尼尔·贝尔说过："我相信，我们正伫立在一片空白荒地的边缘。现代主义的衰竭，共产主义生活的单调，无拘束自我的令人厌倦，以及政治言论的枯燥无味，所有这一切都预示着一个漫长时代行将结束。现代主义的冲动原是想超越这些苦恼：超越自然，超越文化，超越悲剧——去开拓无限，可惜它的动力仅仅出自激进自我的无穷发展精神。"②丹尼尔·贝尔道出了人类不断追求超越传统的尴尬和无所适从。的确，当信息技术迎面扑来并深刻改变人类生活的时候，当技术霸权主义开始主宰人类的生存方式之后，人类既有的经验无时无刻不处在破产状态。在新的秩序面前，我们确实成了一个经验贫乏的人，所谓"招魂术"的再生，只是人类应对这一困境的精神安慰剂罢了。

而对于"80后"这一代作家来说，这未必是一件坏事。"他们希望从经验中解放出来；他们在吁求这样一个世界：在这个世界中，他们可以通过对其贫困——纯粹而坚决地利用，以便其中能够产生出体面之物。他们既不无知，也不是没有经验。在很多情况下，倒可以说情况正好相反。他们'吞噬'了一切——既吞噬了

---

① 霍艳：《我如何认识我自己》，《十月》2013年第4期。

② ［美国］丹尼尔·贝尔：《资本主义文化矛盾》，赵一凡、蒲隆等译，三联书店1989年版，第40页。

'文化',也吞噬了'人'。由于饮食过度,他们已经精疲力竭。"①
很多人在谈论"80 后"作家时,都强调创作主体在生活经验上的
匮乏和人生阅历上的简单对他们创作所造成的影响,但我以为,
这只是导致他们的创作远离经典的原因之一,而另一个主观上的
原因,可能是他们对传统经验的自觉排斥,即他们无法从内心里
认可传统经验中所蕴藏的价值意义。

　　这种对传统审美经验的排斥,驱使他们津津乐道于另类青春
的彰显,也驱使他们迷恋于各种非经验性的类型化写作。从青春
的放纵书写到情感的冷漠叙事,从架空、穿越的跨时空虚拟到玄
幻、推理的匪夷所思的营构,从耽美小说所迷恋的怪异情感到盗
墓小说所崇拜的玩命冒险,在这些审美表达中,我们无法找到人
类既有的经验模式,如果有,也只是各类招魂术、星相学之类"怪
力乱神"的重新翻版。它不需要创作主体躬下身来,沉入现实生
活的角角落落,打捞丰富而隐秘的人性面貌;也不需要面对历史
的长河,梳理并寻找民族文化的精神血脉;更不需要面对民族文
化的历史承传,反省自己应该扮演的角色和必要的历史承诺。

　　当然,"80 后"作家之所以能够如此轻松地告别传统的生存
经验和审美经验,与我们这个时代的去精英化的大众文化伦理密
切相关。这种"娱乐至死"的文化伦理,强调的是短暂的、在场的、
感官化的满足,不信任经典甚至嘲讽经典,不追求理性甚至嘲讽
理性,不尊重传统甚至蔑视传统。他们信奉的偶像是在场的、与
己相关的、物质层面上成功的群体,而不是远离视野之外的、故纸
堆上的、纯精神化的偶像。而网络媒介的开放性、便捷性和平等
性特点,又给他们传播自身的文化趣味提供了巨大的有利空间。
所以,"80 后"作家自觉地充当了这种去精英化的代表性人物。
对此,陶东风先生曾在一篇文章中有着精辟的论述,在此不妨节
录如下:

---

　　① [德]瓦尔特·本雅明:《写作与救赎——本雅明文选》,李茂增、苏仲
乐译,东方出版中心 2009 年版,第 36 页。

　　文学和文化活动的精英化的根本原因是精英知识分子对于文学和文化生产的各种资源,特别是媒介资源的垄断性占有。即使在教育已经极大普及、识字能力已经不再成为从事文学活动的稀缺资源的当代社会,真正能够在媒体上公开发表作品、从事社会意义上的文学和文化生产的仍然是少数精英,原因是媒介资源仍然被少数精英垄断。这种垄断直至上个世纪末才被打破。大众传播、特别是互联网的发展和普及,使得精英对于媒介的垄断被打破,网络成为城市普通大众、特别是喜欢上网的青年一代可以充分利用的便捷手段。于是,写作与发表不再是一个垄断性活动,而是普通人也可以参与的大众化活动。网络使得发表的门槛几乎不存在。大量"网络写手"和"网络游民"不是职业作家,但是往往比职业作家更加活跃。这是人人可以参加的文学狂欢节,是彻底的去精英化的文学。

　　网络造成的最戏剧性的去精英化效果,就是"作家"、"文人"这个身份、符号和职业大面积通胀和贬值,这是对于由浪漫主义所创造、并在中国的 20 世纪 80 年代占据主流地位的关于作家、艺术家神话的一个极大冲击。作家不再是什么神秘的、具有特殊才能的精英群体。文学被"祛魅"了,作家被"祛魅"了。笼罩在"作家"这个名称上的神秘光环消失了,作家也非职业化了。在少数作家"倒下"的同时,成千上万的"写手"站了起来。去精英化的另一个表征是文学性的扩散与日常生活的审美化。我们在新世纪所见证的文学景观是:在精英文学、纯文学边缘化的同时,"文学性"却在疯狂扩散。由于产业结构的变化,20 世纪 90 年代中国出现了文化经济化与经济文化化的趋势,文学与非文学、艺术与非艺术、审美和非审美的界限不断模糊。服务产业、文化产业的兴起使得非物质性的消费(如视觉消费、符号消费、生活方式消费)变得越来越重要。生产力的发展使得人的闲暇时间越来越多,非实用性的审美、娱乐、休闲的需求在需求结构中的比例大幅上升。于是,出现了纯艺术和"纯文学"的萎缩与文学性、审美性的扩散齐头并进的现象。

文学性的扩散构成了对于"文学"、"艺术"的自主性的反动。精英文学和所谓"纯文学",本来就是通过一系列的排除、划界和区隔行为,也就是对于文学的"纯化"处理,来维持自己的自主性、稀有性、神秘性和神圣性,文学性的扩散恰好打破了这种区隔。①

从上述这段阐述中,我们可以看到,"80后"作家的文化断裂,也在某种程度上折射了我们这个时代的文化断裂。它是令人忧伤的,但也是无可奈何的。

无论从哪个层面上看,与中国新时期以来最活跃的其他代际群体相比,"80后"作家的创作都呈现出一种断裂式的审美状态。这种状态,并非像美国20世纪60年代"垮掉的一代"那样,是基于对这个世界的深度失望,基于某种绝望式的反叛,而是恰恰相反。

---

① 陶东风:《新时期文学30年:作家"倒下去","写手"站起来》,《首都师范大学学报》(社会科学版)2009年第1期。

第六章　新时期作家代际差别的积极作用

如果我们承认,文学创作的差异性也意味着文学发展的丰富性,意味着文学格局的多元化,那么,我们就应该看到,作家群体之间的代际差别,与作家个体之间的差别一样,都是文学发展的重要内驱力。相反,如果一代代作家,始终沿袭着某种相同的审美观念和艺术圭臬,遵循着某些相似的价值理念和表达范式,那么,这样的文学发展会显得非常可疑,甚至会显得单一化和程式化。

因此,我们没有必要对中国新时期作家中出现的代际差别过于担心。作为多元化文学格局的一种重要体现,代际差别的存在具有自身特有的价值,对文学的发展也产生了诸多的积极作用。它表明了不同代际的作家群,正以各自拥有的审美特质和艺术优势,共同推动着中国当代文学的丰富和繁荣。

一　多元文化的互补与共生

很多学者都认为,中国当代文学进入20世纪90年代之后,无论是审美观念还是表现形态,都真正步入了多元共存的时代。所谓多元化,就是指文学创作中的"每一元"都有其合理的存在价值,都体现了中国当代生活中的某种审美倾向和艺术趣味,隐含了某种特定的文化观念和生存伦理。多元之间并非完全的对立或错位,至少都必须遵循一些文学的基本律则,包括对人的存在及其境遇的追问与思考,对文学艺术发展的有益探索,并且彼此之间能够平等地交流和借鉴。文学的多元化不仅基于创作主体对自身艺术理想的服膺,也是基于作家对人的自由选择及其生命体验的彰显。真正意义上的多元化，是各种审美观念和艺术实践的相互补充、共生共长，而不是彼此之间的你是我非、相互否定。

在经历了异常喧嚣的 20 世纪 80 年代之后，20 世纪 90 年代以来的中国当代文学，逐渐回归到文学正常的位置上，无论是作家还是读者，都开始以客观、冷静的心态面对文学。这也使很多作家不再急迫地充当社会核心价值的代言人，不再奢望以文学手段全面干预现实，而是回到艺术本体之中，以平和的心态认真地进行艺术探索。陈思和先生在《试论 90 年代文学的无名特征及其当代性》中甚至认为，20 世纪 90 年代的文学是一种"无名"状态下的文学，各种文学思潮和另类写作现象多元共生，逐鹿文坛，谁也占据不了主导性的地位，而且，90 年代的文学思潮，正是通过多种冲突并存的形态来达成多元化发展趋向，从而改变了 80 年代文学中二元对立的思维模式。① 由"二元对立"走向"多元共生"，形成这种格局的原因，一方面无疑是作家自我意识的高度自觉，另一方面也离不开代际差别的潜在规约。

毫无疑问，作家主体意识的高扬，有力地促成了多元文学形态的出现。尤其是 20 世纪 90 年代的"个人化写作"之思潮，更是全面突出了作家的主体意识，彰显了创作主体的个性气质与审美风格，也强化了多元化审美形态的形成。雷达曾经论道："事实上，个人化是一种人文姿态，是对个人独立性和自由意识的确认。但并非所有人或自称是'个人化写作'的人都能这么认为。我理解，'个人化'之被提出，主要是因为现代人面临着商品，物质，财富，专制，权力对人的个性，独立性，主体性的挤压和销蚀，并且被消解到无个性的群体化、符号化生存中去。这种挤压越严重，个人化的抗争也就越强烈。也可以说，个人化是现代人拯救自我的一种方式。马克思早就说过这样的话：个人的自由发展是社会健全发展的先决条件。比如当下有一股思潮，一些知识分子有感于自由精神丧失的惨痛历史，强调回到鲁迅的起点，张扬个性，坚持

----

① 陈思和：《试论 90 年代文学的无名特征及其当代性》，《复旦学报》（社会科学版）2001 年第 1 期。

独立品格和批判精神,就颇接近'个人化'的原意。在创作上,'个人化'是有感于繁琐,无聊,麻木,浅层次的欲望化,以及心灵的萎缩等物化现象,而表现出来的对人的尊重和对人的终极关怀,并极富个性地表达出强烈的人文精神。所以,现在实际上有两种不同的个人化,一种注重私人空间,描写极端个人化的生存体验和心灵感受;另一种则是,虽然身处边缘化的位置,但能把当下的生存体验上升到精神体验的高度,以个人化写作来沟通对民族灵魂的思考。前一种个人化,虽也不无批判意味,但后一种个人化,境界就大得多了。我更赞赏后一种路径,并主张多多发扬这种个人化——主体化的创作精神。"①无论是作家的主体精神,还是个人隐秘的生命体验,就文学自身的发展而言,它们的强力彰显,都意味着中国当代作家在积极寻找属于自我的表达空间,恪守自己的审美理想。

但是,从群体角度来看,我们也必须承认,"改革开放以来中国社会价值观包括道德价值观的多元化,与价值观越来越明显的代际分化、代际差异甚至代际冲突有着密切的关系,价值观的多元分化越来越明显地向社会代际关系领域展开,或者说,价值观的代际分代、代际差异和代际冲突是改革开放以来中国社会价值观多元化的重要表征之一。"②实际上,改革开放以来,特别是20世纪90年代以来,中国文学进入一个作家队伍迅速壮大、文学作品急速增量的时代,"一个增量的文学、增量的文坛呈现在这10年来的文学视野,它改变了20世纪文学的不断'减量'的惯性和态势。王蒙等老作家还在写,知青一代作家似乎也不老,而苏童和余华们的伟大作品似乎还有蓄势待出的未来,60年代一代更是未有穷期,在这种不断增量累积的态势下,你让'80后'、'90后'怎么办:写什么? 文学的天空如此之低,在一个老龄化的社会里,

① 雷达:《思潮与文体——对近年小说创作流向的一种考察》,《小说选刊》2001年第7期。

② 廖小平:《伦理的代际之维》,人民出版社2004年版,第45页。

我们不老的文坛及其文学是否面临着一个老龄化的文坛?"①的确,从代际层面上说,90 年代以来的中国作家队伍,至少呈现出"七代同堂"的盛大场景——从"30 后"到"90 后",几乎每一个代际都有一批活跃的写作群。当然,最突出的,还是"50 后"、"60 后"、"70 后"和"80 后"这四个代际的主要创作群。事实上,也正是这四个不同代际的作家,通过各自的代际文化书写,进一步加剧了中国当代文学的多元化格局。

在"50 后"作家的创作中,我们可以清晰地看到中国当代作家对既往历史的宏观性思考,见证了他们对社会变革中所出现的各种重要问题的及时捕捉与表达,也见证了他们作为现代知识分子所拥有的强烈的使命意识和承担姿态。他们或者借助写实化的现实主义叙事风格,在多方位地展示中国大众生存镜像的过程中,明确传达文学所应承担的"社会责任";②或者通过各种现代主义的尝试,不断地解构既定的历史思维和价值谱系,凸现明确的历史启蒙主义特征。在这一代际群体中,尽管也有种种不同的差异性存在,但就代际文化的共性而言,直面宏大的历史和现实问题,聚焦个体人性与社会伦理之间的冲突,始终贯穿在他们的作品之中,构成了他们挥之不去的精神内涵。也就是说,在这一代作家的创作中,启蒙式的"载道"意愿和强烈的使命意识,是其普遍的审美内核。

在"60 后"作家的创作中,我们会发现,无论是面对历史还是社会,创作主体的宏观介入意识已开始减弱,正面地、大规模地展示历史或现实重大矛盾的写作冲动不再成为主流,代之而起的,是他们普遍选择一种个人化的成长经历,借助个体生命在特定历史境域中艰难成长的精神历程,既揭示历史深处的各种背谬与荒诞,又展现人性内部所隐含的各种幽暗的精神镜像以及非理性的存在状态。在面对现实生活的审美表达时,他们更乐于选择各种具有隐喻意义的生存境域,倾力发掘这种生存境域中所潜藏的尖

---

① 张未民:《当代文学的若干问号》,《文学报》2009 年 10 月 29 日。

② 於可训主编:《小说家档案》,郑州大学出版社 2005 年版,第 82 页。

锐的人性冲突,包括人性被扭曲时的诸多景象。像毕飞宇、艾伟、李洱、陈染、东西、陈昌平等作家的一些代表性作品,都是以现实矛盾作为叙事的社会背景,但作家的主要目标还是为了揭示各种混沌不清、深邃复杂的人性面貌,呈现出强烈的理性思索特征。可以说,这一代际作家的创作,主要是通过各种现代叙事技法,智性化地展示了中国当代文学对人类精神内部的顽强探索和独特思考。

在"70后"作家的创作中,人们则更多地看到了中国都市化进程不断加快之后所引发的种种欲望化生存景观,体察了现代人所遭遇的种种灵魂无所归依的漂泊感,也更深切感受到消费时代对人们的生存观和价值观的巨大规约。这一代作家的创作,几乎没有什么史诗意识,也不太关注所谓的宏大历史或现实,他们更多地执着于个体的日常生活感受,强调个人被社会秩序不断挤压之后的生存状态。尽管其中也充满了疼痛、绝望、无奈,或者迷惘、孤独和荒诞,但这些感受大多仍处在感性的层面上,很少具备形而上的理性意味。所以,徐则臣曾说:"摆在眼面上的是,'70后'整体上宏大叙事野心的欠缺,在当下史诗成癖的文学语境里,是大大减了分的。我听到很多前辈为此忧心忡忡,语重心长地提醒:砖头,砖头。'70后'似乎迫切地需要'砖头',拿不出来,只能和过去一样继续挨板砖。但这个谁也没法替他们急。"①徐则臣所说的"砖头"作品,其实就是能够展示宏阔历史或社会画卷的、具有史诗意味的厚重之作,而这一点,显然是这一代作家很难具备的,因为他们的成长经历及其生活记忆,决定了他们对那些宏大命题并无太多的兴趣。

在"80后"作家的创作中,我们看到的情景是,他们完全脱离了既定的文坛秩序,也不在乎体制化写作的某些利益,而是以自由撰稿人的角色,使自己的创作与消费主义文化形成了紧密的共振。尽管在这一代际里,也有一些作家依然在坚持反市场化的纯粹写作,如蒋峰、马小淘、周嘉宁等,但绝大多数作家都是紧跟市

---

① 徐则臣:《别用假嗓子说话》,《文艺报》2011年10月17日。

场消费的文化趣味,不断地创作出迎合各种读者消费心理的作品。无论是韩寒、郭敬明、春树等人的青春写作,还是南派三叔、流潋紫、我吃西红柿等人的类型化网络写作,他们所推崇的,主要是一些颠覆性、叛逆性或奇幻性的生存状态,是各种亚文化所包含的"另类化"趣味。所以,白烨先生曾说道:"'80 后'群体虽然日益得到人们的关注,但从文学领域来看,因为他们更多地依赖于网络平台,存身于图书市场,仍与主流文学或传统文坛有所分离,甚至不在主流文学批评的视野之内。'80 后'与传统型文坛之间,需要有评介与批评的'中介'与'中转',起到沟通联系,传布信息的作用,以使'80 后'了解和走近传统文坛,传统文坛认识和吸纳'80 后'。"①或许,他们的艺术实绩还有待时间的检验,但从消费角度来看,他们无疑获得了巨大的成功。我们甚至可以说,"80 后"作家的创作,为中国当代文学的市场走向提供了大量宝贵的经验。

笔者之所以对上述四个主要代际的创作特征再一次进行归纳,意在强调,正是这四个主要代际之间的审美差别,共同构成了20 世纪 90 年代以来中国当代文学的丰富性和多元性。它使我们看到,在新时期以来的当代文学中,既有"50 后"一代宏观的、史诗性的文学建构,集历史启蒙和道德理想于一体的载道写作,也有"60 后"一代深邃的、理性化的人性发掘,集存在勘探与生存反讽于一体的审美表达;既有"70 后"一代微观的、感性化的诗学建构,融日常生活和个体感受于一体的经验性表达,也有"80 后"一代叛逆性、奇幻性的理想书写,融消费文化与时尚气息于一体的市场化创作。每一个代际的创作,都体现了当代文化中特定的"一元"。它们彼此互补,从宏观到微观、从历史到现实、从乡村到都市、从传统到现代,多方位、立体化地呈现了中国当代作家对人类存在及其生存境遇的积极思考和表达,并为中国文学的未来走向提供了多种可能性的发展空间。

更重要的是,代际差别的积极作用,不仅仅体现在各个代际

---

① 白烨:《我与"80 后"》,《文艺争鸣》2011 年第 3 期。

作家对自身文化标识的张扬之中,同时还体现在不同代际立足于自身的审美观念而进行的艺术创新。也就是说,每一个代际群体的创作之所以拥有其审美特质,就在于它实际上隐含了某种独特的艺术创造,甚至构成文学发展史上一个不可或缺的环节。有学者就强调:"'代'首先是一个文化概念,它反映了不同代人文化上的差异,并通过这种差异反映了文化上的变迁。这种变迁通过新的一代显示出来,经代际冲突而日益清晰,最终经代际更替而完成。尽管一种文化对于具体的某一代人来说具有相对独立的意义,但文化绝不是纯然外在于人的某种实体,它的存在总是生活于某一特定时期的一代人对于它的理解和实践的总和,即总是以'代文化'的形式表现出来,并依'代文化'的形式存在和发展下去的。从这个意义上而言,'代'既是文化的载体,也是文化的创造者。离开了代、代际更替和'代文化',就无法理解文化的变迁和文明的演进。"①依据这样的文化观念,我们有理由认为,无论是哪一个代际的作家,他们既是中国当代文学的传承者,又是当代文学的开拓者。正是不同代际作家的共同努力,才促进了当代文学不断走向繁荣。

二 主体意识的抗争与彰显

在《主体性的弥散》一文中,笔者曾论述到,对于中国当代文学的发展来说,20世纪90年代既是一个主体性高扬的年代,也是一个主体性弥散的年代。其主体性的高扬,在于人们借助多元化的文化背景,将"存在即合理"的生存法则引入审美价值谱系之中,使个人的世俗欲念获得了前所未有的彰显。而这种彰显的结果,又常常导致了很多基本价值的崩落,以及人类长期引以为荣的各种宝贵品质的缺席、失散甚至被贬抑。这也意味着,主体性看似获得了全面的张扬,而在无序纷乱的"张扬"之中,在作家们

---

① 廖小平:《伦理的代际之维》,人民出版社2004年版,第288—289页。

的肆意挥霍之中,却变成了一种大面积的弥散。

这种弥散是自发的,也是令人感伤的。它看起来没有权力的干扰,实则依然处于被劫持的状态——不过,它不是来自于意识形态的控制,而是来自于物质利益以及世俗社会身份的潜在规约。当然,话又说回来,没有任何干扰的主体意识是不存在的。作为社会的存在、历史的存在和文化的存在,任何置身于生活现场中的人,其主体意识都会受到各种因素的制约,并进而出现某些弥散状态。中国当代作家亦不能例外。巡视20世纪90年代以来的中国文学现状,我们必须承认,与此前近40年的当代文学历史相比,作家的主体意识虽然受到了消费文化的巨大影响,但依然保持着自觉高扬的姿态。

如何来科学地认识新时期作家的主体意识,对于我们理解新时期文学,无疑具有重要的意义。因为文学毕竟是作家创作出来的,有什么样的作家,才会有什么样的作品。作家精神所拥有的自由空间,决定了作家艺术潜能发挥的程度,也决定了作家创作有可能抵达的审美疆域。事实上,在改革开放之前,中国当代文学的发展一直处在某种单一化状态,就是因为作家的主体精神并没有获得充分的独立和自主,而是受制于各种意识形态化的制约——谁都明白,一个作家的主体意识不明确,其精神空间也不会获得自由;心中如果缺乏一种自由而高迈的文学理想,就会直接导致他的审美视野不会开阔,艺术胸襟不会高远;而视野的不宏阔,胸襟的褊狭,又会导致创作主体面对现实世界时,批评精神和质疑勇气的严重缺席;这种精神的缺席,必然使他们产生审美趣味的滑落,对各种主流意志持以简单的审美认同和价值迎合;由此而导致的最终结果,便是作品的审美格调单一,缺乏灵动而丰富的创造性。

有学者就认为,所谓人的主体意识,就是人的主人意识或自主活动的意识。它主要包括三个方面的基本内涵:一是物我相分的意识和对自我本身主宾相分的意识。二是自由的意识、自主意识或主人意识;一个人要有主体意识,不仅要把他物当作自己的认识和实践对象,而且要把自己当作"自由的人",拥有独立自治的精神空间。只有当自信意识、自主意识或独立意识觉醒之后，人的主体意识就会发展到一个新的阶段，并生发出一种新的形式即怀疑意识和批判意识，主体意识才能获得体现。其三是权利意识和责任意识，它们是人的真正的自主意识或自由意识的展开形式。因为真正的自由意识是对自然规律、社会规律认识和支配的意识，而权利和责任的意识无疑是对社会的伦理关系、法律关系及其所涵盖的内容（如经济关系、政治关系、文化关系、人格关系等）的自觉和履行的意识。①

遵照这一哲学意义上的理论阐释，我们来审度当代作家的主体意识，必须要立足两个层面：一是作家主体的精神自由之空间；二是作家对文学发展的自觉推动。前者涉及作家个体对自我艺术潜能的发掘、利用和展示，体现出作家在创作实践中的怀疑、批判和创新之能力；后者涉及作家对文学自律性的一种自觉维护，体现出作家在文化承传上的权利意识和责任意识。两者之间相辅相成，才能构成一种完整的作家主体意识。

就作家个体的精神自由而言，新时期以来的社会发展一直坚持着改革开放的原则，尽管其中也出现过一些大大小小的思想风波，但总体趋势是走向人本主义目标。在这种大背景下，当代作家的精神束缚越来越小，自由空间越来越大。尤其是进入 20 世纪 90 年代之后，在市场化体制的策动之下，各种观念此起彼伏，作家的创作理念也层出不穷，这都表明了作家的个体精神空间日趋独立。所以，白烨曾说："60 年代出生的作家与 50 年代出生的作家就有不同，个人化写作倾向就更为凸显，社会、历史的东西在淡化，个体、个性的东西在上升。70 年代人出来后，比 60 年代人走得还远，包括卫慧、棉棉在内的这样一批作者，青春期基本上是在市场经济环境度过的，他们必然要把自己的价值观、人生观、爱情观，在他们的作品中表现出来，因而给文学带来了相当大的冲击。但比较而言，'50 人'和'60 人'之间，'60 人'和'70 人'之间，虽有差异但差距还不是非常大，但到了'80 人'这一代，差异

---

① 杨金海：《论人的主体意识》，《求是学刊》1996 年第 2 期。

就特别的大,简直就是一条鸿沟了。"①新一代人比上一代人在个性化上走得更远,这说明新一代作家比上一代作家在精神上拥有更多的独立和自由。

这种独立和自由带来的良好后果之一,就是不同代际的作家都能自觉地恪守自己的艺术主张,并对各种既定的历史观念、价值谱系乃至审美观念,进行卓有成效的质疑和解构。譬如,在"50后"作家群中,我们既可以看到莫言、刘醒龙、王安忆、李锐等人对20世纪中国历史的各种反思,又可以看到王朔、王小波对各种文化逻辑和权力意志的反讽与解构,也可以看到阎连科、贾平凹对乡土社会内在结构的深度剖析与批判,还可以看到周梅森、张平、范小青等人对官场权力体系的质疑和鞭笞。尽管他们的创作折射了各不相同的主体意识,但从根本上说,他们都体现了这一代际的作家对社会重大问题的自觉关注和思考。

而"60后"作家则在"个人化"写作伦理的支撑下,从一开始就自觉地退到了各种主流文学思潮之外,他们不再关注公众的聚焦热点,不再迎合意识形态的价值指向,也不再沉迷纯粹的文本实验,而是立足于创作主体的个人意愿和思考,在创作中突出对个体生命体验的迷恋,对自我心灵空间的恪守,对欲望本能的极致化演绎等,以便在更高层面上全面体现作家个人的审美理想和主体意识。评论家汪政曾说:"新生代作家正以差异性、个人化、离散状态以及自由主义等呈现出迥异于七八十年代集体风格和话题主义的90年代文学景观。"②尽管汪政并没有探讨这一代作家在"个人化"追求上的本质意图,但是,他显然已意识到了这一代人对个体生命的充分彰显,其实隐含了他们对集体主义话语的逃离。最为典型的,就是在20世纪80年代中期,一些诗人自觉地高举起"PASS北岛"的口号,主动逃离朦胧诗派的个人英雄主义和启蒙主义观念,以"第三代诗人"的身份将诗歌纳入生活的内在体验之中,成就了海子、骆一禾、韩东等新的诗歌美学。

---

① 白烨:《"80后"的现状与未来》,《长城》2005年第6期。

② 张钧:《小说的立场·代序》,广西师范大学出版社2002年版,第9页。

　　"70后"作家虽然没有明确地表达自己的反叛性审美主张,但是,他们自觉地沉迷于日常生活的诗性建构,力图回避各种重大的历史和社会命题,致力于还原人类生活的全面性和丰富性,包括对身体欲望的修辞性表达。譬如,在论及"70后"的诗歌创作时,有人就这样说道,这一代的内心依然拥有自己的"广场","'红色'革命教育和传统的农耕情怀规训了他们的奉献精神和纯真理想,但是成长年代里越来越复杂的社会使得他们成了清醒而困惑的一代、理想而务实的一代、守旧而背叛的一代、沉默而张扬的一代。这就注定了'70后'诗人身上普遍有一种对广场等宏大的集体或政治事务的疏离甚至反拨。懵懂年代的革命、政治、运动的广场已经成为遥远的历史烟云,而无限膨胀的现代化进程则成为这一代人生存的一个全新的'广场'。'70后'一代在'广场'上更为关注的是后工业和城市语境下个体的尴尬宿命和生存的沉重与艰辛以及巨大的荒诞感。革命的、政治的、运动的集体性的广场尽管已经成为遥远的过去,但是那广场和纪念碑高大的阴影却难以抹掉。而更为令人尴尬的还在于在无限膨胀、无限加速度的现代化进程中一个新的后工业时代的广场正在建成。金钱和欲望正在成为新时代广场上的旗帜或新的纪念碑。"①

　　"80后"作家从一开始写作,就以决绝的方式,抛开了很多传统的写作规范。他们将青年亚文化视为自我独立和自由的法宝,以强烈的否定性写作,彰显自身的主体意识。很多学者在讨论他们的青春写作时,发现他们的作品既不同于以往的校园文学,也不同于传统的青春文学,"阳光意识"完全消失,代之而起的则是激烈的否定、极端的放纵和令人惊悚的冷酷。他们的类型化写作,从盗墓到悬疑,从耽美到架空,完全游离了人们的日常生活经验,充满了虚拟时代的精神气质。

　　这些充满反叛和解构意味的创作,既体现了不同代际作家们在主体意识上的彰显和抗争,也折射了代际文化对他们的主体精

---

　　① 翟俊明:《市场化时代的"广场诗学"——新世纪以来"70后"诗歌的精神走向》,《文艺报》2011年10月19日。

神的潜在影响。不可否认,由于共同的历史记忆和文化熏陶,每一个代际的作家们都会受到代际文化的制约,但是,当他们在面对文学发展而作出自己的承诺时,却并没有简单地沿袭前辈们的艺术思维和审美理念,也没有主动地模仿前辈们的表达策略和审美形式,而是坚定地走自己的路,恪守自己的审美理想。

这种主体意识的彰显,也是代际差别在新时期文学中所产生的积极作用。它并没有强化同一代际的作家在代际文化上的自我认识,而是让不同代际的作家们都充分意识到了自己的文化优势,也使他们充分发挥自由独立的精神空间,通过反叛、解构和重构,在超越前辈作家的写作经验之中,开拓属于自己的审美天地。一代人有一代人的使命,一代人也便成就了一代人之文学。因此,这种自觉意识,从本质上说,也体现了新时期作家在文化承传上的权利意识和责任意识。

三　激活亚文化的内在潜力

代际差别的存在,一方面体现了不同代际的人群在主体意识上的自我觉醒与彰显,另一方面也展示了青年一代奋力崛起的勇气和活力。如果没有青年一代对既定秩序的挑战和否定,代际差别也就不可能成为一个重要的社会文化问题。玛格丽特·米德正是在目睹了欧美 20 世纪 60 年代的一系列青年运动之后,才由衷地感叹道:在人类历史上,两代人竟如此第一次公开地进行了痛苦的大决裂,青年一代以自身特有的膂力,促使了美国固有的传统文化进入衰落,并创造出一种新型的文化或曰"青年亚文化",即"后喻文化"。相对于"前喻文化"和"并喻文化"而言,"后喻文化"是指长辈反过来向晚辈学习的文化。

长辈们之所以需要反过来向晚辈们学习,是因为社会的急速发展,导致了长辈们生存经验的逐渐脱节,"他们就像开拓新大陆的先驱们一样,缺乏应付新的生活环境所必需的一切知识。"①而晚辈们面对新的社会变化,则"像是在一个新的国家中出生的第一代无拘无束的新人,正奋力地挣脱控制他们的所有羁绊。他们了解这个时代,熟悉太空遨游的人造卫星。他们从未听说战争能够不使人类遭受灭顶之灾。他们知道如何使用电子计算机,但却没有天真地将其拟人化;他们恐怖行动得计算机完全受着人的控制。在事实面前,他们会立即敏悟:空气、水源和土地的持续污染意味着地球将不再适合人类居住,地球将无法供养迅速增长的世界人口。他们能够理解观念的控制不仅是可能的,而且是必需的。……他们主张这个世界完全需要某种形式的新的秩序。"②应该说,这是现实赋予青年一代的特殊优势,也是历史赋予了青年一代的重要使命。它意味着,青年一代有条件、有能力也有必要去质疑、改造甚至创造一种新的文化秩序,以适应人类社会自身的发展需求。

　　但是,我们也必须承认,要使这种"后喻文化"在人类文化的代际承传中,成为一种常态性的文化模式,并非一件易事。这是因为,在经验丰富的长辈们看来,青年一代常常是一种不成熟的代表,甚至充满了诸多反伦理意义上的"亚文化"特征。从伯明翰学派开始,人们在讨论亚文化时,总是将之统称为"青年亚文化",表明人类"亚文化"中的诸多特质,主要体现在青年群体之中。事实也是如此。当社会地位稳定、思想成熟的长辈们把持着社会的主流文化时,任何不同于主流文化的差异性、附属性文化,都被纳入"亚文化"的概念之下。而在新时代面前,拥有诸多优势的青年一代,会自觉地提出各种变革法则,从而动摇长辈们既定的社会身份和地位,解构既定的社会秩序和伦理观念,所以"青年亚文化"常常成为讨论"亚文化"的代名词。

---

　　① [美]玛格丽特·米德:《文化与承诺———一项有关代沟的问题研究》,周晓虹、周怡译,河北人民出版社 1987 年版,第 82 页。

　　② [美]玛格丽特·米德:《文化与承诺———一项有关代沟的问题研究》,周晓虹、周怡译,河北人民出版社 1987 年版,第 83 页。

　　问题当然不在于"青年亚文化"与"亚文化"之间究竟能否相互取代,而在于我们应该如何正确地理解"亚文化"这一概念。不错,这一概念无疑是站在主导文化的价值立场上提出来的,就像萨义德认为"东方主义"是西方文化观念的产物一样,它隐含了主导文化的某种正当性和合理性。正因如此,很多学者在研究"亚文化"时,都极力回避对"亚文化"作出单一而明确的价值判断,尽管他们也一直强调,"亚文化"在本质上是一种叛逆性、否定性和颠覆性的另类文化。譬如,有人就从广义与狭义两个层面来界定"亚文化":"广义的亚文化概念,是指文化整体中的各种次属文化,其中既有与主文化相吻合的部分,也有与主文化不相吻合的部分,与主文化价值观相吻合的亚文化称同一亚文化,不一致的部分称不良亚文化。狭义的亚文化概念,是专就不良亚文化而言,主要强调与主文化的差异、对立、偏离的内容,主要指在一个社会的某些群体中存在的不同于主文化的价值观念和行为模式"。[①] 从这种概念的阐述中,我们多少能够感受到,"亚文化"总是与离经叛道的"不良文化"存在着某些隐秘的关联。

　　我们无意于在此辨析有关"不良文化"的问题,因为在任何一个社会的文化谱系中,即便是在主导文化内部,同样也存在着各种或隐或显的"不良文化"。而且,"良"或"不良"的价值评判,有时还带着历史特有的局限性。譬如,在"五四"新文化运动之前,封建的伦理文化无疑是主导文化,具有无可辩驳的合理性,而新文化干将们所倡导的新文化运动,则属于典型的离经叛道的"青年亚文化",具有强烈的"弑父"性质。所以,从动态性的历史发展来看,"青年亚文化"即使存在某些"不良"的倾向,亦属正常,否则它就成为与主导文化相一致的文化形态了。

　　正因如此,我们需要立足于人类文化发展的基本规律,客观地认识"青年亚文化"。任何文化的发展,都必然地包含了承传与变异的过程,而且没有变异就没有发展。但人类文化的变异,通

------

　　① 王家忠:《人性·社会·心灵:社会潜意识研究》,山东人民出版社2006年版,第187页。

常又并非由主导文化自我转换来完成的,而是由"亚文化"的解构来实现的,即"主文化的消解总是由亚文化的崛起造成的"①。玛格丽特·米德所强调的"后喻文化",正是发现了这种青年亚文化的内在价值和意义。有学者认为:"文化是加诸复杂的现实世界的有序形式,减少我们在感受和知觉方面的混乱和矛盾。文化与现实是有差距的,这个差距有待人的主观能动性来弥补。当社会变迁加剧的时候,这个差距对于许多人来说是一个不可逾越的鸿沟。亚文化就是鸿沟上的中介。亚文化是已经调整了文化与现实的差距的一套价值观和行为方式,它为面临相似问题的群体提供一揽子的富于可行性的解决方案。亚文化可以赋予异常行为一种意识形式和表达形式。亚文化能够不断对新问题给出新答案,使社会文化更有弹性、更有活力、更现实。"②这里,"亚文化"之所以能够起到"中介"作用,主要在于它通常驻足于青年群体之中,并对现实保持更为敏捷的关联性。

我们之所以对"青年亚文化"进行必要的辩护,是想表明这样一种观点:"青年亚文化"的存在,同样也是文化创新和发展的重要动力之一。人类社会的延续,离不开生物学意义上的代际承续,也离不开文化意义上的代际更替。没有一代又一代青年群体的崛起,没有一代又一代"青年亚文化"的介入,人类社会的发展就会变得模糊不清。就文学而言,更是如此。早在 20 世纪初期,当陈独秀、胡适等一群热血青年高举起"白话文"的大旗,意欲颠覆文言文、全面改造中国文学的时候,曾遭到大批旧式文人与学者的讥讽和打压,章士钊甚至讥讽白话文写作者"一味于胡氏文存中求文章义法"③,他断言:"作白话而欲其美,其事之难,难于

---

① 高丙中:《主文化、亚文化、反文化与中国文化的变迁》,《社会学研究》1997 年第 1 期。

② 高丙中:《主文化、亚文化、反文化与中国文化的变迁》,《社会学研究》1997 年第 1 期。

③ 章士钊:《评新文化运动》,《中国新文学大系·文学论争集》(影印本),上海文艺出版社 2003 年版,第 197 页。

登天"①,毫不留情地给白话文判了死刑。然而,随着"五四"新文化运动的不断深入,作为"青年亚文化"代表的白话文终于取代了占据主导文化的文言文,成为新时代的主导文化。这种文化的易位,不仅体现了文化发展的必然性,也证明了"青年亚文化"的创新活力。

从新时期文学的发展情形来看,也同样如此。在新时期初期,当北岛、舒婷、顾城、江河、杨炼等青年诗人,借助象征、隐喻、通感等现代主义技巧,发表了一批完全不同于以往口号式抒情风格、具有全新审美特点的诗歌时,曾遭到许多老诗人的激烈批评。如1980年《诗刊》第8期,就刊发了章明的《令人气闷的"朦胧"》一文,认为"少数作者大概受了'矫枉必须过正'和某些外国诗歌的影响,有意无意把诗写得十分晦涩、怪癖,叫人读了几遍也得不到一个明确的印象,似懂非懂,甚至完全不懂,百思不得其解。……我对上述一类的诗不用别的形容词,只有'朦胧'二字;这种诗体,也就姑且名之为'朦胧诗'吧。"随后,丁力的《新诗的发展和古怪诗》、方冰的《我对于朦胧诗的看法》、郑伯农的《在"崛起"的声浪面前——对一种文艺思潮的剖析》等文章相继出现,对朦胧诗的"古怪"、脱离集体、社会、自我膨胀的自我表现以及"一种很露骨的唯我主义哲学",进行了多方位的批驳。一时间,"朦胧诗"成为一种反主导文化的异类艺术,似乎是"不良亚文化"在文学领域的一种体现,备受人们的排斥。然而,随着思想解放的不断深入,"朦胧诗"不仅没有被击退,反而成了新时期文学的先驱,并进而迅速成为主导性质的文学形态。到了20世纪80年代中期,一群更年轻的诗人高举"PASS北岛"的反叛之旗,再一次对以"朦胧诗"为代表的主流诗歌形态发起了挑战,从而使新时期诗歌逐渐回到日常生活之中。这一过程表明,没有一代代青年诗人对传统诗歌形态的持续挑战,就不可能有新的诗歌出现,中国当代诗歌的发展或许就不会取得如此丰硕的成果。如果从文化的角

---

① 章士钊:《答适之》,《中国新文学大系·文学论争集》(影印本),上海文艺出版社2003年版,第220页。

度来说,无论是"朦胧诗人",还是后来的"第三代诗人",在当时无疑都属于"青年亚文化"的代表群体,也曾受到广泛的批评和指责,但他们都以自己特有的审美活力,引导了当代诗歌发展的方向。

　　同样的情形也体现在 20 世纪 80 年代中期的小说创作领域。1985 年前后,随着莫言的《红高粱》、残雪的《山上的小屋》、马原的《冈底斯的诱惑》、洪峰的《奔丧》等一大批作品的问世,文坛一片哗然。这些名字陌生的作家所创作的作品,通过各种反传统美学的表现手段,不仅将"审丑"视为一种表意目标,而且动用了各种超验性的现代叙事方法,使文学进入某种非理性的人性领域,并由此引发了一场叙事的"革命"。这些作品,让那些从"伤痕文学"、"反思文学"和"改革文学"一路走来的作家们感到无所适从。所幸的是,当时的中国社会正处于全面的改革开放之中,自由宽容的文化环境,没有让这些"青年亚文化"的创作扣上"不良文化"的帽子,从而让这批"50 后"作家迅速成长起来,并逐渐成为新时期文学发展的中坚力量。

　　如果回巡 90 年代出现的"个人化写作"思潮,我们依然可以看到"青年亚文化"的内在活力。所谓"个人化写作思潮",主要是以一批"60 后"出生的作家为代表的"晚生代作家群"(或称"新生代作家群")的创作,他们极力逃避公众经验和集体意识,逃避主流意识和共识性的价值谱系,专注于创作主体自身的个体经验,特别是被社会公共的道德规范与普遍的伦理法则所拒斥、抑制的意识和无意识,强调个人独特的生命体验和审美感受,维护个体的内心真实,以个人化叙事规避大众经验的渗透。在具体的写作过程中,作家们更多地看重人物个体的生命体验,更加突出作品中的"私人化"色彩。也就是说,它是以一种单纯的人物自我作为叙述目标,自觉地抛弃人的某些社会群体性倾向,彰显创作主体对人物自身各种生存经验和生命感受的精细临摹。

　　这种"个人化写作",在陈染、海男、林白等一些女性作家的创作中,可以说表现得尤为彻底。她们常常深入各种女性生命的内部,在那里盘旋、辗转,反复游走,试图还原一个个具有无可替代的完整的人。像陈染的《私人生活》、林白的《一个人的战争》、海男的《坦言》、徐坤的《春天的二十二个夜晚》等，均以罕见的细腻和率真直接展示了女性人物身心体验，包括潜在的欲望体验。尽管这种写作冲动带有强烈的"私人化"色彩，但是，就创作主体而言，他们试图通过这种审美表达，重建个人的生命存在在文学表达中的核心地位，就像陈染所说的那样："我们都知道，拥挤的居住环境、不得已的群居状态，没有个人的物质空间，忽略个人的存在，是物质贫穷的结果。而没有个人色彩的文化、缺乏独特的个体思想的艺术，则是'贫困文化'的特征。"①事实上，随着"70后"与"80后"作家群的相继涌现，我们看到，"个人化写作"已迅速成为新时期文学表达的主流形态。这也同样说明，青年作家的创作或许会给当时的文坛带来巨大的冲击，形成某种审美经验上的颠覆性，但他们拥有异常敏锐的艺术触角，对于新的审美理想的开拓和新的表达策略的探索，往往具有引领性的意义。

　　这也正是"青年亚文化"的内在活力之所在。如果没有一代代具有反叛基质的"亚文化"存在，没有这些"亚文化"对主导文化的挑战、解构和重构，没有这些"亚文化"在思想观念和思维方式上的异端式冲击，人类的文化发展不可能变得如此丰富和斑斓。同样，如果没有一代代青年作家的不断涌现，没有他们在创作实践中的顽强开拓与创新，可以说，文学的发展就会缓慢得多。不错，"亚文化"尤其是"青年亚文化"中，可能隐含了诸多自我边缘化、犬儒化甚至放纵性的亚健康因素，但是它们也拥有自身独特的生存信念、价值观、思维方式和生活习惯，而且，这些价值观常常散布在种种主导文化之间，构成文化变异的积极成分。

　　从文学创作的基本规律上看，"青年亚文化"中还常常包含了某些先锋文学的精神特质。我们说，真正的先锋其实是一种精神的先锋，它体现的是一种常人难以企及的精神追求，是一种与公众意识格格不入的灵魂探险。只有作家的精神内部具备了与众不同、绝对超前的思想禀赋，具备了对人类存在境遇的独特感受

---

① 於可训主编：《小说家档案》，郑州大学出版社2005年版，第445页。

和发现,他才有可能去寻找新的审美表现方式,才有可能去颠覆既有的、不适合自己艺术表达的文本范式,才有可能去自觉地进行话语形式的革命,先锋文学才能获得有效的发展。从表面上看,创新意识是先锋作家最关键的艺术品质。这种创新意识,从某种程度上说,其实就是创作主体现代意识的确立,因为"现代性不仅仅涉及事物的客观变化。没有现代性意识便没有现代性:要意识到与过去相比发生的变化和出现的差别,意识到我们生活在一个与旧时代根本不同的时代。就是说要有变化意识。人们可能会觉得这类转变多少有些强烈、有些干脆,但它却是事物长期发展的结果,它深入人心,使人们的精神世界发生了明显的变化。"①这种现代性意义上的"变化意识",是先锋文学产生的最为直接的主体冲动。

但是,倘若进一步追问,我们又会发现,作家的变化意识(也即创新意识)并非一种简单而盲目的求新意识,而是受制于主体精神内部反叛性的审美诉求。尽管形成这种反叛性审美诉求的因素很多,但其最为核心的缘由,还是创作主体精神内部的独立和自由。独立意味着卓尔不群,不人云亦云,是创作主体确定自身艺术信念、寻找审美发现的基础。而自由则为其艺术发现和创造提供重要的心智保障。只有这两项品质扎根于内心之中,作家的一切思想积淀和艺术积累才能顺利地转化为创新意识。而"青年亚文化"之中,恰恰隐含了这些可贵的精神特质,这也是为什么先锋作家往往都出现在青年作家群体之中的重要原因。譬如,余华、苏童、格非、孙甘露等,从进入当代文坛开始,就以先锋文学旗手的角色,引起人们的广泛关注。

从另一个角度来看,如果一个社会中的"青年亚文化"始终缺乏生长的空间,无法获得自我展示的机会,那么,这个社会的主导文化也会出现僵滞,缺少应有的内在活力。有人就认为:"在我国上世纪中期,由于'左'倾思潮和形形色色的社会同质化运动的影

---

① [法]伊夫·瓦岱:《文学与现代性》,田庆生译,北京大学出版社2001年版,第6页。

响,中国的亚文化在五十年代以后较长时期曾销声匿迹,致使社会文化发展缓慢,甚至畸形,更谈不上文化的创新。改革开放后,我国亚文化是遍地生根,全面兴起,精彩纷呈。不仅国内的亚文化大量涌现,国外的亚文化也引进国门。我们大胆地、批判地引进、吸收、消化、利用国外的先进技术,管理经验,思维方式。把它与中国的实践相结合,不仅推动了社会经济的发展,也促进了文化的创新。"①应该说,这一判断并非没有道理。

　　客观公正地认识"青年亚文化",有效激活这一文化群体内在的活力,使其发挥自身特殊的优势和创新潜能,不仅有利于代际文化的科学建构,也有利于文学艺术的不断开拓。这也是玛格丽特·米德探讨"代沟"文化的一个核心问题——当一代代青年群体的诉求被纳入"亚文化"范畴之后,人们很容易忽略"后喻文化"的重要性,甚至将青年群体的某些有意义的变革性诉求,视为一种破坏和颠覆行为,并扣上"弑父"的帽子。所以米德强调,"如果我们能够建立起后喻文化,在那种文化之中过去就将是一种有效的工具而不是强制性的历史。而为了达到这点,我们必须改变未来的取向。这里,我们可以从执着地追求乌托邦理想的年轻人身上再次获得启示。他们说:未来就是现在。这样说似乎不合情理而且过于激进,从某种要求来看,这种说法在具体细节上或许会使人疑虑不解。但是,我却认为,这种说法又一次使我们迸发出思想火花。"②的确,"后喻文化"的目的,就是突出不同代际之间的平等对话,让那些学富五车的前辈们放下身段,认真听取并学习青年一代的思想观念、价值信条和思维方式,激励他们不断地进行新的探索,以获得各种"思想火花"。

　　事实上,这也是代际差别的积极作用之一。在文学创作中,这种作用尤为突出。我们甚至可以说,在中国新时期的文学实践

---

　　① 彭志斌:《试论亚文化的积极作用》,《和田师范专科学校学报》(汉文综合版)2005 年第 3 期。

　　② [美]玛格丽特·米德:《文化与承诺——一项有关代沟的问题研究》,周晓虹、周怡译,河北人民出版社 1987 年版,第 100 页。

中,如果没有"50后"、"60后"、"70后"和"80后"等不同代际的作家群所进行的一次次反叛和超越,没有他们在先锋意义上一次次顽强的开拓,我们的文学就不可能呈现出如此丰富的景象。这也使我们有理由相信,中国新时期文学中尽管存在着越来越突出的代际差别,特别是"70后"、"80后"作家群,常常会爆发出某些令人讶异的极端思想和审美趣味,诸如卫慧、棉棉的某些小说,木子美的《遗情书》,伊沙、尹丽川等人的"下半身写作",韩寒的颠覆性言论等等,但是这些叛逆式的审美表达,并非只是"青年亚文化"中某些不良因素的宣泄,同样也隐含了欲望化时代的某些精神特质,包括消费主义的文化逻辑。

人类已进入信息时代。一切坚固的东西都烟消云散了,世界变得纷繁复杂且变动不居,任何既往的经验和观念,都很难帮助我们全面应对如今的现实,也很难为我们理解当下的社会提供完整的依据,就像本雅明所言:"一切都一去不复返了。……因为经验从来不曾被摧毁得如此彻底:战略经验被战术性的战斗摧毁,经济经验被通货膨胀摧毁,身体经验被饥饿摧毁,道德经验被当权者摧毁。当年乘坐马拉街车上学的一代人如今伫立在旷野的天穹之下,除了白云依旧,一切都已是沧海桑田;白云之下,天崩地摧的原野之上,是渺小、赢弱的人的身影。"①在这种文化境域中,客观地认识新时期作家的代际差别,充分地意识到"后喻文化"的重要作用,并对"青年亚文化"给予积极而科学的看待,不断激活"70后"、"80后"这些青年创作群体的内在才情,促动其中某些先锋精神的彰显,对于中国当代文学的发展,无疑具有重要的意义。

---

① [德]瓦尔特·本雅明:《写作与救赎——本雅明文选》,李茂增、苏仲乐译,东方出版中心2009年版,第32—33页。

第七章　新时期作家代际差别的消极影响

代际差别的存在,是人类社会发展到特定时期的文化产物,隐含了诸多复杂的文化矛盾。当不同代际之间出现交流不畅,隔阂加深,代际差别就会转化为或显或隐的代际对抗和冲突,从而对社会的和谐发展产生一些消极影响。所以,很多学者就明确地指出,代沟的加剧,将意味着一种消极文化特征的不断涌现。这种消极文化特征,主要表现在三个方面:"首先,是年轻人对消极文化的追求。在文化分层与多元化的过程中,伴随积极文化的发展,也产生了许多消极的文化内容,而这些消极文化常常为年轻人所推崇,诸如享乐主义的生活方式等。其次,是文化分层导致的代际文化的排斥和对立。代际文化的排斥和对立,破坏了文化自身的和谐与统一,阻碍了社会文化的正常更迭和发展。最后,是代沟所预示的代际间的心理对抗和心理冲突。这是代沟最为显著的现象特征,也是代沟之所以常常被视为一种破坏性的文化现象的主要原因之一。"①

从中国新时期文学的发展情形来看,这种代际差别上的消极影响,主要表现为不同代际作家群在审美观念上的对抗或冲突。由于特定时期文化环境的制约,特别是固有的传统文化观念的制约,不同代际之间的有效交流并不通畅,青年一代作家的创作有时很难迅速获得文坛秩序的认同,由此形成了各种观念意义上的争论或冲突。耐人寻味的是,这种冲突正在呈现不断加剧的态势。特别是从上个世纪末到现在,随着"80后"作家群的涌现,代际冲突事件在当代文坛时有发生,甚至成为网络等现代媒介中一种重要的文化现象。

---

① 薛晓阳:《代沟及其文化溯源》,《前进》1998年第2期。

一　观念更替中的代际对抗

中国新时期文学的发展,一直伴随着各种观念的争论和冲突,而且绝大多数的争论和冲突,都是由青年作家的创作所引发出来的。这在无形之中,也阻碍了青年作家的艺术创造热情。当然,有些观念是源于意识形态化的特殊因素,但也有不少观念则是出自代际上的文化差异。不过,话又说回来,如果是单纯的代际层面上的观念冲突,还可以通过对话和争鸣进行沟通,但值得注意的是,有不少代际上的观念差异,又往往夹裹着某些意识形态化的内涵,致使这些观念冲突有时会变得特别复杂。

最典型的,或许就是有关"朦胧诗"的争论。"朦胧诗"的出现,是由一批"50后"青年诗人不满"文化大革命"极左思潮对个体自由的禁锢,也不满传统诗歌平白直露的表达形式,通过合理地吸收各种现代主义表现手法,在传达人本主义精神的同时,彰显了个体的自由精神,传达了创作主体对集权化历史的普遍质疑和反思。他们的诗歌,主要是肯定人的自我价值和尊严,注重创作主体内心情感的抒发,体现了鲜明的"反叛"精神,打破了当时现实主义创作原则一统诗坛的局面,为当代诗歌注入了新的生命力,同时也给新时期文学带来了一次意义深远的变革。

由于"朦胧诗"自觉地强调精练、含蓄、隐喻,讲究意象的运用,即使是理性的思考或观念的传达,也都借助意象的运作而完成,使诗歌在表意上变得含混、多义,也使一些习惯于传统阅读思维的读者产生了难以明确理解的尴尬。面对这种创作,当时的文坛迅速出现了激烈的争论。如今来看,这些争论其实带着非常明显的代际差别意味——在老一辈诗人和批评家中,很多人都无法理解"朦胧诗"的艺术价值,也无法认同这些诗歌中所透露出来的个人英雄主义和自由启蒙的价值理念,从而对这一现代诗歌现象深感困惑,甚至拒绝和排斥;而青年诗人们都对它给予了极大的认同和追捧,视之为中国当代诗歌的一次重大变革。

深究"朦胧诗"的有关争论，特别是细察那些具有代表性的否定观点，我们看到，它们都是出自老一辈诗人和理论家。这并不奇怪。它折射了"文化大革命"结束之时新旧思想观念的交替和变更，也体现了"50后"青年诗人对新的价值理念和美学原则的推崇。其中，有一些争论仍然属于艺术观念和审美趣味的范畴，像章明、艾青等老一辈的文章，主要是针对"朦胧诗"的表现手法与审美效果，提出了自己的不同看法。这种争论虽然也体现了某种代际上的审美冲突，但终究属于艺术范畴上的对话。

但值得注意的是，还有一些老一辈诗人和理论家的批评，则夹杂了浓厚的意识形态色彩，甚至动用了革命式的路线思维，对"朦胧诗"进行了政治层面的定性。如老诗人臧克家就认为，"朦胧诗"的出现是"诗歌创作的一股不正之风，也是我们新时期的社会主义文艺发展中的一股逆流。"①众所周知，在很长一段时间内，"逆流"一直是一种革命化的政治语汇，隐含了非革命性甚至是反革命的思想倾向，具有特定的政治化的价值指向。而将"朦胧诗"创作视为一种社会主义的"逆流"，其评判的背后，显然折射了作者的某种政治化思维。

与此同时，围绕着孙绍振为"朦胧诗"辩护的檄文《新的美学原则在崛起》，程代熙曾在一篇驳论性的文章中论道，"朦胧诗"所体现出来的，根本不是什么"新的美学原则"，而是一种西方现代主义腐朽美学的中国翻版。"近二十年，西方资本主义的高度物质文明在人们的精神世界里依然留下了一大片空虚。本书无意对有近百年历史的西方现代主义文学作一次面面观，也无意数落它的各种败迹作为把它扔进废纸篓去的口实，这里列举它的三点特色（当然不是说只有这三点），只是为了说明孙绍振同志的'新的美学原则'倒是步了它的脚迹，至少在某些方面可以这样说。"针对孙绍振所强调的个人主义美学原则，他驳斥道："十年浩劫也是我们这个社会的精神文明所遭到的一次浩劫：人妖颠倒，世风败坏。在着手'四化'建设的同时，建设社会主义的精神文明，已

---

① 臧克家：《关于"朦胧诗"》，《河北师院学报》1981年第4期。

成了当务之急。社会主义的精神文明虽然可以表现在各个方面,例如文学艺术,但是说到底,还是集中地表现在具有共产主义革命理想和高尚道德情操的社会成员身上。根据马克思主义的美学原则:'毫不利己,专门利人'的人是美的;反之,就是丑的。……把孙绍振同志的美学原则的这个出发点和它的纲领——'自我表现'联系起来,一套相当完整的、散发出非常浓烈的小资产阶级的个人主义气味的美学思想就赤裸裸地显示了出来。"最后,作者还指出:"马克思主义的美学原则既强调艺术规律的客观性,又十分重视艺术创作中艺术家的主观因素。艺术作品中真实地反映出来的现实世界,就是艺术家用自觉的艺术想象的方式加过工的现实本身。由于孙绍振同志把艺术规律说成是艺术家心灵创造的产物,否认艺术规律的客观性,就使得他提出的那个美学原则具有相当浓厚的唯心主义色彩。"①细细体会这些评析,我们会发现,作者不断将对方的言论置于"反马克思主义"的场域之中,这种思维与论断,无疑也体现了明确的意识形态化的内涵。

在论及"朦胧诗"的美学趣味时,我们还注意到,郑伯农先生也有类似的思维。他在一篇文章说道:"诗歌是抒情艺术,不可能不抒发诗人的主观感情,但是这不等于就应当去接受'表现自我'这种主张。所谓'表现自我',是一个特定的口号,有着特定的内容,它是作为和表现生活、表现人民相对立的口号提出来的,是一种露骨的唯我主义哲学。'崛起'者们热心提倡的还有一条'美学原则'——反理性主义;他们宣布要向理性挑战,要靠潜意识和下意识进行创作。倘若只能'表现自我',不屑于表现个人小天地以外的东西,那还有什么深入群众斗争生活的必要性,还谈得什么表现新时代的群众呢?倘若实行反理性主义,向一切理性和法则挑战,那就要取消一切科学理论的指导,还谈得上有什么马克思主义的指导地位呢?取消了和新时代群众的结合,取消了马克思主义的指导地位,我们的文艺也就不成为社会主义文艺了。"正因为他认定"表现自我"和"反理性主义"都是有违马克思主义指导

---

① 程代熙:《评〈新的美学原则在崛起〉》,《诗刊》1981年第4期。

地位的,所以他进而指出:"当前,文艺界正在展开关于如何对待西方现代主义问题的讨论,诗歌问题是这场讨论的重要组成部分,是实行对外开放政策之后一次重要的思想交锋,是抵制还是接受西方资产阶级思想侵蚀的严重交锋。什么诗歌的'现代倾向'、'马克思主义的现代主义',这些口号提出的是如何对待西方资产阶级思潮的问题,也就是举社会主义文艺旗帜还是举现代主义文艺旗帜的问题。我们的文艺要走自己的具有民族特色的社会主义道路,决不能用西方现代主义的观点来对待社会主义社会,用他们解释资本主义社会那一套来解释我们的社会现象,从而得出怀疑一切,不满一切的结论,涣散人心,给社会主义事业带来巨大的危害。讨论是带有原则性的,不应该掩盖分歧、回避矛盾,应当通过摆事实讲道理,把原则是非搞清楚。讨论不是为了整治某个同志,而是为了弄清思想,团结同志,从而共同消除十年内乱的消极后果,解决对外开放所带来的新问题。"①这样的评述,显然已带着政治化的评断了。

由于这些意识形态化的批评文章不断介入,使这场争论中原本属于审美观念上的代际冲突,夹裹了某种权力胁迫的意味,即它不再是一种单纯的观念上的争鸣,而是掺杂了威权意志的弹压。尽管也有少数老一代的批评家(如谢冕、孙绍振等)对"朦胧诗"给予了正面的肯定,但是,我们看到,在强大的、政治化的文化语境中,"朦胧诗"的青年理论代表人物之一徐敬亚,最终还是发表了检讨文章《时刻牢记社会主义的文艺方向——关于〈崛起的诗群〉的自我批评》(原载《人民日报》1984年3月5日)。从此,这场争论才逐渐平息。在反思这场争论时,张清华先生就曾直言不讳地指出:

　　　洗净了表面的政治色彩,时间让人们看到这场论争
在实质上是原有"权力诗坛"和以新潮先锋的冲击形式

----

①　郑伯农:《在"崛起"的声浪面前——对一种文艺思潮的剖析》,《诗刊》1983年第12期。

出现的一代青年诗歌作者争夺合法性称号和话语权力
的斗争。……他们受到了一种威胁,一种不愿丧失权威
和将被逐出历史舞台的强烈的危机感迫使他们做出激
烈的反应,并假借了政治斗争的方式和名义。……"读
不懂"对有的人来讲是不习惯,对有的人则是一种名义,
是借以否定新潮诗歌话语合法性的一种有效的策略。
它让人意识到这是一种文本层面的争执,而非从政治上
"以势压人",显得具有民主风度,但实际上不过是一条
方便的理由而已。①

　　按照玛格丽特·米德的观点,代际冲突产生的一个主要原
因,就是老一辈因为担心自己既有的家长地位受到动摇或颠覆,
会不自觉地动用手中已有的权力,对青年一代的不服从言行进行
强制干预。在"朦胧诗"的争论中,老一辈诗人和批评家,之所以
会掺杂一些意识形态化的语调,按张清华先生的分析,也正是基
于自身在文坛"话语权"的考虑,即一种"被逐出历史舞台的强烈
的危机感"所迫。尽管这场争论对"朦胧诗"的整体伤害并不大,
其代际冲突的消极作用并没有完全被释放出来,但也或多或少地
影响了青年诗人的探索热情。

　　其实,类似的情形,在后来的新时期文学发展中仍时有延续。
像20世纪80年代中期的现代主义之争,以及有关"文学主体性"
的论争,在本质上,都属于文学价值观念上的争论。从论争的彼
此阵容来看,也都或多或少地隐含了不同代际之间的观念鸿沟。
其中,作为老一辈的理论家和作家,有不少人还是习惯性地动用
某些意识形态化的言论,试图从政治层面上增加自身批评的威慑
力。不过,实事求是地说,中国当代文学与意识形态之间一直存
在着密切的关联,要让作家的审美观念完全剥离政治化的意识形
态内涵,显然是不可能的。在新时期文学发展的初期,不同代际
之间在审美观念中的冲突,有时会不可避免地带有政治化倾向,

---

① 张清华:《"朦胧诗"·"新诗潮"》,《南方文坛》1999年第3期。

这也是特定的历史文化所决定的,有其历史内在的规定性。所以,我们没有必要对之进行历史清算式的苛责。只是有必要认识到,这种特殊的代际冲突,对文学自身的发展所带来的消极影响是显而易见的,对我们从事文学批评和研究的人来说,具有重要的引鉴意义。

当新时期文学进入 20 世纪 80 年代中后期,由于改革开放政策的持续深入,以及社会价值观念的日趋开放,不同代际之间在审美观念上的差异冲突,开始逐渐褪去意识形态化的色彩,更多地回到审美观念和艺术本体的层面上。特别是到了 90 年代之后,随着“60 后”和“70 后”作家群相继涌入文坛,不同代际作家之间的代际差别,逐渐由话语抗争转向一种文化心理上的审美疏离,即不同代际之间各自为阵,恪守自己的审美空间,在文学多元化的伦理准则之下,延续自身的审美理念。期间,尽管也出现了一些争论性的思潮或现象,如“个人化写作”思潮、“身体写作”等等,但代际冲突的外在特征并不明显。

一方面,代际差别越来越明显,越来越突出;另一方面,在具体的创作实践中,却并没有出现尖锐的代际冲突,也没有富有表征意味的代际对抗事件,这是中国新时期文学进入 90 年代之后的特殊景象。笔者以为,这是一种耐人寻味的现象。至少,这种现象并不意味着代际和谐的到来,相反,它在某种程度上表明了代际差别,正在转向不同代际在心理层面上的相互对抗。这种对抗,具体体现了不同代际之间“具有隐蔽特征的躲避式心态”①——你不惹我,我也不惹你。这种相互“躲避”的心理疏离,尽管没有转化为外在的冲突言行,但同样也是一种代际间的对抗,也隐含了代际差别的某些消极影响。

讨论这一具有“冷战”模式的心理化代际对抗,无疑是颇有难度的,因为它缺乏可以直接用来佐证的具体言行。有学者就认为,这种代际差别上的心理对抗,其实是代际冲突最为普遍的一种表现形式,“由于血亲、经济及权力等种种原因,隔代人之间虽

---

① 薛晓阳:《代沟及其文化溯源》,《前进》1998 年第 2 期。

然存在心理隔阂,但总是避免发生冲突,各自以躲避式的心态建立起心理防御机制,使矛盾隐蔽化,只是在适当的条件下才会表现出来。躲避不仅指作为个体间的一种心理防御机制,同时也是指代际间文化或心理隔阂的一种整体互动方式,这在大众传播媒介、日常文化生活,以及科学艺术领域都可以得到明显的验证,如隔代人之间在生活方式或艺术形式等方面虽有显著的认同差异,但却保持外在的尊重和认同。躲避既是代沟所预期的一种文化心态,同时也是代沟的一种特殊外显形式,它所具有的社会文化心理意义是不可忽视的。从积极意义上看,躲避使代际冲突减弱,使隔代人之间能够同处于相同的文化环境,保持文化的同一性与和谐性,并为代际文化的互动与交流创造了条件。但是,从消极方面看,躲避可能只是暂时掩盖了代际间的矛盾和冲突,使双方同时处于紧张待发的心理状态,从这个意义上说,躲避只是代沟所产生的一种被动性的结果,而不是解决代际冲突的积极办法。"①我们有理由相信,不同代际的作家群体之所以出现彼此"躲避",一方面是基于传统伦理道德考虑,另一方面也是由于青年一代对自身艺术创造力的自信不足。

但"躲避"毕竟不是缓和代际差别的长久之计。不同代际的作家在心理层面上的对抗,终究还是一种非认同性的、精神内部的彼此排斥,而且这种心理上的对抗,随着时间的推移,会在某一代际群体的心中聚沙成塔,最终以更为激烈的外在形式爆发出来。事实上,发生在 1998 年的"断裂事件",正是这种代际对抗在心理层面积蓄已久的爆发。

二 "断裂事件"与代际冲突

1998 年 10 月,《北京文学》以极为显著的篇幅,隆重推出了朱文整理的《断裂:一份问卷和五十六份答卷》与韩东的《备忘:有关

---

① 薛晓阳:《代沟及其文化溯源》,《前进》1998 年第 2 期。

"断裂"行为的问题回答》两文。这两篇文章犹如两枚重型炸弹，迅速引发了当代文坛对代际冲突的广泛关注。其中，《断裂：一份问卷和五十六份答卷》一文由朱文设计和整理，是面向20世纪90年代以后涌现出来的56位"60后"青年作家和评论家所进行的一次整体性调查，而且答卷的内容倾向具有高度的一致性。因此，从某种程度上说，这一问卷中的相关内容，可视为"60后"作家群的代际之声，也可视为这一代作家站在民间立场上的一次群体喧哗。

在这份问卷中，他们公开表明自己是"断裂"的一代——他们不仅要与中国古代文学传统断裂，还要与20世纪以来的启蒙价值系统和审美趣味断裂，更要与当下的文学制度、文学秩序断裂。可以说，这是一种全方位的断裂。它与其说是表明了这一代作家的文学立场和审美理想，还不如说是展示了他们的精神姿态和伦理倾向；它与其说是袒露了这一代人争夺文坛话语权的勃勃雄心，还不如说是传达了他们对传统话语主导地位的彻底质疑和否定。因为"他们是文学史上孤零零的群落，他们的符号价值无从界定，也无人界定，他们成为自己制作的符号系统的界定者。这使他们必然要以异端的形式出现，他们以非法闯入者的身份来获取新的合法性。""这就像当年法国巴黎的一群波希米亚式的艺术家，以他们的特殊的异类姿态与上流社会作对，鼓吹他们的为艺术而艺术观念，从而迅速建立他们的象征资本。再或者如同美国'垮掉的一代'所扮演的归来的放浪者的角色。"①以"异类尖叫"的异端方式，表明自己的存在价值和立场，传达自己对现实文坛的全面排斥，以争取某种合法者的身份，或许就是这一"断裂"事件的核心缘由。

在这场"断裂"事件中，一些"60后"作家们试图扮演一种开创文学新时代的民间文化英雄之角色。细读问卷，我们可以看到，"他们对前代作家充满了敌意，毫不掩饰他们的蔑视，他们拒

---

① 陈晓明：《异类的尖叫——断裂与新的符号秩序》，《大家》1999年第5期。

绝承认与前辈作家有任何精神联系。他们对《小说月报》、《小说选刊》、《收获》、《读书》等几家主流刊物进行了攻击,对文学批评和大学的文学教育以及汉学家进行了几乎是恶意的贬损。这份问卷的发表,几乎是突然间公开了这代人对文坛的态度,其带有表演性的激进而不留余地的姿态,也激怒了不少人。相当多的人认为,这份问卷显得过于偏激,恶意与自以为是被当做敏锐,攻讦与强词夺理被当成伸张正义,把无知与厚颜无耻当做英勇善战。在有些人看来,这些人刚刚出头露面,有些人才刚学会把句子写通顺,就以为自己已经登峰造极,就迫不及待要出人头地。当然,这份答卷中有些人出言不逊,有恶意中伤之嫌,有些人自命不凡,不知天高地厚,有些人纯属恶作剧。但不管如何,这是中国作家第一次敢于在刊物上公开表明自己对文坛的态度,敢于把自己与现行的文学制度化体系区别开来,这是难能可贵的。在对这些人的过激言行求全责备时,也有必要对我们现行的文化秩序进行反省,特别是那些文学制度的权力实践也有待审视。"①实事求是地说,这份问卷里的有些回答,确实道出了某些不合理的主流文化制度之缺陷,对于某些虚假的文化表象也给予了不留余地的抨击。但从整体上看,这次"断裂"事件所体现出来的二元对立思维和某种表演性的欲望,无疑存在着很多以偏概全的问题,也反映了这一代作家里大多数人过度迷恋民间、迷恋自我的精神局限。

有必要简单地回顾一下"断裂"所要否定的相关问题。首先,他们强烈抨击当时的中国文化体制,全面否定这种体制的任何积极作用。朱文在问卷的说明部分就指出:"我的问题是针对性的,针对现存文学秩序的各个方面以及有关象征符号。"②韩东也强调:"我们的目的即是在同一时间里划分不同的空间。并非是要以一种写作取代另一种写作——由于对人世间恶的理解,我们从

---

① 《中国文学年鉴》编辑委员会:《1999—2000 中国文学年鉴》,作家出版社 2002 年版,第 30 页。

② 朱文整理:《断裂:一份问卷和五十六份答卷》,《北京文学》1998 年第 10 期。

来不抱这样的奢望。我们想明确的不过是在现有的文学秩序之外,有另一种性质完全不同的写作的存在。这种写作不以迎合秩序、适应并在秩序中谋求发展为目的,它永远是一种理想主义的坚韧的写作。"这两种写作的不同,可以从它们与现有文学秩序的关系中得出,"一种写作是适应性的,在与秩序的交流中改变着自身,最后以自身的力量加强身处的秩序,当然,秩序也给了它所需求的肯定。"而"另一种,也是我们所表明的写作,则对现有的文学秩序和写作环境抱有天然的不信任和警惕的态度,它认为真实、艺术和创造是最为紧迫的事,远远大于个人的功利和永垂不朽。"①这种分析的言外之意是,体制内的写作只是一种迎合式的、丧失作家主体意识、放弃作家理想的写作。

　　既然对文学现有的体制秩序不信任,那么,作为文学体制的一种重要载体,中国作家协会这一文化机构理所当然地也成了他们抨击的对象。"你认为中国作家协会这样的组织和机构对你的写作有切实的帮助吗? 你对它作何评价?"面对这一问题的设计,朱文自己就认为中国作协只是一具在办公桌前开开会、做做笔记的腐尸。还有人不无攻讦地说:"庙小妖风大,池浅王八多"。韩东则认为:"各级作家协会是地道的权力机构,它代表政府管理作家。当然它只是管理形式之一种——较为隐晦和礼貌的一种。"②由于韩东本人也是中国作家协会的会员,因此,他进一步澄清道:"我要说的是:我不会为了表明自己的清白而退出作家协会。也许有一天我会宣布退出作协,那也不是因为个人形象的需要,而是要借此举在某些原则问题上表态。名义上是否是作协会员对我从来不重要,并不影响我对它(作协)作为自己的评价。"③除了

---

　　① 韩东:《备忘:有关"断裂"行为的问题回答》,《北京文学》1998 年第10 期。

　　② 朱文整理:《断裂:一份问卷和五十六份答卷》,《北京文学》1998 年第10 期。

　　③ 韩东:《备忘:有关"断裂"行为的问题回答》,《北京文学》1998 年第10 期。

作家协会之外,还有一些具有代表性的文学刊物,包括《小说选刊》、《收获》、《读书》等杂志,在56份答卷中,也都受到了明确的质疑。

为什么他们要将攻击和否定的目标,首先放在文学体制之上?因为体制是前辈们合法生存的基础,它主要依靠的是一批已经在文坛占据一定地位的作家们,而像朱文等"60后"作家群尚未在体制内获得重要地位,所以他们更乐于站在对立面,对现存文学体制发起挑战,倡导所谓的"另一种写作",犹如韩东所言:"我们的行为在于重申文学的理想目标,重申真实、创造、自由和艺术在文学实践中的绝对地位,它的重要性远远大于秩序本身的存在和个人的利益功名,甚至也远远大于一部具体作品在历史中的显赫地位。无论是旧有的秩序或是新建立的秩序,一旦它为了维护自身而压抑和扭曲文学的理想就是我们所反对的。"①朱文也强调:"我们要不断革命。"也许对于他们而言,革命或论争只是实践他们文学理想的一种特殊途径;任何一种体制化的秩序,都会对作家的个体创作产生压抑和扭曲。

其次,他们对于传统文学中一些杰出作家或重要作家,同样也给予了轻视甚至是蔑视,包括鲁迅等人。如韩东就公开宣称:"当代汉语作家中没有一个人曾对我的写作产生过不可忽略的影响。50、60、70、80年代登上文坛的作家没有一个人与我的写作有继承关系。他们的书我完全不看。""鲁迅是一块老石头。他的权威在思想文艺界是顶级的,不证自明的。……对于今天的写作而言,鲁迅也确无教育意义。""顾准、海子、王小波是90年代文化知识界推出的新偶像,在此意义上他们背叛了自身,喂养人的面包成为砸向年轻一代的石头。对于活着并埋头于工作的艺术家而言他们更像是呼啸而过的噪音。"②为此,他明确表示自己与前辈

---

① 韩东:《备忘:有关"断裂"行为的问题回答》,《北京文学》1998年第10期。

② 朱文整理:《断裂:一份问卷和五十六份答卷》,《北京文学》1998年第10期。

作家之间有着巨大的代际差别："如果我们的写作是写作，那么一些人的写作就不是写作；如果他们的那叫写作，我们就不是写作。"①虽然其他人的回答并没有这样激烈，但多半也是大同小异。这种二元对立式的极端思维，充分折射了他们对一切中国当代文学的既定成就完全不信任，也表明了他们对前辈文学经验的极度不屑。

　　在他们看来，在整个20世纪文学的历史长河中，只有属于自己的这一代作家才是真正的作家，"这是半个世纪以来最成熟、健全的一代作家，具有真正的独立的精神立场。其次，他们是才华横溢的一代人，在他们手里现代汉语表现出了从未有过的魅力"。② 这种割裂文学传统、拒绝代际交流的片面化言辞，固然有一些表演性的闹剧成分，但也折射了他们对精神传统的漠视、对文化承传的抗拒心理。它不仅不利于代际交流的加强，反而加剧了代际冲突，使自己陷入某种盲目自大的、封闭性的精神空间。

　　从对文化体制的抨击到对重要作家的蔑视，"断裂"事件无疑是世纪末出现的一个极端性的文学事件，其中夹杂了大量非理性的情绪，折射了诸多"青年亚文化"的反叛意绪，也体现了代际差别转向代际冲突之后的激烈和偏执。韩东曾说道："我们的确是'偏激'的，但这并不能说明我们失之偏颇，有欠公正和准确，是缺乏理性和盲目的。偏激并非是任性而为的结果，它是行为的一部分。我们的目的在于明确某种分野，使之更加清晰和突出，我们反对抹平和混淆视听，反对圆滑的世故态度。"同时，他还强调："'偏激'并不是'矫枉过正'，仅仅是为了明确分野，直指人心。作为一种语言它是尖锐有力的，能起到振聋发聩的作用。当然，它还恰当地表达了我们的愤怒、直率和年轻的情感态度。在这样一个令人窒息的平庸的文化环境里，真不知道除了'偏激'我们还

---

　　① 朱文整理：《断裂：一份问卷和五十六份答卷》，《北京文学》1998年第10期。

　　② 韩东：《备忘：有关"断裂"行为的问题回答》，《北京文学》1998年第10期。

可能采取怎样的姿态。"①尽管他们把偏激的态度直接归因于当代平庸的文化环境,勇气和胆识固然可嘉,但这种反叛姿态中充满了强烈的情绪化冲动,缺乏面对文学和文化的深刻与理性。同时,"这种痛快淋漓却也同时毫无掩饰地暴露出一种文化上的贫瘠和苍白来。他们的不可一世的进攻勇气,竟原来是由一种逼仄的文化和精神视野给培植和骄纵出来的。"②

　　综上所述,从代际冲突上看,"断裂"事件可以说是一场典型的消极性的文学事件,它体现了"60 后"作家群"具有补偿特征的攻击性心态"。就人类文化学而言,"攻击是与躲避相对应的一种代沟文化心理形态特征,它表现为代际间矛盾与冲突的暴发,是代沟现象之所以引起社会关注的主要原因之一。攻击表现为代际间的相互批评或指责,并通过这种批评与指责来展示自己的价值。在生活中许多老年人常常力图用否定年轻人的方式来巩固自己尊崇的价值观或生活方式,从而用以补偿丧失社会权威和价值标准的失落感;同样,年轻人也常常以一种不成熟的简单否定的方式加以对抗,借以寻求社会的支持和认同,从而补偿被社会主流文化或权力社会排斥的压抑感。如,在西方社会中,曾出现令长辈们,甚至年轻人也无法接受的所谓'新人类',他们没有稳固的价值观,趋向于逸乐主义和面具主义,他们以这种特殊的方式与权威社会相对抗。攻击具有一定的对抗性质,在特定的条件下,它也会使隔代人之间在重大社会问题上发生明显的分歧和对立,因此,从一定意义上说,代沟所引起的文化对抗和心理攻击具有较大的破坏性和危险性,缓解或避免这种消极文化特性是研究代沟的重要内容。"③毫无疑问,攻击性的代际冲突,无论是对于文学秩序的建构,还是对于当代作家群体的有效交流,都会产生严

---

① 韩东:《备忘:有关"断裂"行为的问题回答》,《北京文学》1998 年第 10 期。

② 李万武:《论文学个人主义文化情绪——断裂:一份问卷和五十六份答卷〉读后》,《文学理论与批评》1999 年第 6 期。

③ 薛晓阳:《代沟及其文化溯源》,《前进》1998 年第 2 期。

重的负面影响。

　　事实也是如此。"断裂"事件之后,这些作家尽管还推出了"断裂丛书",也试图继续标举他们的反体制化写作,但对自身所推崇的那种民间化、个体化、绝对独立的写作姿态,并没有维持多久。大部分参与问卷的作家,最终都选择了放弃和回避自身曾极力告白的立场。这也表明,他们自觉地放弃"前喻"式的学习,渴望以极端的言行追寻"断裂"式的价值诉求,但最终却发现自己根本无法做到真正意义的"断裂",甚至不得不在一定程度上表现出对传统模式的因袭。同时,这也直接导致了他们中的一些人沉迷于民间化和个人化语境中长期徘徊不前,在表现社会现实的宏阔性和历史的纵深度上尤为不足,否定有余而建树不力。最典型的,或许就是韩东自己的创作,像他后期的《扎根》、《我和你》等长篇,既看不出任何"断裂"性的思考,又看不到任何"断裂"性的表达。细察"断裂"答卷里的56位作家,其中言辞相对激烈的,像鲁羊、吴晨骏、海力洪、夏商、西飏、李大卫、罗望子等,包括朱文本人,要么离开文坛不再从事文学创作,要么已很少有新作发表。即使偶然有一些创作,都无法引起人们的普遍关注。

　　这种现象,与他们当初在"断裂"中所显示出来的勃勃雄心相比,与他们严正标榜的民间立场相比,与他们巨大无比的自尊相比,似乎构成了一个绝妙的反讽。尽管我们现在还不能肯定,导致这种结果的根本原因是否在于他们过度推崇极端个人化的写作原则,使自己陷入盲目的否定性思维的误区,但是,肆意嘲弄文学传统、拒绝合理的代际交流,无疑使他们作茧自缚,大大消减了自身的人文视域。因此,所谓的"断裂"事件,其实是一场无法告别的喧哗,是一些"60后"作家们极端情绪的集体宣泄。

三　"韩白之争"与代际断裂

　　随着"断裂"事件的逐渐消隐,新时期文坛的代际冲突开始变得相对平静。但这种平静依然是暂时的,因为以韩寒、郭敬明为代表的"80后"作家几乎在转瞬之间便涌现出来,且迅速成为众多媒介关注的焦点。这是一个全新的代际写作群体。他们从一开始就脱离了体制化写作方式,对文坛的发展动态毫无关注的兴趣,却对市场消费策略及文化行情有着十分专注的姿态。对于这一代作家来说,写作与其说是一种人生理想,还不如说是青春宣泄的一种方式。出乎意料的是,这种青春宣泄式的作品,经过媒介的大力渲染,却迅速成为广大青年人争相购买的读物,而这些作家也顿时变成了青少年的偶像。偶像的喜悦与荣耀,又直接导致他们与文坛内在秩序之间越来越疏离,并由此不可避免地爆发了诸多的代际冲突。

其中最为典型的,便是"韩白之争"。2006年2月24日,"50后"评论家白烨在新浪博客上贴出了《"80后"的现状与未来》一文。在该文中,白烨认为,"80后"作家"走上了市场,但没有走上文坛",因为"他们中的许多作者,都是直接通过出版者出版了自己的作品,没有经过按部就班的文学演练,因而文坛对他们知之甚少或一无所知。"在对一些代表性作家进行具体评述时,他一方面肯定性地评价了张悦然、李傻傻等人的创作,认为张悦然的小说"把以前的那种主要体现在人和动物、人和自然间的悲天悯人的情怀,放大到了对于社会生活、对于人际关系的观察与思考之中,显示出了以前少有的力度。"李傻傻的散文则"几乎是用小得不能再小的细节,把一个男孩和一个女孩之间很清纯又很温馨的感觉和情感描写出来,让人感觉很美好,很温暖。"另一方面,在评述韩寒时,他则这样论述道:"韩寒则大致代表了对主流社会的某些方面(如僵滞的教育体制、学校秩序等)的反叛倾向,这种倾向在他那里越来越极端,他去年出版的《2004通稿》,我看了之后很吃惊,里面把他在中学所有开设的课程都大贬一通,很极端,把整个教育制度、学校现状描述得一团漆黑,把所有的老师都写成是误人子弟的蠢材和十恶不赦的坏蛋。这种反叛姿态做得过分了,就带有一种为反叛而反叛的表演性了。他从也许是有道理的起点出发,走向了'打倒一切'的歧路,所以他的作品现在恐怕只有一种观念的意义,和文学已经没有什么关系了——在他写《三重门》的时候,那种语言和感觉还是具有相当的文学性的。"①

由于这篇文章对韩寒的创作颇有微词,招致了韩寒的内心不快。随后,韩寒在其个人博客上发表了《文坛是个屁,谁都别装逼》一文,对白烨进行了某种非理性且又非善意的批驳。在此文中,韩寒一开头便毫不含糊地讥讽白烨:"此人行文还严重不简洁,看得我头晕,看了一大段观点重复的文字后,发现那还是下篇";继而又挖苦道:"某些所谓文学评论家就非常愚蠢,对畅销书从来置之不理,觉得卖得好的都不是纯文学,觉得似乎读者全是傻逼,就丫一人清醒,在那看着行文罗嗦晦涩表达的中心就围绕着'装丫挺'三个字的所谓纯文学。但倘若哪天,群众抽风了,那所谓纯文学突然又卖得特火,更装丫挺的评论家估计马上观点又要变化。""白先生文章里显露出的狭隘的圈子意识。文坛什么,文坛什么,要进入文坛怎么怎么,听着怎么像小孩玩过家家似的。好像白老人家一点头,你丫才算是进入了文坛。其实,每个写博客的人,都算进入了文坛。别搞得多高深似的,每个作者都是独特的,每部小说都是艺术的,文坛算个屁,茅盾文学奖算个屁,纯文学期刊算个屁,也就是一百人手淫,一百人看。人家这边早干得热火朝天了,姿势都换了不少了,您老还在那说,来,看我怎么手淫的,学着点,要和我的动作频率一样,你丫才算是进入了淫坛。""部分前辈们应该认真写点东西,别非黄即暴,其实内心比年轻人还骚动,别凑一起搞些什么东西假装什么坛什么圈的,什么坛到最后也都是祭坛,什么圈到最后也都是花圈。我早说过,真正的武林高手都是一个人的,顶多带一武功差点的美女,只有小喽喽才扎堆。"由于充斥了一些污言秽语和攻击性言语,这篇博文迅速引来大量网友的围观、热捧和转发,接着又成为众多纸媒的关注焦点,并很快上升为一个文化事件。论争之初,双方当事人均以各自的博客为平台,展开了数轮回应。接着,著名作家陆天明和导演陆川、音乐人高晓松也相继加入论战,均批评韩寒行文的恶劣,并对"80后"无视长幼之序的轻狂之举进行了反驳。但

---

① 白烨:《"80后"的现状与未来》,《长城》2005年第6期。

是,这不仅没有平息论争,反而激起了韩寒的"斗志",也激怒了数量庞大的"韩粉",一时之间,各种攻讦之声甚嚣尘上,致使争论几乎无法收场,白烨等人最后只好关闭了博客。

纵观这场论战,我们会清晰地发现,双方阵营里的人员,都是以同一代际或相近代际为主,没有出现代际交叉现象。这足以说明,这场论战其实是一场代际冲突之争。特别是在"80后"群体中,他们的论争内容,除了一些粗言秽语的快感和情绪化的宣泄之外,富有深度和启发性的思考并不多。可以说,作为青年一代的偶像,韩寒凭借其敏捷的思维和粗鄙化的言辞,借助大量的网络"哄客",显示了一个叛逆者不惧道德伦理、不惧现实秩序的霸权姿态,展示了青年亚文化的颠覆性特质。更重要的是,它明确地折射了中国当代作家在代际意义上的文化冲突。因为在这场争论中,白烨的判断依据主要来自于传统的文化秩序和价值观念,即体制化的创作所形成的文坛秩序。在白烨看来,这种秩序才是一种真正意义上的文学秩序,但"80后"作家并没有进入这个秩序,他们的作品极少在文学期刊上发表,也没有在文学批评界引起审美意义的关注,更没有进入各类文学奖项的角逐之中,只是一种自为的、"野生的"文学写作而已,无论是艺术的创造性和经典性,都有待观察。但韩寒所要否定的,正是这种传统的体制化文学秩序与观念。对韩寒来说,个人就是个人,绝不代表群体,否则意味着对个体的不尊重;市场就是一切,拥有了市场就意味着拥有了任何作家身份的合法性,相反,那些没有市场地位的作家,其身份的合法性倒是值得怀疑。因此,在这场代际冲突中,问题的焦点其实是有关体制化的文学观念。

如果换个角度来思考,这种体制化的观念之争,其实质是作家的身份之争。体制内的作家由国家所供养,其身份标识非常明确,由他们建构起来的文坛秩序,包括文学期刊和评奖等,也是中国当代文学数十年来自然形成的秩序。而体制外的作家,特别是"80后"的作家,既无体制上的合法身份,又无法参与体制内的文学期刊和评奖活动,难免有些身份上的尴尬。所以,郭艳就认为,"新崛起的一代人会寻找自己的同代人,作为同一代人的感觉,实际上是现代人无法定位自身身份的一种体现,是现代身份焦虑的突出焦点。代际以及代际之间的复杂关系也就成为现代社会身份意识多元混杂的根本标志。代际写作成为当下文学写作的一种新维度。不同代际的作者们通过文学写作缓解现代自我的身份焦虑,在某种程度上,文学充当了精神治疗的角色。青年写作作为一种代际写作,实际上在表达自我经验的同时,获得了同代人广泛的身份认同。然而代际写作在获得广泛身份认同的时候,也暗喻着对于时代同质性的理解和同步的生活认知。"①通过这场论战,以韩寒为代表的"80 后"群体,在猛烈抨击体制内文坛秩序的同时,也在一定程度上折射了自己的合法身份和地位。这种代际意义上的身份认同,本质上是一种生存观念和文化伦理的认同,它固然包含了自我价值的维护和确认,折射了"80 后"一代自我防御的心理机制,但是,若将这种心理上无意识的防御,动辄转为对其他代际的攻击,故意激化代际冲突,则无疑会对文学自身造成伤害。

　　事实上,围绕着代际身份的认同问题,这种代际冲突并没有因为"韩白之争"而消失。时隔一年之后,这种冲突再度爆发。2008 年 8 月,河南省作协副主席郑彦英的《从呼吸到呻吟》,因为参加起点中文网举办的"全国 30 省市作协主席(包括副主席)小说竞赛"并获得二等奖,被韩寒在博文《领悟》中讥讽道:"很快就有人创作出了《从呼吸到呻吟》这样的文章。他已领悟了网上'标题党'的精神。"此文一出,郑彦英随即在博客上发表了《人不能信口雌黄》进行反击,并愤而写道:"一个轻浮到这种程度的人,肯定连他的父母想什么做什么都不知道。当然,他的父母健在不健在,健康不健康我不了解,正因为我不了解,我不会说他的父母正在哪种生活状态。"韩寒当然不甘示弱,也迅速发表了《副主席郑主席》的博文,针对郑彦英文章中的漏洞大肆调侃和嘲讽:"作为写手,虽然我们年龄不同,但是平级的,我不敢说自己是作家,但

_____

　　① 郭艳:《像鸟儿一样轻,而不是羽毛》,文化艺术出版社 2012 年版,第13 页。

如果真的以作家论,你是要比我低级,因为你是国家豢养的。假若税收的支取都是在一个领域内,那就是我交给国家的税发了你的工资。所以说,我是你的衣食父母,你怎能写文章说你爷爷奶奶不好呢。"

由是,"郑韩之战"迅猛升级。一方面,郑彦英痛诉韩寒"轻浮"、"无耻",一些"50后"传统作家也加入论战,像谈歌就说:"我要是韩寒父亲,下一秒就把他掐死。"韩寒则回敬道:"我要是做了作协主席,下一秒就解散作协。"虽然这场论战的口水成分居多,攻讦意味十足,但论战的核心问题仍然呈现出来,那就是:在"80后"作家的心目中,传统作家都是意识形态的产物,体制化的附庸,"国家豢养"的产物,而他们则是"独立的自我",是一个自谋生计、为自我写作的自由群体。这场论战,无疑更明确地体现了"80后"一代对自我身份合法性的辩护——他们不惜以蔑视和诋毁的手段,彻底否定体制内作家存在的合法性,并以市场化的准则,彰显自己身份的价值意义。这种二元对立的思维,尽管暴露了诸多的局限,但是,其中所反映出来的,已不仅仅是不同代际之间审美观念的差别,还体现了生存观、价值观和伦理观方面的差异,是不同代际之间的又一次尖锐冲突。

值得注意的,还有2010年3月的一次"80后"问卷调查。当时,"80后"作家张悦然面向同辈作家策划了一次问卷调查,让他们谈谈对前辈作家的看法。尽管我们无缘看到这份问卷的详细答案,但已有部分反馈信息流布于报端:"那些曾经作为我们少年偶像存在的作家们,如今已经淡出了我们大部分人的视线,我们其实都已经羞于提起自己曾经喜欢过这一批作家。""上一辈作家已经没有资格作为自己的精神偶像。""我们在刚刚开始写作的时候,肯定是受过先锋派的影响,因为它和现实主义不一样。但后来却发现他们没有把他们的世界观表达出来。"[1]面对这些回答,不少人认为,这是"80后"作家的"弑父"行为,除了自我标榜,并没有多少深刻的意义。

———————

① 金星:《"断裂"之后还有决绝》,《文汇读书周报》2009年12月4日。

　　笔者倒不这么认为。这些颇有叛逆意味的回答,虽然确实有些自我标榜的嫌疑,但基本上还是他们的肺腑之言。何以言之?这可以从他们的创作中找到印证。在"80 后"作家的作品里,我们很少读到大历史、大社会,也很少看到他们对人类群体性存在的普遍问题进行深度追问。他们的视野完全立足于绝对的个体,他们的写作雄心更多地在于征服文化消费市场,所以,他们找不到与前辈作家的精神承传,也无法认同前辈作家的审美追求。这种断裂式的文学现象,已再一次表明:无论是审美观念还是价值谱系,"80 后"作家们已与老一代作家存在着巨大的鸿沟,代际差别已经越来越突出了。

　　因此,无论是"韩白之争"、"韩郑之战",还是张悦然的问卷,其实都隐含了日趋剧烈的"代沟"现象——它们真实地反映了新时期以来日益加剧的代际差别,以及由这种差别所导致的代际冲突。这种现象,主要是通过后辈对前辈的"藐视",颠覆了传统伦理中的长幼之序,很容易使那些"傲慢"的后辈受到道德上的谴责,甚至被扣上"弑父"的帽子。"弑父"当然是很可怕的。它不仅意味着离经叛道,藐视伦理,还意味着否定亲缘,甚至恩将仇报。"80 后"作家对前辈们的否定和挑战,看起来有些"弑父"的色彩,其实并不仅仅是因为前辈们挡住了自己的出路,影响了自己进入文学领域的前景,也不仅仅是因为前辈们对他们横加指责,粗暴地否定他们。其核心问题在于"观念"。从生存观、价值观到审美观,都完全不同。

　　具体地说,在"80 后"这一代作家中,他们的成长过程恰逢改革开放、思想自由的历史环境,既没有受到革命理想主义的熏染,也没有受到意识形态化的精神规训,其心灵上压根儿就没有什么历史的重负。尤其是当他们步入少年之后,经济快速发展的大背景和日趋多元的文化格局,使他们完全摆脱了集体主义价值观的规约,并逐渐形成以"个人"为中心、注重个人感受的生存理念。随着 20 世纪 90 年代之后社会转型期的到来,物欲化、利益化的生存现实不断加剧,某些后现代主义的消解策略也随之兴起,这又使得正处于人生定型期的他们越来越亲近欲望化、时尚化、市场化的现实景象,对形而上的理性思考更趋淡漠,对社会整体进程的宏观体察也更加疏远。

正因如此,在"80后"作家中,写作通常只是一种自我表达的需要,一种文化消费的需求,一种探寻时尚生活、奇幻想象、悬疑冒险的审美体验,一种远离主流历史和大众现实的独享性写作。他们习惯于"小我"而不是"大我";他们强调的是"利己"而不是"利他";他们崇尚的是"感官享受"而不是"形而上"的沉思;他们追求的是作品的市场消费指数而不是艺术的经典价值。他们推崇的是"并喻文化",即"每一世代的成员其行为都应以他们的同辈人为准,特别是以青春期的伙伴们为准,他们的行为应该和自己的父母及祖父母的行为所有不同。个人如果能够成功地体现一种新的行为风范,那么他将会成为同代人的学习楷模"①,所以他们常常"根据自己切身的经历创造全新的生活模式,并使之成为同辈追求的楷模"②。这种追捧同代成功者为楷模的文化逻辑,迅速制造了韩寒、郭敬明、春树等一批属于他们自己的偶像,也形成了自身特有的、极为庞大的青少年文化消费圈。随着这种消费圈的巩固和扩大,"80后"作家不仅有底气也有资本,明确地向老一辈作家发起挑战,甚至出现某些攻击性的言论。

但是,这种攻击性言论所带来的危害是不言而喻的。它使新时期文学中的代际差别迅速演化为剧烈的代际冲突,而且,这种冲突以情感伤害为代价,以片面的、极端的否定性姿态,阻断了不同代际之间沟通的可能性。细而究之,这种代际冲突的危害,主要体现在两个方面。首先,它违背了彼此尊重的人际交流之基本伦理,游离了理性讨论问题的重要原则,使文学问题变成了伦理问题——尤其在韩寒的争论性文章中,出现了一系列带有人身攻击的言词。这些言词都是非理性的,具有明确的泄愤倾向,不仅

---

①〔美〕玛格丽特·米德:《文化与承诺——一项有关代沟问题的研究》,周晓虹、周怡译,河北人民出版社1987年版,第51页。

②〔美〕玛格丽特·米德:《文化与承诺——一项有关代沟问题的研究》,周晓虹、周怡译,河北人民出版社1987年版,第54页。

无助于辩明事理,而且指东说西、偷梁换柱,表演性十足。这种冲突的后果,既表明了"80后"一代压根儿不愿真诚对话的态度,以及奉自我原则为绝对真理的气势,也取消了其他代际与之沟通的可能性,因为在非理性的氛围中,任何对话都不可能触及真相。其实,在"韩郑之战"中,如果韩寒能够心平气和地讨论体制内作家与体制外作家之间的差别,并且以理性的方式分析市场时代作家所面临的挑战,尤其是长期生活于体制内的作家将面对的困惑,完全可以营造一个很好的对话空间。但是,韩寒却运用了"豢养"、"谁才是真正的父母"等言词,导致问题的讨论变成了道德的讨伐,代际间的必要交流也无法实施,彼此攻击成了必然性的结果。

其次,它阻断了文学承传的必要路径,动摇了文学经典的重要价值,加剧了文学俗世化的倾向。在上述这些代际冲突中,以韩寒为代表"80后"作家们之所以显得底气十足,主要在于他们成功地占领了文化消费市场,拥有巨大的消费群体和广阔的市场空间,也获得了巨大的经济利益。但是,若将这种市场运作的成功视为文学创作的核心标准,或者最终标准,无疑存在诸多的局限。因为文学作为人类精神活动的特殊形式,与物质性的市场消费有着本质性的差异,很多经典的作家和作品,在当时并没有引起人们的重视,更没有什么消费市场,但是,经过时间的淘洗,他们最终却成为人类文化的重要标志。童庆炳先生就曾详细追述了陶渊明诗歌成为经典的过程:陶公在生前及死后相当长一段时间,其诗都被人所忽略。即使在钟嵘的《诗品》里,陶诗被重新评估,也只是"中品"而已。到了萧统的《文选》里,陶诗开始有了较高的评价,但仍未奉为经典。直到唐宋时期,陶诗才被杜甫、白居易和苏东坡等名流频频推举。"苏轼是宋代大文豪,他的诗、词、文都是一流的,在文坛上有很高威信,同时少年得志,在中央和地方历任高官,是一个有文化权力的人。"[1]经过苏东坡的无限赞颂,

----

① 参见童庆炳:《文学经典建构诸因素及其关系》,《北京大学学报》(哲学社会科学版)2009年第5期。

陶诗自此之后才渐成经典。然而,以韩寒为代表的"80后"写作群体,只是奉市场为写作之圭臬,强调作家的存在价值是由市场来确定的,不仅对传统文学不信任,对文学经典的形成也少有思考。这种艺术观念必然促使他们只相信当下的利益化现实,只崇拜市场化的成功者,既没有承传中国文学传统的自觉意识,也没有丰富和发展文学经典的使命意识。因此,否定甚至诋毁前辈作家的创作,割裂文学在代际意义上的延续,其实是他们的自觉选择,其目的就是为了彰显世俗主义的文学观,推行消费主义的文学理念。

从最初的意识形态化的代际论争,到"60后"在世纪末的"断裂"事件,再到新世纪以来的几场代际论战,新时期以来的中国文学所涌现出来的这些代际冲突,就其发展态势而言,已有愈演愈烈之势。更重要的是,这种代际冲突,已经由前辈作家对后辈创作的指责和批评,迅速演变为后辈作家对前辈创作的否定和嘲讽,这无疑是令人深思的。因为后辈作家的创作,将预示着中国当代文学的未来发展;新一代作家的颠覆性行为,将直接影响文学传统的延续。因此,代际冲突作为代际差别的一种极端化表现形式,给中国当代文学带来的负面影响,是不言自明的。它不仅加深了代际之间审美观念的对立问题,使原本可以相互融会、彼此共生的创作态势形成对抗性格局,也不利于不同代际作家群体之间的有效交流和相互学习,更不利于理性层面的艺术争鸣,最终也不利于中国新时期文学的健康发展。

结语　代际文化的认同与交流

从中国当代文学的整体发展来看，新时期文学之所以显得较为复杂，主要是审美观念的日趋多元。这种多元的观念，直接驱动了创作实践的急速变化，而且，随着时间的推移，其变化越来越大，也越来越快。若从发生学的意义上探讨，其核心因素当然离不开作家的主体意识。主体意识越强，作家个体的精神空间就越独立、越自由，其创作的个性特征也就越突出，由此也推动了整个文学发展格局的丰富和多元。

因此，立足于新时期作家的主体意识，不断地寻找和建构中国当代文学发展的内在精神图谱，或许是一种更为有效的研究途径。当然，作家的主体意识不仅是隐秘而复杂的，而且是千变万化的，它需要我们从不同的角度、选择不同的层面，进行多方位的解析，才能逼近其真正的内核。其中，选择作家的代际差别来对新时期文学的发展变化进行探讨，也是一条相对重要的路径。毕竟，在"代沟"已成为一个重要社会现象、文化现象和经济现象的今天，它对于中国新时期文学的影响已越来越明显，也越来越突出。

基于文学创作的客观现状，我们选择了新时期文学中最为活跃、最具表征意味的四个在场的代际群体作为考察对象，这并不意味着其他在场的作家就没有价值，只是他们尚不具备代际意义上的表征意味罢了。同时，在对新时期以来的作家进行了代际差别考察之后，笔者认为，有必要在中国当代文学中加强代际问题的研究，共同建构一种科学理性、交流密切的代际文化。

一　代际文化的认同与建构

无论是在文学领域,还是在其他社会文化领域,"代沟"已经成为一个越来越普遍、也越来越引人关注的现象。作为人类社会发展的特定产物,"代沟"已是一种客观的文化存在,虽然它隐含了某些矛盾和冲突,但也具有诸多的积极作用。正确地认识代际差别,建构一种全面而科学的代际文化,防止代际冲突频发,对于创造良好的代际互动关系,推动中国当代文学的健康发展,无疑具有重要的意义。

所谓代际文化,是基于代沟现象而形成的一种代群文化。它隐含了不同年龄结构的人们在社会活动中自觉遵循的伦理准则,也体现了现代社会开放与变革的根本趋势。因此,要在不同领域建构一种科学的代际文化,我们必须以积极的心态和客观的眼光,从社会发展的动态结构中,充分认识到代沟存在的重要性,并把握代沟的一些基本特质。只有充分理解了代沟的存在,并明确看到代际文化对于未来社会发展的重要性,我们才能对这一文化达成共识,并进而更科学地建构这种新型的文化谱系。

首先,代际文化的认同,是基于我们对社会创新发展的认同。

我们曾反复强调,社会的快速变化是导致代际差别形成的直接原因;社会变化越快,代际差别也就越明显。这也从另一个角度表明,代际差别是人类社会保持强劲发展的重要动力之一。只有新的一代不断超越老的一代,只有新的一代不断提出新的观念、新的思维,只有新的一代不断探索新的生存方式,社会才能保持某种变化和发展的激情。周虽旧邦,其命维新。没有变革,就没有创新,社会也就不可能有变化。虽然社会的变革和发展最终取决于多种因素,也取决于不同代际群体的共同参与,但是青年一代对年长一代的超越,是不可忽视的核心因素。

没有超越就没有发展,但同时,超越又意味着差异,意味着突破,意味着旧与新之间的冲突。这就是代际差别的内在规定性。

因此,有学者就明确地论道:"代际差异是新文化、新思想产生的源泉,也是人类社会不断发展的内在动力。这种差异、冲突使人类社会文化生活显得更加丰富、多彩,正如世界本身就是一个多样的世界一样,人类社会也是一个多样、复杂的社会,不同世代之间在价值观念、行为选择、生活方式上的差异和冲突,使人类社会充满了生机和活力。如果试图抹煞这种差异和冲突是不现实的、不客观的,如果试图消灭这种差异就更是不合理的。代际差异与冲突的存在既是客观的,也是有价值的,代际合理差异与冲突的存在,是人类社会发展前进的前提条件。"[①]不错,一个健康文明的社会应该是一个多元发展的社会,它应该保持着文化选择的多样性,犹如大自然保持着物种的多样性一样。当然,多样性的共存,也意味着竞争和冲突,意味着"物竞天择,适者生存";只有那些具有生命力的新思想、新观念,才会成为推动社会发展的强劲动力。这虽然是一个老生常谈的问题,但是,面对代际差别的存在,并不是所有的人都能保持这样一份理性,更多的人常常会不自觉地畏惧差别,回避代沟。

事实上,有关代际差别在社会创新方面的重要价值,已有不少文化社会学方面的学者正在进行全面的探讨,并提出了一些颇为科学的见解。譬如,在《"代沟"的社会正功能》一文中,邓希泉先生就从经济、文化、社会等方面,较为全面地阐述了"代沟"所带来的社会正功能——在经济功能上,它不仅"有利于打破'论资排辈'的局面和克服'老年代'的'贵族'思想,从而提高全社会的工作效率",而且"有利于全面提高劳动者的素质与合理配置劳动力资源",还"有利于形成产品多样化和市场的繁荣局面,促进社会经济发展。"在文化功能上,它既"有利于主文化中价值观的与时俱进,去除其中不合时宜的内容",也"有利于文化的传承、选择和创新。"在社会功能上,它有利于"完善基本社会化的形式,增添继续社会化的内容,使教育终身化成为现实",也"有利于社会流动

---

① 成伟、陈婷婷:《代际差异与冲突之分析》,《长白学刊》2009 年第6 期。

的主要决定方式,由'先赋因素'向'获致因素'转变",更"有利于促进社会的变迁和发展。"①其实,无论是经济功能还是文化功能,最终都体现在社会功能之中,即体现为"人的基本社会化"这一过程之中。

所谓"人的基本社会化","是指社会使新生的生物个体转变为基本合格的社会成员的过程,即从'自然人'转变为'社会人'的过程。"②人的社会化是一个动态性的过程,隐含了人对自我归属感的内在诉求。每个个体的人,终其一生,都必须不断地修正自己、完善自我,经历并实现这一过程;它不是仅仅针对青年一代,也不仅仅是面向某一特定的代际群体,尤其是当我们面对不断变化的世界时,很多时候自己都是不折不扣的"新生的生物个体",都需要融入社会并在社会群体中建立自己的生存价值。而代际文化的认同,就是对一切具有创新意识的代际群体,及时地给予必要的、科学的文化认同,并以此促动社会的健康发展。

其次,代际文化的认同,是基于我们对社会矛盾的辩证认识。

从广义上说,代际差别就是现代社会矛盾在代际传递过程中的一种独特体现,它既呈现了某些方面的社会矛盾,又反映了社会矛盾构成的某些内在因素。因此,人们在论及"代沟"现象时,都强调它既具有积极的文化意义,又具有消极的文化作用。这意味着,我们只有用辩证的思维,客观把握它的利与弊,才能科学地理解这种文化现象。

充分把握不同代际在交流过程中的积极文化意义和消极文化作用,客观地看待不同代际群体存在的优势和不足,有效地利用矛盾转化的途径,化弊为利,是我们促动社会健康发展的重要方式。在代际差别中,我们尤其要关注的是那些具有"亚文化"倾向的青年群体,他们的矛盾冲突更为集中,也最需要用辩证的方式来掌控。因此,对于青年一代,我们更应该采用一种包容和激励的态度,鼓动他们发挥自身的优势,使他们能够自觉地参与到

---

① 邓希泉:《"代沟"的社会正功能》,《中国青年研究》2003 年第 1 期。
② 邓希泉:《"代沟"的社会正功能》,《中国青年研究》2003 年第 1 期。

社会健康发展的建设之中,增加他们的文化承诺意识,彰显他们的积极文化意义。同时,"代际间的差异和冲突如果过于激烈,也必然影响社会的和谐与稳定,影响社会的进步和发展。所以,从正义的角度上看,我们应把代际差异与冲突限定在一个合理的范围内,既不能力图消灭代际差异与冲突,也不能听任其自由发展。"①这也就是说,对于代际差别中存在的一些消极作用,我们也不能视而不见,更不能以牺牲共世性的伦理准则为代价,换取代际间暂时的和谐与安宁,而是要严格遵循权利与义务相平衡的原则,根据不同代际群体内在的精神属性,寻找其消极作用发生的原因,彰显代际正义和代际公平的伦理准则。

当然,代际正义与代际公平,是确保代际差别合理发展的外在条件,将它演化为具体的代际交流,就是要使不同的代际群体处在一种平等对话的地位中,实现相互的取长补短。玛格丽特·米德就认为,人类文化在代际交流上存在着三种类型,即"前喻文化、并喻文化和后喻文化","前喻文化,是指晚辈主要向长辈学习;并喻文化,是指晚辈和长辈的学习都发生在同辈人之间;而后喻文化,是指长辈反过来向晚辈学习"。② 无论是哪一种交流类型,对于人类文化的发展都是不可缺少的。文学当然也不例外。一种良性的文学发展态势,不仅需要作家进行"前喻"或"后喻"式的交流与借鉴,而且也离不开"并喻"式的相互启发和激励。唯有如此,不同代际之间才能取长补短,确保自身的良性成长与发展。当然,其中最重要的,可能还是"后喻型文化"的建立和倡导。因为对于那些已经拥有相对稳定的社会地位、价值观念和思维方式的长辈们来说,让他们自觉地躬身求教于晚辈,并非易事。这不仅涉及伦理意义上的威权意识,还涉及长辈们自尊心的自我修持,所以很多时候,长辈们的固执和保守,成为代际交流的一个重

---

① 成伟、陈婷婷:《代际差异与冲突之分析》,《长白学刊》2009 年第6 期。

② [美]玛格丽特·米德:《文化与承诺———一项有关代沟问题的研究》,周晓虹、周怡译,河北人民出版社 1987 年版,第 22 页。

要障碍,也是代际冲突的一个重要原因。

从辩证的角度来看,在倡导"后喻型学习"的同时,我们也必须充分关注青年一代所特有的亚文化精神属性。这种精神属性有时之所以会形成一种解构性的破坏力量,关键在于他们的一些合理观念和价值取向被忽略、轻视或否定,由此造成代际间的对立。"解决代沟问题,关键不是如何消除,而在于如何使其积极化。代沟积极化的基本途径是打破文化占据的区别化和对象化,消除对立文化圈的存在条件,建立促进代际互动的社会文化信息传播系统,使不同代人共同享有完整的社会文化,让隔代人相互涉足对方的经验和文化,从而改变并消除各自的文化偏见和心理对抗。如由于社会向中老年人介绍现代文化生活方式,引导中老年人参与到这些文化生活中来,从而使许多老年人改变了过去保守的文化生活习惯,放弃了与年轻人相对抗的文化心理态度。这些都是解决代沟最为有效的文化形式,也是代沟积极化的科学途径。"[1]就中国新时期文学而言,这一点尤为重要。譬如"70后"作家对于日常生活的关注,"80后"作家对于文化消费市场的成功把握,虽然有许多值得"50后"和"60后"作家学习的地方,但他们在代际意义上所形成的一些创作局限,我们同样也要给予客观的批评,包括卫慧、棉棉、木子美等"70后"作家的欲望放纵式书写,春树、孙睿等"80后"作家的极端叛逆式表达等。

再次,代际文化的认同,是基于我们对代际主体的尊重。

代际差别的存在,隐含了不同代际群体在主体意识上的觉醒与彰显,这是一个不争的事实。倘若每个代际群体的主体意识都非常明确,对自身所处的代际群体有着自觉的精神认同,并在这种精神认同中,发现和确立自身的个体价值,恪守自身的责任和义务,那么,代际之间的差异性就会较为明显。因此,建构代际文化,从根本上说,绝不是消除代际差别,而是意味着我们必须确立一种平等交流的伦理原则,在相互尊重的前提下,充分认识不同代际在差异中体现出来的独特性,包括这些独特性所蕴含的积极

---

① 薛晓阳:《代沟及其文化溯源》,《前进》1998年第2期。

作用,并在不同代际之间弘扬这些积极作用。每个代际都有自身不可替代的优势,都在人类发展链上发挥自身特有的作用。尊重不同代际群体所持有的核心价值,就是在差异性的社会体系中,建构并认同群体的独特性,并进而认同个体存在的丰富性。

事实上,建构代际文化,倡导人们对不同代际主体的尊重,也是人类文明发展的一种必然趋势。在历经了启蒙现代性之后,在确立了人本主义的基本价值观之后,人类对主体意识的尊重和彰显,一直怀抱无限的热忱。尽管这种主体意识的过度张扬也带来了诸多的问题,包括人与自然的关系变得越来越脆弱,但总体而言,它对人类文明的促进作用是不言而喻的。如今,很多学者已经从理性的层面上提出了人类社会可持续发展的问题,即不仅要考虑到人类在场的各个代际的生存和发展,还要考虑到未来不在场的各个代际生存和发展的需求,为人类的未来留下足够延伸的空间。有学者就认为,人类社会可持续发展的问题,其实就隐含了代际文化建构的重要性,因为"可持续是人类处理代际关系的重要伦理准则",可持续发展,不能只考虑在场各代的自身利益,还要顾及未来出场的各代利益,要立足于人类发展的整体性立场。"可持续发展在相互关联的两个方面或两个方向展开:人与自然的关系方面和人与人的关系方面。而在这两个方面的关系中,可持续发展最突出地体现在代际关系的建构和健康发展上。不论是人与自然的关系,还是人与人的关系,在可持续发展的含义中最终都会落实到和体现在人类代际关系上。"①当然,就人们当前所讨论的核心议题而言,可持续发展主要还是针对自然资源及社会财富方面,涉及文化方面的并不多见,但是,这并不意味着文化发展的不重要。

文化的可持续发展,同样是人类面对的重要问题,也体现了一个理性社会对人类文明发展的基本承诺。它既涉及文化资源的保护、承传和利用,又涉及文化的创新、变革和发展;它既需要不同代际群体对人类文化的整体发展作出自身的特有贡献,又需

---

① 廖小平:《伦理的代际之维》,人民出版社 2004 年版,第 188 页。

要在场的各代为未来出场的代际群体创造自由发展的良好空间。这一问题的背后所凸现出来的,同样是不同代际的主体意识,即不同代际群体对于自身的主体地位、主体能力和主体价值持有一种自觉意识,并借此充分发挥自身的主观能动性。就中国新时期文学而言,对不同代际作家主体意识的尊重和强化,意味着我们对于多元化文学格局的积极维护,也意味着我们可以为不同代际的作家充分发挥自身的艺术潜能创造良好的环境,还意味着我们对于中国文学未来发展的积极承诺。

从客观现状来看,中国新时期以来的文学发展,在代际群体上已经显示了较为明确的主体意识,并且不同的代际作家,都对当代文学的发展产生了重要的影响。这一点,笔者已在前面相关章节中进行了集中论述。即使是"70后"和"80后"这两个新生的代际群体,也越来越突出地呈现出鲜明的主体意识。如"70后"的代表性作家徐则臣就直言不讳地强调,"70后"无疑拥有自身的代际审美特征,没有必要拒绝这种差别的存在,"这是一代人的胎记,抹不掉。它规定了他们在面对这个世界时,目光必然与'60后'和'80后'不同,这个世界在他们眼中映现出的必然也是与'60后'和'80后'不同的图景——代际意味的不仅仅是10年或者20年的时间差,而是一辈子的看待世界的差异。70年代对'70后'来说,是一个无可替代也无法更改的10年,是宿命也是根源和出发地,更是独一无二的资源。如果一切皆可以入文学,如果一切皆有可能成就出好文学,那么,才华和勤奋之外,关键在于能否看清楚自己,能否坚守住自己,能否忠实有效地表达自己。'70后'的要务也许正在于守住这个'不科学'的代际划分,'70后'就是'70后',说'70后'看见的、听见的、想到的、焦虑的、希望的,别冒充别人,别用假嗓子说话。说自己想说的、能说的、应该说的、不得不说的,充分地、有效地说出来,提供一个人和一代人对世界的独特看法。这是'70后'的价值所在,也是文学的应有之义。"①不要"用假嗓子说话",不要轻视自身代际的审美价值,而要保持

---

① 徐则臣:《别用假嗓子说话》,《文艺报》2011年10月17日。

自身所具有的代际文化特质,徐则臣的这番话,无疑体现了一些青年作家们对于代际主体的清醒认识。

当然,有关代际文化的认同与建构,需要一个较为漫长的过程。尤其是对于中国当代文学而言,代际差别还只是近 20 年来渐渐凸显的文学现象,而且作为一个学术问题被关注,还只是近些年的事。其中,无论是代际群体的划分、代际差别的梳理、代际局限的分析等等,都尚处在争议之中,并没有达成广泛意义上的共识。这也意味着,在中国当代文学中建构一种代际意义上的审美文化,仍然存在着不少艰巨的任务。

二　代际交流与民族文化的承传

一个民族的文学发展,既离不开一代又一代作家对优秀文化传统的承传,也离不开他们在艺术上前赴后继的顽强开拓。很多时候,当我们在谈论一个民族优秀文化的时候,都无法绕过那些具有标志意味的经典文学作品。它们像一座座文化的路标,闪烁在记忆的原野,引导我们回望历史时能够引以为豪,同时也让我们展望未来时充满信心。它意味着,所有不同代际的作家们一经出场,都必须肩负起伟大的历史传统,在既有的文学传统之上,发挥自己的创造能力和审美理想,对人类命运的发展、生命内在的本性以及话语表达方式进行全面的发掘和突围,拓展民族文学发展的新空间,并重新激活中国传统文学自身的魅力,为中国当代文学不断融入世界文学格局之中增添自身的内在活力。

纵观 20 世纪前期的中国文学发展,从鲁迅、郁达夫、茅盾、老舍、郭沫若、巴金,到周作人、林语堂、徐志摩、戴望舒、沈从文等,几乎在各个创作领域都涌现出一大批优秀的作家,究其因,一方面当然是离不开各种文学社团的大量出现,尤其是社团之间的相互争鸣和广泛交流,但另一方面也受惠于不同代际作家群体之间的真诚沟通,特别是年长一辈对年轻作家成长的关心和提携。其中,鲁迅先生就是一个典范。他不仅对萧军、萧红、叶紫、柔石等人的创作给予及时的评述和推介，还在生活上给予他们朋友般的鼓励和关怀；在文学观念上，鲁迅先生对胡风、冯雪峰等人的艺术思想的形成，也产生了巨大而深远的影响。

沈从文和汪曾祺之间的师生情谊，一直被传为中国文坛的佳话，从代际交流上看，无疑也是一个令人称道的典范。汪曾祺虽然肄业于西南联大，但他每每回顾自己的写作经历，都会由衷地说："沈先生很欣赏我，我不但是他的入室弟子，可以说是得意高足。"据说，汪曾祺曾给沈从文先生交过一篇名为《灯下》的习作，沈从文读后，从其稚嫩的文笔中欣喜地发现了汪曾祺长于白描，能够抓住一个个富于特征性的细节，并铺展罗织成一幅幅几乎和生活完全一样的图画。于是，沈从文便从图书馆找来几篇类似的作品，让汪曾祺认真品读、揣摩，并指导其修改为《异秉》，由沈从文推荐发表在1948年3月《文学杂志》第2卷第10期上。沈从文在创作课上有一句口头禅，叫"要贴到人物来写"，汪曾祺听后如醍醐灌顶："我以为这是小说学的精髓。据我的理解，沈先生这句极其简略的话包含这样几层意思：小说里，人物是主要的、主导的，其余部分都是派生的、次要的。环境描写、作者的主观抒情、议论，都只能附着于人物，不能和人物游离，作者要和人物同呼吸、共哀乐。作者的心要随时紧'贴'着人物。什么时候作者的心'贴'不住人物，笔下就会浮、泛、飘、滑，花里胡哨，故弄玄虚，失去了诚意。而且，作者的叙述语言要和人物相协调。写农民，叙述语言要接近农民，写市民，叙述语言要近似市民。"①这种教与学的密切互动，无疑给了汪曾祺巨大的影响。

事实上，沈、汪之间的代际交流，并不仅仅局限于日常的教与学，还体现在沈从文对汪曾祺创作的不断关心和激励中。1941年2月3日，沈从文在致施蛰存的信中说道："新作家联大方面出了不少，很有几个好的。有个汪曾祺，将来必有大成就。"1947年2月，沈在给李霖灿、李晨岚的信中，还请求朋友替汪解决生存之

---

① 参阅一凡：《沈从文和汪曾祺的师生情谊》，《湖北档案》2014年第4期。

困："我有个朋友汪曾祺,书读得很好,会画,能写好文章,在联大国文系读过四年书。现在上海教书不遂意。若你们能为想法在博物馆找一工作极好。他能在这方面作整理工作,因对画有兴趣。如看看济之先生处可想法,我再写个信给济之先生。"1962年10月,在致程流金的信中,沈从文写道:"现在快四十了,他的同学朱德熙已作了北大老教授,李荣已作了科学院老研究员,曾祺呢,才起始被发现。我总觉得对他应抱歉,因为起始是我赞成他写文章,其次是反右时,可能在我的'落后非落后'说了几句不得体的话。但是这一切已成'过去'了,现在又凡事重新开始。若世界真还公平,他的文章应当说比几个大师都还认真而有深度,有思想也有文才!"①从这些信件中可以看出,沈、汪之间,始终保持着亲如父子的师生情感,也正是这种超越了代际鸿沟的情感交流,使得汪曾祺不仅成为一位杰出的作家,而且很好地承传了沈从文式的淡泊典雅的审美风范。

与此同时,我们还应该注意到,代际交流并不只是意味着代际间的友情式学习,或彼此间廉价而庸俗的赞美。在文学创作中,真正意义上的代际交流,还包含了审美观念之间的积极碰撞,乃至艺术心智之间的彼此切磋。尤其是在文学批评上,它应该体现为不同代际间所形成的一种平等而理性的批评关系,即一种敏捷、活跃、平等、科学而严谨的文学争议和话语交锋的氛围。蒂博代曾说:"竞争是商业的灵魂,犹如争论是文学的灵魂。文学家如果没有批评家,就如同生产没有经纪人,交易没有投机一样。"②但是,客观地说,20世纪90年代以来的文学批评,不仅失去了80年代良好的争议氛围,而且在市场化现实秩序的冲击下,急速地滑向世俗层面,其中渗透了商业习气、市侩习气以及传媒习气。文学批评面对不同代际的作家创作,不仅变得越来越暧昧,越来越

---

① 以上信件内容,参阅张新颖:《沈从文谈汪曾祺》,《国学》2013年第4期。

② [法]蒂博代:《六说文学批评》,赵坚译,三联书店2002年版,第120页。

失去批评的本体意义,而且变得越来越苍白,越来越丧失其内在的思想力度和价值标尺。批评的缺席或批评的堕落,已成为人们对近些年文学批评的评价。各种频繁的当代文学研讨会,只是提供了某种虚拟的交流平台,却难觅不同代际作家与不同代际批评家之间具有开诚布公的争议或交锋,"以前说,是金子总会闪光。现在的问题是,不是金子的在发出刺眼的光芒"。①批评家雷达的这句话,其实道出了90年代以来文学批评一味"捧杀"、严重失范的状态。绝大多数的文学批评只停留在各种表层现象之中,全面精细、富于创见的批评非常之少,理解式的、对话式的批评非常之少,争鸣性、探讨性的批评则更少。在这种友情赞助式的文学批评面前,不可能在某种精神维度上构成一种真正的对话交流。同时,由于受市侩风气的影响,作家对一些真正富于学理性和建设性的批评也常常不屑一顾。这种对话关系的缺席,同样加剧了作家在代际层面上的自我封闭。鲁迅曾说:"文艺必须有批评;批评如果不对了,就得用批评来抗争,这才能够使文艺和批评一同前进,如果一律掩住嘴,算是文坛已经干净了,那所得的结果倒是要相反的。"②而90年代以来的文坛,看起来确实是"干净了",但不同代际的作家在创作中的局限和不足却并没有获得有效的改观。

事实上,在新时期文学尤其新世纪以来的文学创作中,不仅仅是文学批评在代际交流上没有获得有效彰显,作家之间在代际上的坦诚交流也不容乐观。譬如,1998年,以韩东、朱文、鲁羊等为代表的一些"60后"作家所发起那场"断裂"问卷活动,不仅明确地表示了他们对当前文学体制的否定,还传达了他们对前辈作家艺术成就的彻底否定,对代际交流的严正拒绝。这种盲目自大、拒绝代际交流的片面化思维,直接导致了这一代作家中有不少人一直沉迷于个人化语境中徘徊不前,在表现社会现实的宏阔性和历史的纵深度上尤为不足,从而也造成了中国当代文学中

① 徐春萍、李凌俊:《提升文学批评的公信力》,《文学报》2008年4月3日。

② 鲁迅:《鲁迅全集》第5卷,人民文学出版社1981年版,第551页。

"宏大叙事"传统的断裂。"70 后"作家虽然并未在实际言行中明确地表现出某种代际意义上的强烈对抗,但是,其作品中普遍体现出来的种种幽闭性的生存状态,以及对当代都市生活的迷恋式表达,实质上也折射了这代人对代际交流的淡漠。"以写作的名义发呆,并且继续发呆下去",①几乎可视为他们普遍性的精神征兆。他们自觉地排斥对人类生存境域的理性思考,拒绝对生命存在意义的深度探析,并公开宣称只"喜欢'小'的人,本能地排斥英雄,喜欢平庸和日常,害怕史诗"。② 如果深而究之,这种"'小'的人",在很多时候其实就是身处消费语境中的作家自身的不同翻版,带有某种程度上的自恋性书写。其中,同样隐含了这一代作家在交流上的匮乏。

代际交流的匮乏,不仅会影响代际间的创作失去应有的活力,导致不同代际的作家各自为阵,还会影响中国当代文学对民族优秀文化的有效承传。不错,传统文化也离不开变革和创新,离不开永不歇息的开拓和探索,犹如陆建德先生曾说:"人类的发展需要精神的冒险和远游,需要荷马史诗中所说的奥德赛。这种思想的冒险、激情的冒险和审美经验的冒险比一般意义上的旅游更重要。一旦这种冒险停止,一旦我们安于现状并以越来越高的生活水准和 GDP 人均收入沾沾自喜,人类的发展就会停滞不前。怀特海说:人类精神上的奥德赛必须由人类社会的多样性来供给材料和驱动力。在这丰富多彩的世界里,各种文化形成由质料多样的马赛克拼嵌的美丽图案,它所反映的也就是中国古时候'和而不同'的社会文化理想。我相信,不会有一个文化帝国主义的大熔炉将这美丽图案中的各组成部分粗暴地碾碎,掺水搅拌后重新烧制,使之变为单一的质料,具有单一的颜色。"③但是,我们同样也不能忽略,"伟大的传统"依然是我们面对这个世界多元文化

① 戴来:《别敲我的门,我不在》,百花文艺出版社 2001 年版,第 280 页。

② 魏微、朱文颖:《写作、印象及内心活动》,《作家》2003 年第 4 期。

③ 熊元义:《"伟大时期"需要什么样的文学——文艺理论家陆建德访谈》,《文艺报》2013 年 4 月 12 日。

而获得发展的重要基质。无论我们怎样冒险和创新,都不可能割断传统文化的脐带。

一个最典型的例证,便是新世纪以来迅速崛起的新移民文学。从严歌苓、哈金、张翎、陈河、虹影、陈谦,到袁劲梅、施雨、融融、吕红、章平、苏炜、薛忆沩等,这一大批流散海外的作家,他们的创作虽然融入了大量西方文化观念,呈现出明确的文化混杂性倾向,既具有流散文学特有的某些属性,如主体身份的焦虑、潜在的寻根意愿等,又体现出对人类生存新途径和生活新经验的积极探求。这无疑是由"移民"的特殊身份所决定的。因为"他们的写作是介于两种或两种以上的民族文化之间的,因而,他们的民族和文化身份认同就不可能是单一的,而是分裂的和多重的。也即他们既可以以自己的外国国籍与原民族的本土文化和文学进行对话,同时又在自己的居住国以其'另类'面孔和特征而跻身当地的民族文学大潮中"①。但是,当我们深入这些作品之中,细究其审美内涵与主体情思,仍然不难发现,这些作品自觉地深入不同文化的机理之中,以双重"他者"的文化立场和审美眼光,致力于展示中国人在异域文化中的生命追求和精神质地,使我们看到了中国文学与域外文学的积极对话姿态,为中国文学融入世界文化版图搭起了一座桥梁。像严歌苓的长篇《扶桑》,曾进入《纽约时报》畅销书排行榜前 10 名;戴思杰的《巴尔扎克与小裁缝》在法国出版后,曾 5 次获奖;哈金的小说也获得美国第 50 届国家图书奖、"福克纳笔会小说奖"。这也从一个侧面反映了移新民文学与西方文化交流的特殊效果。

对此,饶芃子先生就曾说道:"事实上,在海外华文作家作品中呈现出来的那种文化的'混杂性',在客观上已成为当前世界文学进程中的一道独特的'风景线',在某种程度上体现了全球化语境中出现的文化文学的多样性。因为这些作品是介于两种文化之间的,有母体文化的特征,也有'异'的文化质素,可与本土文化文学对话,也融合有某些世界性的'话语',有可能跻身于世界移

① 王宁:《流散文学与文化身份认同》,《社会科学》2006 年第 11 期。

民文学的大潮中,有助于中华文化文学走向世界。"①的确,新移民文学所具有的文化"混杂性",使异域读者也能够找到自己的生存经验,发现自身作为被审视对象在"他者"眼中的生命情态,从而在审美的层面上形成心灵的互动,并与创作主体建立起一种艺术上的对话关系。这种对话性文学关系的建构,不仅有效展示了中国作家积极融入世界的开放胸襟,显示了中国人面对不同文化所遵循的多元并举、"和而不同"的价值理念,而且也通过一个个鲜活丰实的文本,向世界呈现了中国文化融入异域文化的复杂过程,以及面对全球化历史进程的积极姿态。

笔者之所以拿新移民文学作为例征,就是想说明,一个民族的文学发展,永远离不开其传统文化之根。这种文化之根,会以各种潜在的方式,深植于创作主体的内心深处,构成作家的"文化——心理结构"。吉登斯曾说:"传统并不完全是静态的,因为它必然要被从上一时代继承文化遗产的每一新生代加以再创造。"②弗兰西斯·福山则进一步强调:"人类本质上是一种社会动物,天生就有一定的解决社会合作问题和创立道德准则、限制个人选择的自然能力",因此人们"尽管对父辈的文化传统已记不得了,但仍会创造出并无多大区别的新的文化传统来。"③一代代作家,即使已置身异域,生活在完全不同的文化境域中,也未必能够彻底摆脱这种文化基因图谱。

在谈到这一问题时,廖小平曾从代际伦理的角度如此阐述道:"'代'以两种方式实现着伦理文化和道德的发展,一是'代'是伦理文化和道德的活的载体,因为文化和道德都是人的文化和人的道德,而'代'是人的最主要的表现形式;二是伦理文化和道

---

① 饶芃子:《海外华文文学的比较文学意义》,《深圳大学学报》(人文社会科学版)2006年第2期。

② [美]吉登斯:《现代性的后果》,田禾译,译林出版社2003年版,第33页。

③ [美]弗兰西斯·福山:《大分裂:人类本性和社会秩序的重建》,刘榜离译,中国社会科学出版社2002年版,第293—294页。

德的发展是在'代'的选择中,即在人类一代又一代的选择中实现的。当然,每一代人对伦理文化和道德的选择,主要是对随着某一社会的变化而发生变化的伦理文化和道德的选择,而那些具有普适性、基础性和底线性的伦理文化和道德,则是人类历史上每一代人所普遍认同和共享的,不存在选择不选择的问题。从这个意义上看,我们所说的对伦理文化的代际差异及其整合和传承,一般就是在可变的伦理文化和道德这一层面上讲的。"①尽管我们暂时还无法清晰界定传统文化中哪些属于不可变更的元素,但是,传统文化依然像地火一样默默地燃烧,这是一个不争的事实。这也意味着,新时期以来所涌现出来的几个不同代际的作家,亟待加强代际间的坦诚交流,并在审美观念的相互激荡中,取长补短,共同推动中国当代文学的发展。

三 代际整合与新世纪文学的发展

中国新时期文学的发展,已经走过30多年了。新世纪文学也已走过了10余年。如今,我们已看到,一方面,传统文学在读者中的地位越来越边缘,文学的时尚化和通俗化越来越明显;但另一方面,中国当代文学与世界文学的互动性在不断强化,一些活跃的当代作家作品不断被国外译介,海外新移民作家的作品也不断在大陆引起反响,莫言还获得了2012年度的诺贝尔文学奖。面对这种文学创作现状,我们或许可以进行这样的描述:传统作家与网络写手齐头并涌,严肃创作与市场写作各求其趣,文坛宿将与文学新秀争智斗力,本土作家与海外作家相互激励。

在这种文学发展格局中,最为重要的变化,就是文学生态场域的大面积调整与扩充。一方面,在政府机构改革的驱动下,专业作家体制被逐步取消,文学刊物的供养关系被不断调整,各种出版社也由事业单位向企业过渡,文学开始全面走向体制之外,

① 廖小平:《伦理的代际之维》,人民出版社2004年版,第283页。

失去了以往的体制依靠,似乎已经"边缘化"了;而另一方面,自由撰稿人纷纷涌现,作家队伍不断增加,不少文学刊物在急速扩张,一刊多版有增无减,文学网站风起云涌,出版社与民营书商联手打造的图书市场也日益壮大,这一切又显示文学并没有多少冷落,而是在强劲地发展。这种看似矛盾的现象,其实只是我们看待问题的角度不同所致。真正的客观情形是,新世纪以来的文学,已从主流意识形态和精英文化的双重控制中不断地游离出来,正在成为文化消费中的一种特殊形式。

这既是中国整个文化生态变化的结果,也是文学生态场域的重大转向。它与其说是对文学发展产生了某种程度上的制约,还不如说是激活了文学自我生长的空间,也激活了作家创作的潜在能力。因为以前那种长期依靠体制供养的文学,严格地说,并不是一种绝对健康的文学,也不是一种自由生长的文学,它必然要受到体制本身的各种规约。新世纪以来的文学发展,从根本上说,已逐步完成了20世纪90年代的市场过渡期,并开始形成自身自由生长的生态链。

在这种生态链中,终端的消费市场自然产生了决定性的作用,但电子媒介、作家影响力、商业运作,也同样发挥了各种特殊的功能。这种在消费环境中所形成的生态链,以其市场化的自由开发,使新世纪以来的文学创作出现了一种迅速增量的现象,就像张未民所说:"我们虽然不能说一个老龄化的文坛已经来临,但一个长寿的、不断增量的文坛却正在成为现实。这也预示着一个不断加入的'新生代',在与不断'发展'中的'中生代'、'老生代'一起重唱、合唱,或自鸣独唱。"①的确,从代际角度来看,我们的作家队伍正在迅速壮大,"一个增量的文学、增量的文坛呈现在这10年来的文学视野,它改变了20世纪文学的不断'减量'的惯性和态势。王蒙等老作家还在写,知青一代作家似乎也不老,而苏童和余华们的伟大作品似乎还有蓄势待出的未来,60年代一代更是未有穷期,在这种不断增量累积的态势下,你让'80后'、'90后'

————————

① 张未民:《增量的文学——编后记》,《文艺争鸣》2008年第2期。

怎么办:写什么？文学的天空如此之低,在一个老龄化的社会里,我们不老的文坛及其文学是否面临着一个老龄化的文坛?"①

　　面对这支迅速增量的写作队伍,任何统计都难以窥其全貌。从中国作家协会的会员发展情况来看,新世纪之前的中国作协会员有6000多人,而目前已有9000余人,只是增加了3000余人,但实际上,这只是活跃在纸质媒介上并关注作家组织的一些作家,还有大量的自由撰稿人并没有加入这一组织。尤其是随着网络文学在新世纪的迅猛发展,其创作队伍更是异常庞大。据白烨统计,"仅盛大文学旗下的起点中文网、红袖添香、晋江原创网、榕树下四家网站,就有注册作者70多万人。"②而实际上,"全国文学网站签约作者的人数就已突破百万,5000万读者通过网络、手机和手持阅读器阅读文学作品"。③尽管这些作者群存在着一定的流动性,但他们之所以能够"签约",至少证明了自己的写作意愿和热情。2012年5月,盛大文学发布了《2012年Q1数字图书销售排行榜》,在该排行榜中,起点中文网的前九部作品,均为该网站的签约作家所著。其中,我吃西红柿的《吞噬星空》仅以288本的微弱优势,击败了唐家三少的《神印王座》;不信天上掉馅饼的《官家》、月关的《锦衣夜行》、猫腻的《将夜》、天蚕土豆的《武动乾坤》、忘语的《凡人修仙传》、辰东的《遮天》、石章鱼的《医道官居途》,则分列榜单第三至第九位,每部作品排名之间差距最小的仅14本,竞争异常激烈。另外,唐欣恬的《裸婚:80后的新结婚时代》也借力同名电视剧的热播而在云中书城top10销量排行榜上占有一席之地。说实在的,除了唐家三少和天蚕土豆等少数几个被纸质媒体高度关注的作家之外,其他这些纵横网络的"风云作家",一般的专业学者都知之甚少。

---

　　① 张未民:《当代文学的若干问号》,《文学报》2009年10月29日。

　　② 欧阳友权主编:《网络文学发展史——汉语网络文学调查纪实》,中国广播电视出版社2008年版,第386页。

　　③ 马季:《网络文学透视与备忘》,中国社会科学出版社2010年版,第273页。

可以说,与20世纪90年代的作家队伍来进行比较,新世纪以来的作家正在以几何倍数急速增加,而且这些新增的作者大多以青年为主,他们不在乎作家的身份和头衔,但是充满了创作的激情。这支庞大的写作队伍,既带着不同代际的历史记忆和文化特征,又拥有各自的发表平台和消费对象,从而直接形成了新世纪以来文学作品数量的急剧增量。这种增量同样也可以从两方面得到印证。一是纸质媒介。在纸质媒介中,一刊多版,各种长篇小说增刊,以书代刊等已成为普遍情形,它几乎使90年代的发表载体增加了一倍。在出版社和各种民间书商的推动下,全国长篇小说的出版数量,就由90年代每年的1000多部上升到新世纪以来每年的2000多部,近两年已达每年3000多部。二是网络媒介。在90年代末期,网络文学才刚刚起步,只有痞子蔡、宁财神、安妮宝贝等少数作家活跃其中;而新世纪之后,随着互联网的快速普及,网络文学的作品数量几近天文数字。有人统计,目前的起点中文网就存有原创作品22万部,总字数超过120亿,日新增3000余万字。即使是像"幻剑书盟"这种类型化的文学网站,也拥有原创作品2万多部,其中有400部作品日均点击率达万次以上。[①]在这些网站中,有大量作品均需付费阅读,属于一种商业化的常规运作。

也许有人会以精英文学的标准,将这些作品中的绝大部分划为"垃圾"之列而不屑一顾,但是,它们却以持续增长的消费景观(包括点击率)证明了自身存在的必要性和合理性。它们可能不会走向经典,甚至不会成为人们理解的"纯文学",但它们仍然是文学,而且是一种自由生长的文学,是由无数读者自觉的阅读所培养出来的文学。据悉,仅盛大旗下的文学网站里,"年收入100万元以上的作家10多名,年收入10万元以上的作家100多

---

① 欧阳友权主编:《网络文学发展史——汉语网络文学调查纪实》,中国广播电视出版社2008年版,第389页。

名"。① 它显示了新世纪文学发展的潜能,也展示了文学发展的巨大消费空间。

　　综上,我们可以看到,无论是作家队伍还是作品数量,新世纪以来都出现了迅速的增长。这种增长对于中国文学来说,显然并非坏事。但它也迫使我们不得不思考这样一个问题:在这个迅速增量的文学现场内部,因为代际文化的差异,不同代际的作家对文学审美趣味的追求并不相同,由此形成了不同的文学特质。这些不同的文学特质,需要人们从不同的文化背景中进行深入分析,而不是以既定的审美价值系统就可以作出判断。譬如,"70后"与"80后"作家群中大量存在的"类型化写作",包括"架空"、"悬疑"、"玄幻"、"戏拟"等,似乎看不到作家对历史和人生的严肃思考,亦看不到作家对人类精神的深度追问,但它们的背后依然凸现了某些主体精神的反抗倾向,亦折射了新一代作家对理性生存秩序的怀疑。而况,随着历史的自然发展和一代代前辈作家们的老去,文学的发展终归由他们来承接。更为重要的是,在这个异常庞杂的文学现场之中,由消费市场来支配文学创作固然存在诸多的弊端,包括以利益化的、自下而上的手段,对创作主体进行潜移默化的精神劫持,但是,如果将它与体制培养出来的文学进行比较,无疑更能够体现文学的自由生长状态。在这种自由环境下生长的文学作品,是否全是一些通俗的、迎合大众低级趣味的文学? 其中是否还隐含了某些值得深层思考的艺术倾向? 甚至是未来文学发展的某种可能性?

　　如果我们深入思考,就会发现这一问题的背后,其实隐含了传统的精英文学与市场中自由生长的文学之间所形成的鸿沟。它们彼此相望,却无法实现有效的沟通。这种文学内在的鸿沟,从本质上说,就是一种创作主体在审美观念上的差异,说穿了,这种差异就是价值观上的不同。"在我国社会未发生转型时,其价值观表现出一元性、整体性、理想性和精神性;改革开放之后,中

---

　　① 白烨主编:《中国文情报告(2009—2010)》,社会科学文献出版社2010年版,第144页。

国社会价值观变迁的趋向和特点呈现出一元价值观与多元价值观的互动、整体价值观与个体价值观的融合、理想价值观与世俗价值观的共存、精神价值观与物质价值观的并重。价值观的历史性变化有着极其复杂的原因,经济体制的转轨与社会结构的变迁,全球化的文化开放和文化碰撞,主体自我意识的觉醒等等都发挥了各自的作用。"①作家的价值观直接影响审美理想和艺术趣味,最终影响作家的审美观念,从而使创作形成不同的艺术形态。新世纪以来的文学发展,从某种程度上说,就是不同代际作家群体在价值观上不断分裂的结果。

这种由价值观而导致的审美观的分野,促使我们不能不将代际整合纳入建构的范畴。因为通过代际整合,可以较好地创建代际公平与和谐的文化氛围,为中国当代文学的发展提供更好的生态场域。所谓代际整合,是以人类历史上传承下来的各种文化为前提,包括异域文化和本土文化,使之在不同代际群体中达成有效的整合。有学者就从价值观角度,对这种整合阐述道:"价值观还在代际之间呈现出相互沟通、追求共同性的特点,这就是价值观的代际整合。在现代社会的任一时期中,绝不是只有价值观的代际分化而没有价值观的代际整合,若如此,这一社会就是一个在价值观上完全分裂和完全对抗的社会,这样的社会是无法维系其稳定统一的,更谈不上可持续的发展;另一方面,现代社会也决不是唯有价值观的代际整合而缺失价值观的代际分化,这样的社会绝不是丰富多彩的现代社会而只能是具有高度同质性或未分化性的传统社会。价值观的代际分化与代际整合是相辅相成的。价值观的代际分化与代际整合所涉及的根本性问题乃是一元价值与多元价值、主导价值与非主导价值的关系问题。一元价值观是一个社会所倡导的、对其他价值观具有导向或引导作用的主导价值观;多元价值观是一个社会中的不同群体或组织各自接受或拥有的价值观,它们有先进与错误、落后与保守之分。多元价值

① 聂文军:《价值观研究的代际视野》,《伦理学研究》2007 年第 5 期。

观要服从主导价值观,主导价值观应允许和容忍多元价值观的存在。"①代际整合的意义,并不是为了重构一元化的价值观,而是在多元的基础上,突出主导价值的核心作用。

　　就中国当代文学而言,新世纪以来所呈现出来的多元化审美格局,已经形成了让人眼花缭乱的景象,曹文轩甚至直接用"混乱时代的文学"②来描述这种文学现状。它意味着,我们必须有效地倡导代际整合的文化理念。当然,代际整合的前提,是对不同代际作家群体审美差异的承认,并非抹杀代际之间的差异,其实质是一种辩证的整合,即包容差异的整合,而不是机械的和消弭差异的整合。同时,对不同代际作家审美观念整合的基本途径,是建立新的代际关系及社会价值观在代际间实现良性互动的机制,即平等基础上的代际对话、相互理解基础上的代际互信和整合差异基础上的代际认同。代际整合的主要目标,就是为中国当代文学的健康发展,建构一种良性循环的生态场域,使不同代际作家的审美观念得以自然延伸的同时,又能够有效彰显中国文学特有的精神魅力,犹如哈金所言,向世界文学展示"伟大的中国经验"。

　　从另一角度来说,加强代际整合,也是为了增强中国当代文学与世界文学对话的内在优势。无论哪个代际的作家群体,如果能够通过代际整合建构起"伟大的中国经验",并不断凸显中国文化的内在精神魅力,那么,在面对全球化的文化挑战时,我们就会找到自身的文化活力。无论我们拒绝与否,全球化已是人类共同面对的历史进程。它是以经济一体化作为基本动力,促动不同国家的社会文化走向大融汇。其中,"经济全球化首先打破了世界的封闭格局和地域的限制,使世界完全成为了一个开放的体系,也就是说,历史成为了世界历史,市场成为了世界市场。可以认为,从动态的角度来看,经济全球化使现代社会与传统社会的分野更加明显。从资本主义开始,过去那种地方性和民族的自给自足和闭关自守的状态,被各民族的相互往来和各方面的相互依赖

---

① 聂文军:《价值观研究的代际视野》,《伦理学研究》2007 年第 5 期。

② 曹文轩:《混乱时代的文学选择》,《粤海风》2006 年第 3 期。

所代替。人类历史从地方的、民族的狭隘性、封闭状态向普遍交往的开放状态转变的历史。"①在这种开放性的、不可回逆的现实境域中，由经济利益所驱动的文化整合也成为每个民族文化不可避免的宿命。廖小平就认为："经济全球化及其发展的总趋势所带来的人类社会的变化是全方位和多层面的。在文化层面上，经济全球化对世界文化和民族文化都产生了深刻的影响，其重要表现之一，就是一方面使文化交流和交往日益频繁和便捷，民族文化日益融入世界文化之中并成为'世界的共有文化'或'全球共享的文化'；另一方面，民族文化在世界文化中并没有也不可能被湮没，而是各民族文化的多样性和差别性较以往任何时候都更为凸显，民族文化在世界文化中异彩纷呈，民族文化多元化趋势日益强劲，所谓'世界的共有文化'或'世界的共享文化'是以文化的差异性和民族情怀为前提的。民族文化越来越融入世界文化之中与民族文化越来越凸显差异性和民族性，这两个方面实质上是互为前提和条件并互以对方为过渡中介的同一个过程。"②在这种特殊的历史条件下，如何使自己的民族文学在彰显自身传统文化特质的同时，又能够在世界文学格局中赢得一席之地，是每一个代际的中国作家们都必须面临的选择，也是他们必须作出的历史承诺。

总之，随着全球化时代的到来，又加上信息技术的革新，人类社会的发展速度已经越来越快，其自身的变革活力也越来越强劲。这意味着，"代沟"现象将会不断加剧，"代沟"问题也会变得越来越突出。这种"代沟"渗透在中国当代文学中，便使当代作家的代际差别将会不断加大，代际冲突也将不可避免。"在全球化背景下，对异域伦理文化和民族伦理文化之价值态度的代际差异，必然使代际间出现价值多元，从而在对异域伦理文化和民族伦理文化之价值态度上，势必出现代际分化。"③可以想见的是，作

---

① 廖小平：《伦理的代际之维》，人民出版社 2004 年版，第 277 页。

② 廖小平：《伦理的代际之维》，人民出版社 2004 年版，第 278 页。

③ 廖小平：《伦理的代际之维》，人民出版社 2004 年版，第 293 页。

家主体的代际差别,将是新世纪中国文学面临的一个长期问题。而这,也正是我们研究代际差别,探寻和建构代际伦理文化的重要缘由。

参考文献

一 国内部分

廖小平:《伦理的代际之维》,人民出版社2004年版。

廖小平:《分化与整合——转型期价值观代际变迁研究》,高等教育出版社2007年版。

张永杰、程远忠:《第四代人》,东方出版社1988年版。

刘雪斌:《代际正义研究》,科学出版社2010年版。

吴秀明主编:《中国当代文学史写真》,浙江大学出版社2002年版。

金汉:《中国当代小说艺术演变史》,浙江大学出版社2000年版。

李新宇:《中国当代诗歌艺术演变史》,浙江大学出版社2000年版。

雷达主编:《近三十年中国文学思潮》,兰州大学出版社2009年版。

顾洪章主编:《中国知识青年上山下乡始末》,人民日报出版社2009年版。

有林等主编:《中华人民共和国国史通鉴》(第3卷),红旗出版社1993年版。

刘国新等主编:《中华人民共和国史长编》(第3卷),天津人民出版社2010年版。

莫小米、严群主编:《生于50年代》,汉语大词典出版社2004年版。

张琦主编:《抹不去的记忆——老三届,新三级》,中共党史出版社 2009 年版。

黄新原:《五十年代生人成长史》,中国青年出版社 2009 年版。

旷晨、潘良编:《我们的六十年代》,中国友谊出版公司 2005 年版。

布衣依旧、毕飞宇等:《生于六十年代》,汉语大词典出版社 2004 年版。

许晖主编:《"六十年代"气质》,中央编译出版社 2001 年版。

何锐主编:《把脉"70 后"——新锐作家再评析》,江苏文艺出版社 2011 年版。

王涛:《代际定位与文学越位——"80 后"写作研究》,巴蜀书社 2009 年版。

苏文清:《"80 后"写作的多维透视》,中国社会科学出版社 2011 年版。

陈平编:《80 后作家访谈录》,中国广播电视大学出版社 2009 年版。

欧阳友权主编:《网络文学发展史——汉语网络文学调查纪实》,中国广播电视出版社 2008 年版。

白烨主编:《中国文情报告(2009—2010)》,社会科学文献出版社 2010 年版。

马季:《读屏时代的写作——网络文学十年史》,中国工人出版社 2008 年版。

马季:《网络文学透视与备忘》,中国社会科学出版社 2010 年版。

陶东风主编:《当代中国文艺思潮与文化热点》,北京大学出版社 2008 年版。

林建法、乔阳主编:《中国当代作家面面观》,春风文艺出版社 2006 年版。

朱光潜:《西方美学史》,人民文学出版社 1986 年版。

朱光潜:《谈文学》,安徽教育出版社 1996 年版。

宗白华:《美学与意境》,人民出版社 1987 年版。

鲁迅:《鲁迅全集》(第 6 卷),人民文学出版社 1981 年版。

郁达夫:《艺文私见》,复旦大学出版社 2004 年版。

刘再复:《李泽厚美学概论》,三联书店 2009 年版。

李泽厚:《美学三书·美学四讲·艺术》,安徽文艺出版社 1999 年版。

张明主编:《破译心灵深处的密码——深层心理》,科学出版社 2006 年版。

童庆炳、程正民:《文艺心理学教程》,高等教育出版社 2001 年版。

金元浦、满兴远:《文艺心理学》,中国人民大学出版社 2003 年版。

汪小玲:《美国黑色幽默小说研究》,上海外语教育出版社 2006 年版。

查建英:《八十年代访谈录》,三联书店 2006 年版。

孔范今、吴义勤等主编:《中国新时期文学研究资料汇编》(24 册),山东文艺出版社 2006 年版。

於可训主编:《小说家档案》,郑州大学出版社 2005 年版。

陈晓明:《表意的焦虑——历史祛魅与当代文学变革》,中央编译出版社 2002 年版。

姜广平:《经过与穿越——与当代著名作家对话》,广西师范大学出版社 2004 年版。

张钧:《小说的立场——新生代作家访谈录》,广西师范大学出版社 2002 年版。

林舟:《生命的摆渡——中国当代作家访谈录》,海天出版社 1998 年版。

张清华:《中国当代先锋思潮论》,江苏文艺出版社 1997 年版。

张清华:《存在之镜与智慧之灯》,福建教育出版社 2010 年版。

陈晓明:《无边的挑战》,广西师范大学出版社 2004 年版。

李建军:《时代及其文学的敌人》,中国工人出版社 2004 年版。

李建军:《小说的纪律——基本伦理与当代经验》,江苏文艺出版社 2009 年版。

吴俊:《遮蔽与发现》,上海文艺出版社 2007 年版。

贺仲明:《1976—1992 理想与激情之梦》,广东教育出版社 2009 年版。

二、国外部分

[美]玛格丽特·米德:《文化与承诺———一项有关代沟问题的研究》,周晓虹、周怡译,河北人民出版社 1987 年版。

[美]玛格丽特·米德:《代沟》,曾胡译,光明日报出版社 1988 年版。

[美]弗兰西斯·福山:《大分裂:人类本性和社会秩序的重建》,刘榜离译,中国社会科学出版社 2002 年版。

[法]莫里斯·哈布瓦赫:《论集体记忆》,毕然、郭金华译,上海人民出版社 2002 年版。

[美]享利·詹姆斯:《小说的艺术》,朱雯等译,上海译文出版社 2001 年版。

[捷克]克里玛:《布拉格精神》,崔卫平译,作家出版社 1998 年版。

[法]伊夫·瓦岱:《文学与现代性》,田庆生译,北京大学出版社 2001 年版。

[美]布罗茨基等:《见证与愉悦》,黄灿然译,百花文艺出版社 1999 年版。

[捷克]米兰·昆德拉:《小说的艺术》,孟湄译,三联书店 1992 年版。

[美]马尔库塞:《单向度的人》,刘继译,上海译文出版社 1989 年版。

[西班牙]乌纳穆诺:《生命的悲剧意识》,段继承译,花城出版社 2007 年版。

[德]叔本华:《叔本华论说文集》,范进等译,商务印书馆 1999 年版。

[意]卡尔维诺:《未来千年文学备忘录》,杨德友译,辽宁教育出版社 1997 年版。

[英]迈克尔·伍德:《沉默之子——论当代小说》,顾钧译,三联书店 2003 年版。

[英]本·海默尔:《日常生活与文化理论导论》,王志宏译,商务印书馆 2008 年版。

[法]米歇尔·福柯:《福柯访谈录——权力的眼睛》,严锋译,上海人民出版社 1997 年版。

[秘鲁]巴尔加斯·略萨:《给青年小说家的信》,赵德明译,上海译文出版社 2004 年版。

[英]迈克·费瑟斯通:《消费文化与后现代主义》,刘精明译,译林出版社 2000 年版。

[美]丹尼尔·夏克特:《找寻失去的自我——大脑、心灵和往事的记忆》,高申春译,吉林人民出版社 1998 年版。

[德]瓦尔特·本雅明:《写作与救赎——本雅明文选》,李茂增、苏仲乐译,东方出版中心 2009 年版。

[美]派卡·海曼:《黑客伦理与信息时代精神》,李伦等译,中信出版社 2002 年版。

[法]让·波德里亚:《消费社会》,刘成富、全志钢译,南京大学出版社 2006 年版。

[法]让·博德里亚尔:《完美的罪行》,王为民译,商务印书馆 2000 年版。

[美]吉登斯:《现代性的后果》,田禾译,译林出版社 2003 年版。

后 记

清人顾彩在《〈清涛词〉序》中说道:"一代之兴,必有一代擅长之著作,如木火金水之递旺,于四序不可得兼也。古文莫盛于汉,骈俪莫盛于晋,诗律莫盛于唐,词莫盛于宋,曲莫盛于元。昌黎所谓以鸟鸣春,以雷鸣夏,以虫鸣秋,以风鸣冬者,其是之谓乎!"

现代学者胡适在《文学改良刍议》一文中也说道:"文学者,随时代而变迁者也。一时代有一时代之文学:周秦有周秦之文学,汉魏有汉魏之文学,唐宋元明有唐宋元明之文学。此非吾一人之私言,乃文明进化之公理也。……凡此诸时代,各因时势风会而变,各有其特长,吾辈以历史进化之眼光观之,决不可谓古人之文学皆胜于今人也。"

这两位学者的话,虽然都是立足于"时代"("朝代")这一概念来谈论文学的变迁,强调"文因时而变"之现象,但是,倘若细而察之,时代之更替,最终还是取决于人类代际之更替,以及由代际群体所负载的文化观念之更替。没有一代代新人的出场,没有一代代新的文化观念的涌现,文学的时代变迁必成泡影。因此,当我们审视文学的变迁时,在"时代"的大背景下,深究代际之间的变迁,甄别代际之间的差异,无疑是一条重要的通道,甚至具有某种发生学的意义。

更重要的是,新时期以来,尤其是改革开放之后,中国社会的发展进入了史无前例的快车道。用余华的话说,一个西方人要活四百年才能经历的时代变化,"一个中国人只需四十年就经历了"。如此剧烈的时代变迁,引发的重要社会现象之一,便是代际差别的突显,即"代沟"矛盾的迅猛升级。如今,无论是社会学、人类学、青年学,还是经济学、伦理学、生态学等领域,"代沟"均已成为一个重要的研究课题。围绕着人类可持续发展的前景与目标，代际公平和代际正义，也成为众多学者全力研讨的核心问题。

文学也不例外。作为人类精神活动的特殊产物，文学是由作家根据自身的生活经验、理性思考、艺术想象和审美理想创作而成，它必然要受制于作家们的主体精神。不同代际的作家，拥有各自不同的集体记忆和人生启蒙，也会形成各不相同的审美观念和艺术趣味。当他们置身于改革开放以来飞速发展的中国现实中，便形成了日趋显著的代际差别。因此，在20世纪90年代之后的中国文坛中，很多学者都习惯于使用"50后"、"60后"、"70后"、"80后"等概念来评述新时期文学的发展和变化。尽管也有学者对此提出质疑，并试图用作家个体的差异性来否定代际群体的差别，但在大量的创作实践中，我们依然可以明确地看到，中国新时期作家的代际差别不仅十分突出，而且正在不断加剧，有时甚至演变为各种尖锐的代际冲突。

一方面，代际差别已成为一个客观的文学现实；另一方面，我也一直在关注作家主体精神建构的研究，正是在这一前提下，我选择了新时期作家的代际差别作为自己的研究课题。我知道，这是一个极为繁重的命题。它不仅涉及新时期以来中国文坛上最活跃的四个代际群体，包括他们数量惊人的作品，还涉及不同代际群体之所以形成各自审美特质的文化成因，以及代际差别对文学发展的内在作用。

为了审慎地探讨这一问题，从2007年开始，我先后选择了"60后"和"50后"两个代际作家群体进行了单独研究。历时四年多，当我陆续完成了相关著述之后，慢慢觉得自己拥有了一些必要的理论储备，于是，我便以"中国新时期作家代际差别研究"为题，申报了国家社科基金项目。2013年，这一国家课题顺利完成结项。之后，根据评审专家的相关意见，我再度进行了修改和完善，终成这部书稿。

我非常希望，本书能够较为清晰地展示新时期以来四个主要作家代际群体的一些审美特点，包括这些特点形成的文化缘由，同时也渴望有效剖析作家的代际差别给新时期文学带来的积极作用和消极影响,并从代际角度,为中国当代文学提供一个新的研究视域。但是,由于自己的学识和能力所限,同时也因为论题所涉及的作家和作品实在太多,本书无疑还存在着这样或那样的问题。我期待着方家的指正。本书的写作,差不多耗费了八年时光,但我觉得非常值得。青春的激情已渐行渐远,站在天命之年的门槛边,我不能不感谢文学,它是命运给我的最好馈赠。

本书之所以能够完成,得到了很多师友的提携和帮助。他们是饶芃子先生、蒋述卓先生、丁帆先生、王嘉良先生、宋剑华先生、沈松勤先生、王兆胜先生、董之林女士、刘艳女士、吴义勤先生、张清华先生、黄健先生、贺仲明先生、王侃先生等等,我由衷地感谢他们。同时,我还要感谢我的研究生们,他们帮我审校原稿,核对引文,付出了很多心血。当然,我更要感谢我的家人,生活的迁徙,工作的调动,学习的适应,他们在不断迎接各种挑战的同时,仍然给了我无边的理解和支持。感谢他们。

洪治纲

2014 年 9 月于杭州师大

责任编辑:赵圣涛
封面设计:肖　辉
责任校对:吕　飞

图书在版编目(CIP)数据

中国新时期作家代际差别研究/洪治纲 著.
　-北京:人民出版社,2014.11
ISBN 978-7-01-014039-1

Ⅰ.①中…　Ⅱ.①洪…　Ⅲ.①中国文学-当代文学-文学研究
　Ⅳ.①I206.7

中国版本图书馆 CIP 数据核字(2014)第 233689 号

中国新时期作家代际差别研究
ZHONGGUO XINSHIQI ZUOJIA DAIJI CHABIE YANJIU

洪治纲　著

人民出版社 出版发行
(100706　北京市东城区隆福寺街 99 号)

北京龙之冉印务有限公司印刷　新华书店经销

2014 年 11 月第 1 版　2014 年 11 月北京第 1 次印刷
开本:710 毫米×1000 毫米 1/16　印张:22.75
字数:320 千字　印数:0,001-5,000 册

ISBN 978-7-01-014039-1　定价:60.00 元

邮购地址 100706　北京市东城区隆福寺街 99 号
人民东方图书销售中心　电话 (010)65250042　65289539